1

Der Tote lag an der A 45 auf einem Rastplatz unweit der Ausfahrt Büdingen. Als Kriminalhauptkommissar Magnus eintraf, hatte die Autobahnpolizei den Fundort bereits großräumig abgeriegelt. Er parkte seinen Audi etwas abseits und stieg aus. Eben ging die Sonne auf. Magnus hätte gern ein paar Minuten zugesehen, wie sich die große gelbe Scheibe hinter den sanften Hügeln am Horizont hinaufschob, aber sein Assistent, Kommissar Wronski, erinnerte ihn sofort an seine Pflicht.

»Morgen, Chef.« Der junge Mann rieb sich die Hände. Es war noch kühl.

»Morgen, Lehrling«, antwortete Magnus, während er seinen Wagen abschloss.

Wronski guckte im ersten Moment ein wenig verwirrt, dann lächelte er dünn. »Tschuldigung, Herbert.«

»Vor drei Wochen hab ich dir das Du angeboten, und du hast dich immer noch nicht dran gewöhnt.«

»Tschuldigung. Die Gewohnheit.«

»Also, Michael, was gibt's?« Magnus blickte seinen Assistenten Wronski bei der Frage nicht an, sondern versuchte, schnell noch etwas von dem eindrücklichen Bild der aufgehenden Sonne in sich aufzunehmen. Das konnte ihn wappnen gegen den unerfreulichen Anblick, der ihm bevorstand.

»Der Fundort ist nicht identisch mit dem Tatort. War ja fast zu erwarten bei einem Autobahnparkplatz.«

»Ich muss dich leider schon wieder rügen, mein Lieber.«

»Oh – das tut weh! Ein Mord und zwei Rügen vom Chef, und das am frühen Morgen. Was hab ich denn jetzt verbrochen?«

»Ich habe dich schon oft gebeten, diese Amtssprache für deine schriftlichen Berichte aufzuheben. Mit mir sollst du deutsch reden.«

»Aha – und was heißt das konkret an diesem kühlen Morgen?«

»Ein normaler Mensch, also einer, der weder Beamter noch sonst in Amtsstuben zu Hause ist, sagt nicht: ›Der Fundort ist nicht identisch mit dem Tatort‹, sondern etwa: ›Er wurde anderswo umgebracht und hierher gelegt.‹«

»Na schön, Chef, äh, Herbert, also: Eine noch zu ermittelnde Person hat die Leiche bereits als solche ...«

»Witzbold!«

Beide grinsten, bemühten sich aber sofort wieder um eine ernsthafte Mine, als ein uniformierter Polizist mittleren Alters herantrat. »Guten Morgen. Sie sind der von der Mordkommission, nicht wahr?«

»Ja, Magnus, Morgen.«

»Schmitt, mit zwei t. Er wurde vor ...« Er sah auf seine Uhr, »... vor gut anderthalb Stunden entdeckt und fünfzehn Minuten später gemeldet. Der Fundort ist nicht der Tatort.«

Schmitt mit zwei t konnte sich nicht erklären, warum der junge Kriminalbeamte grinste. Und das bei so einem Anlass! Es irritierte ihn. Und als er das weiß-rote Absperrband hochgehoben hatte, damit der Hauptkommissar sich nicht so tief bücken musste, ließ er es absichtlich wieder los, bevor dessen Kollege auch darunter hindurchschlüpfen konnte. Außerdem war er ja älter als dieser Schnösel und brauchte ihm keine besondere Ehre zu erweisen.

Der Schnösel grinste immer noch, als er mit einem eleganten Sprung über das Hindernis setzte.

Man konnte den Toten nicht gleich sehen, und es war erstaunlich, dass er so schnell gefunden worden war. Er lag auf einer Bank aus braun gestrichenen Brettern hinter einem Tisch mit einer Betonplatte. Da die Bank kürzer war als der Tote, lagen die Beine nur bis zu den Kniekehlen darauf, die Füße standen auf dem Boden. Die Hände hatte man ihm auf dem Bauch zusammengelegt. Nicht gefaltet zwar, wie es ein Bestattungsunternehmer getan hätte, aber immerhin ordentlich zusammengelegt. Merkwürdig! Magnus runzelte die Stirn.

»Er muss mit einem harten Gegenstand erschlagen worden sein«, sagte der uniformierte Polizist und deutete auf eine Stelle an der linken Schläfe der Leiche. Schmitt hatte schon immer bedauert, dass er nicht den Sprung zur Kriminalpolizei geschafft hatte. Jedenfalls hielt er sich für fähiger als diesen Schnösel. Umso mehr ärgerte es ihn, dass der jetzt leise sagte: »Weiche Gegenstände sind auch bei Totschlagsdelikten unüblich.« Vielleicht war die Bemerkung nicht für seine Ohren bestimmt, aber Schmitt hatte jedes Wort verstanden und blickte den Sprecher wütend an. Der versuchte abzulenken: »Die Obduktion wird sicher Genaueres ergeben.«

»Keine Papiere?«, fragte Magnus.

Ehe Wronski antworten konnte, sagte der Uniformierte: »Keine Papiere und auch sonst nichts, was Rückschlüsse auf die Identität des Toten zuließe.«

Wronski erklärte mit angestrengt neutralem Gesichtsausdruck: »Polizeimeister Schmitt will damit sagen, wir wissen nicht, wer der Tote ist.«

Magnus ging um die Bank herum, bemüht, nur auf die Waschbetonplatten zu treten, um eventuelle Spuren nicht zu vernichten. Er beugte sich über den Leichnam, die Hände dabei auf dem Rücken. Dann richtete er sich auf und blickte nachdenklich in die aufgehende Sonne, die man jetzt nur noch mit zusammengekniffenen Augen ansehen konnte. Er ging ein paar Schritte auf dem Asphalt, überstieg das Absperrband, ignorierte die sechs oder acht Neugierigen, die dort standen, und schritt überlegend auf und ab.

Wronski kam an seine Seite.

»Absurd, findest du nicht?«, fragte Magnus.

»Jeder Mord ist auf irgendeine Art absurd.«

»Ja, ja«, nickte der Hauptkommissar, aber er hatte nicht richtig zugehört.

Wronski fragte: »Du meinst, wie er da liegt, nicht?«

»Ja, wie er da liegt.«

»Der normale Mörder ... also, ich meine, der durchschnittliche Vertreter dieser Gattung erschlägt einen, egal, ob im Affekt oder gezielt, packt ihn in sein Auto, fährt auf irgendeinen Rastplatz, schmeißt die Leiche raus und sieht zu, dass er fortkommt.«

»Richtig. Aber er bettet ihn nicht wie ein Bestattungsunternehmer. Das sieht ja fast pietätvoll aus!«

»Du meinst, der Mörder hat sein Opfer gekannt, vielleicht sogar geliebt und seine Tat zutiefst bedauert?«

Magnus wiegte den Kopf. »So weit möchte ich nicht gehen. Aber ich nehme doch an, dass ... sagen wir: ungewöhnliche, für einen Mörder ungewöhnliche Gefühle ihn bewegt haben.«

»Großartig, Chef! Da brauchen wir nur nach jemandem mit

ungewöhnlichen Gefühlen zu suchen – und schon haben wir den Mörder.«

»Ein bisschen mehr Ernst, wenn ich bitten darf, Azubi!«

»Oh! Schon die dritte Rüge.«

»Ist die Spurensicherung unterwegs?«

»Müsste gleich kommen.«

»Bleib du solange hier! Wir treffen uns dann im Büro. Hast du schon mal einen Blick auf die Vermisstenmeldungen geworfen?«

»Wann denn, Herbert? Ich bin auch gerade erst aus dem Bett geholt worden!«

Magnus nickte und sah noch schnell zur Sonne. Sie lag jetzt als fast vollständiger glühender Ball auf den Hügeln und warf die Schatten der einzelnen Bäume am Rand des Parkplatzes weit über die Autobahn. Der Kommissar riss seinen Blick los und stieg ein.

2

Uwe spielte den Säbeltanz von Chatschaturjan. Vielleicht wäre alles anders gekommen, wenn er die Revolutionsetüde von Chopin gespielt hätte. Oder sonst etwas. Vieles wäre ihm sicher erspart geblieben. Möglicherweise war nach der Lehre der Chaostheorie der Säbeltanz wie der berühmte Flügelschlag eines Schmetterlings, der auf der anderen Seite der Erdkugel gewaltige Unwetter auslöst. Aber wer weiß das schon!

Jedenfalls kam Uwes kleine Nichte hereingerannt, sobald sie die Klänge erkannte. Chopin oder Schumann hätten sie kaum veranlasst, ihre Hausaufgaben liegen zu lassen. Der Säbeltanz aber signalisierte Vergnügen. Neulich hatte Onkel Uwe das Stück auf Kassette aufgenommen, abgespielt und mit ihr einen Säbeltanz im Wohnzimmer aufgeführt. Sein Säbel war das Lineal, ihrer der Brieföffner aus Teakholz. Sie hatten getanzt und gesäbelt, bis die Mieter unter ihnen mit dem Besenstiel an die Decke geklopft hatten.

»Tanzen! Komm, Onkel Uwe!«

Eigentlich hatte Uwe vorgehabt, ernsthaft zu üben. Aber er

konnte Lena nichts abschlagen. »Die Kassette hat deine Mama an sich genommen. Aber ich kann ja spielen und du tanzt!«

Lena verrenkte sich und tanzte auf eine Weise, die mit den Tänzen der Kosaken nicht viel gemeinsam haben konnte. Aber lustig war es. Uwe erhob sich vom Klavierhocker, spielte stehend weiter und schob den Hocker mit dem Fuß weg. Dann begann er ebenfalls zu tanzen. Höhepunkt bildete eine Drehung um die eigene Achse, wobei die Hände nur für einen halben Takt die Tasten verließen und gleich wieder hineinfanden. Chatschaturjan hätte wohl nicht unbedingt an der musikalischen Durchführung, sicher aber an der gymnastischen Darbietung seine helle Freude gehabt.

Uwe war gerade wieder fast in Rückenlage, und Lena stand auf einem Stuhl, sah zu und lachte aus vollem Hals, als Sabine hereinkam.

»Lena – geh sofort an deine Hausaufgaben!«

Der Ton verhieß nichts Gutes.

Uwe angelte den Klavierhocker heran, setzte sich darauf und leitete phantasievoll zu einer sanft säuselnden Melodie über. Nach einigen Takten erkannte Sabine die Mondscheinsonate. Man musste es ihm lassen – das konnte er! Aber Sabine war nicht gewillt, sich in ihrem Zorn besänftigen zu lassen.

»Uwe, ich muss mit dir reden!«

»Moment!« Wenigstens ein ordentlicher Schlussakkord. Bei aller spürbaren Spannung in der Luft, aber das musste sein.

»So geht das nicht weiter!«

»Ich weiß. Aber ich habe abgebrochen, um dir zuzuhören.«

»Das Stück meine ich nicht!«

»Auch das weiß ich«, grinste Uwe etwas hilflos. »War nur ein Scherz. Oder besser: der Versuch eines Scherzes.«

»Mir ist nicht nach Scherzen zumute. Dir offenbar nur. Kannst du überhaupt etwas anderes als Witze reißen, Blödsinn machen und alles leicht nehmen?«

»O doch, ich ...«

»Ehe du wieder mit Ironie oder mit Albernheiten antwortest, hör mir erst mal zu! Vor vier Monaten, als du aus deiner Studentenbude musstest, haben wir dich hier aufgenommen, Martin und ich, weil es schwer ist, in Frankfurt ein Zimmer zu kriegen. Okay. Was tut man nicht alles für seinen kleinen Bruder und seinen Schwager. Aber hast du dich in dieser Zeit ernsthaft um eine eigene Unterkunft bemüht? Hast du ...«

»Ja«, wagte Uwe einzuschieben, aber Sabine war auch nicht gewillt, sich in ihrem Redefluss unterbrechen zu lassen.

»Hast du darauf Rücksicht genommen, dass du in einer anderen Familie zu Gast bist? Nein, hast du nicht! Du kommst oft erst mitten in der Nacht und ...«

»Konzerte sind nun mal am Abend.«

»... polterst, dass wir wach werden. Dabei ...«

»Höchstens aus Versehen!«

»... muss Martin immer früh raus und bei seiner Arbeit voll konzentriert sein. Du spielst zu den unmöglichsten Zeiten Klavier ...«

»Ich muss üben.«

»... zum Beispiel, wenn Lena Hausaufgaben machen soll. Neulich auch, als Martin einen wichtigen Gast hatte, einen Geschäftspartner. Du hast einfach keine ...«

»Hat er sich beschwert? Ich meine grundsätzlich, dass ich hier bin?«

An ihrem kurzen Zögern merkte er, dass es so war. Aber sie verteidigte ihn tapfer. »Es tut überhaupt nichts zur Sache, ob er sich beschwert hat. Ich rede von den Fakten. Ich kenne keinen verheirateten Mann, der seinen Schwager so geduldig in seiner Wohnung beherbergt.«

»Was soll ich denn machen ...«

»Und Klavierschüler von drei Uhr bis abends. Meine Wohnung ist doch keine Musikschule!«

»Schließlich muss ich Geld verdienen. Ich zahle euch Miete und ...«

»Uwe! Ums Geld geht es mir nicht, das weißt du genau.«

»Aber mir.«

»Hast du dich wirklich ernsthaft um eine Stelle bemüht?«

»Ich habe ungefähr dreißig bis fünfunddreißig Bewerbungen geschrieben. Auf deiner Schreibmaschine – du wirst dich erinnern, dass ich dich um Erlaubnis gefragt habe. Und ich verfolge alle Anzeigen in der Zeitung. Reicht das?«

»Nein, das reicht heute nicht mehr. Man muss selbst inserieren; man muss sich umhören, und man muss auch bereit sein, etwas weniger Attraktives anzunehmen.«

»Bin ich. Aber Klavierspielen ist nun mal das Einzige, was ich kann.«

Sie wurde auf einmal ruhiger und hatte so etwas Lauerndes im Blick, das Uwe ahnen ließ, gleich müsse eine Falle zuschnappen. Er wusste nur nicht, welche.

»Du hast doch auch technisches Geschick.«

»Worauf willst du hinaus?«

»Ich hab da was gefunden.« Sie ging hinaus und holte die Zeitung von der Kommode im Flur. Sie war so gefaltet, dass die Seite mit den Kleinanzeigen oben war, was darauf schließen ließ, dass sie sich schon gründlich mit der Thematik befasst hatte.

»Links unten!«

Sie warf die Zeitung auf die Tastatur. Von da rutschte sie auf den Fußboden, weil Uwe nicht schnell genug zugegriffen hatte. Absichtlich. Er kam sich vor wie ein Hund, dem man einen Knochen hinwirft.

Weil es ihr zu lange dauerte, hob Sabine den entsprechenden Teil der Zeitung selbst auf, ließ den anderen liegen und deutete auf eine Kleinanzeige.

Er las laut. »Internat sucht jungen Klavierlehrer, der fähig und willens ist, auch Hausmeisteraufgaben zu übernehmen. Zuschriften unter . . . Meinst du das?«

»Natürlich, was sonst! Du bist doch Klavierlehrer, und geschickt in technischen Dingen bist du auch.«

»Das ist nicht dein Ernst!«

»Das ist mein voller Ernst. Bist du dir zu schade, mal einen Stuhl zu leimen oder eine neue Dichtung in einen Wasserhahn . . .«

»Oder zu putzen und den Hof zu fegen und im Herbst Laub und im Winter Schnee zu schippen und im Frühling neue Stiefmütterchen in die Rabatten zu pflanzen und stinkende Flure zu bohnern und alle Papiere aufzusammeln, die die Kinder fallen lassen, und zu schnüffeln, ob auch keiner auf dem Klo geraucht hat und . . .«

»Unsinn! So was ist doch sicher nicht gemeint.«

»Was dann? Mir scheint das ziemlich komisch.«

»Wieso?«

»Ich hab noch nie gehört, dass ein Klavierlehrer nebenbei Hausmeister war.«

»Siehst du, man lernt nie aus.«

»Daran ist irgendetwas faul.«

Sabine warf die Zeitung auf das Klavier, diesmal oben drauf, und ging mühsam beherrscht im Zimmer auf und ab. Es waren nur vier Schritte in jeder Richtung möglich. »Siehst du, genau das ist es, was ich meine! Wenn dir wirklich daran gelegen wäre, etwas zu finden, würdest du es wenigstens versuchen. Aber du lehnst es von vornherein ab. Ernsthaftigkeit fehlt dir, Uwe! Zielstrebigkeit! Ja, wenn die Nebentätigkeit darin bestünde, gelegentlich mit den Internatsschülern Albernheiten zu machen, dann hättest du jetzt schon begeistert nach meiner Schreibmaschine gegriffen. Aber wenn es darum geht, auch mal Unangenehmes ...«

»Das ist Unsinn, was du da redest!«

»Ich sage dir nur: Wenn unser Baby da ist, werden in dieser Wohnung keine Klavierstunden mehr gegeben. Und geübt wird auch nicht. Höchstens abends darfst du ein Gute-Nacht-Lied für Lena spielen.«

»Sabine! Wie soll ich denn Geld verdienen?«

»Besuch deine Schüler zu Hause. Oder such dir eine Wohnung.«

»Aber, ich ...«

»Und schreib da hin!« Sie zeigte auf die Zeitung, verließ energischen Schrittes das Zimmer und knallte die Tür zu. Es war ein dramaturgisch gelungener Abgang.

»Zu Befehl!«, seufzte Uwe leise. Aber was blieb ihm jetzt noch anderes übrig, als auf die skurrile Anzeige zu reagieren! Und sei es nur, um nachher sagen zu können, er habe sich wirklich alle Mühe gegeben.

Uwe wühlte in einem Karton, bis er das Schreibpapier fand und verfasste einen kurzen Brief – handschriftlich, denn aus irgendeinem Grund, über den er sich selbst keine Rechenschaft gab, wollte er jetzt auf keinen Fall Sabines Schreibmaschine benutzen.

Und damit hatte – wenn man so will – der Flügelschlag des Schmetterlings schon irgendeinem Tiefdruckgebiet eine leicht veränderte Richtung gegeben.

3

Aus den Lautsprechern zwischen den hohen Fenstern drang Synthesizermusik, ruhig, mit einfachen Akkorden. Die letzten Besucher kamen herein und setzten sich auf die Stühle, die im Halbkreis aufgestellt waren. Von den Stuhlreihen aus fiel der Blick auf ein Podest an der einen Längsseite der Halle. Etwa dreihundert meist junge Leute beiderlei Geschlechts saßen jetzt da.

Als die leiser werdende Musik erkennen ließ, dass sie gleich enden würde, und parallel dazu das Licht langsam abgeblendet wurde, huschte der Mann am Eingang herein, schloss leise die Tür von innen und setzte sich auf einen der letzten freien Stühle ganz hinten.

Jetzt herrschte Stille. Niemand flüsterte, niemand hustete, niemand rutschte auf seinem Stuhl hin und her, um eine bessere Sitzposition zu finden. Das große Saallicht war erloschen. Nur zwei schwache Punktscheinwerfer warfen ihren Strahl auf einen Tisch auf dem Podest. Darauf stand nichts weiter als ein Kreuz und zwei Kerzen ohne Flamme.

Zwei Minuten lang geschah nichts. Absolut nichts. Und doch ereignete sich unsichtbar etwas: Eine knisternde Spannung breitete sich im Saal aus.

Als endlich doch etwas geschah, war es scheinbar nichts Großartiges. Eine junge Frau in einem langen, schlicht herabhängenden Gewand stand in der vorderen Reihe auf. Sie trug eine brennende Kerze – niemand hatte gesehen, wie sie entzündet worden war – und ging damit gemessenen Schrittes nach vorn. Dort entzündete sie die beiden Altarkerzen, während die Scheinwerfer erloschen. Das Mädchen wandte sich feierlich um und trat mit weichem Gang wieder an seinen Platz zurück.

In den folgenden Minuten regte sich augenscheinlich womöglich noch weniger als vorher, unter der Oberfläche jedoch mehr denn je. Schwere Stille lastete auf den Anwesenden und zwang sie zur Sammlung. Das Echo der eigenen Gedanken und Gefühle, von irgendwo zurückgeworfen, wurde auf einmal hörbar. Lauter und lauter wurde es, schrill und schmerzlich, bis zu einem Punkt, der bei dem einen früher erreicht war, bei dem anderen etwas später – dem

Punkt, da die Spannung fast unerträglich war. Man konnte es hier an einem ganz leisen Seufzen erkennen, einem tieferen Atemholen, dort an einer Anspannung der Rückenmuskulatur. Der eine warf den Kopf in den Nacken und starrte blicklos durch die dunkle Saaldecke hindurch, ein anderer vergrub das Gesicht in den Händen.

Auf einmal war da ein leiser Ton. Er hatte gar nicht richtig eingesetzt, hatte sich irgendwie in die Stille geschlichen und war nun unüberhörbar da. Ein zweiter, passender gesellte sich dazu, bald ein dritter, der Klang wechselte, wurde lauter, Rhythmus wurde erkennbar, die Musik schwoll an und erfüllte schließlich übermächtig die Halle. Köpfe hoben sich, das allgemeine Aufatmen ging in den Klängen unter.

Nun erstrahlten wieder die Punktscheinwerfer. Einer malte einen gelben, runden Fleck auf den Teppich vor dem Altar. Der andere erleuchtete die Eingangstür am Ende der Halle. Etwa dreihundert Köpfe wandten sich dorthin. Die Tür öffnete sich. Ein Mann, groß, im Alter von vielleicht fünfunddreißig Jahren, vielleicht auch vierzig, trat ein. Er nickte dem jungen Mann dankbar zu, der für ihn die Aufgabe übernahm, die Tür wieder zu schließen.

Jetzt schritt er langsam, eine würdige, stattliche Erscheinung, durch den Mittelgang nach vorn. Der Punktscheinwerfer folgte ihm und ließ sein blondes Haar aufleuchten, als brächte es selbst Licht hervor. Der Mann wandte sich mal nach rechts und nach links, lächelte huldvoll, flüsterte hier und da einen Namen, während er in ein glänzendes Augenpaar blickte und legte sogar zweimal kurz die Hand auf eine Schulter. Wie ein Erlöser wirkte er auf die Spannung im Saal. Vor ihm harrten sie noch auf ihn, hinter ihm atmeten sie bereits auf, so dass die Erlösung mit ihm von hinten nach vorn durch die Halle wanderte.

Vor dem Altar angekommen, trat er in den Lichtkreis, der nun von dem Licht verstärkt wurde, das ihn begleitet hatte, und wandte sich den Menschen zu. Da stand er, in einem schlicht wirkenden dunkelgrauen Anzug, ohne Krawatte, dafür mit einem etwas helleren Pullover unter der Jacke, der bis zum Hals geschlossen war.

Dreihundert Augenpaare waren auf ihn gerichtet, dreihundert Gesichter glänzten, männliche und weibliche, besonders letztere.

Unter seinem lächelnden Warten oder wartenden Lächeln beruhigte sich das allgemeine Aufatmen wieder. Erneut machte sich schweigende Spannung breit.

Nun begann er zu sprechen. Eine warme, wohlklingende Stimme hatte er. »Meine Brüder, meine Schwestern!«

Er sprach sehr leise. Aber ein irgendwo verstecktes Mikrofon mit drahtloser Übertragung sorgte dafür, dass jede Nuance seiner Stimme bis in den letzten Winkel drang.

»Liebe Freunde, liebe Gäste, die uns heute Abend mit ihrem Besuch erfreuen!«

Zwei Mädchen in der vorletzten Reihe, die zum ersten Mal da waren, fühlten sich gemeint, und die Tränen stiegen ihnen in die Augen.

»Von den meisten von euch weiß ich, dass ihr – wie ich auch – das Geschehen in der Welt um uns her mit großer Aufmerksamkeit verfolgt. Dass ihr wie ich erschüttert seid von dem Elend der Hungernden, der Kranken, der Gefangenen, der Heimatlosen, deren furchtbares Schicksal uns die Presse täglich ins Bewusstsein drängt. Dass ihr wie ich entsetzt seid über den Verfall der Moral, über den Verlust innerer Werte unter unseren Zeitgenossen. Auch davon berichten uns die Medien täglich. Während sie aber von all dem Elend, das die Menschen an Leib und Leben trifft, mit Bedauern berichten, zumindest mit einem Eindruck von Mitleid, scheint der Wandel unter den geistigen Werten weithin ihre Zustimmung zu finden.«

Er sprach frei, kein Konzept, kein Rednerpult war zwischen ihm und den Zuhörern. Zögernd fast, jedenfalls in nüchternem Tonfall hatte er angefangen, während der ersten Sätze aber Stimmhöhe und Redetempo etwas verändert. Jetzt steigerte er erneut die Intensität.

»Hierin liegt die größte Tragik dieser Entwicklung. Die Abkehr von allen Regeln, die Gott den Menschen gegeben hat, wird von einem Großteil gar nicht zur Kenntnis genommen oder verdrängt. Die aber, die diese tief greifenden Umwälzungen erkennen, analysieren und untersuchen, verfolgen sie mit Wohlwollen. Jene, die warnend ihre Stimme erheben müssten, klatschen Beifall. Jene, die den führerlos den Berg hinunterrollenden Wagen anhalten müssten – Journalisten, Politiker, Pädagogen, Richter –, die sich ihm entgegenstemmen und in die Speichen greifen müssten, geben dem Wagen noch einen Stoß, damit er schneller ins Verderben rollt.«

Die ständige Steigerung des Redeeifers hatte ihn immer lauter werden lassen. Eine unsichtbare Regie regulierte die Lautsprecheranlage, um ein Übersteuern zu verhindern. Seine Gestik hatte die anfängliche Sparsamkeit abgelegt, und es wirkte wie eine Unterstreichung des Gesagten: Bei dieser furchtbaren Entwicklung kann man nicht ruhig bleiben.

Das Gesicht des Redners war von Schmerz gezeichnet. Doch in der kurzen Pause, die er nun verstreichen ließ, glomm in seinen Augen, durch das Scheinwerferlicht gut erkennbar, noch etwas anderes auf: Liebe zu den Menschen, die da vor ihm saßen.

»Ihr aber, meine Brüder und Schwestern« – er blickte ruhig das Halbrund der Stuhlreihen entlang, als hätte er Zeit bis zum Jüngsten Tag – »ihr habt einen doppelten Entschluss gefasst. Ihr seid abgesprungen von diesem zu Tal rasenden Wagen – und ihr versucht, ihn aufzuhalten. Ihr wollt nicht dem Gericht verfallen, dem diese gottlose Welt entgegengeht, ihr stellt euch dieser Welt nicht mehr gleich, sondern sammelt euch zur kleinen Schar der Geheiligten – aber zugleich wollt ihr alles tun, was euch möglich ist, um auch andere vor dem Verderben zu retten. Zugleich wollt ihr es hinausschreien in diese Welt:« – jetzt schrie der Redner, dass es den Zuhörern kalt über den Rücken lief – »Kehrt um! Lasst euch retten aus diesem verkehrten Geschlecht! Tut Buße! Lernt neu, was es heißt: Irret euch nicht. Gott lässt sich nicht spotten!«

Plötzlich war er still. Das Echo seiner Rufe flog noch zwischen den Wänden der Halle hin und her und erstarb dann. Ruhig und verhalten kamen die nächsten Worte.

»Habt ihr recht getan mit diesem doppelten Entschluss, selbst Gottes Gebot zu halten und es anderen eindringlich ans Herz zu legen? Gestern noch hätte ich diese Frage vorbehaltlos mit Ja beantwortet. Nachdem ich aber letzte Nacht im Gebet dem Herrn begegnete und seine Stimme hörte, denke ich anders darüber. Zwar könnte ich die Frage auch jetzt nicht verneinen, aber mein Ja ist nur noch ein eingeschränktes Ja. Der Allmächtige sagte zu mir: Erhebt warnend eure Stimme in der Welt, aber wendet nicht zu viel Kraft daran! Wollen sie euch nicht hören, so schüttelt den Staub von euren

Füßen! Sagt: Wir wollen nicht Anteil haben an dem Gericht, das sich über euren Häuptern zusammenbraut! Dem Ertrinkenden muss man die Hand reichen, um ihn aus dem Wasser zu ziehen. Aber wer selbst keinen Halt hat, kann den Ertrinkenden nicht retten. Niemand darf sich selbst mit in die Tiefe reißen lassen.

Darum, so sagte mir der Herr, sucht zunächst selbst euren Halt! Findet einen geheiligten Weg! Wachst in der Erkenntnis der reinen Lehre, schlagt feste Wurzeln im Mutterboden der ewigen Wahrheit! Darauf verwendet in erster Linie Zeit und Kraft. Solange ihr nicht vollendete Kinder Gottes seid, weil ihr so viel an die ohnehin verlorene Welt denkt, dass ihr eure eigene Heiligung darüber versäumt, solange könnt ihr doch keinen positiven Einfluss auf die Welt haben!«

Minutenlang redete er weiter. Seine Stimme war jetzt nicht laut, aber eindringlich. Die Technik half, so dass es noch jedem Einzelnen in der hintersten Stuhlreihe erschien, als säße der Redner unmittelbar vor ihm und spräche persönlich mit ihm. Sie saugten die Worte von seinen Lippen.

In der Mitte seiner Rede, nach etwa zehn Minuten, wechselte plötzlich der Tonfall. Sollte jemandes Aufmerksamkeit allmählich nachgelassen haben – jetzt war er wieder neu gefesselt. In hämmerndem Stakkato prasselten die Sätze auf die Zuhörer nieder.

»Willst du dich Überwinder nennen, ohne es zu sein? Willst du Gefahr laufen, dass dir der Herr an jenem Tage sagen muss: Ich will dich ausspeien aus meinem Munde? Wie kannst du überwinden, wenn du festhängst? Hängt dein Herz noch am Ruhm? Sage dich los davon! Demütige dich unter die gewaltige Hand Gottes! Hängt dein Herz an alten Freunden? Durchschneide, was dich an sie bindet, damit es nicht zur Kette wird, die dich in die Tiefe reißt! Hängt dein Herz an der Weisheit dieser Welt? Löse dich von allem, was vor Gott doch Torheit ist und klammere dich an den allein Weisen! Hängt dein Herz noch an des Fleisches Lust, der Augen Lust und hoffärtigem Leben? Reiß aus und wirf von dir, was dich an die Vergänglichkeit dieser Welt kettet! Hängt dein Herz noch am Besitz? Lass ihn los! Wirf ihn ab! Mach dich frei davon! Überwinde! Lass dich nicht lähmen von der Sünde, die dir anklebt! Versuche nicht, dich allmählich davon zu befreien. Denn dieser Kampf ist mühsam und kräfteraubend, und du kannst ihn nicht gewinnen. Mach dich vielmehr mit einem Ruck frei! Schleudere dem Widersacher deinen unabänderlichen Entschluss entgegen, jetzt nur noch für den Einen zu leben, der dich in sein ewiges Reich aufnehmen will! Befreie dich! Löse dich von allem, was nicht Platz hat in der Herrlichkeit des heiligen Gottes! Überwinde! Jetzt!«

Niemand empfand die Stille nach diesen Worten als Pause. Unzählige Gebete, Gedanken, Versprechungen, Schwüre waren im Raum fühlbar, fast greifbar, auch wenn kein Laut zu hören war.

Mit weicher Stimme sprach der Redner weiter, einschmeichelnd, wohltuend. Auf einmal waren die inneren Kämpfe zu Ende. Noch schien einigen unsicher, ob ihr persönlicher Kampf mit Sieg oder Niederlage geendet hatte. Mehr und mehr aber überzeugten die Worte dieses Mannes sie. Es war, als müssten sie sich erstaunt die Augen reiben und könnten es kaum fassen, dass sie wirklich »Überwinder« waren.

Ein erneutes Aufatmen ging durch die Reihen. Glanz trat in die Gesichter. Hier und da füllten Augen sich mit Tränen.

Für manche, die sich vorher noch nicht zu einer völligen Auflösung ihres eigenen Wünschens und Wollens hatten durchringen können, war auf einmal alles so einfach und klar. Was Blitz und Donner nicht bewirken konnten, schaffte der laue Frühlingswind. Hatten harte Fragen sie aufgerüttelt – jetzt war da nur noch eine Antwort, so klar, so ohne jeden Zweifel, so wohltuend, durch frommen Schauer unterstrichen.

»Ihr seid die Überwinder! Ihr seid die Auserwählten! Ihr seid es, die der unbeschreiblichen Herrlichkeit entgegenziehen! Seht ihr das Tor des Himmels weit offen stehen? Blendet euch nicht schon fast der Glanz der Perlentore im himmlischen Jerusalem? Seht ihr euren Erlöser dort stehen – mit offenen Armen, um alle in seinem Reich willkommen zu heißen, die schon in diesem Reich des Satans ihm die Treue gehalten haben? Seht ihr die große Schar derer, die mit weißen Kleidern angetan von den Enden der Erde heraufziehen, um dankbar und erlöst in seine Arme zu sinken wie die Braut dem Bräutigam? Hört ihr sie? Halleluja!, rufen sie. Halleluja, Ehre unserem König! Halleluja!«

Hinten sprang ein junger Mann auf, streckte die Arme empor und rief: »Halleluja!« Andere fielen ein, immer mehr riefen und jubelten.

»Ja, preist unseren König!«, antwortete der Redner laut. »Wir dürfen jetzt schon einstimmen in das himmlische Halleluja, gehören wir doch zu den Überwindern. Lob, Ehre, Preis und Anbetung ihm, dem Herrn aller Herren, dem König aller Könige.«

Musik setzte ein. Einige sangen, andere riefen »Halleluja«, wieder andere wiegten sich stehend oder sitzend in Verzückung; manche schluchzten vor innerer Bewegung, einige lagen sich in den Armen. Es war der Himmel auf Erden. Oder die Erde im Himmel. Aber wer dachte jetzt noch an die Erde!

4

»Morgen, Chef Herbert!«

Michael Wronski stürmte ins Büro, als könne er seine Arbeitswut kaum zügeln. Magnus registrierte es natürlich sofort als Versuch seines Mitarbeiters, die Tatsache zu überspielen, dass er wieder mal deutlich zu spät kam. Aber er lächelte nur.

»Da liegt ein Fax von unseren Kollegen aus Kassel.«

»Der Autobahntote?«

»Ja. Er wird seit vorgestern vermisst! Seine Wohnung ist aufgebrochen und durchwühlt worden. Ein Student namens ... äh ... es steht drauf.«

»Bloch. Matthias Bloch. Kein Student, sondern ein wissenschaftlicher Mitarbeiter an der Uni Göttingen.«

»Wissenschaftlicher Mitarbeiter – ist das nicht so'n besserer Student?«

»Oh – lass das niemanden hören, der sich gerade in diesem Stadium befindet! Hm, Göttingen – das ist doch Niedersachsen.«

»Er wohnt in Kassel.«

Wronski nahm sich jetzt Zeit, das Fax ganz zu lesen.

»Soll ich dahin?«

»Ich habe mir überlegt, wir fahren zusammen. Dann kann einer in Kassel in seiner Umgebung recherchieren, der andere in Göttingen an der Uni.«

»Wenn ich einen Wunsch äußern dürfte, Chef Herbert ...«

»Du darfst äußern. Dass ich ihn erfülle, ist damit allerdings noch nicht gesagt.«

»Schick mich nicht an die Uni. Wenn der Typ Psychologe war, wie hier steht, dann besteht am Ende sein ganzes akademisches Umfeld aus Seelenklempnern. Unter denen fühle ich mich nicht wohl.«

»Ach – warum nicht?«

»Aus jedem Wort, aus jeder Bewegung schließen die doch auf irgendeinen Komplex. Da kriegt man ja erst einen solchen.«

Magnus grinste. »Okay. Fahr du nach Kassel. Melde dich telefonisch bei den dortigen Kollegen an und mich an der Uni. Versuch rauszukriegen, an wen ich mich wenden muss, damit ich nicht den ganzen Nachmittag da umherirre.«

»Wollen wir erst nach Mittag fahren?«

»Ja.«

»Warum?«

»Erstens hab ich noch zu tun. Und zweitens wirst du doch sicher auch nur ungern auf unser wertvolles Kantinenessen verzichten.«

»Da hast du natürlich vollkommen Recht, Chef! Dass ich da nicht von alleine drauf gekommen bin! Und was für eine innere Befriedigung verschafft es einem doch, seinem Arbeitgeber Staat die horrenden Spesen für eine Mahlzeit an der Pommes-Bude zu ersparen!«

5

Uwe blieb in der Eingangstür des vornehmen Cafés stehen und sah sich um. Wie kriegen die das nur hin, in einem supermodernen Gebäude aus Beton, Stahl und Glas ein Lokal so alt und gediegen aussehen zu lassen? Einzelne niedrige Lampen mit dezent bemalten Schirmen standen auf den kleinen Tischen und ersetzten eine helle

Deckenbeleuchtung. Das Holz der Tische und die Bespannung der Stühle wirkten warm und gemütlich.

Ein graumelierter Herr um die fünfzig, vielleicht auch etwas älter, kam auf Uwe zu. Ein intelligentes, freundliches Gesicht hinter einer etwas altmodischen, goldgeränderten Brille. Legeres Sakko über einem farbig passenden Hemd ohne Krawatte.

»Herr Zehntfennig?«

»Ja, Uwe Zehntfennig. Guten Tag.«

»Ich freue mich, dass Sie gekommen sind. Ich bin Otto Kranich. Kommen Sie bitte! Kaffee oder Tee?«

»Kaffee bitte!«

Der Mann bestellte bei dem gerade vorbeieilenden Kellner und führte seinen Gast zu einem kleinen Tisch in der hintersten Ecke. Sie kamen an dem Klavierspieler vorbei, der gerade »Stranger in the night« intonierte. Obwohl er das nicht schlecht machte, hinterließ sein Spiel bei Uwe ein ungutes Gefühl. Das hing mit seiner Urangst zusammen, vielleicht irgendwann einmal, wenn alle Karrierepläne sich zerschlagen sollten, sein Brot als Kaffeehauspianist verdienen zu müssen.

»Ein ungewöhnlicher Name!«, meinte Herr Kranich, nur um etwas zu sagen und die Verlegenheit der ersten Minute zu überbrücken.

Uwe nickte grinsend. »In der Schule haben sie mich immer ›Groschen‹ gerufen.«

»Wenn es Sie tröstet – mich hat man ›Reiher‹ genannt.«

Der Kaffee wurde gebracht, das Signal, zur Sache zu kommen.

»Sie wundern sich sicher, dass ich Sie gebeten habe, hierher zu kommen ...«

»In der Tat.«

»Darum – ohne Umschweife – ich hoffe, Sie ärgern sich nicht allzusehr, wenn ich Ihnen sage, dass das mit dem Klavierlehrer im Internat nicht stimmt. Verzeihen Sie bitte. Aber solch ein Inserat war die einzige Möglichkeit, einen jungen Mann mit bestimmten Eigenschaften zu finden, ohne das Vorhaben, für das ich ihn brauche, gleich in der Zeitung auszuposaunen.«

»Aha«, sagte Uwe nur. Was hätte er auch sonst sagen sollen? Verärgert war er nicht. Im Gegenteil, die Sache belustigte und interessierte ihn.

Beide tranken einen Schluck. Dann begann der Ältere wieder und lächelte seinen Gast halb entschuldigend, halb gewinnend an.

»Könnten Sie mir bitte etwas über sich erzählen? Ich weiß, es ist eine Zumutung, solange ich noch nicht mit meinem Geheimnis herausgerückt bin. Aber ich bin sicher, Sie werden für mein Vorgehen Verständnis haben, wenn Sie erst mal die Hintergründe kennen.«

Wie die meisten Menschen erzählte Uwe nicht ungern von sich selbst. Es ging ja auch um seine Begabungen und Fähigkeiten, und da hatte er durchaus einiges zu berichten.

»Ich habe Musik studiert. Am liebsten wäre ich Pianist geworden. Aber man muss verflixt gut sein, wenn man davon leben will, verstehen Sie? Ich kann schon sagen – ohne anzugeben –, dass ich gut bin in meinem Fach. Aber so gut wohl doch nicht. Die Konkurrenz ist heutzutage groß. Vielleicht kommt es noch mal.«

»Wovon leben Sie?«

»Ich gebe Unterricht. Aber nicht viel. Ich wollte nicht zu viele Verpflichtungen eingehen, weil ich noch etwas anderes suche. Darum habe ich auf Ihre Anzeige reagiert.«

Kranich nickte nur.

»Manchmal spiele ich in Konzerten. Vorgestern habe ich in einem barocken Kirchenkonzert BC gespielt.«

»Was?«

»Basso continuo.«

Herr Kranich sah Uwe auf eine Weise an, die ihn vermuten ließ, er wisse auch nicht, was basso continuo ist.

»Generalbass«, erklärte er.

»Ach so«, sagte der Ältere. Es klang nicht nach einem Aha-Erlebnis.

»Gelegentlich begleite ich auch.«

»Wen?«

»Na – Sänger, beziehungsweise Gesangsschüler.«

»Wohin?«

»Wie – wohin?«

»Wohin begleiten Sie die?«

Uwe verstand plötzlich das Missverständnis, aber er besiegte seinen Drang zu lachen, nur die Mundwinkel zuckten etwas. »Ich begleite ihren Gesang auf dem Klavier.«

»Ach so«, schmunzelte nun auch der andere, aber er war nicht verlegen dabei, sondern hob nur entschuldigend die Hand. »Sie wohnen in Frankfurt? Das ist teuer.«

»Hier sprechen Sie ein gewisses Problem an, Herr Kranich. Ich wohne zur Zeit bei meiner Schwester und bei meinem Schwager. Aber das kann nur eine Übergangslösung sein.«

»Hm. In dem Punkt könnte ich Ihnen behilflich sein.«

»Tatsächlich? Das erhöht meine Bereitschaft, Ihr Angebot zu hören, gleich um fünfzig Prozent.«

»Gut«, nickte der freundliche ältere Herr. »Bevor ich dazu komme, noch etwas. Können Sie mir zusagen, nichts über mein Angebot weiterzuerzählen, auch wenn Sie nicht darauf eingehen wollen? Es ist nichts Kriminelles oder auch nur Unmoralisches.«

Uwe wunderte sich, seine Neugier verbot ihm aber, sich zu reserviert zu geben, und er nickte.

Herr Kranich sah ihn etwas zweifelnd an, so dass Uwe sich genötigt sah zu sagen: »In Worten: ja!«

Der forschende Blick seines Gegenübers ruhte noch einige Augenblicke auf Uwe, dann schien er zu einem befriedigenden Ergebnis gekommen zu sein. Er lehnte sich vor, stützte die Unterarme auf den Tisch und erklärte mit leiser Stimme:

»Ich bin Leiter einer Detektei mit mehreren Mitarbeitern. Wir machen alles, von der Abwehr von Wirtschaftsspionage bis hin zu den berühmten Ehefrauen, die ihre Männer der Untreue verdächtigen.«

»Detektei Kranich – das hab ich schon mal gehört.«

»Wir inserieren immer mal in den Tageszeitungen. Wir haben den Auftrag bekommen, einen relativ wohlhabenden Unternehmer aus dem Taunus zu überwachen. Um welche Verdächtigungen es dabei geht, sage ich Ihnen, wenn wir handelseinig geworden sind.«

»Akzeptiert.«

»Nun hat sich herausgestellt, dass es ziemlich schwierig ist, ihn in ausreichendem Maß zu beobachten – ohne zu illegalen Mitteln zu greifen. So entstand der Plan, jemanden bei seinem Hauspersonal einzuschleusen. Ideal wäre, als Fahrer. Da könnten wir ihn auch auf seinen vielen Reisen unter Kontrolle haben. Der Mann, der jetzt fährt, dürfte kein unüberwindliches Hindernis sein. Wir kennen ihn und könnten ihn dazu bewegen, etwa plötzlich zu erkranken und einen Vertreter zu schicken. Einzelheiten stehen noch nicht fest.«

»Ich soll also Auto fahren und nicht Klavier spielen?«

»Jetzt kommt das Problem: Der Mann ist sehr misstrauisch und duldet in seiner Nähe nur Leute, zu denen er ein besonderes Verhältnis hat. Nun wissen wir, dass ihm eine Sache besonders Leid tut. Seine Tochter war eine ausgezeichnete Cellistin – also eine Frau, die Cello spielt . . .«

»Ich meine mich schwach zu erinnern, was eine Cellistin ist.«

»Verzeihung! Und sie spielte auch ganz gut Klavier. Man hatte es sich in der Familie angewöhnt, abends immer ein kleines Hauskonzert zu machen. Die Mutter am Klavier, die Tochter am Cello, die Tochter singend usw. Manchmal waren Freunde der Tochter da, und es gab richtige Kammermusik. Der Hausherr plante diese Abende fest ein, dafür nahm er sich immer Zeit, auch wenn er viel zu tun hatte. Daraus schöpfte er Kraft für den Stress seiner Aufgaben als Unternehmer, pflegte er zu sagen. Nun ist aber die Tochter für zwei Jahre zum Studium nach Paris gegangen. Der betreffende Unternehmer trauert, statt eine CD aufzulegen!«

»Da ist er mir sympathisch.«

»Na, meinetwegen. Dafür fehlt mir das richtige Verständnis. Aber ich bin nicht unzufrieden mit der besonderen Seelenlage meines Beobachtungsobjektes. Gibt sie mir doch die Gelegenheit, einen Fahrer in sein Haus einzuschleusen, wenn der gut Klavier spielen kann.«

»Genial!«

»Eben. Was sagen Sie dazu?«

»Ich sage doch: genial!«

»Und was sagen Sie zu der Frage, die Sie ja vermutlich schon kommen sahen: Machen Sie das?«

Uwe trank einen Schluck von seinem nicht mehr ganz heißen Kaffee. Er war natürlich sofort von dem Plan begeistert. Sicher – fahren und Autos pflegen war nicht gerade das, was er sich als Lebensinhalt vorstellen konnte, aber um sein Leben ging es ja auch nicht, nur um eine begrenzte Zeit. Und abends Konzerte zu veranstalten, war sicher schön. Besonders aber reizte ihn das Abenteuer.

Natürlich durfte er den Herrn Kranich seine Begeisterung nicht merken lassen. Das würde sich negativ auf die weiteren Verhandlungen auswirken – Geld, Wohnung usw.

Jetzt hatte er sein Gesicht lange genug hinter der Tasse versteckt. Er stellte sie behutsam ab, versuchte neutral auszusehen, wiegte den Kopf und sagte: »Ich bin interessiert.«

6

Das Telefon summte vornehm.

Der Mann beachtete es nicht, sondern hämmerte weiter auf der Tastatur seines Computers. Gerade war ihm die ideale Formulierung eingefallen, und die musste erst festgehalten werden. Nur der Schäferhund beachtete das Geräusch. Er hob den Kopf, als sei er gespannt, ob sein Herrchen den Apparat unter dem Wust von Büchern und Papieren auf seinem Schreibtisch überhaupt fand.

Herrchen fand ihn. Beim dritten Summer hatte er den Satz beendet, beim vierten das Buch, aus dem er seine Informationen bezogen hatte, umgedreht, damit es nicht zuschlug, beim fünften sich umgewandt, einiges beiseite geschoben und nach dem Hörer gegriffen.

»Böttcher.«

»Haben Sie die HNA von gestern gelesen, die Hessisch-Niedersächsische Allgemeine ...«

»Ich fürchte, Sie sind falsch verbunden.«

»Ja, verflixt, ich rufe von hier aus an. Aber es ist ein Notfall. Bloch ist tot. Es steht auf Seite zwei unten. Ermordet! Man hat ...«

»Sie müssen sich verwählt haben!«

Der Mann, der sich mit Böttcher vorgestellt hatte, knallte den Hörer auf.

»Idiot!« Sein durch den schiefen Mund etwas entstellt wirkendes Gesicht verzog sich durch seine Wut noch mehr.

»Dabei hab ich ihm hundertmal gesagt, er soll nicht hier anrufen. Schon gar nicht von da. Stimmt's, Hannibal?«

Der Hund spitzte die Ohren und hechelte etwas. Es klang, als wollte er die Frage positiv beantworten.

Der Mann wand sich wieder seinem Computer zu und sicherte, was er heute geschrieben hatte. Aber weder die Arbeit noch das »Gespräch« mit seinem liebsten Freund konnte seinen Ärger mindern.

Schließlich stand er auf.

Hannibal verstand das Signal und war sofort ebenfalls auf den Beinen, noch ehe sein Herrchen sagte: »Komm, Hannibal, wir gehen. Ich muss mal Pause machen.«

Die Nachsilbe ›chen‹ hinter ›Herr‹ war hier besonders berechtigt. Als Böttcher stand, hatte er nur etwa die Größe eines Zwölfjährigen. Das lag an seinen kurzen Beinen.

Er verließ den Raum, gefolgt von seinem eifrig schwanzwedelnden Hund, und schloss sorgfältig hinter sich ab.

7

Der hellgraue Mercedes der S-Klasse wirkte vor dem unscheinbaren, dreckigen Mietshaus ziemlich unpassend. Er parkte auch ausgerechnet zwischen einem uralten Citroën, der vielleicht schon einen Studenten zu den 68er Demos gebracht hatte, und einem Escort etwas jüngeren Datums, der aber auch schon erste Ansätze von Rost zeigte.

Ein Herr mittleren Alters stieg aus dem Mercedes, schloss sorgfältig ab und ging auf die Haustür zu.

Kranich löste sich aus dem Schatten der Bäume neben dem Haus und sagte: »Guten Tag, Herr Umbach!«

Der Mercedesfahrer stockte, blickte den anderen schweigend an, mehr verärgert als neugierig, und wartete, bis dieser herangekommen war. »Kennen wir uns?«

»Sie mich wahrscheinlich nicht«, antwortete der Detektiv, »aber ich Sie. Ich habe oft Fotos von Ihnen gesehen.«

»Fotos?«

»Ja. Sie waren darauf mit einer Dame zu sehen. Ute Bader hieß sie, wenn ich mich recht erinnere.«

Herr Umbach schwieg eine Weile und starrte den Fremden finster an. Man sah, wie es hinter seiner Stirn arbeitete. Dann stieß er hervor: »Was wollen Sie mit dieser alten Geschichte? Woher wissen Sie davon? Was wollen Sie überhaupt?«

»Das erkläre ich Ihnen gerne. Sollten wir nicht hineingehen?«

»Warum? Ich hoffe, was Sie mir zu sagen haben, lässt sich auch hier erledigen.«

»Natürlich lässt es sich das. Aber es dauert ein Weilchen, und warum sollen wir stehen, wenn wir sitzen können?«

»Ich wüsste nicht, was es zwischen uns so lange zu besprechen gäbe.«

»Können Sie ja auch gar nicht wissen. Ich habe ja noch gar nichts gesagt.«

Wieder schwieg Herr Umbach und schaute sein Gegenüber unwillig an. Nachdem er zu einem Schluss gekommen war, machte er eine kleine Bewegung mit dem Kopf, die man bei gutem Willen als Einladung auffassen konnte, was Kranich auch tat, schloss die Tür auf und ging voran. In der Küche von Umbach, die einen etwas verwahrlosten Eindruck machte, saßen sich die beiden Männer kurz darauf gegenüber, auf harten Stühlen, zwischen sich einen Tisch mit einer nackten Resopalplatte.

»Also?«

»Ach – ganz nebenbei –, weiß Herr Thiedemann eigentlich, dass Sie mit seinem Mercedes herumfahren?«

»Ich fahre nicht herum! Ich fahre damit nach Hause und bin morgen pünktlich wieder bei meinem Arbeitgeber. Das ist so abgesprochen. Noch so eine neugierige Frage?«

»Ja, eine noch, wenn Sie erlauben. Schiere Neugier. Wusste Herr Thiedemann damals auch davon, dass Sie mit seinem Wagen zu den Verabredungen mit Ute Bader gefahren ...«

»Wenn Sie mich erpressen wollen, kann ich nur sagen: Machen Sie sich nicht lächerlich! Die Sache ist bald zwanzig Jahre her.«

»Sechzehn. Aber Herr Umbach!« Kranich machte eine abwehrende Bewegung mit den Händen. »Erpressung! Was denken Sie sich denn! Nein, nein! Ich wollte Ihnen ein Angebot machen. Ein ganz schlichtes Angebot. Und wenn Sie nicht darauf eingehen wollen, gehe ich ganz einfach wieder, und die Sache ist vergessen.«

»Da bin ich aber gespannt.«

»Sie könnten ein paar Wochen frei machen. Faulenzen, tun, wozu Sie Lust haben. Ihr Gehalt kriegen Sie weiter. Außerdem noch tausend Mark von mir.«

»Klingt verlockend. Aber ich gehe sicher nicht fehl in der Annahme, dass ich dafür irgendetwas tun soll.«

»Richtig geraten. Aber wirklich nur eine Kleinigkeit. Lächerlich wenig geradezu.«

»Was bin ich doch für ein Glückspilz!«

»Sind Sie auch! Ihre Gegenleistung soll nur darin bestehen, dass Sie Ihren Chef anrufen und ihm sagen, Sie hätten sich – nun, sagen wir – den Fuß gebrochen.«

»Hab ich aber nicht.«

»Glücklicherweise nicht. Aber da ich einige Episoden aus Ihrem Leben kenne, in denen Sie es mit der Wahrheit nicht so genau genommen haben, vermute ich, dass auch diese kleine Schwindelei Ihr Gewissen nicht allzusehr belasten wird.«

»Wieso kennen Sie Episoden aus meiner Vergangenheit? Da fällt mir übrigens ein: Sie haben ganz vergessen, sich vorzustellen.«

»Oh – ein fast unverzeihliches Versäumnis! Mein Name ist Kranich. Ich bin Detektiv.«

»Ah – da geht mir ein Licht auf.«

»Meine Kenntnisse habe ich durch Recherchen, die ich damals im Auftrag und auf Kosten eines gewissen Herrn Bader angestellt habe, weil der seiner Frau Ute misstraute. Zu Recht, wie sich dann herausstellte. Aber mit dieser Sache, die so lange zurückliegt, hat mein Besuch heute gar nichts zu tun. Heute sollten wir ins Geschäft kommen. Und das Objekt unserer Beobachtungen sind nicht Sie, sondern Ihr Chef. Aber das werden Sie sicher schon erraten haben.«

»Sie wollen also einen anderen Fahrer bei Thiedemann einschleusen? Das sollten Sie sich aus dem Kopf schlagen! Er vertraut nur Leuten, die er kennt.«

»Ach, hat er denn Grund, misstrauisch und vorsichtig zu sein? Gibt es etwas zu verbergen?«

»Kriegen Sie das selbst raus! Ich will ja nicht Ihren Job machen.«

»Sie gehen also auf mein Angebot ein?«

»Sie haben mir noch nicht alles gesagt, was ich tun soll, oder?«

»Richtig. Nachdem Sie also telefonisch Ihrem Chef den bedauerlichen Zwischenfall mit Ihrem Knöchel berichtet haben, zeigen Sie sich als der dienstbereite Angestellte, der Sie ja auch sind, und empfehlen gleich Ihren Neffen als Fahrer.«

»Da ich keinen Neffen habe, vermute ich sicher richtig, dass dieser Neffe Ihr Mann ist.«

»Genau.«

»Nur mal angenommen, ich machte mit – dann würde ich besser einen Großneffen empfehlen. Herr Thiedemann könnte sich erinnern, dass ich keine Geschwister habe.«

»Sehr gut. Ihr Großneffe also. Er heißt Uwe. Uwe Zehntfennig. Sagen Sie Thiedemann, Ihr Großneffe sei ein ausgezeichneter Fahrer, treu, zuverlässig und verschwiegen. Und außerdem gerade arbeitslos.«

»Das glaubt er vielleicht sogar – nach Abzug der Mehrwertsteuer. Ich meine, er wird vermuten, ich übertreibe ein bisschen, aber das könnte die Sache eher noch glaubhafter machen. Allerdings ist das keine Garantie, dass er ihn auch nimmt. Wie gesagt, der Chef ist ziemlich wählerisch bei seinen engeren Mitarbeitern.«

»Das ist mir bekannt, und deshalb habe ich mir da einen kleinen Trick ausgedacht.«

»Darf man erfahren, welchen?«

»Ihr Großneffe spielt ausgezeichnet Klavier.«

Umbach grinste. »Pfiffig!«

»Darf ich also davon ausgehen, dass Sie darauf eingehen?«

Der Fahrer schwieg eine Weile und sah seinen eigenen Fingern zu, die einen flotten Rhythmus auf die Resopalplatte klopften. Dann stellte er das Spiel ein, sah sein Gegenüber an und sagte: »Dreitausend!«

»Umbach! Was haben Sie für Vorstellungen! Ich kann meinem Kunden nicht so eine hohe Rechnung präsentieren. Die akzeptiert er niemals. Einen Hunderter könnte ich noch drauflegen.«

»Legen Sie noch einen Tausender drauf, dann will ich mich zufrieden geben. Zweitausend!«

»Herr Umbach! Schachern Sie doch nicht wie ein levantinischer Teppichhändler! Wenn ich eine Summe nenne, ist die sorgfältig kalkuliert und nicht willkürlich aus der Luft gegriffen.«

»Dann müssen Sie noch mal neu kalkulieren.«

Kranich schüttelte den Kopf und machte ein angestrengtes Gesicht. Es sollte wohl so aussehen, als rechnete er. Endlich sagte er: »Fünfzehnhundert.«

»Na, meinetwegen, achtzehnhundert. Aber keinen Pfennig weniger.«

Kranich streckte ihm über den Tisch hinweg die Hand entgegen.

»Reichen Sie mir erst mal das Geld und dann die Hand.«

Der Detektiv zog sein Portemonnaie. »Erst mal tausend. Die achthundert, die Sie mir zusätzlich abgepresst haben, muss ich natürlich erst besorgen.« Er zählte zehn Hundertmarkscheine auf das glatte Grau des Küchentisches und achtete darauf, dass sein Gegenüber die drei Fünfhunderter nicht sah, die dahinter steckten.

Umbach fegte das Geld mit dem rechten Unterarm in seine linke Hand, wie man sonst wohl Brotkrumen vom Tisch wischt, und bemerkte: »Eine Quittung ist bei diesen Geschäften sicher unüblich, vermute ich mal.«

Kranich ignorierte die Bemerkung. »Dann geht es nur noch um den geeigneten Zeitpunkt. Am besten, wenn eine wichtige Fahrt bevorsteht, damit er gezwungen ist anzunehmen.«

»Dann am besten morgen. Ich muss den Chef morgen Vormittag nach Pilsen fahren. Pilsen in Tschechien. Er hat da eine Maschinenfabrik aufgekauft und ordentlich investiert. Am nächsten Abend geht's erst zurück.«

»Dann ist das die beste Gelegenheit. Wo ist das Telefon?«

»Was – jetzt gleich?«

»Sicher!«

Umbach stand auf und Kranich folgte ihm auf den Flur. Mit einer Sicherheit, die den Detektiv irritierte, und ohne noch einmal zurückzufragen, wählte er. Während er wartete, dass abgehoben wurde, sagte er: »Seine Geheimnummer. Es kommt nicht jeder gleich zu ihm durch.«

Umbach drehte sich um: »Uwe – wie?«

»Zehntfennig.«

»Ist der Name echt?«

»Natürlich.«

»Ich bleibe besser bei Uwe. Sonst mach ich noch was falsch. Er kann sich ja selbst ... Guten Abend, Herr Thiedemann, Umbach hier.«

Kranich bewunderte es, wie der Fahrer von einem Augenblick zum anderen eine leidende Stimme bekam.

»Ich hatte leider einen Unfall. Ich bin ... nein, nein, nicht mit dem Auto! Zu Fuß. Auf der Treppe. Ich habe mir einen Knöchel gebrochen.«

Eine Weile lauschte Umbach mit schmerzverzerrtem Gesicht.

»Ich weiß, Herr Thiedemann, es tut mir auch außerordentlich Leid. Aber mit einem Gipsbein kann ich ja nun nicht... Da kann ich Ihnen eine Lösung vorschlagen, Herr Thiedemann. Wenn Sie einverstanden sind, schicke ich meinen Großneffen. Der wohnt hier ganz in der Nähe und hat Zeit. Er ist im Moment arbeitslos. Ich hab schon mit ihm telefoniert. Er würde es machen. Für mich, verstehen Sie. Es würde Sie nichts kosten.«

Pause.

»Ausgezeichnet fährt er! Absolut sicher, zügig, aber nicht zu rasant. Mit einem Wort: So, wie Sie es gern haben ... Mercedes auch, ja ... Er ist während seines Studiums Taxi gefahren, um sich was zu verdienen. Ja, er ist ein lieber Junge ... Musik. Er ist ein ausgezeichneter Pianist ... Ja, sage ich ihm. Er ist morgen um halb elf da ... Ja, danke, es wird schon wieder werden. Aber jetzt heißt es erst mal geduldig das Bett hüten. Ich meine, solange ich noch hier im Krankenhaus bin. Ich hoffe, dass ich dann bald einen Gehgips kriege ... Ja, gute Nacht, Herr Thiedemann.«

Er legte auf und grinste Kranich an. Der war ganz begeistert: »Sie waren großartig! Wenn Sie ein bisschen jünger wären, könnten Sie vielleicht bei mir anfangen.«

»Danke, kein Interesse. Sagen Sie, Ihr Pfennigfuchser oder wie er heißt, kann der wirklich mit dem Mercedes umgehen? Ich hab ihn so gelobt – und ich will mich nicht gerne mit ihm blamieren!«

»Wir können ja morgen um acht eine kleine Probefahrt machen.«

Umbach verzog das Gesicht. »Muss man endlich mal nicht zur Arbeit, gibt's prompt 'nen anderen Grund, früh aufzustehen. Sagen wir um halb neun.«

Kranich grinste. »Meinetwegen. Es muss alles erst verdient werden. Kann ich auch mal telefonieren?«

»Bitte.«

Er wählte. Nach einer Weile meldete sich eine Frauenstimme. Der Name sagte ihm nichts. »Kranich. Könnte ich bitte Herrn Zehntfennig sprechen? Er hat mir diese Nummer gegeben.«

»Er ist nicht hier.«

»Aber er wohnt doch da, oder?«

»Ja, ich bin seine Schwester. Worum geht's denn?«

»Wir hatten heute Vormittag ein Gespräch über seine Anstellung.«

»Ja, davon hat er mir kurz erzählt.« Die Stimme der Schwester war gleich auffallend freundlicher. »Sie wollten sich auch um eine Wohnung für ihn bemühen, nicht?«

»Ja, auch das. Aber natürlich geht das nicht von heute auf morgen. Mit der Arbeit allerdings geht es so.«

»Wie?«

»Na, von heute auf morgen. Es hat sich alles schneller entwickelt als anfangs gedacht. Ich wollte Ihren Bruder bitten, morgen schon anzufangen.«

»Er hat morgen zwei Klavierschüler.«

»Kann er denen nicht absagen?«

»Das müssen Sie mit ihm selbst besprechen. Ich versuche schon immer, ihm seine Flatterhaftigkeit und Unzuverlässigkeit auszutreiben. Da will ich es nicht verantworten, dass schon wieder ein Klavierunterricht ausfällt. Die Eltern haben sich schon beschwert.«

»Wann ist er denn wieder da?«

»Heute nicht mehr. Er spielt in einem Kirchenkonzert in Marburg. Ein Freund hat ihn gebeten, für einen erkrankten Musiker einzuspringen. Da musste er natürlich früher hin. Ich nehme an, das geht bis kurz vor zehn. Da ist er sicher erst nach Mitternacht wieder hier.«

»Hm. Würden Sie ihm bitte einen Zettel hinlegen, dass er mich gleich anrufen soll?«

»Wie – noch so spät?«

»Ja, es ist wichtig. Meine Nummer hat er.«

»Gut, mache ich. Wenn es dazu dient, dass sein Leben in solidere Bahnen kommt ...«

»Ich danke Ihnen. Auf Wiederhören!«

Kranich legte auf und ging zur Tür.

»Ach, unseren Handschlag hatten wir ganz vergessen.«

Umbach schlug in die dargereichte Rechte ein und grinste: »Auf gute Zusammenarbeit!«

»Von Arbeit kann bei Ihnen ja nun keine Rede sein.« Er ging ins Treppenhaus hinaus und rief zurück: »Bis morgen um halb neun. Und gute Besserung für Ihren Fuß!«

8

Nachdem Uwe Zehntfennig auf der Suche nach einem Parkplatz etwa fünfzehn Minuten lang durch Marburg gekurvt war, entschloss er sich, seinen alten Mazda am Lahnufer abzustellen. Dort warnte ein Schild, dass dieser Platz bei Hochwasser überflutet würde. Der Fluss führte auch ziemlich viel dreckige Brühe. Aber Uwe schätzte, dass sicher eine kleine Naturkatastrophe nötig wäre, wenn der schmutzige Wasserspiegel bis zu seinem Auto steigen sollte. Und dafür war die Wahrscheinlichkeit in den nächsten Stunden nicht groß.

Gerade stieg etwas weiter drüben ein anderer junger Mann – er wirkte wie ein Student – aus seinem Auto, das ähnlich alt aussah wie das von Uwe. Der musste entweder ebenso mutig sein wie er oder ebenso verzweifelt, weil er nirgends sonst einen Parkplatz fand.

»Kennst du dich hier aus?«, rief Uwe zu ihm hinüber und ging auf ihn zu. In Universitätsstädten redeten junge Leute sich noch ungezwungener mit Du an als anderswo.

»Kann man wohl sagen.«

»Hier soll es eine Kirche geben mit einem schiefen Turm. Wo finde ich die? Ich bin schon etwas spät. Muss um vier da sein.«

»Ach, bist du an dem Konzert heute Abend beteiligt?«, fragte der Student und warf einen Blick auf die Noten, die Uwe in der Hand hielt. Der nickte.

»Singst du oder spielst du ein Instrument?«

»Hat das irgendeinen Einfluss auf den Standort der Kirche?«

Der Student lachte explosionsartig. »Nein, das nicht. Aber wenn du um vier oben sein willst, bist du so außer Atem, dass du bis zehn nach vier nicht singen kannst. Wenn du aber Geige spielst, könnte es gehen.«

»Das trifft sich gut. Ich spiele Cembalo. Könnte ich vielleicht jetzt erfahren . . .?«

»Du gehst hier zwischen den Häusern durch, über die Straße, da drüben etwas nach rechts, bis du auf das kleine, steile Treppchen triffst. Da, wo du ziemlich schnaufen musst, wendest du dich etwas nach links . . .«

»Eine wirklich präzise Wegbeschreibung!«

»Ich könnte auch sagen: Wenn der Puls auf etwa hundertsechzig ist.«

»Medizinstudent, wie?«

»Genau. Da kommst du auf den Markt mit dem alten Rathaus links. Du wendest dich aber nach rechts, zur Abwechslung mal bergauf. Dann siehst du schon den schiefen Turm.«

»Vielen Dank!«, sagte Uwe und eilte davon.

»Krieg ich dafür eine Freikarte?«, rief ihm der andere nach.

»Nur, wenn du mich hochträgst«, antwortete Uwe über die Schulter zurück.

Als Uwe das obere Ende des Treppchens erreicht hatte, widerstand er der Versuchung, seinen Puls zu zählen, kam auf den Markt, warf nur kurz einen bewundernden Blick auf das Renaissance-Rathaus und hastete weiter hinauf.

Vor der Kirche kam ihm Rainer Brehm entgegen, sein alter Kommilitone.

»Mensch, Uwe, wo bleibst du denn?«

»Bis man euch findet . . .«, schnaufte der.

Rainer führte ihn in die Kirche. Vorn vor dem Altar waren Stühle für das Orchester im Halbrund aufgebaut, dahinter ein gestuftes Podest für den Chor. Das Cembalo stand links. Ein Fagottist übte Läufe. Zwei Streicher stimmten ihre Instrumente, einige weitere Personen standen herum. Rechts in einer Ecke unterhielten sich heftig zwei Männer. Ein älterer Herr kam auf Uwe zu. Er hatte einen spärlichen Kranz grauer Haare um seine Glatze und einen schelmischen Zug um die Augen und in den Mundwinkeln.

»Herr Zehntfennig?«

»Ja, guten Tag. Ich hoffe, Sie haben nicht auf mich gewartet.«

Sie reichten sich die Hand.

»Ich bin Johannes Scheidt. Mit dt, wie der berühmte Komponist Samuel. Nein, Sie sind noch pünktlich, wenn Sie das meinen. Es stimmt allerdings, dass Sie sehnsüchtig erwartet werden. Unser Cembalist ist leider plötzlich erkrankt, heute Morgen ...«

»Das sagte mir Herr Brehm am Telefon. Etwas Ernsthaftes?«

»Nein, er hat einen vereiterten Backenzahn. Aber wer so was hat, wird sich wahrscheinlich ärgern, wenn ein anderer sagt, es sei nichts Ernsthaftes.«

»Ich freue mich natürlich, dass Sie mich gebeten haben, Herr Scheidt. Aber ich wundere mich auch. Gab's in Marburg niemanden, der hätte einspringen können?«

»Herr Brehm hat Sie empfohlen. Und da ich ihn als Musiker schätze, vertraue ich seinem Urteil blind.«

Rainer grinste: »Wehe, du blamierst mich, Uwe!«

Sie gingen nach vorn, und der Kantor stellte Uwe die Musiker vor.

»Ich wollte gern schon um vier anfangen, damit wir noch einiges durchgehen können. Zuerst die Bass-Arie aus der Kantate ›Meine Seele erhebt den Herren‹. Da haben Sie am meisten zu tun. Um fünf kommen die restlichen Musiker und um sechs der Chor.«

Uwe setzte sich ans Cembalo, stellte den Stuhl auf die richtige Höhe ein und schlug ein paar Akkorde an.

»Oh«, sagte der Kantor, »da muss wohl der Stimmer noch mal dran. Wir haben heute morgen gestimmt. Aber die Temperaturschwankungen ...«

»Ich kann das nachher selbst machen, wenn ich noch ein Weilchen Zeit haben kann«, beruhigte ihn Uwe.

Dann spielten sie. Es war wie immer, wenn Uwe Bach spielte. Er vergaß alles um sich her und tauchte in ein Meer von Klängen ein. Die leere Kirche warf das Echo mehrmals hin und her und gab damit dem Spiel eine Fülle, als wäre ein kleines Orchester zu hören.

Dann der Einsatz des Bassisten mit einer schönen vollen Stimme: »Gewaltige ... Gewaltige stößt Gott vom Stuhl.«

Scheidt strahlte, als die Arie ausklang. »Sehr schön, Herr Reber!

Und Herr Zehntfennig, mit Ihnen haben wir einen Glücksgriff getan. Darf ich bitten, dass wir nochmal von Takt fünfundzwanzig mit Auftakt ...«

Ein Mädchen, das schon eine Minute hinter dem Kantor gestanden hatte, aber nicht unterbrechen wollte, hielt den Augenblick für gekommen, ihn anzusprechen. »Herr Scheidt, ein Telefongespräch für Sie.«

»Entschuldigen Sie mich bitte einen Moment, meine Herren!« Er ging den Mittelgang hinunter.

Uwe fragte seinen Freund Rainer Brehm: »Wo steht der Dirigent nachher genau? Wenn er da in der Mitte steht, hab ich ihn nicht gut im Blick. Dann drehe ich das Cembalo ein bisschen.«

»Er steht nachher etwas erhöht. Auf einem Hocker oder so.«

»Genau genommen«, ergänzte der Bassist, »ist es ein richtiges Podest. Da drüben steht's.«

Uwe grinste: »Damit ihm nicht passiert, was Sie gerade gesungen haben.«

»Wieso?«

»Gewaltige stößt er vom Stuhl. Wäre peinlich während des Konzerts.«

Der Bassist lächelte ein wenig und vertiefte sich in seine Noten. Rainer Brehm kam heran und sagte leise zu Uwe: »Sei vorsichtig mit solchen Witzen!«

»Hä?«

»Ich meine, wenn Scheidt zuhört. Er nimmt das alles ziemlich ernst.«

»Denkst du, ich nehme die Sache nicht ernst?«

»Ich meine doch nicht die Musik. Den Inhalt, verstehst du? Die Aussage – was da gesungen wird. Er ist halt fromm und hat es nicht gern, wenn ... na ja, du weißt schon ...«

Uwe war etwas irritiert. »Wie denn – das hier: Gewaltige stößt Gott vom Stuhl hinunter in den Schwefelpfuhl – du meinst ...«

Herr Scheidt kam gerade zurück, und sie mussten abbrechen.

»Entschuldigen Sie. Leider fällt noch eine Bratsche aus. Wir werden uns behelfen müssen. Wo waren wir ... ach ja, Herr Reber, die Stelle ›hinunter in den Schwefelpfuhl‹, das muss ... wie soll ich es ausdrücken ...«

Uwe wusste, wie er es ausdrücken würde und sagte es auch gleich: »Es muss richtig nach Schwefel stinken.«

Rainer Brehm schüttelte den Kopf. Dass Uwe auch nie sein freches Mundwerk halten konnte, wenn ihm ein Witz oder eine ironische Bemerkung auf der Zunge lag! Er versuchte, seinem Freund ein Zeichen zu geben, aber Uwe achtete nicht auf ihn.

Doch der Kantor lächelte. »Ja, so ungefähr. Es klang zwar ein bisschen, als meinten Sie es ironisch, Herr Zehntfennig, aber Sie haben es trotzdem richtig getroffen.«

»Entschuldigung, Herr Scheidt, ich wollte Sie nicht ... also, das ist mir nur so rausgerutscht.«

»Schon gut. Ich verstehe Sie. Der Schwefelpfuhl ist für uns heute ein absurder Gedanke. Er steht ja auch wohl mehr des Reims wegen da. Im Original steht er nicht.«

»Ach – in Bachs Original-Manuskript steht das nicht so?«

Der Kantor lächelte wieder. »Nein, ich meine im Original der Bibel. Das ist doch der Lobgesang der Maria, als der Engel die Geburt Jesu ankündigte. In diesem Originallied der Maria steht zwar, dass Gott die Gewaltigen vom Thron stößt, aber der Schwefelpfuhl wurde vom barocken Textdichter dazuerfunden.«

Herr Reber, der Bassist, meinte: »Ist doch gleich. Jedenfalls – bei Bach steht es so, und ich bemühe mich immer um größte Werktreue.«

»Natürlich«, ergänzte Uwe etwas kleinlaut, wie um zu unterstreichen, dass er ja gar nicht motzen wollte. Der Kantor sah ihn mit einem Ausdruck an, den er nicht deuten konnte. War das Neugier oder Bestätigung oder einfach Freundlichkeit? Uwe fühlte sich etwas unsicher und meinte, noch eine Erklärung nachschieben zu müssen. »Ich will sagen – es ist doch klar: Wenn wir gute Musik machen wollen, müssen wir uns hineindenken. Was wollte Bach sagen? Und das drücken wir durch unser Spiel aus.«

Scheidt nickte. »Das sieht sicher jeder gute Musiker so. Ich gehe gern noch einen Schritt weiter. Nicht nur: Was wollte Bach ausdrücken? Sondern: Was ist die Wahrheit? Wenn wir uns damit identifizieren und sie durch unser Spiel vermitteln, ist es ein gutes Kirchenkonzert. In diesem Fall also: Gott lässt ankündigen, dass er seinen Sohn schickt als Retter für die Menschen, die gegen ihn gesündigt haben. Das ist etwas atemberaubend Neues und Großartiges. Dazu gehört dann auch, dass die Gottlosen in ihrer eingebildeten Größe vom Thron stürzen. Herr Reber, darf ich bitten, dass wir das noch einmal nehmen? Takt fünfundzwanzig mit Auftakt bitte.«

Uwe spielte seinen Einsatz mit dem Cellisten exakt auf das Zeichen des Dirigenten, aber nebenbei, in einem anderen Kanal seines Denkens, grub sich das Gesicht des Kantors ein. Diese Augen würde er nicht so bald vergessen. Uwe konnte sich nicht erinnern, vor ihm schon einem Menschen begegnet zu sein, der so offensichtlich von einer Sache erfüllt war.

9

»Was Sie hier sehen, Herr Kollege, ist von uns nicht verändert worden. Nur die Spurensicherung war da.«

Wronski nickte. Die Wohnung sah auf den ersten Blick aus, als sei ein Wirbelsturm hindurchgefegt. Bücher und Aktenordner lagen auf dem Boden verteilt, einzelne Blätter waren dazwischengestreut. Das Mobiliar dagegen, Vasen, Bilder, Geräte, schienen den oder die Einbrecher nicht interessiert zu haben. Alles machte den Eindruck, als sei es an seinem angestammten Platz, höchstens in der Hektik des Suchens verschoben.

Wronski dachte laut. »Die haben sich wohl für was Schriftliches interessiert.«

Der uniformierte Beamte dachte, er müsse etwas antworten. »Ach so, Sie meinen, weil ... hm, ja, kann sein. Bis jetzt haben wir noch niemanden aufgetrieben, der kontrollieren könnte, ob hier was fehlt.«

»Er hat hier allein gelebt?«

»Ja. Das ganze Dachgeschoss. Ziemlich viel Platz für einen einzelnen jungen Mann. Aber das Haus gehört ihm. Beziehungsweise gehörte. Eine Erbschaft von irgendeiner Tante oder so. Wenn Sie's genau wissen wollen, kann ich nachgucken.«

»Nein, schon gut. Ich möchte aber gerne die Mieter unten sprechen.«

»Kommen Sie!«

Als sie an der unteren Wohnung klingelten, wurde nach zwei Sekunden geöffnet, als habe die Frau auf das Klingelzeichen gewartet. Sie war füllig, wasserstoffblond und gekleidet, als läge ihr sehr daran, ihr fortschreitendes Alter optisch zu kaschieren, allerdings so ungeschickt, dass es eher das Gegenteil bewirkte. In breitem, nordhessischem Dialekt redete sie gleich drauflos. »Ach, die Polizei noch mal. Kommen Sie doch rein, meine Herren. Sie sind doch sicher auch von der Polizei, trotz dem Zivil, nicht wahr? Ich meine, das weiß man doch aus Krimis, dass die Kommissare immer in Zivil ... kommen Sie nur! Ich meine, ich hab ja nicht viel zu erzählen, aber was ich sagen kann, sage ich gerne. Man soll ja ...«

»Den Eindruck hab ich auch«, murmelte Wronski.

»Wie sagten Sie, Herr Kommissar?«

»Schon gut. Wronski. Und dürfte ich auch Ihren Namen ...?«

»Hafer, Frau Hafer bin ich, Lieschen Hafer, wie das Getreide. Mein Mann ist aber nicht da, wenn Sie ...«

Der uniformierte Polizist unterbrach sie: »Entschuldigung. Herr Kollege, Sie brauchen mich jetzt sicher nicht. Soll ich Sie nach einer bestimmten Zeit wieder abholen?«

»Äh – das ist nicht nötig. Wenn mein Chef aus Göttingen wieder auftaucht, sagen Sie ihm einfach, wo er mich findet.«

Der Beamte nickte, hob grüßend die Hand und verließ das Haus. Wronski folgte der Frau in ihre Wohnung und dort in ein altdeutsch eingerichtetes und fast keimfrei gereinigtes Wohnzimmer.

»Nehmen Sie doch bitte Platz, Herr ... hier im Sessel? Oder lieber auf dem Sofa? Ja, machen Sie sich's nur bequem. Soll ich uns ein Kännchen Kaffee machen? Der ist schnell fertig, die Kaffeemaschine ist frisch entkalkt. Es macht keine Mühe ...«

»Ja, gerne, wenn Sie so freundlich ...«

»Natürlich! Es redet sich doch auch viel besser. Also, wie gesagt, Herr – äh – Inspektor, Sie können alles fragen, aber sehr viel weiß ich nicht über den Herrn Bloch. Er war ein freundlicher Herr, das muss ich wirklich sagen. Das ist ja gar nicht mehr so selbstverständlich unter den jungen Leuten von heute. Die haben ja meistens nur ihre Sachen im Kopf, und andere Leute existieren für sie gar nicht. Also so einer war der Herr Bloch gar nicht. Immer ein freundliches Wort, wenn wir uns begegnet sind, mal auf dem Hausflur oder so. Aber das kam natürlich selten vor. Er war ja immer am Arbeiten! Entweder war er in Göttingen, oder wenn er hier war, saß er oben und war am Schreiben und Lesen, immer fleißig. Also nicht, dass Sie denken, er hätte sich abgekapselt und wollte mit uns nichts zu tun haben, weil er doch an der Universität ... nein, also, dass wir uns wenig gesehen haben, das war eben wegen seiner vielen Arbeit. Natürlich kann ich Ihnen nicht sagen, was er da gearbeitet hat. Ich hab ihn schließlich nicht gefragt. Man will ja auch nicht so neugierig sein, und außerdem hätte ich's wahrscheinlich sowieso nicht verstanden ...«

Anscheinend hatte sie sich vorgenommen, so lange zu reden, bis die frisch entkalkte Kaffeemaschine ihre Arbeit verrichtet hatte. Wechselweise stand sie dabei mal in der Tür zwischen Wohnzimmer und Küche und mal vor dem Küchenschrank. Dort hob sie dann jedesmal die Lautstärke an, damit der Wasserfall ihrer Worte nicht etwa geschwächt bei dem altdeutschen Sofa ankam.

»Frau Hafer«, wagte Wronski zu unterbrechen, »wann haben Sie Herrn Bloch denn zum letzten Mal gesehen?«

»Zum letzten Mal? Warten Sie, da muss ich nachdenken. Am Sonntag war das. Nicht letzten Sonntag, sondern davor den. Es war ...«

»Ach, so lange ist das schon her?«

»Ja, ich weiß es genau. Er hat seinen Abfall runtergebracht. Wir haben unsere Tonnen da hinten stehen, hinter dem Haus. Ich mache sowas ja nie am Sonntag. Aber er schon – also, wenn Sie mich fragen, ihm schien es völlig egal zu sein, ob Sonntag oder Wochentag war. Er war immer gleich angezogen, machte immer die gleiche Arbeit, nur, dass er sonntags natürlich nicht nach Göttingen fuhr. Ich könnte so nicht leben, das sage ich ganz ehrlich, aber, na ja, jeder soll es machen, wie er lustig ist, sag ich immer ...«

»An dem Sonntag haben Sie also mit ihm gesprochen?« wagte Wronski schon wieder zu unterbrechen. Die Kaffeemaschine deutete durch typische Glucksgeräusche an, dass sie in die Zielgerade einbog.

»Ja, ich hab das Fenster aufgemacht, als er draußen vorbeiging, und als er von den Tonnen zurückkam, haben wir ein paar Worte gewechselt.«

Wronski fragte sich, was die Frau wohl unter »ein paar Worten« verstand. Aber das war wohl zur Aufklärung des Falles unerheblich.

»Schönes Wetter heute – was man halt so spricht.« Sie kam mit einem Tablett herein.

»Es hat aber in Strömen geregnet am vorletzten Sonntag«, konnte Wronski sich nicht verkneifen zu sagen. »Bei uns jedenfalls. Hier nicht?«

»Doch! Sie haben ja Recht! Es war ziemlich regnerisch. Na ja, da werde ich wohl was anderes gesagt haben.«

»Sauwetter heute.«

»So was in der Art. Aber daran kann ich mich nicht mehr erinnern. Das ist doch sicher nicht so wichtig, oder?«

»Nein, nein«, lächelte Wronski. »Er war jedenfalls nicht anders als sonst? Ich meine, in seinem Verhalten?«

»Nein, das hätte ich gemerkt. Er ist ja immer ...«

»Putzt jemand bei ihm?«

»Nein, das macht er selber, soweit das ein Mann eben kann. Aber manchmal mache ich was für ihn. Gardinen waschen und mal einen gründlichen Hausputz vor Weihnachten und Ostern. Er hat mir das immer gut bezahlt. Von sich aus kam er aber nicht. Ich musste ihn schon drauf ansprechen, ob es nicht mal wieder angebracht wäre. War es dann auch. Dann war er auch einverstanden, dass ich mal was machte. Aber so das Laufende, das hat er selber gemacht.«

»Hatte er manchmal Besuch?«

»Ja, sehen Sie, Herr ... entschuldigen Sie, jetzt hab' ich Ihren Namen wieder vergessen.«

»Wronski.«

»Wronski? Hört sich so polnisch an. Eine entfernte Tante von mir heißt Grabowski. Im Ruhrgebiet heißen ja viele so. Die kam daher, die Tante. So, nun trinken Sie aber auch, ehe er kalt wird.«

»Äh, die Besuche ...«

»Ach ja, die Besuche. Also sehen Sie, das finde ich komisch: Er hatte fast nie Besuch. Ich meine, wenn er so viel zu arbeiten hatte, wird er sich wohl deshalb niemand eingeladen haben. Aber ich finde es schon schade, wenn ein junger Mann so ohne Kontakt ... na ja, nun weiß ich ja nicht, wie es in Göttingen war. Kann sein, dass er da Freunde hatte. Aber hier ... auch kein Damenbesuch. Also, zwei- oder dreimal war eine hübsche junge Dame oben. Aber das kann man nicht Damenbesuch nennen, verstehen Sie? Die war immer nur kurz da und ging dann wieder. Sie hatte eine Mappe bei sich. Darum denke ich mir, dass es eine Mitarbeiterin war oder eine Studentin oder so was. Wenn sie oben war, nur so zehn oder zwanzig Minuten, haben sie auch dauernd geredet. Ganz, wie soll ich sagen, sachlich gewissermaßen. Also, nicht dass Sie jetzt denken, ich hätte gelauscht! So was gibt's bei mir nicht! Ehrlich nicht, Herr ... Aber man hört das ja am Ton, wenn die Leute reden, wo es drum geht, ich meine, nicht genau, aber ob das jetzt um ein wichtiges Thema geht, nicht wahr, oder ob es ein Liebespaar ist, wollen wir mal sagen. Sie trinken ja gar nicht!«

Wronski führte gehorsam die Tasse zum Mund. »Guter Kaffee, sehr gut. Äh, Frau Hafer, Sie wissen wohl nicht, wie die junge Frau hieß?«

»Nein, natürlich nicht. Herr Bloch hat sie mir nicht vorgestellt.«

»Haben Sie nicht mal irgendetwas aufgeschnappt? Ich weiß, Sie lauschen nicht, aber manchmal ergibt es sich ja zufällig ...«

»Wirklich, Herr Grabowski, ich weiß gar nichts über die junge Dame. Wenn ich nicht zufällig an den Briefkasten hätte gehen wollen, als sie mal kam, hätte ich sie überhaupt nicht zu Gesicht gekriegt. Eine recht hübsche junge Dame mit kurzen blonden Haaren und einer zierlichen Brille. Nicht sehr groß. Unauffällig gekleidet, also, jedenfalls kann ich mich nur noch an was Grau-Grünes erinnern. Es ging ja alles so schnell.«

»Wissen Sie, ob sie mit einem öffentlichen Verkehrsmittel gekommen ist oder mit Auto oder Fahrrad?«

»Das kann ich Ihnen wirklich nicht sagen, Herr ...«

»Wronski.«

»Herr Wronski, ja. Ich bin ja erst auf sie aufmerksam geworden, als ich die Klingel oben hörte. Und als sie wieder ging, konnte ich ihr natürlich nicht hinterherlaufen. Das hätte ja ausgesehen, als wäre ich neugierig, und das bin ich nun wirklich nicht.«

»Von mir aus könnten Sie ruhig noch etwas neugieriger sein, Frau Hafer. Wir sind ja bei unseren Ermittlungen immer ...«

»Noch ein Tässchen?«

»Ja, bitte, der tut gut! ... immer auf Beobachtungen der Bevölkerung angewiesen. Nein danke, ich trinke ihn schwarz. Nun, Frau Hafer, zu dem Einbruch. Wie kam es, dass Sie den heute Morgen entdeckt haben?«

»Ja, das kam so: Wir haben ja von dem Einbruch gar nichts mitbekommen. Wenn das in der Nacht war, dann müssen die sehr leise gewesen sein, sonst hätte ich die Treppe quietschen hören, aber das glaube ich nicht. Wahrscheinlich war es am Nachmittag vorher. Da war ich beim Friseur und dann noch einkaufen. Und mein Mann ist ja sowieso nicht da, tagsüber. Da konnten die Kerle ganz ungestört hier rein und alles auf den Kopf stellen. Nun müssen Sie wissen, ich hatte das ja schon vorher seltsam gefunden, dass Herr Bloch nicht da war. Eine Nacht ist er gelegentlich mal nicht dagewesen. Aber zwei Nächte hintereinander – das kam nie vor ...«

»Woher wussten Sie denn, ob er da war oder nicht?«

»Na, das merkt man doch! Ob die Toilettenspülung rauscht, und morgens duscht er immer; man hört auch Schritte oben, nicht da drüben, aber hier, wo er seine Küche hat. Hatte.«

»Es kam Ihnen also merkwürdig vor, dass Herr Bloch nicht da war, und Sie haben nachgesehen.«

»Ja, und da sah ich die Bescherung. Die Tür aufgebrochen und drinnen alles durcheinander! Ein Chaos, sag ich Ihnen, wie wenn der Fuchs im Hühnerstall eingebrochen ist. Ich hab natürlich nichts angerührt! Das weiß man ja, wenn man Krimis im Fernsehen sieht ...«

»Da fällt mir etwas ein, Frau Hafer ...«

»Soll ich noch nachgießen?«

»Danke, danke, das reicht mir. Die Wohnungstür war aufgebrochen ...«

»Ja, dieses Eisending hing so schräg da raus, und das Holz war gesplittert.«

»Wie ist der Einbrecher überhaupt ins Haus gekommen?«

Frau Hafer starrte ihr Gegenüber wortlos und mit offenem Mund an. Das ungewohnte Schweigen von mindestens sechs Sekunden hätte Wronski als wohltuend empfinden können, wenn es nicht der Ausdruck einer Verlegenheit gewesen wäre, die auch von ihm Besitz ergriffen hatte.

»War die Haustür verschlossen?«

»Ja, selbstverständlich; ich verschließe sie immer, wenn ich gehe.«

»Und unversehrt? Wir werden das noch genau untersuchen.«

»Da war nichts aufgebrochen! Bestimmt nicht!«

»Eine Kellertür? Ein Kellerfenster? Oder stand ein Fenster in Ihrer Wohnung offen?«

»Nein, da bin ich ganz sicher.«

Wronski stand auf. »Ich würde mir gern mal das Haus von außen und den Keller von innen ansehen.«

»Ich zeig's Ihnen«, sagte Frau Hafer in einer Kürze, die Wronski ihr gar nicht zugetraut hätte.

10

Kranich hatte noch nicht geschlafen, aber weit entfernt davon war er nicht mehr gewesen, und so dauerte es einige Augenblicke, bis er sich herumgewälzt und den Hörer abgenommen hatte.

»Kranich.«

»Hier ist Uwe Zehntfennig, und wenn ich Sie geweckt haben sollte, tut es mir erstens Leid, und zweitens habe ich nur auf Anweisung gehandelt.«

»Schön, dass Ihre Schwester meine Bitte – nicht meine Anweisung – so klar weitergegeben hat. Können Sie etwas lauter sprechen?«

»Nein, tut mir Leid. Das Telefon steht im Flur, und rundherum schläft die Familie hinter billigen Türen.«

»In Ordnung. Ich wollte Sie auch nur bitten, sich morgen früh schon für Ihren Einsatz bereitzuhalten.«

»Was, morgen schon?«

»Ja, Ihr neuer Chef muss nach Pilsen. Und da . . .«

»Wo das berühmte Bier erfunden wurde.«

»In Tschechien, ja. Er hat da einen Betrieb oder er ist daran beteiligt. Die Gelegenheit ist günstig. Er muss morgen einen Fahrer haben und kann den Vertreter seines richtigen Fahrers darum nicht ablehnen. Ich konnte nicht widerstehen und habe schon alles in die Wege geleitet. Herr Thiedemann erwartet Sie morgen um halb elf.«

»So früh? Ich fahre ja auch noch eine ziemliche Strecke da hin.«

»Sie müssen sogar noch früher aufstehen. Herr Umbach will Ihnen erst den Mercedes zeigen, eine Probefahrt mit Ihnen machen und noch einiges erklären, was Sie wissen sollten. Auch über ihn selbst, denn er soll ja schließlich Ihr Großonkel sein. Ich komme um acht bei Ihnen vorbei und hole Sie ab.«

Pause.

»Acht Uhr abends?«

»Sie Witzbold!«

»Wissen Sie, wie spät es ist?«

»So eins – halb zwei, schätze ich. Hatten Sie ein schönes Konzert?«

»Ja. Ich habe alles gegeben, wozu ich künstlerisch und menschlich fähig war und bin nun rechtschaffen müde.«

»Gut, dann wollen wir unser Telefongespräch nicht unnötig lange ausdehnen, damit Sie ins Bett kommen.«

»Zwei Dinge noch, ehe ich erschöpft darniedersinke. Ich habe morgen Klavierschüler. Wenn ich denen schon wieder absage ...«

»Was heißt: schon wieder?«

»... dann werden sie wahrscheinlich gar nicht mehr kommen.«

»Das trifft sich gut. In den nächsten Wochen können Sie sie sowieso nicht unterrichten. Sie können das ja morgen Vormittag noch telefonisch klären.«

»Ein kluger Gedanke von Ihnen, nicht nachts um eins dort anzurufen.«

»Da sind wir uns also einig. Und das Zweite?«

»Wie Sie sich zweifellos erinnern werden, versprachen Sie, mir gelegentlich genaue Anweisungen zu geben, was ich nun eigentlich erforschen soll. Um was für einen Verdacht geht es? Ich meine nur, dass ich mein Taschenmesser einstecke, falls er verdächtigt wird, ein gefährlicher Killer zu sein.«

»Dessen wird er nicht verdächtigt. Außerdem dient dieser erste

Auftritt bei ihm erst einmal dazu, Vertrauen zu schaffen. Morgen ist keine kriminelle Handlung von ihm zu erwarten. Das heißt, bei Wirtschaftsbossen bin ich mir da nie ganz sicher. Aber jedenfalls nichts, was Sie zu beobachten hätten.«

»Es wäre mir aber sehr sympathisch, wenn ich nicht so ganz ahnungslos mit ihm in Kontakt käme.«

»Morgen, einverstanden? Bis Ihr Wecker klingelt, sind es vielleicht nur noch fünf Stunden. Denken Sie dran, Sie müssen auch noch etwas für eine Übernachtung in Pilsen zusammenpacken.«

»Ich kann aber diese spärlichen fünf Stunden wenigstens besser schlafend ausnutzen, wenn ich mich nicht dauernd mit der Frage hin- und herwälzen muss: Was für ein dunkles Spiel wird hier gespielt?«

»Na schön, in der gebotenen Kürze: Unser Auftraggeber ist ein wohlhabender Herr aus Süddeutschland, Arzt und Besitzer einer Privatklinik am Bodensee. Sein Sohn ist in die Hände einer Sekte gefallen. Das ist dem Vater besonders schmerzlich, da er sein Medizinstudium abgebrochen hat. Der Kontakt wurde von dem Sohn völlig abgebrochen. Der Vater ist sicher, dass der junge Mann mit allerlei psychologischen Tricks verbogen wurde. Aber er kann nichts machen. Er kann den Sohn ja nicht zwingen.«

»Ich auch nicht.«

»Sollen Sie auch gar nicht. Wir wurden beauftragt, die Sekte und ihre Machenschaften zu beobachten, um vielleicht eine Schwachstelle zu finden, an der man mit juristisch einwandfreien Mitteln ansetzen kann. Dabei stellten wir fest, dass Herr Thiedemann, Ihr neuer Chef, oft dort auftaucht. Niemand kann sich erklären, was er dort will. Er ist nicht fromm. Er hat auch kein Kind dort, und er selbst passt schon seines Alters wegen nicht da hin. Um es kurz zu machen: Mein Auftraggeber, der Arzt, war mit mir der Meinung, dass mit diesem Herrn Thiedemann etwas nicht stimmt. Vielleicht nutzt er die jungen Sektenmitglieder aus. Vielleicht nimmt er ihnen auf unerklärliche Weise Geld ab. Die meisten Mitglieder der Sekte kommen aus einem gewissen Wohlstand. Vielleicht – nun ja, wir wissen's eben nicht. Aber dafür haben wir ja jetzt Sie.«

»Ist es nicht ein beruhigendes Gefühl für Sie, einen so qualifizierten und vor allem erfahrenen Mitarbeiter wie mich zu haben?«

»Doch. Das Gefühl ist so beruhigend, dass ich jetzt gerne das Gespräch beenden würde, um in großer Ruhe einzuschlafen.«

»Gute Nacht.«

»Und seien Sie um acht Uhr gestiefelt und gespornt.«

»Zu Befehl, Chef.«

Kranich legte auf und lächelte. Der neue, völlig unqualifizierte und unerfahrene Mitarbeiter hatte etwas Pfiffiges an sich, das Kranich in der Tat das beruhigende Gefühl gab, er werde sich dieser Aufgabe gewachsen zeigen.

11

»Schwester Christina, Bruder Tobias möchte dich sprechen.«

Ein uneingeweihter Beobachter, der nur diese Worte gehört hätte, würde sie sicher als Scherz aufgefasst haben. Aber so waren sie nicht gemeint. In diesem supermodernen Büroraum, wo lauter junge Menschen vor ihren Computern saßen, gehörte diese Redeweise zum Programm.

»Danke, Bruder Oswald!«

Das Mädchen von etwas über zwanzig Jahren, das mit Schwester Christina angesprochen worden war, stand auf und ging zum Telefon.

»Schalom, Bruder Tobias!« Ihre helle, fast kindliche Stimme klang fröhlich.

»Schalom, Schwester Christina. Da sitzen zwei Journalisten im Besucherraum. Ob du dich mal auf deine bewährte Weise um sie kümmern kannst?«

»Mache ich, wenn du möchtest. Aber ich vermute, sie würden lieber mit einem Verantwortlichen sprechen.«

»Entschuldige mich bei ihnen. Ich habe keine Zeit. Ich will nicht vom Umgang mit dem ewigen Herrn Zeit abknapsen, um sie den Herren von der Presse zu widmen. Das werden sie vielleicht nicht verstehen, aber ich denke, du wirst schon Worte finden, es ihnen klarzumachen. Erst recht würden sie einen weiteren Grund nicht verstehen. Du brauchst ihn darum nicht zu erwähnen, aber dir kann ich ihn ja sagen: Ich möchte nicht so im Mittelpunkt der weltlichen Berichterstattung über unser Werk stehen. Es tut – geistlich gesehen – nicht gut, wenn einer so herausgehoben wird. Wir sind eine Schar von Brüdern und Schwestern. Natürlich brauchen wir auch Verantwortliche, so wie Jesus Petrus als besonders Verantwortlichen eingesetzt hat, aber unser eigentlicher Leiter ist der unsichtbare Herr.«

»Ja«, sagte Schwester Christina und strich sich zum fünften Mal, seit sie aufgestanden war, mit dem kleinen Finger der rechten Hand eine blonde Haarsträhne aus dem hübschen Gesicht. »Ich werde ihnen erklären, was ich erklären kann, und sie im Übrigen auf unsere Literatur verweisen. Und Bruder Volkmar?«

»Er lässt sich aus den gleichen Gründen entschuldigen wie ich.«

»Waren sie angemeldet, die Journalisten?«

»Ja, aber das muss bei uns in der Verwaltung irgendwie in Vergessenheit geraten sein. Wir wollen sie auch nicht wegschicken. Sicher ist damit zu rechnen, dass ihr Bericht nachher wieder von Fehlern, Einseitigkeiten und negativen Kommentaren strotzt, vielleicht sogar von beißendem Spott, wie neulich. Aber wir ertragen dies alles gern um Christi willen. Außerdem würde es eher schlimmer, wenn wir sie zurückweisen. Es passt ohnehin nicht zu unserer Aufgabe als Zeugen Christi in dieser Welt, Menschen zurückzuweisen, die sich für unseren Glauben und unsere Lebensweise als Jünger Jesu interessieren, selbst wenn sie mit einer negativen Einstellung kommen. Paulus schreibt: Seid jederzeit bereit, Rechenschaft abzulegen.«

»Gut, Bruder Tobias, dann lege ich mal Rechenschaft ab.«

»Ich danke dir, Schwester Christina, und bin sicher, der Herr wird dir Kraft geben, es gut zu machen.«

Christina legte auf, ging zu ihrem Computer zurück, um dort einige Tasten zu betätigen, und verließ das Büro. Die uralte Holztreppe, die sie hinuntersteigen musste, beschwerte sich knarrend, dass die Modernisierung, die oben im Büro so überzeugend gelungen schien, bisher an ihr vorübergegangen war.

Christina eilte über den freien Platz. Auf dem Dach der großen Halle waren drei junge Männer mit Ausbesserungsarbeiten beschäftigt. Sie winkte ihnen zu und die drei grüßten zurück.

In dem großen dreistöckigen Gebäude aus roten Backsteinen am

Ende des Geländes war unten der Raum für Besucher eingerichtet. Christina ging hinein.

Zwei Männer in Lederjacken, der eine etwa dreißig Jahre alt, der andere deutlich älter, saßen an einem der sechs kleinen Tische. Sie hatten hinter ihren Kaffeetassen gewartet und standen nun auf. Dabei wurden die zwei Kameras sichtbar, die der ältere vor dem Bauch hatte. Christina reichte ihnen die Hand.

»Ich bin Schwester Christina. Unsere beiden Leiter lassen sich entschuldigen – Sie müssen mit mir vorlieb nehmen.«

Der Jüngere grinste. »Ich wüsste nicht, was ich lieber täte. Vielleicht sind die Leute unansehnliche ältere Herren.« Er ließ einen bewundernden Blick an seinem Gegenüber hinuntergleiten. Christina tat, als merkte sie es nicht.

Der Fotograf fragte: »Schwester Christina? Sollen wir Sie so anreden? Ich meine, wir sind doch hier nicht im Krankenhaus. Haben Sie keinen Familiennamen?«

»Doch. Aber der steht nur in unserem Pass und ist für den Umgang mit Behörden und ähnlichen Stellen wichtig. Hier brauchen wir keinen Familiennamen. Unsere Gemeinschaft ist unsere Familie. Aber bitte, setzen Sie sich doch. Ich denke, es ist Ihnen recht, wenn wir erst einige grundsätzliche Dinge besprechen, bevor ich Ihnen das Gelände zeige.«

Gehorsam setzten sich die Männer.

Ein schwarzhaariges, etwas pummeliges Mädchen schaute zur Tür herein und fragte: »Schwester Christina, soll ich dir auch einen Kaffee bringen?«

»Nein, danke, Schwester Ruth.«

Der Reporter grinste. Als Christina ihn ansah, erschrak er, machte sofort ein ernstes Gesicht und stammelte etwas verlegen: »Äh – entschuldigen Sie – ich will mich nicht über Sie lustig machen. Es ist nur – es ist alles so ein bisschen komisch ... Nun ja, also, wie Sie ja aus unserer telefonischen Anmeldung wissen, wollen wir gern eine Reportage schreiben.«

Christina hielt es nicht für nötig, ihm zu erklären, dass sie nichts wusste.

»Wir würden gern einige Fotos machen: Das ist die Aufgabe meines Kollegen.«

»Hier wäre jetzt eine gute Gelegenheit, sich vorzustellen. Sie haben mir noch nicht Ihre Namen verraten. Es dürfen ruhig die Familiennamen sein.«

Der Journalist, sonst fast von Berufs wegen selbstsicher und draufgängerisch, wusste selbst nicht, warum er sich hier ein wenig verlegen fühlte und etwas durcheinander war.

»Tut mir Leid, ich dachte, bei unserer telefonischen Anmeldung – also, mein Kollege von der knipsenden Zunft heißt Herwald und mein Name ist Karst. Äh – also, wir dachten an einen zweiseitigen Bericht über Ihre Sekte, vielleicht auch drei Seiten. Es kommt darauf an, was es hergibt ...«

»Sie machen sich doch sicher als jemand, der mit der Sprache umgeht, auch manchmal Gedanken über die Untertöne, die beim Gebrauch bestimmter Wörter mitschwingen?«

»Ja, sicher, ich meine, ich weiß jetzt nicht, was Sie ...«

»Was schwingt für Sie bei dem Wort ›Sekte‹ mit? Ist das nach allgemeinem Verständnis aller Deutsch Sprechenden ein eher positives oder ein negatives Wort?«

Der ungewohnte Zustand leichter Verlegenheit bei dem Reporter fand keine Veranlassung, sich zu bessern. »Nun, eigentlich eher negativ.«

»Soll ich daraus schließen, dass Sie schon negativ uns gegenüber eingestellt sind, ehe Sie uns kennen gelernt haben?«

Es war noch nie vorgekommen, dass der Fotograf dem Reporter beispringen musste. Hier geschah es nun zum ersten Mal. »Mein Kollege sagt ja nur ›Sekte‹, weil das eben der übliche Ausdruck ist für so ... so ... so Einrichtungen wie diese. Das soll kein Werturteil sein.«

»Da freue ich mich aber!«, sagte Schwester Christina, und es klang wie bei einem Kind unterm Weihnachtsbaum. »Übrigens – Sekte heißt, der Urbedeutung des Wortes nach: etwas Abgetrenntes, Abgeschnittenes. Das bezog sich früher auf die Kirche. Aber ich denke, in unserer Zeit des Individualismus ist es keine Schande mehr, einen anderen Weg zu gehen als eine der großen Kirchen. Keine Kirche wird wohl ernsthaft behaupten, die Eintragungen in ihrer Mitgliederliste seien identisch mit dem Buch des Lebens, das im Himmel geschrieben wird.«

Der jüngere der beiden Männer raffte sich zusammen. »Ich wäre Ihnen dankbar, Frau ... äh, Schwester Christina, wenn Sie uns nicht so aufs theologische Glatteis führen würden. Da sind wir Ihnen nämlich hoffnungslos unterlegen. Und die ›Sekte‹ nehme ich zurück, bis ich Ihre Sache hier besser kennen gelernt habe.«

Christina nickte und lächelte versöhnlich. Während sie sich mit dem kleinen Finger eine blonde Strähne von der leicht gewölbten Stirn strich, kostete es Herrn Karst einige Anstrengungen, sich auf den weiteren Gang des Gesprächs zu konzentrieren.

»Vielleicht sollten wir chronologisch vorgehen. Erzählen Sie uns doch bitte, wie das Ganze hier entstanden ist!«

»Gern. Am besten in der Kurzfassung, nicht wahr? Und wenn Sie Genaueres wissen wollen, fragen Sie einfach nach.«

Karst nickte und zog seinen Notizblock aus der Brusttasche.

»Einer unserer jetzigen Leiter, Bruder Volkmar, war Jugendgruppenleiter nicht weit von hier. Es gab eine Erweckung in dem Jugendkreis und ...«

»Eine was?«

»Viele sind zum Glauben an Jesus gekommen.«

»Aha.«

»Daraus entstand dann eine kleine Lebensgemeinschaft. Es wurden Besuche zu anderen Jugendkreisen organisiert, bei christlichen Konferenzen; es gab Straßenmission und dergleichen – so kamen auch junge Menschen aus anderen Gegenden Deutschlands dazu. Ich zum Beispiel. Ich war in Süddeutschland zu Hause.«

»Ist das hier so 'ne Art Kloster?«

»Was meinen Sie mit ›so 'ne Art‹?«

»Also – zum Beispiel – heiraten Sie nicht?«

Schwester Christina lächelte nachsichtig. »Das ist meistens die erste Frage. Wir haben nicht Ehelosigkeit gelobt, wohl aber Enthaltsamkeit außerhalb der Ehe. Inzwischen sind – Moment, lassen Sie mich nachdenken – elf Ehen in unserer Gemeinschaft geschlossen worden. Drei der Ehepaare leben mit hier, zwei haben inzwischen ein Kind, neun Ehepaare leben anderswo, besuchen uns aber, so oft sie können.«

»Man kann also die Gemeinschaft auch wieder verlassen, ohne – wie sagt man da – exkommuniziert ...«

»Jeder, der nicht unsere Lebensgemeinschaft, aber unseren Glauben teilt, ist Bruder oder Schwester für uns.«

»Sie sagen das so überzeugt. Sind Sie sicher, dass alle so denken, einschließlich der Leitung?«

Zum ersten Mal in diesem Gespräch wirkte Schwester Christina etwas unsicher. Der scharfen Beobachtungsgabe des Reporters entging das nicht. Er registrierte es mehr als die etwas ausweichenden Worte der jungen Frau: »Ich kann nicht sagen, wie jeder Einzelne von uns denkt, sicher gibt es auch unterschiedliche Ansichten, aber wir lehren eigentlich, dass nicht die Zugehörigkeit zu unserer Gruppe das Entscheidende ist, sondern die Zugehörigkeit zu Christus.«

»Und?«

»Was – und?«

»Na, wie ging's dann weiter?«

»Ach so. Ja, dann gab es eine Phase, wo niemand mehr neu dazukam. Vielleicht war uns auch die geistliche Kraft etwas verloren gegangen. Da stieß Bruder Tobias zu uns, und das belebte unser Werk neu. Gott hat ihm wohl eine besondere Gabe verliehen. Jedenfalls ist die Gemeinschaft seitdem auf etwa dreihundert Personen angewachsen.«

»Er ist so was wie der Chef hier?«

»Zusammen mit Bruder Volkmar, der vorher allein die Leitung hatte.«

»Und was machen diese dreihundert Leute hier so den ganzen Tag?«

»Das könnte ich Ihnen draußen erklären, während ich Ihnen alles zeige. Einverstanden?«

Die Zeitungsleute nickten, erhoben sich und folgten der jungen Frau hinaus.

12

Uwe Zehntfennig fuhr vor der Villa des Unternehmers Thiedemann vor. Er zog den Zündschlüssel ab, atmete einmal tief durch und stieg aus.

Das Gebäude vor ihm war eingeschossig mit einem Walmdach aus roten Ziegeln. Die Fenster waren mit Eisengittern gesichert. Uwe konnte links am Haus vorbei in die Wetterau sehen, über gepflegte Gartenanlagen hinweg und einen sanft abfallenden Hang hinunter.

Ein melodischer Gong war zu hören, als er den Knopf drückte. Die Tür wurde von einem Mann im dunklen Anzug geöffnet.

»Guten Tag, Herr Thiedemann. Ich bin Uwe Zehntfennig. Mein Großonkel hat mich ja schon angekündigt.«

»Ich bin nicht Herr Thiedemann«, sagte der dunkel Gekleidete und bemühte sich, distanziert vornehm wie ein englischer Butler zu wirken, was ihm aber nur unvollkommen gelang. »Sie werden erwartet. Bitte.«

Uwe trat in den Windfang – der etwa so groß wie das Schlafzimmer seiner Schwester war – und wurde gleich weitergeleitet in eine Art Treppenhaus, von dem aus ein paar Stufen nach oben und eine Treppe nach unten führten. Offenbar war das Haus nur nach vorn eingeschossig. Der Butler, Privatsekretär, Leibwächter oder was immer er sein mochte, ging Uwe voraus die Treppe hinunter. Unten öffnete sich ein riesiges Wohnzimmer. Große Fenster und Terrassentüren ließen den Eindruck entstehen, als wäre man im Garten. Der Raum war höher als eine normale Geschosshöhe, die Wände waren verklinkert und der Boden mit Parkett belegt. Einige Sitzgruppen standen im Raum verteilt, in der Mitte prangte ein weißer Flügel. Auf einem Sessel saß ein Herr, Mitte vierzig, mit Stirnglatze.

»Guten Tag, Herr Thiedemann. Ich bin Uwe Zehntfennig. Mein ...«

»Ich bin nicht Herr Thiedemann«, lächelte der Mann, und Uwe fühlte sich ein wenig an der Nase herumgeführt. Wenigstens sagte der hier aber, wer er stattdessen war. »Stiller ist mein Name. Ich bin Leiter der Entwicklungsabteilung in der Maschinenfabrik Thiedemann und begleite Sie nach Pilsen.«

»Angenehm.« Uwe meinte sich zu erinnern, dass man das in besseren Kreisen nach einer Vorstellung zu sagen pflegt, war sich aber nicht sicher, ob er dieses Wissen nicht aus älteren Filmen und Büchern hatte und die Gewohnheit inzwischen überholt war.

Ein prachtvolles Stück, dieser Flügel! Geradezu einladend stand er da, und er hätte ihn auch dann magisch angezogen, wenn dies nicht außerdem eine gute Gelegenheit gewesen wäre, sich hier im Haus positiv einzuführen. Nun kam dieses Argument noch dazu. Er deutete auf das Instrument, sah Herrn Stiller an und fragte: »Darf ich?«

Der zuckte die Schultern. »Ich bin hier nicht zu Hause. Aber ich nehme an ...«

»Ich fürchte«, meinte der dunkel Gekleidete, der immer noch am unteren Ende der Treppe stand, und es schwang leise, aber unüberhörbar eine gewisse Strenge in seiner Stimme mit, »es wäre Herrn Thiedemann nicht recht, wenn Sie auf seinem Klavier spielen. Der Herr Direktor ist gleich so weit.«

Um irgendeine Ecke herum ertönte da von etwas weiter entfernt eine Stimme: »Ich habe doch nichts dagegen, wenn der junge Mann spielt! Spielen Sie nur so lange, ich bin gleich da!«

Uwe setzte sich auf den Klavierstuhl, klappte das Instrument auf, legte den Filz ordentlich zusammen, der zum Schutz auf der Tastatur lag, besann sich einen Augenblick und griff in die Tasten. Der Flügel hatte einen wunderschönen, weichen Klang. Er spielte Chopins Revolutionsetüde. Die Begeisterung riss ihn mit, und die Etüde wurde noch revolutionärer als auf dem Klavier seiner Schwester.

Uwe vergaß, wo er war, vergaß die ungewohnte Umgebung, vergaß seinen Doppelauftrag als Fahrer und Amateurdetektiv und war nur noch Pianist. Herrlich, auf so einem Instrument in einem Raum, der dafür hervorragend eingerichtet war, so ein großartiges Stück zu spielen. Als er die letzten Akkorde anschlug und Blick und Hände wieder von den Tasten nahm, musste er sich erst wieder besinnen, wo er eigentlich war.

Jemand klatschte. Uwe drehte sich um. Ein hagerer, fast asketisch wirkender Mann hatte sich in einen der Sessel gesetzt und zugehört. Jetzt strahlte er den jungen Mann an. Herr Stiller fiel in den Applaus ein, während der gute Geist des Hauses die Arme herunterhängen ließ. Ob er es für unter seiner Würde hielt zu klatschen oder ob er sich zu solchen Beifallsbekundungen als Angestellter nicht berechtigt fühlte, war nicht erkennbar.

»Sie sind aber jetzt Herr Thiedemann?«, fragte Uwe sicherheitshalber. Es sprach zwar alles dafür, aber er war immer noch unsicher, weil der hagere Mann so ganz und gar nicht dem Bild entsprach, das sich ein Normalbürger von einem erfolgreichen Unternehmer macht. Auch die Stimme vorhin hatte ziemlich fett geklungen und passte nicht recht zu dieser Gestalt.

»Ja, und Sie sind Herr Zehntfennig – oder so ähnlich.«

Er stand auf und reichte Uwe die Hand. »Nicht ähnlich, sondern genau so.«

»Herr Umbach sagte, dass Sie Musik studiert haben. Aber ich konnte nicht damit rechnen, so einen ausgezeichneten Pianisten kennen zu lernen. Schade, dass Sie mit Ihren Fertigkeiten keine Arbeit haben.«

»Ein Schicksal, das ich mit vielen anderen teile.«

»Sie müssen uns unbedingt öfter besuchen, Herr Zehntfennig! Ich meine, auch später, wenn Herr Umbach wieder gesund ist. Haben Sie Lust, mal ein kleines Hauskonzert mitzumachen?«

»Gerne. Wenn sich das mit meinen sonstigen Pflichten vereinbaren lässt.«

»Wohnen Sie weit von hier?«

»In Frankfurt. Aber ich suche schon seit längerem etwas Neues. Ich wohne zur Zeit bei meiner Schwester und meinem Schwager.«

Herr Thiedemann sah ihn an und schien einen Augenblick zu überlegen. Dann ging er zu dem Telefon in der Nähe der Treppe und wählte. »Thiedemann. Herrn Kranz bitte.« Er gab dem Möchtegern-Butler ein Zeichen. »Sie können schon mein Gepäck in den Wagen bringen. Meine Frau gibt es Ihnen.«

Uwe reichte ihm den Schlüssel.

»Ja, Herr Kranz, ich habe da einen netten jungen Mann, der Herrn Umbach als Fahrer vertritt. Er sucht verzweifelt eine Wohnung.«

»Oder ein Zimmer«, warf Uwe dazwischen.

»Oder ein Zimmer – na ja, also, was ein junger Mann eben so braucht. Mir liegt aus guten Gründen daran, ihm zu helfen. Sie haben doch immer die Augen offen wegen der Fluktuation in unserem Betrieb ... Ja, tun Sie das. Ich danke Ihnen.« Der Direktor legte auf. »Ich bin sicher, da lässt sich bald etwas finden«, lächelte er den jungen Pianisten an.

Eine Dame erschien oben an der Treppe. »Möchten die Herren noch eine Tasse Kaffee trinken, bevor sie fahren?«

Thiedemann wandte sich um. »Komm herunter, Eva, und sag einem jungen Künstler guten Tag.«

»Ich habe schon gehört, dass da ein Könner am Werk war. Großartig! Aber erst möchte ich ein Ja oder Nein zum Thema Kaffee hören, ehe ich deine Gäste begrüße, Egon, sonst muss ich zweimal die Treppe runter.«

Herr Stiller lächelte hinauf: »Wenn Sie's uns schon so freundlich anbieten – ja, gern.«

»Mir auch, bitte«, ergänzte Uwe. Die Dame verschwand vom Treppengeländer.

»Sie müssen wissen«, erklärte Herr Thiedemann, »ich bin ein Musikliebhaber, spiele aber selbst nicht. Ich musste den Betrieb meines Vaters übernehmen und dafür Betriebswirtschaft studieren, obwohl ich viel lieber ... na ja, da geriet auch das wenige, was ich als Kind gelernt hatte, bald in Vergessenheit. Da habe ich mir geschworen: Das passiert meiner Tochter nicht. Sie spielt Cello, aber zur Zeit studiert sie in Paris. Wie wär's mit noch einer kleinen Kostprobe, Herr Zehntfennig? Dafür fahren wir dann nachher ein bisschen schneller. Brauchen Sie Noten?«

»Es kommt darauf an, was Sie hören wollen. Wenn Sie mir die Auswahl überlassen, kann ich Ihnen auch ohne Noten etwas vorspielen.«

»Natürlich. Entscheiden Sie. Es muss ja nichts Langes sein. Bis der Kaffee kommt.«

Uwe setzte sich an den Flügel. »Etwas aus dem wohltemperierten Klavier? Ich war gestern in einem Kirchenkonzert und bin gerade seelisch auf Bach eingestellt.«

Direktor Thiedemann nickte, ließ sich in einem Sessel nieder und schloss genießerisch die Augen, während sein Gast zu einer Fuge ansetzte.

Als er fertig war und aufsah, saß die Frau des Direktors neben ihm auf der Sessellehne und hatte den Arm um die Schulter ihres Mannes gelegt. Plötzlich schoss Uwe der Gedanke durch den Kopf: Können das Verbrecher sein? Können diese freundlichen Leute, familiär gesinnt, kunstinteressiert, die religiösen Gefühle anderer schamlos für sich ausnutzen? Oder spielen die mir hier etwas vor?

»Danke, Herr Zehntfennig«, sagte Herr Thiedemann und stand auf. »So, nun wollen wir uns aber auf den Weg machen.«

»Noch schnell die verschobene Begrüßung, zugleich mit dem Abschied«, lächelte Frau Thiedemann, eine kleine, rundliche Frau, die zumindest in der Gestalt ganz und gar nicht zu ihrem Mann passte. Sie reichte ihm die Hand. »Ihr Kaffee!« Sie deutete auf die Tasse auf einem Teewagen.

13

Schwester Christina deutete auf die langen Reihen der Gewächshäuser. »Der größte Teil unserer Brüder und Schwestern arbeitet in der Gärtnerei. Wir haben viel Land von den Bauern der Umgebung gepachtet und betreiben da biologischen Gemüseanbau.«

»Sehr arbeitsintensiv. Aber Personal haben Sie ja reichlich.«

Der Fotograf zeigte auf eine Gruppe von jungen Leuten, die in einem der Gewächshäuser mit Umtopfen oder etwas Ähnlichem beschäftigt waren und dabei sangen. Man konnte es durch die Glaswände deutlich hören. »Ich mache da drin mal ein paar Fotos.«

Der Reporter nickte. »Schwester Christina, Sie sagten, der größte Teil arbeitet in der Gärtnerei. Der Rest ist wohl für Verwaltung, Küche und so was zuständig?«

»Auch. Aber außer der Gärtnerei haben wir noch drei kleine Betriebe. Eine Töpferei, eine Firma, die Computerprogramme nach speziellen Wünschen erstellt, und ein Übersetzungsbüro. Da bin ich beschäftigt.«

»Ein Übersetzungsbüro? Was übersetzen Sie denn da?«

»Alles, was die Kunden wünschen. Heute muss man ja keine Manuskripte mehr hin und her schicken. Geht alles per Leitung. Wir haben Computerprogramme und gut ausgebildete Übersetzer in mehreren europäischen Sprachen. Unter unseren Mitgliedern sind auch zwei aus Belgien, einer aus Dänemark, ein Finne und zwei Italienerinnen.«

»Wie kommen Sie an Ihre Kunden? Machen Sie Werbung für Ihre Dienste?«

»Das spricht sich herum. Man schätzt vor allem unsere Schnelligkeit. Wenn zum Beispiel ein deutscher Geschäftsmann mit einem italienischen Partner verhandelt hat, lädt er diesen zum Essen ein, und seine Rechtsabteilung gibt uns den Vertragsentwurf in Deutsch durch. Wenn die Herren gegessen haben, liegt ihnen schon der Vertragsentwurf in Italienisch vor.«

»Interessant.«

»Gott schickt uns immer Leute, die unser Team hervorragend ergänzen.«

»Man sagt, Sie werben gezielt junge Leute, nicht nur mit guter Ausbildung, sondern auch mit dicker Brieftasche.«

»Das ist nicht wahr. Wir freuen uns über jeden, der zu uns stößt.«

»Aber es stimmt doch, dass mehr Ihrer Leute aus höheren sozialen Schichten kommen als im Durchschnitt der Bevölkerung.«

»Mag sein, ich habe darüber keine Statistik.«

»Und es stimmt auch, dass alle, die hier beitreten, ihren Besitz abgeben müssen.«

»Sie stellen ihn der gemeinsamen Sache zur Verfügung. Von ›müssen‹ kann man da nicht reden. Niemand ist gezwungen, unserer Gemeinschaft beizutreten.«

»Von dem Geld haben Sie wohl das alles hier gekauft? Das muss doch ein Vermögen gekostet haben!«

»Da machen Sie sich aber falsche Vorstellungen! Die Gebäude standen leer und waren in einem erbarmungswürdigen Zustand.«

»Können Sie da mal eine Zahl nennen?«

»Nein.«

»Können Sie nicht, wollen Sie nicht oder dürfen Sie nicht?«

»Alles drei.«

»Aha. Und die Gebäude haben Sie dann selbst restauriert.«

»Weitgehend. Einiges mussten auch Baufirmen machen. Früher war hier eine Tonwarenfabrik. Hauptsächlich wurden Schmelztiegel hergestellt aus dem Ton, der in der Nähe gefunden wird.«

»Was sind Schmelztiegel?«

»Man braucht sie zum Beispiel zur Stahlveredelung, habe ich mir sagen lassen. Sie werden mit den Metallen, die man legieren will, in die Glut gestellt und müssen darum feuerfest sein. In der großen Halle, wo wir jetzt unseren Versammlungssaal haben, wurden die Tiegel mit den Händen geformt – geklatscht, um die Luftbläschen herauszuholen. So habe ich's jedenfalls verstanden. Ein alter Meister hat es uns mal gezeigt und erklärt. Und da drüben war der große Brennofen. Da stand vor drei Jahren noch ein hoher Schornstein, der gesprengt werden musste.«

»Ach, und da brennen Sie wohl jetzt die Vasen aus Ihrer Töpferei?«

Christina lachte. »Nein, dafür ist der alte Brennofen nicht geeignet. Ich glaube, er funktioniert auch nicht ohne Schornstein.«

Herr Herwald, der Fotograf, stieß wieder zu ihnen. »Schöne Bilder, glaube ich. Sie haben irgendwie Stimmung.«

»Stimmung?« fragte der Jüngere. »Was für eine?«

»Fröhliche, würde ich sagen.«

»Hm, Frau ... äh, Schwester Christina, wenn schon Ihre beiden Hauptverantwortlichen keine Zeit für ein Interview haben – können wir dann nicht wenigstens ein Foto von Ihnen machen?«

»Ich fürchte, nein.«

»Wissen Sie, dass von dem einen – wie heißt er – Tobias?«

»Bruder Tobias, ja.«

»Dass von dem überhaupt kein Bild existiert? In keinem Zeitungsarchiv, in keiner Agentur, nirgends!«

»Wirklich?«

»Ja. Und eine Meldung ohne ein Bild von der Person ist heutzutage keine Meldung. Und unser Bericht ist ohne Bild von den Leitern nur halb so viel wert. Wir könnten es gleich ganz lassen.«

»Gute Idee!«

»Was?«

»Na, es zu lassen!«

14

»Man sagte mir, Sie seien der ermittelnde Beamte im Mordfall Matthias Bloch.«

»Das ist richtig. Magnus ist mein Name. Kommen Sie herein, Frau ... Graef, nicht wahr?«

»Woher wissen Sie ...?«

»Die Univerwaltung hat Sie angekündigt.«

»Ach so, ja, da habe ich mich erkundigt, an wen ich mich wenden soll.«

Die zierliche junge Frau kam herein und setzte sich auf einen der kargen Stühle. Magnus machte eine Bewegung mit der Hand in die Runde und sagte entschuldigend: »Nicht sehr wohnlich hier. Tut mir Leid. Aber wir sind dankbar, dass die Universität uns diesen Raum zur Verfügung gestellt hat. Wir befragen hier die Studenten und Professoren, mit denen Bloch zu tun hatte.« Er setzte sich der Frau gegenüber.

»Macht ja nichts.«

»Nein, macht nichts. Also, Frau Graef, was haben Sie mir zu sagen?«

»Ich habe für Herrn Bloch geschrieben.«

»Interessant! Sind Sie gelegentlich in seinem Haus in Kassel gewesen?«

»Ja. Da hat er mir neue Diktierbänder gegeben und einige Male auch handschriftliche Notizen.«

»Wir haben nach Ihnen gesucht.«

»Ich wusste nichts von dem Mord. Ich habe keine Zeitung. Wissen Sie, ich versorge mich mit den wichtigsten Informationen übers Fernsehen. Und da haben sie nichts gemeldet von dem Mord. Oder ich hab's verpasst.«

»Und wie haben Sie jetzt davon erfahren?«

»Er wollte mir wieder neue Kassetten zum Abschreiben geben. Das hatte er beim letzten Mal angekündigt. Er wollte sich telefonisch melden, dass ich sie abholen könnte, oder er wollte sie mir vorbeibringen. Das hat er auch schon einige Male gemacht. Es kam aber nichts. Da hab ich angerufen. Als ich niemanden erreichte, bin ich schließlich hingefahren und erfuhr, was passiert ist. Furchtbar! Wer macht so was Schreckliches?«

»Eben das bemühen wir uns herauszukriegen. Dann haben Sie sich auf der lokalen Polizeiwache gemeldet?«

»Ja, und da hat man mich zu Ihnen geschickt.«

»Vielen Dank, dass Sie gekommen sind!«

»Bitte. Ist doch selbstverständlich. Und außerdem meine staatsbürgerliche Pflicht, nicht wahr?«

»Richtig. Aber deswegen kann ich mich ja trotzdem bedanken.«

Die junge Frau mit den kurzen blonden Haaren nickte zufrieden.

Die Tür flog auf und Wronski kam herein. »Oh – Entschuldigung, dass ich nicht angeklopft hab. Ich wusste nicht, dass wir Besuch haben.«

»Das ist mein Mitarbeiter Kommissar Wronski, und hier haben wir die lang gesuchte Besucherin von Bloch, Frau Graef. Sie hat für ihn geschrieben.«

»Ah, ja, sehr gut. Die Nachbarin hat Sie treffend beschrieben.«

Er zog sich einen Stuhl heran, der noch schäbiger war als die, auf denen die beiden anderen saßen. Erst prüfte er seine offensichtlich begrenzte Tragfähigkeit, dann wagte er es, sich behutsam darauf zu setzen. »Da dürfen wir ja hoffen, der Lösung dieses mysteriösen Falles ein Stück näher zu kommen.«

Magnus fragte: »Frau Graef, ehe wir zu seinen Texten kommen, die uns vielleicht weiterhelfen, noch die Frage: Wie kam es dazu, dass Sie für ihn geschrieben haben?«

»Das ging um ein paar Ecken. Ich hatte schon mal eine wissenschaftliche Arbeit für einen Psychologen geschrieben. Da war ich noch Studentin. Von ihm hat Herr Bloch meinen Namen und meine Telefonnummer bekommen. Erst wollte ich ablehnen. Ich bin jetzt verheiratet und habe ein kleines Kind. Da kann ich nicht stundenlang am Computer sitzen. Aber Matthias Bloch war einverstanden, dass ich mir die Arbeit so einteile, wie es mir in meine Zeitpläne passt. Und da wir das Geld gut gebrauchen können ... Er hat mich gut bezahlt.«

»Haben Sie irgendwelche Unterlagen von den Texten, die Sie geschrieben haben?«

»Nein, gar nichts.«

»Durchschläge, Disketten – irgendetwas?«

»Nichts. Papier gab es gar nicht. Ich hab nur auf Disketten

geschrieben, und die hat er dann selbst ausgedruckt. Ich hab immer alles bei ihm abgeliefert.«

Wronski mischte sich ein. »Oder ein Diktierband?«

»Auch das nicht. Immer, wenn ich Kassetten von seinem kleinen Diktiergerät abgeschrieben hatte, musste ich sie ihm zurückgeben, weil er nicht so viele besaß. Er wollte sie dann gleich wieder für das nächste Diktat benutzen.«

»Oder die handschriftlichen Notizen?«

»Die habe ich nach dem Abschreiben zerrissen und sorgfältig vernichtet. Das wollte er auch so.«

»Hm. Schade. Zu schade. Dann müssen wir uns auf Ihr Gedächtnis verlassen.«

Die junge Frau lächelte und hob die Schultern. »Ich werde Ihnen erzählen, was ich weiß. Aber meistens hab ich die Texte nur so reingehackt, ohne über den Inhalt nachzudenken.«

»Na, versuchen wir es mal.«

»Also, wenn ich es richtig verstanden habe«, – sie blickte überlegend zur Zimmerdecke hinauf, die einen neuen Anstrich vertragen konnte – »ging es in seiner Doktorarbeit um religiöse Gruppen. Was geht in den Menschen vor, die sich solchen Gemeinschaften anschließen? Warum sind das vorwiegend junge Leute? Welche Themen werden dort angesprochen? Wie entsteht so was? Solche Fragen eben.«

»Interessant!«, nickte Magnus. »Sehr interessant!« Das ermutigte die junge Frau.

»Auch die Frage nach der Bedeutung der führenden Persönlichkeiten dieser Gemeinschaften. Einfache Mitglieder lassen sich ja oft von charismatischen Führerpersönlichkeiten mitreißen. Aber wie kommen sie zu ihren Ansichten? Und kann es sein, dass die manchmal selbst nicht glauben, was sie lehren, und aus anderen Motiven als religiösen aktiv werden?«

»Wahnsinnig interessant! Und wie hat er seine Forschungen betrieben? Ich meine, das kann man doch nicht alles aus Büchern zusammenschreiben.«

»Nein, er hat ...« Sie blickte den Beamten etwas unsicher durch ihre zierliche Brille an. »Also – gerade an diesem Punkt hat mich Herr Bloch zu absolutem Stillschweigen verpflichtet ...«

»Er ist tot, Frau Graef! Die Verpflichtung besteht nicht mehr. Im Gegenteil, ich bin sicher, wenn wir ihn fragen könnten, würde er sogar darauf bestehen, dass Sie uns alles sagen. Weil das zur Aufklärung beitragen kann.«

»Ja, ich weiß. Es ist nur ... na ja, okay. Aber ich weiß nicht, ob es Ihnen weiterhilft.«

»Wir werden sehen.«

»Ja, also, er hat da Experimente gemacht. Er hat eine Person gehabt, ich weiß noch nicht mal, ob es ein Mann oder eine Frau war, aber ich vermute, ein Mann. Der gab sich als religiöser Mensch aus mit einer bestimmten Botschaft.«

»Wie – Botschaft?«

»Na, unterschiedlich. Mal trat er als Endzeitprophet auf. So in dem Sinne: Ein Komet stürzt auf die Erde, Verschwörer übernehmen die Weltregierung, die Menschheit endet in einer Hungerkatastrophe, solche Sachen eben. Bloch ließ den Mann reden – anscheinend konnte der das gut – und befragte nachher die Zuhörer. Wie sie das fanden, ob es sie beeindruckt hätte, was besonders und warum.«

»Waren das schon religiöse Menschen?«

»Mal so und mal so. Er hat diese Experimente auf der Straße gemacht, mit Zufallskundschaft sozusagen, aber sich auch bei christlichen Veranstaltungen angehängt, was manchmal Ärger gab. Aber den hat nur B. abgekriegt; er nicht, er blieb immer im Hintergrund.«

»B.?«

»Ja, der Redner, den er engagiert und bezahlt hat. Den Namen kenne ich nicht. In den Texten hieß er nur B.«

»Wie viele solcher Experimente ...«

»Moment!«, unterbrach Frau Graef. »Lassen Sie mich das erst mit den Themen sagen, sonst vergesse ich was. Wissen Sie, ich hab das System im Kopf, wie er es aufgebaut hat. Da komme ich durcheinander, wenn ich anders vorgehe.«

»Ist schon in Ordnung. Sagen Sie mir, was Sie wissen, in der Reihenfolge, die Ihnen sinnvoll erscheint!«

»Ich sagte ja, dieses Thema vom drohenden Ende war ganz wichtig. Dann ging es mal um Schuldgefühle, Versagen des Einzelnen und so. Eine Thematik war dann auch der Sinn des Lebens, wenn ich das mal so sagen soll. Er hatte da immer Fremdwörter, die ich nicht kannte. Ich musste öfter im Duden nachschlagen. An eins kann ich mich noch erinnern: Diese Sache mit dem kommenden Ende der Welt hieß Es ... Es ... jetzt hab ich's doch vergessen! Es-irgendwas, und dann -logie hinten.«

»Noch so ein Thema?«

»Ja, dann ging's noch irgendwie um den Geist, glaube ich. Da war immer von Spiritualismus oder so die Rede. Ob man von irgendetwas oder irgendwem geführt wird. Dass man im Alltag auf einmal weiß: Das ist jetzt richtig, das soll ich tun – eben so was.«

»So 'ne Art kleiner Mann im Ohr?«, warf Wronski ein und erntete dafür einen strafenden Blick von seinem Chef.

Magnus wandte sich wieder an die Frau: »Wollen Sie weiter erzählen oder soll ich fragen?«

»Fragen Sie ruhig, das waren wohl alle Themen, wenn ich nichts vergessen habe.«

»Ich vermute, er hat diese Experimente immer wieder woanders durchgeführt?«

»Ja, in ganz Deutschland. Sogar in der Schweiz. Ach, da fällt mir ein, in der Schweiz hatte er Verbindung mit einer Sekte. Er hat auch Sektenmitglieder so befragt, ohne dass B. auftrat.«

»Wo noch? Kennen Sie die Sekten?«

»Nein. Aber außer der in der Schweiz muss es noch eine im Süden gegeben haben, weil er da öfter hinfuhr. Auf einem Band sprachen alle bayrisch oder fränkisch. Eine Sekte aber muss ganz hier in der Nähe sein.«

»Hier – meinen Sie bei Göttingen oder bei Kassel?«

»Das kann ich nicht so genau sagen. Er hat mir nur einmal gesagt, er brächte mir am Abend noch ein Interview, das er machen wollte. Das war mittags. Auf dem Band war ein Gespräch mit zwei jungen Frauen. Irgendetwas Frommes. Er kann nicht lange gefahren sein.«

»Sie haben einen gewissen detektivischen Scharfsinn, Frau Graef. Das kann uns sehr viel nützen.«

»Meinen Sie?«

»Bestimmt. Fällt Ihnen noch etwas ein?«

»Äh – nein, im Moment nicht.«

»Ich gebe Ihnen meine Karte. Sicher kommt Ihnen noch die eine oder andere Erinnerung – dann rufen Sie mich bitte an!«

»Ach, eins noch. Das weiß ich aber nicht von Diktaten, sondern schließe es aus Bemerkungen, die er hin und wieder gemacht hat: Er muss sich vor einem halben Jahr oder so mal mit B. gestritten haben. Jedenfalls hat er sich sehr über ihn geärgert.«

Wronski fragte: »Weil der seine Arbeit schlecht gemacht hat?«

»Das glaube ich nicht. Er hatte sich vorher eher lobend über ihn geäußert, wenn überhaupt. Aber Genaueres kann ich Ihnen nicht sagen.«

»Haben Sie empfunden ... äh«, Magnus kratzte sich bei offenem Mund an der Wange, so dass es hohl klang, und überlegte an der richtigen Formulierung. »Hatten Sie den Eindruck, dass Herr Bloch irgendwelche Skrupel hatte? Ich meine, es ist ja moralisch nicht ganz einwandfrei, die Leute mit religiösen Dingen so hinter's Licht zu führen.«

»Direkt gefragt habe ich ihn nicht. Aber ich hatte den Eindruck, dass er es nie zu weit trieb. Und er klärte die Leute wohl immer hinterher auf, wenn B. irgendwas Falsches gepredigt hatte. Aber auch das weiß ich nicht absolut sicher.«

Wronski mischte sich nochmals ein: »Frau Graef, könnte es sein, daß B. die Abkürzung eines Namens war?«

»Keine Ahnung.«

»Und wenn nicht – gab es vielleicht noch eine andere Person, die er mit A. bezeichnet hat?«

»Lassen Sie mich nachdenken ... möglich. Möglich, hm. Aber wenn, dann war das bei dem ersten, was ich geschrieben habe, und das ist jetzt schon über zwei Jahre her, nein, fast drei.«

»Sie haben uns jedenfalls sehr geholfen! Vielen Dank!« Beide geleiteten die junge Frau zur Tür und verabschiedeten sie. Dann gingen sie wieder hinein. »Also?« fragte Wronski und setzte sich. In dem Augenblick krachte sein Stuhl zusammen. Er fiel auf den Boden. »Mist!«

Magnus lachte. »Man kann ja nicht zu viel Glück auf einmal haben! Da ist es ganz gut, dass dich ein wenig Pech trifft.«

Wronski rappelte sich auf und knurrte: »Das ist Aberglaube! Wie willst du mit dieser heidnischen Einstellung unseren Fall aus dem christlichen Milieu lösen?«

Aber Magnus lachte noch mehr.

15

Dass jeder erfolgreiche schwäbische Unternehmer als Tüftler in einer Garage angefangen haben soll, ist natürlich ein dummes Klischee, ähnlich jenem, ein amerikanischer Millionär müsse als Tellerwäscher begonnen haben.

Im Fall von Lothar Schwab aber – vielleicht, weil er auch noch ausgerechnet so hieß – traf das wörtlich zu. Die Garage, in der seine Laufbahn begann, stand in Esslingen neben dem Haus, in dem er damals zur Miete wohnte. Inzwischen hatte er es gekauft und renovieren lassen. Mitarbeiter wohnten jetzt darin: unten ein Maschinenschlosser mit seiner Familie, seit über zwanzig Jahren bei Schwab, im ersten Stock der Personalchef und unterm Dach zwei unverheiratete Sekretärinnen. Neben dem Gebäude stand immer noch die alte Doppelgarage, nicht aus Betonfertigteilen – das hatte es damals noch nicht gegeben –, sondern ordentlich gemauert, mit einem Giebeldach, unter dem man allerlei verstauen konnte, und zwei Toren. Die hoben sich nicht in die Luft, sondern wurden in Angeln zur Seite geöffnet. Heute war das schwierig, weil sich alles so verformt hatte, dass man sie mit ziemlicher Kraftanstrengung anheben musste, um sie öffnen zu können. Die Torflügel waren aus schräg gestellten Brettern, die im geschlossenen Zustand einen nach oben zeigenden Winkel bildeten und an die Fensterläden einer mittelalterlichen Burg erinnerten.

Lothar Schwab stand am Fenster seiner Villa auf der anderen Straßenseite und blickte hinüber. In letzter Zeit stand er oft hier und ließ sich durch den Blick auf die historische Garage an die Anfänge erinnern und zu manchen Träumen anregen.

»Musst du nicht in den Betrieb, Lothar?«, fragte seine Frau, während sie Butter und Honig vom Frühstückstisch in die Küche trug.

»Nein«, sagte er nur versonnen.

»Warum nicht?«

»Wie? Ach so, ja, natürlich muss ich hin. Aber es eilt nicht so.«

Seine Frau kam aus der Küche, stellte sich neben ihn und legte den Arm um seine Hüfte. »Denk nicht, dass ich dich wegschicken wollte! Ich frage ja nur. Im Gegenteil, ich freue mich, dass du in letzter Zeit nicht mehr so den Eindruck eines gehetzten Managers machst. Seit dem Infarkt. Darum hast du dich auch wieder so gut erholt.«

Lothar Schwab ließ sich Zeit mit der Antwort. Der erste Teil bestand darin, dass er seinen Arm um die Schulter seiner Frau legte. Der zweite Teil seiner Antwort kam fast eine halbe Minute später: »Nur unter dem Zwang der Verhältnisse bin ich zum Manager geworden. Meinem Wesen nach bin ich das eigentlich nicht.«

»Ich weiß, da bist du Techniker, Ingenieur, Erfinder.«

»Ja, und es ist schade, dass ich dafür kaum Zeit habe.«

»Nimm sie dir doch einfach.«

Schwab lächelte, als wollte er sagen: Hast du eine Ahnung! Aber er sagte nichts.

»Du guckst jedenfalls in letzter Zeit oft zu deiner alten Garage rüber. Es sieht so aus, als würdest du gern mal wieder selbst feilen und löten und ...«

»Schweißen. Gelötet wird bei uns nicht.«

»Meinetwegen. Ich weiß gar nicht, was der Unterschied ist.«

Schwab sah keine Veranlassung, es ihr zu erklären. Sie würde doch nicht richtig zuhören bei so technischen Dingen.

»Es ist nicht nur, dass ich vom Tüfteln träume, Lina. Überhaupt – wie alles geworden ist und wie es werden soll ...«

Jetzt schwieg seine Frau. Sie wollte nicht auf den tödlichen Unfall ihres Sohnes zu sprechen kommen. Aber die Gedanken in eine andere Richtung lenken wollte sie auch nicht. Beide wussten, dass der andere daran dachte.

Das war nun schon zwölf Jahre her. Schwab hatte fest damit gerechnet, dass Markus den Betrieb einmal übernehmen würde. Das Zeug dazu hatte er gehabt. Er hätte ... ach, wozu sich immer wieder mit diesen Gedanken quälen!

Gut, dass sie das Nesthäkchen hatten. Christina war damals erst elf gewesen. Aber Lina hatte wenigstens noch jemanden, dem sie ihre ganze Liebe zuwenden konnte.

Und er, der Vater? Hatte er vielleicht das Kind zu sehr dahin gedrängt, ein Ersatz für den Sohn zu werden? Schon oft hatte er darüber nachgedacht, seit sie weggegangen war. Er hatte sie gedrängt, nach den zwei Semestern in Madrid noch ein halbes Jahr in der Niederlassung in Buenos Aires zu arbeiten. Vielleicht hatte das ihnen ihre Tochter entfremdet? Aber wieso – sie war doch kein Kind mehr! Was aber könnten sie sonst falsch gemacht haben?

Manchmal fragte sich Lothar Schwab, ob es nicht befreiend wäre, mit seiner Frau über all das zu reden. Aber dann traute er sich doch nicht. Sonst sprachen sie über alles, aber an dieser Stelle hatte sich ein Tabu entwickelt. Es würde zu sehr schmerzen, das Ganze wieder hervorzuholen. Das Thema war abgekapselt, so wie die Muschel eine Perle um den schmerzenden Fremdkörper bildet.

Sicher vermutet sie, dass ich jetzt daran denke, überlegte Schwab. Das soll sie nicht! Ich tu so, als hätte ich mich mit etwas ganz anderem beschäftigt. »Die Patente«, sagte er, »was mache ich damit?«

»Was meinst du, Lothar?«

»Ich meine nicht die Patente für die Zahnrad-Schleifmaschinen. Das geht ja weiter. Ich meine, die Patente für das Getriebe. Die liegen im Moment ungenutzt da und kosten nur Geld.«

»Dazu kann ich nichts sagen, Lothar, das musst du wissen.«

»Ich wollte daran weiterarbeiten und sie richtig auswerten. Aber langsam werde ich ein alter Mann, Lina. Und wenn nun niemand den Betrieb weiterführt, vergrößert, erweitert, wie ich mir das vorgestellt hatte ... Wozu dann die Patente weiter halten?«

»Willst du sie verkaufen?«

»Ich weiß noch nicht, was ich will. Und ich weiß auch noch nicht, ob ich sie überhaupt verkaufen kann. Alle Interessenten haben nach einiger Zeit wieder abgewinkt. Es ist alles noch zu unfertig, verstehst du? Man müsste noch viel Entwicklungsarbeit hineinstecken.«

Wieder schwiegen sie. Dann löste Lina sich von ihrem Mann und meinte: »Ich sagte schon, Lothar, da kann ich dir nicht raten. Das musst du selbst wissen. Das Einzige, was ich raten kann, und das tue ich auch mit Nachdruck, ist dies: Leb nicht nur für die Firma! Da würdest du nur zum Nutzen anderer Leute schuften, wo ... na ja, wenn Christina mal erbt, wer weiß, wer dann der Nutznießer ist ... Und am Ende kriegst du noch mal einen Herzinfarkt. Das wär's wirklich nicht wert. Leb nicht nur für die Firma, sondern für dich! Tu, was dir Spaß macht!«

»Wenn ich diesen Rat bis in letzter Konsequenz befolgen wollte, würde ich die Geschäftsführung an Schäfer abgeben und mir die Garage zum Tüfteln einrichten.«

»Dann mach das!«

»Oder vielleicht eine etwas bessere Werkstatt, die man im Winter auch heizen kann, und ein bisschen größer.«

»Tu das doch!«

Lothar lächelte nur, gab seiner Frau einen Abschiedskuss und griff nach seinem Aktenkoffer.

16

»Man muss sich erst dran gewöhnen«, meinte Herr Stiller, als sie die tschechisch-deutsche Grenze hinter sich gelassen hatten.

»Woran?«, fragte Thiedemann. Er hatte ausnahmsweise seine Akten weggelegt und blickte zum Fenster hinaus.

»Früher gab es immer ein großes Aufatmen, wenn man ein kommunistisches Land wohlbehalten verlassen hatte. Eine Last fiel von einem ab. Das Gefühl gibt's gar nicht mehr.«

Uwe, der allein vorn saß, konnte diese Unterhaltung verfolgen. Frühere Gespräche, die die beiden bewusst leise führten, hatte er nicht mitbekommen. Jetzt beugte sich der Direktor etwas vor und fragte leutselig: »Sie kennen dies alles wohl nicht, Herr Zehntfennig?«

»Nein. Ich war immer nur im goldenen Westen, als es den noch gab.«

»Übrigens – ein Lob für Ihren Fahrstil! Es ist eine angenehme Reise.«

»Danke!«

»Vielleicht könnten Sie noch darauf achten, nicht so dicht aufzufahren bei hohem Tempo. Ich weiß, Sie sind reaktionsschnell, und unsere Bremsen sind gut. Aber die Nerven ... Sie wissen ja, ich bin nicht mehr der Jüngste.«

»Ich werde es beherzigen, Herr Thiedemann.«

»Vielen Dank. Ach, Herr Zehntfennig, haben Sie heute Abend etwas vor?«

»Nein.« Uwe drehte den Kopf kurz nach hinten, aber wirklich nur kurz, wegen Thiedemanns Nerven. »Warum fragen Sie? Ich bin Ihr Chauffeur. Verfügen Sie über mich, wie Sie über meinen Onkel verfügt haben.«

»Ich frage erstens, weil es ja sein kann, dass Sie noch Konzertverpflichtungen haben, und davon will ich Sie keinesfalls abhalten.«

»Nein, später noch einige, aber heute nicht.«

»Und zweitens wird mein Fahrer von meiner Firma bezahlt. Was ich vorhabe, ist aber eher privater Natur.«

»Ich stehe Ihnen trotzdem gern zur Verfügung.«

»Außerdem weiß ich nicht, ob die ungewohnt lange Fahrstrecke heute nicht zu viel war.«

»Machen Sie sich da keine Sorgen, Herr Thiedemann. Wohin soll's denn noch gehen? Und wann?«

»Wir kommen vielleicht um fünfzehn Uhr an. Könnten wir dann um achtzehn Uhr wieder fahren?«

»Ohne weiteres.«

»Und wohin ... ja, das muss ich Ihnen erklären. Sind Sie religiös?«

Aha, jetzt kommt's. »Nein.«

»Sind Sie unreligiös in dem Sinn, dass Sie ein Feind des Christentums sind oder eher so, dass es Ihnen gleichgültig ist?«

»Wohl Letzteres.«

»Ich besuche gern, wenn ich Zeit dafür finde, eine christliche Lebensgemeinschaft und nehme an der einen oder anderen Veranstaltung teil. Heute Abend ist eine, zu der ich mir erlauben kann, Sie auch einzuladen. Etwas Musikalisches. Aber natürlich können Sie ganz frei entscheiden, ob Sie teilnehmen oder sich solange anderweitig beschäftigen. Herr Umbach blieb immer im Auto sitzen und las.«

»Das sieht ihm ähnlich«, antwortete Uwe. Natürlich wusste er nicht, ob es ihm ähnlich sah, aber es war wohl anzunehmen. Vor allem hörte es sich so an, als sei er mit allen Wesenszügen seines »Onkels« bestens vertraut. Uwe war ganz stolz auf den Einfall.

Thiedemann fuhr fort. »Es wird für Ihre Ohren kein musikalischer Hochgenuss sein, das sage ich Ihnen gleich. Aber sie meinen's gut, die jungen Leute, und ... na ja, Sie werden sehen.«

Uwe konnte sich nicht verkneifen zu fragen: »Sind Sie denn religiös?«

»Ja.« Die Antwort kam zwar klar und präzise, aber einen Sekundenbruchteil zu spät, um Uwe zu überzeugen.

»Das ist dann wohl so eine Art Gottesdienst?«

»Wenn man so will. Sie haben Morgenandachten, Mittagsgebete und abends um acht immer eine etwa anderthalbstündige Veranstaltung, deren Charakter wechselt. Manchmal Gotteslob durch Musik, wie heute, manchmal Vorträge, besondere Feste ... na, Sie können sich das alles vor Ort erklären lassen. Die können das da besser als ich.«

Gern hätte Uwe noch weiter gefragt, aber er wollte seine Aufgabe nicht gefährden. So fragte er nur: »Und wo ist das? Wie lange fahren wir da?«

»Bei Ihrem Tempo knapp zwei Stunden. Allerdings – Ihr schneller Fahrstil nützt nicht viel; es sind fast durchgehend Geschwindigkeitsbeschränkungen. Das ist beim Meißner.«

»Bei wem?«

»Der Meißner ist nicht ein Mensch, sondern ein Berg. Ein einzeln stehender Berg in Nordhessen. So etwa in der Mitte des Dreiecks, das Werra und Fulda bilden.«

»Meine geographischen Vorstellungen orientieren sich mehr am Netz der Autobahnen als an den Flüssen.«

»Wir nehmen die Ausfahrt Melsungen. Ich lotse Sie dann.«

Das Gespräch war fürs Erste beendet. Die beiden Herren hinter Uwe unterhielten sich wieder leise. Da er doch nichts verstehen konnte, konzentrierte er sich auf den Verkehr.

Hinter dem Autobahnkreuz Fürth/Erlangen klingelte das Autotelefon. Thiedemann sprach eine Weile. Da er dabei lauter sprach, konnte Uwe verstehen, dass jemand aus seiner Firma dran war. Als sich das Telefonat dem Ende zuzuneigen schien, machte Uwe ein Zeichen. Thiedemann deckte die Muschel ab und fragte: »Was ist?«

»Würden Sie mal wegen meiner Wohnung fragen, bitte?«

Umbach wäre sicher nicht so dreist gewesen, aber er war jung, und von der Jugend von heute waren auch Männer wie Direktor Thiedemann einiges gewöhnt. Der ging auch ohne allzu deutlich erkennbaren Unwillen auf den Wunsch seines Fahrers ein, ließ sich den zuständigen Herrn geben und reichte dann den Hörer an Uwe weiter.

»Zehntfennig.«

»Sie sind der junge Mann, der eine Wohnung sucht?«

»Ja, oder ein Zimmer.«

»Ich hab da eine kleine Wohnung in Friedberg, in einem etwa zwanzig Jahre alten Haus. Sehr schön, sechzig Quadratmeter. Ich hatte zwei Wohnungen für einen Mitarbeiter, der übermorgen bei uns anfängt. Er hat sich heute für die andere entschieden.«

»Für die schönere oder für die billigere?«

»Er hat sich für die billigere entschieden. Die in Friedberg ist leider nicht ganz billig.«

»Bringen Sie's mir bitte schonend bei! Ich fahre gerade hundertachtzig.«

»Neunhundertfünfzig Mark. Kalt.«

Schweigen.

»Herr Zehn . . . sind Sie noch da?«

»Natürlich, sonst hätten Sie einen lauten Krach gehört. Wissen Sie, ob man da Klavier spielen kann?«

»Das kann ich nicht sagen, ich wusste ja nicht . . . Aber es könnte ein gutes Zeichen sein, dass der Hausbesitzer am Telefon immer nur die Hälfte verstand. Vielleicht ist er schwerhörig.«

»Auf jeden Fall danke ich Ihnen. Ich melde mich, wenn's klappt, heute Nachmittag noch, sonst morgen.«

Er legte auf. »Es bahnt sich vielleicht etwas an. Besten Dank für Ihre Mühe, Herr Thiedemann!«, sagte er nach hinten. Der nickte nur abwesend. Anscheinend hatte er kaum mitgekriegt, worum es ging, denn er war wieder in seine Papiere vertieft.

17

Hannibal, der Schäferhund, schlug schon an, ehe die Klingel ertönte. Der zu klein geratene Herr Böttcher stand auf und ging ans Fenster. Dort erlaubte ihm ein außen angebrachter Spiegel zu sehen, wer unten stand, ohne dass er das Fenster öffnen musste. Vor allem gab ihm der Spiegel Überblick über eine viel weitere Fläche, als es die kleine Kamera neben der Tür tat.

Als er sich vergewissert hatte, dass es tatsächlich der erwartete Besucher war, drückte er den Türöffner, öffnete die Wohnungstür und setzte sich wieder vor seine Tastatur. Hannibal sah daraufhin auch keine Veranlassung mehr stehen zu bleiben und ließ sich wieder auf seiner Decke nieder.

»Guten Tag«, grüßte der Besucher freundlich und schloss die Tür hinter sich zu. Hannibal blickte ihm betont gleichgültig entgegen und sein Herrchen auch.

»Guten Tag. Sind Sie sicher, dass Ihnen keiner ...«

»Ja, ich bin sicher, dass mir keiner gefolgt ist!« Der große Neuankömmling ließ sich anmerken, dass er die Vorsicht des anderen albern fand. Jetzt ließ er sich unaufgefordert auf einem Rattansessel nieder. Der stand allerdings am andern Ende des großen Raumes, in seinem wohnlichen Teil. Der kleine Mann stand auf, ging hinüber – sein Hund folgte ihm –, setzte sich auf die Vorderkante des anderen Sessels und schaute seinen Besucher lange schweigend an. Der stierte zurück.

»Mal ganz ehrlich«, zischte Böttcher schließlich, »waren Sie's?«

»Was?«

»Na, was wohl? Haben Sie ihn umgebracht?«

»Bloch? Ich? Wie kommen Sie denn darauf? Sie sind ja verrückt!«

»Ach, wirklich? Ich finde eher, dass nüchterne Überlegung mich dazu gebracht hat, es zumindest für möglich zu halten.«

»So – und wie sieht diese Überlegung aus?«

Böttcher setzte sich jetzt in dem Sessel zurück. Das hatte zur Folge, dass er den Boden nur noch mit den Fußspitzen berühren konnte.

»Sie sind inzwischen ganz gut etabliert, nicht wahr?«

»Ja, dank meiner Fähigkeiten und dank Ihrer Hilfe.«

»Es wäre – nun, sagen wir: unangenehm, wenn das alles schon zu Ende wäre.«

»Sicher. Wie für Sie auch.«

»Nun wollte Bloch aber Schluss machen.«

»Das wollte er doch schon lange. Wir haben ihn nur immer wieder hinhalten können. Wahrscheinlich, weil der Erfolg ihn selbst überrascht und wohl auch fasziniert hat.«

»Richtig. Aber Überraschung und Faszination ließen nach oder stiegen jedenfalls nicht mehr wesentlich, dagegen nahm der Druck seines Gewissens zu. Lange konnte das nicht mehr gut gehen.«

»Mag sein. Aber ich habe ihn nicht umgebracht. Als ich das von dem Mord in der Zeitung las, hatte ich Bloch schon fast zwei Wochen nicht mehr gesehen.«

Böttcher nickte, schwach nur und langsam, aber er nickte.

»Gut«, sagte er dann, rückte seine Brille zurecht, die den Eindruck noch verstärkte, dass man in ihm einen Intellektuellen vor sich habe, und sagte noch einmal: »Gut. Lassen wir's dabei. Lassen wir die Frage ruhen, wer ihn getötet hat, und genießen die Früchte dieses Verbrechens.«

»Ob allerdings die Polizei die Frage ruhen lässt . . .«

»Sollte eines Tages die Polizei bei Ihnen auftauchen und fragen, ob Sie ihn kennen, dürfen Sie das natürlich nicht leugnen. Andere haben ihn ja da gesehen und mit ihm gesprochen. Er ist einfach gekommen, hat die Leute befragt und ist wieder gegangen. Daraus kann Ihnen niemand einen Strick drehen.«

»Ich weiß nicht, ob Ihnen das bisher entgangen ist, aber ich bin ja nicht blöd.«

»Tut mir Leid – ich sage das nur zur Sicherheit.«

»Am besten wäre es, die Polizei käme gar nicht auf uns.«

Böttcher schien aber nicht gewillt, sich weiter mit dem Thema zu befassen. Er stand auf. »Nehmen Sie auch einen Likör?«

»Ja, gerne.«

Der Kleine ging zum Schrank, von den Blicken seines Hundes aufmerksam verfolgt, brachte eine Flasche und zwei Gläser, schenkte ein und setzte sich wieder.

»Ich habe Ihre letzte Predigt gehört. Gut! Wirklich gut. Sie werden immer sicherer. Ich sagte schon ganz am Anfang: Meine Manuskripte können nur Vorlagen sein. Sie können nicht alles auswendig lernen und dann wie im Theater vortragen. Es muss aus Ihnen selber kommen.«

»Ich fürchte, Sie haben falsche Vorstellungen vom Theater. Bei einem guten Schauspieler muss es auch von innen heraus kommen.«

»Das meine ich nicht. Da ist aber trotzdem der Text festgelegt. Hier müssen Sie aber die Regie übernehmen und dürfen sich nicht sklavisch vom Text beherrschen lassen. Das war die letzten Male auch schon sehr gut. Auch die Ausdrücke aus der Lutherbibel, die Sie immer mal einfließen lassen, erhöhen Ihre Glaubwürdigkeit. Allerdings ...«

»Allerdings?«

»Sie müssen sich noch mehr Zeit nehmen, sich diese biblischen Formulierungen einzuprägen. Nun ja, es kommt mit der Zeit.«

»Habe ich Fehler gemacht?«

»Kleine, nicht so schlimm. Die meisten merken es nicht. Sollte aber mal ein Theologe zuhören, der kritisch eingestellt ist ...«

»Welche Fehler – zum Beispiel?«

»Neulich ging es um die Disziplin. Sie haben falsch zitiert: Gott ist nicht ein Gott der Unordnung, sondern der Ordnung.«

»Wieso? Wie heißt es richtig?«

»Gott ist nicht ein Gott der Unordnung, sondern des Friedens.«

»Ach so.«

»Wie gesagt – Kleinigkeiten. Aber je mehr die ›Überwinder‹ von sich reden machen, desto mehr werden sie auch ins Sperrfeuer der Kritik geraten.«

»Ich finde es ja gut, Herr Böttcher, dass Sie immer wieder die Kassetten von unseren Veranstaltungen abhören. Doch, das ist wichtig. Aber Sie sollten mir wirklich sagen, wer Ihr Verbindungsmann ist!«

»Das wissen Sie doch längst: Rübsamen in der Verwaltung.«

»Haben Sie nicht noch andere?«

»Nein. Warum sollte ich?«

»Die neuen Buchungen auf meinem Konto habe ich mit Befriedigung zur Kenntnis genommen. Ich muss allerdings sagen, dass ich dachte, es ginge schneller in die Höhe.«

Böttcher breitete die Arme aus. »Es muss alles erst erarbeitet werden.«

»Ich weiß nicht, ob Sie sich vorstellen können, wie anstrengend dieser Job ist! Immer voll da sein, immer konzentriert!« Er fuhr in Gedanken fort: aber auch wahnsinnig faszinierend. So sehr, dass ich's auch ohne Geld machen würde. Ja, dass ich noch dafür bezahlen würde, so vor den Menschen stehen und mit ihnen spielen zu können, ihre Gefühle zu beherrschen, ihre Gedanken zu manipulieren. Aber das versteht dieser Zwerg nicht. Soll er ruhig denken, ich mache es für das Geld.

Der andere dachte währenddessen: Das Geld ist ja nicht zu verachten. Nur – dafür allein täte ich's nicht. Aber ich will den eitlen Fatzke mal in dem Glauben lassen, ich wäre nur hinter Reichtum her.

»Ich habe wieder drei Redemanuskripte für Sie.«

Böttcher stand auf und holte einige Blätter von seinem Schreibtisch. »Besonders die ersten zwei sind hervorragend gelungen, finde ich. Hier – der Schluss! Da können Sie sich gewaltig ins Zeug legen!«

»Gut. Ich bin gespannt. Dann muss ich aber in der nächsten Woche wieder kommen. Bis zur übernächsten Woche brauche ich vier Manuskripte.«

»Ich hab nicht mehr geschafft. Stellen Sie sich doch mal aus früheren Elementen was Neues zusammen. Meinen Sie, ein Pfarrer hätte jahrelang jeden Sonntag eine originelle Predigt?«

Der Besucher grinste. »Schon Paulus sagt: Dass ich immer dasselbe schreibe, verdrießt mich nicht und macht euch umso gewisser.«

Böttcher grinste auch. Hannibal, der Schäferhund, spürte die positive Veränderung der Atmosphäre, hob den Kopf und wedelte mit dem Schwanz.

18

Zu sagen, es sei Liebe auf den ersten Blick gewesen, würde den Sachverhalt aus zwei Gründen nicht treffend beschreiben. Einmal, weil das ein abgegriffener Ausdruck ist, verbraucht, tausendmal verwendet. Was Uwe empfand, kam ihm aber so einmalig vor, dass ein solcher Allerweltsausdruck ihm banal erschienen wäre.

Zweitens war es auch nicht Liebe auf den ersten Blick, wenn man den Ausdruck wörtlich nehmen will. Der erste Blick löste zunächst nur das aus, was ein junges, hübsches, offenes Mädchengesicht, umrahmt von vollen, locker fallenden Haaren, blond mit einem leichten Stich ins Rötliche, bei Männern gemeinhin auslöst. Dazu die Figur. Also einfach die von der psychologischen Wissenschaft erforschte und inzwischen allgemein bekannte Wirkung, die manche optischen Reize so zur Folge haben.

Erst beim zweiten Blick, vom ersten durch ein kurzes, nervöses Blinzeln getrennt, setzte bei Uwe ein Prozess ein, der sich bei der weiteren Betrachtung des Mädchens beschleunigte und bereits nach etwa zwei Minuten zu einem Zustand führte, den man ohne Übertreibung als Verliebtheit bezeichnen konnte. Nicht Liebe, aber Verliebtheit. Eine Verliebtheit allerdings, die die Vorstufe war zur Liebe.

Thiedemann und seine Frau – ja, seine Frau war mitgekommen – hatten ein paar Sätze mit dem Mädchen gewechselt. Jetzt stellten sie sie vor. »Das ist Schwester Christina. Und das ist Herr Zehntfennig. Er hat mich hergefahren, weil Herr Umbach krank ist.«

»Guten Tag, Herr...« Die Blonde streckte ihm die Hand hin.

»Ich bin Uwe.«

»Schön, Uwe«, lächelte sie. »Aber sag mir trotzdem deinen Nachnamen noch mal. Es ist mir peinlich, aber ich hab ihn nicht richtig mitgekriegt.«

Sie sah nicht aus, als könnte ihr jemals irgendetwas peinlich sein.

»Zehntfennig. Mir ist der Name peinlich. In der Schule haben sie immer Groschen zu mir gesagt. Und du bist Christina.«

»Schwester Christina«, verbesserte sie mit erhobenem Zeigefinger und schelmischem Blick.

Thiedemann mischte sich nochmals ein. »Herr Zehntfennig ist völlig unvorbelastet und kennt darum auch die Anredegewohnheiten nicht. Könnten Sie ihm nicht noch ein bisschen das Gelände zeigen und ihm das Wichtigste erklären? Es sind ja noch dreißig Minuten bis zum Beginn. Ich habe noch einiges mit Bruder Tobias zu besprechen. Obwohl ich vermute, dass wir nicht fertig werden und nachher noch weiterreden müssen.«

»Ja, gern.« Uwe suchte in ihren Augen irgendwelche Anzeichen dafür, dass der Auftrag sie freute, ein kleines Aufblitzen vielleicht, ein mildes Strahlen. Er meinte auch tatsächlich, so etwas zu entdecken. Oder bildete er sich das nur ein?

»Gehst du mit, Eva? Unsere Besprechungen – das ist, glaube ich, nichts für dich.«

»Ich kenne das ja alles. Gehen Sie ruhig, ich setze mich schon in den Saal.«

Auf einmal standen die beiden jungen Leute alleine da. Einige Augenblicke sahen sie sich an. Uwe wollte etwas sagen, aber er konnte nicht. Irgendetwas traumhaft Schönes war da, und er fürchtete, es würde zerplatzen, wenn er auch nur ein Wort aussprach. Außerdem wusste er sowieso nicht, was er hätte sagen können.

»Zu dumm«, sagte Schwester Christina, »ich muss noch ein bisschen üben. Da reicht die Zeit eigentlich nicht, um auch nur das Wichtigste zu erklären. Aber das könnte ich hinterher noch machen. Wenn Herr Thiedemann doch noch nicht gleich weg will.«

»Ja. Gut. Prima. Äh – was musst du denn üben?«

»Für unser Singen heute Abend. Ich spiele Querflöte.«

»Ah ja – was denn?«

»Ach, nichts Besonderes. Einer begleitet den Gesang auf dem Klavier, und ich spiele dann eine Oberstimme, damit es sich etwas schöner anhört. Und auch – aber sag's nicht weiter! – damit die Fehler des Klaviers etwas zugedeckt werden. Wenn ich den Mut dazu finde, spiele ich auch noch ein Solostück!«

»Darf ich zuhören, wenn du übst?«

»Da ist nichts zu genießen! Ich hab lange nicht gespielt, und der Ansatz ...« Sie sah sein enttäuschtes Gesicht und setzte hinzu: »Aber wenn du willst ...«

Christina führte ihn in einen kleinen Raum, in dem zwei junge Männer saßen. Der eine übte Läufe mit einer Zugposaune, der andere versuchte seine Gitarre zu stimmen. An der Wand stand ein altes Klavier, sonst war der Raum leer bis auf zehn oder zwölf Stühle.

»Ach, Schwester Christina«, sagte der mit der Gitarre, »gut, dass du kommst. Kannst du mal meine Gitarre stimmen? Ich krieg das nicht richtig hin.«

»Das nützt dir doch nichts, wenn sie hier stimmt. Du musst rübergehen in den Saal ans Klavier. Aber ich muss noch mal kurz was anspielen.«

Der junge Mann wandte sich an Uwe. »Oder kannst du das?«

»Ja, wenn du mir den Saal zeigst und das Klavier, zu dem sie stimmen soll.«

»Komm mit! Wer bist du überhaupt?«

Christina erklärte: »Das ist Uwe. Er ist Gast heute Abend.«

»Ich bin Bruder Bodo. Komm mit, Uwe. Du bist ein Glücksfall für mich. Irgendjemand muss an meiner Gitarre rumgespielt und die Wirbel verdreht haben.« Er eilte hinaus. Uwe fand diese jüngste Entwicklung gar nicht so glücklich; er wäre lieber hiergeblieben. Aber nachdem er sich noch einmal Hilfe suchend nach Christina umgesehen hatte, lief er notgedrungen hinter dem jungen Mann her.

Es war ein beeindruckend großer Saal, ziemlich schmucklos, aber hell mit vielen geschmackvollen Lampen und großen Fenstern.

Die Decke war abgehängt, so dass man die eiserne Trägerkonstruktion des hohen Daches nicht sehen konnte, die von außen zu erkennen war. Auf dem Podest in der Mitte der einen Längsseite standen, rechts von dem Tisch, der wohl als Altar diente, ein Klavier und einige Stühle, links davon ein Rednerpult.

Die halbrunden Stuhlreihen waren leer bis auf Frau Thiedemann, die ganz hinten Platz genommen hatte und zwei junge Frauen, die in einer Ecke zusammensaßen und die Köpfe gesenkt hatten. Anscheinend beteten sie.

Uwe wusste nicht, ob er nun Lärm machen durfte, wenn da jemand betete. Aber Bruder Bodo kümmerte sich gar nicht darum, sondern redete laut.

»Soll ich dir die einzelnen Töne angeben?«

»Nur das A bitte.« Er setzte sich auf einen der Stühle und nahm die Gitarre auf den Oberschenkel.

»Moment – A, das ist, glaube ich . . .«

Uwe griff hinüber und schlug selbst an. Er wollte nicht zu viel

Zeit verlieren. Schnell hatte er auch die Gitarre gestimmt und spielte ein paar Akkorde. »Bitte.« Er reichte Bodo das Instrument.

»Was – schon fertig?«

»Sicher.«

»Das ging aber schnell! Passt es jetzt zum Klavier?«

»Spiel doch mal einen Akkord!«

»C-Dur.«

Sie wechselten die Plätze. Uwe ließ seine Finger über die Tastatur laufen, während Bodo nur einen Akkord spielte.

»Du kannst wohl richtig spielen? Spiel mal was!«

»Äh – ich wollte eigentlich . . .«

»Nur ein Lied! Bitte! Und ich spiele dazu Gitarre.«

»Was denn?«

»Vielleicht: ›Lasst uns preisen unsern Gott‹?«

»Kenn ich nicht.«

»Ach – oder ›Allmächtiger König‹?«

»Kenn ich auch nicht.«

»Was kennst du denn?«

»Mehr so klassische Sachen.«

»Ach, so was wie ›Großer Gott wir loben dich‹?«

»Ist das ein Choral? Der Titel kommt mir irgendwie bekannt vor. Vom Konfirmanden-Unterricht.«

Bodo sang die Melodie vor, ein wenig schief.

Uwe setzte ein und spielte mit. Es machte ihm nichts aus, dass er mit vier Kreuzen spielen musste, weil Bodo zufällig ungefähr in E-Dur angefangen hatte.

»Wahnsinn!«, staunte Bruder Bodo. »Das kannst du alles so aus dem Kopf?«

»Ja, aber jetzt würde ich gerne . . .«

»Ich komm noch mal mit.«

»Lass aber deine Gitarre besser hier, sonst verstimmt sie sich wieder.«

Sie gingen gemeinsam aus dem Saal zu dem anderen Gebäude hinüber.

Vor dem Fenster des Raums, den er vorhin verlassen musste, blieb Uwe stehen. Von drinnen drang der Klang einer Querflöte heraus. Es war ein Stück von Bach, das er kannte. Sie spielte gut.

Nicht meisterhaft, aber gut. Was Uwe hier festhielt und lauschen ließ, war jedoch nicht die Faszination der Musik, sondern der Musikerin. In dem zarten Vibrato der langsameren Passagen spürte er den Atem und in diesem Atem einen Menschen, einen ganz bestimmten Menschen.

Bodo war weitergegangen. Jetzt war zu hören, wie er Chistina in ihrem Spiel unterbrach und mit ihr redete. Christina kam an die Tür.

»Warum bleibst du da stehen, Uwe? Komm doch rein! Bruder Bodo sagt, du könntest ganz toll Klavier spielen. Stimmt das?«

»Na ja, ich hab's studiert.«

»Wirklich? Kannst du mich begleiten?«

»Gerne.« Sie gingen zusammen hinein. Uwe setzte sich an das Klavier und schlug einige Tasten an. »Ach, du Schreck.« Es war völlig verstimmt.

»Ja, es müsste gestimmt werden. Aber das im Saal ist in Ordnung. Ach so, nein, es geht doch nicht, dass du mich begleitest. Ich hab ja nur die Noten von meinem Flötenpart. Die Partitur habe ich zu Hause. Zu blöd!«

»Wenn's dir nichts ausmacht, spiele ich ohne Noten dazu. Ich weiß so ziemlich, wie es geht. Vielleicht ist dann nicht jede einzelne Note Original Bach, aber das meiste.«

»Oh, prima! Weißt du, unser Klavierspieler, der einzige, den wir haben – na ja, so was kann er nicht. Darum hätte ich nur den Flötenpart gespielt. Das ist ja auch schön. Die meisten hätten gedacht, das müsste so sein. Aber wenn du spielen kannst, wäre das ganz toll!«

»Sollen wir's mal durchspielen?«

»Hier? Trotz des verstimmten Klaviers?«

»Ja, einmal. Um die Tempi abzustimmen und die Übergänge und so.«

Sie spielten. Uwe überhörte geflissentlich die Missklänge aus dem Klavier und hörte umso intensiver auf den hellen Klang dicht neben seinem Ohr. Er spürte die Übereinstimmung, musikalisch und auch sonst, und genoss sie.

Als sie fertig waren, klatschte Bruder Bodo und der Bruder Posaunist, der noch in einer Ecke saß und sein Instrument geputzt hatte.

»Du spielst gut«, sagte Uwe und sah Christina direkt in die Augen.

»Du aber auch«, antwortete sie. Das stimmte natürlich, aber sie sagte es nicht, weil es stimmte, sondern weil das der einzige Satz war, der ihr im Moment einfiel.

»Wir sollten rübergehen«, sagte der in der Ecke. Er stand auf, und da wurde erkennbar, dass er lang und dünn war wie ein Posaunenzug. Bruder Bodo erklärte: »Wir sollen schon immer etwas früher da sein, um zur Stille zu kommen. Besonders die Musiker, die auf dem Podium sitzen.«

»Wie denn«, fragte Uwe Christina, »soll ich etwa die ganze Zeit da vorne sitzen? Das mache ich aber nicht!«

»Warum nicht?«

»Ich – ich gehöre doch gar nicht dazu! Ich weiß ja noch nicht mal, was da abgeht, ich meine, was passiert in eurem ... in eurer Veranstaltung!«

»Macht doch nichts. Das merkst du dann schon. Du kannst auch die gemeinsamen Lieder begleiten. Unser Klavierspieler freut sich, wenn er nicht stümpern muss.«

Bodo wandte ein: »Er kennt unsere Lieder nicht.«

»Wie ich ihn inzwischen kenne«, sagte Christina, »kann er sie trotzdem spielen. Alles sehr einfache Melodien. Wenn du den ersten Vers ein bisschen leiser spielst und hörst, wo's lang geht, kannst du beim zweiten schon richtig loslegen, zum Lob Gottes.«

»Ja, ja, musikalisch hab ich da auch keine Bedenken«, meinte Uwe. Sie gingen jetzt über den Hof. »Aber sonst ... Ich meine – zum Lob Gottes – was heißt das? Ich bin doch gar nicht ... äh ... so ... wie ihr, verstehst du?«

»Macht nichts. Nein, das nehme ich zurück, es macht schon was. Ich wollte sagen, du kannst doch trotzdem unsere Lieder begleiten.«

»Aber ... mir ist unwohl dabei ... Christina ... Schwester Christina.«

»Das bessert sich bestimmt, wenn wir erst mal angefangen haben. Bitte, Uwe!« Sie sah ihn so lieb an, da konnte er nur noch zustimmen.

»Na gut, wenn du meinst.«

»Danke! Du wirst sehen, es macht Spaß.«

Bodo ergänzte: »Gott mit Liedern zu loben, bringt uns selbst die größte Freude.«

Schwester Christina ärgerte sich ein wenig, dass er das sagte, weil sie sich extra bemüht hatte, sich weltlich auszudrücken.

Sie kamen in den Saal, der sich allmählich mit Menschen füllte.

Uwe folgte den beiden tapfer nach vorn und setzte sich neben Christina auf den Stuhl, auf den sie mit freundlichem und mutmachendem Lächeln wies. Mit Schrecken beobachtete er, wie beide den Kopf neigten und offenbar ein Gebet sprachen. Was sollte er jetzt tun, hier vorn, wo alle Blicke auf ihn gerichtet sein mussten? Er neigte seinen geröteten Kopf auch etwas, wenn auch nur halb so tief, denn es widerstrebte ihm, ein Gebet vorzutäuschen. Er verwendete auch nur halb so viel Zeit darauf wie die anderen, so dass man sagen könnte, es war nur ein halbes Gebet, wenn es so etwas gäbe. Uwe hoffte, jeder, der ihn beobachtete, würde die Geste zu seinen Gunsten auslegen, was immer das heißen mochte.

Nun saß man da und wartete. Nichts geschah, außer dass das allgemeine Gemurmel in der Halle langsam abebbte, je näher der Beginn der Veranstaltung rückte.

Uwe studierte das Muster des billigen Teppichs unter seinen Füßen, bis er heraus hatte, in welchem Abstand sich die Motive wiederholten. Geteilt durch Pi müsste das den Durchmesser der Druckwalze ergeben. Aus den willkürlichen Mustern lächelte ihn hier ein Männergesicht mit Knollennase an, dort erkannte er ein Äffchen und da einen merkwürdig verrenkten Tänzer.

Plötzlich traten Füße auf den Tänzer. Uwe blickte an den dazugehörigen Beinen hoch. Ein Mann stand vor ihm. Uwe wollte aufstehen, aber der Mann gab ihm mit der Hand ein Zeichen, sitzen zu bleiben, lächelte ihn an und flüsterte: »Ich bin Bruder Volkmar. Ich habe gehört, Sie sind mit Herrn Thiedemann gekommen und wollen unseren Gesang auf dem Klavier begleiten. Das freut mich. Vielen Dank!«

»Von ›wollen‹ kann eigentlich nicht die Rede sein, Herr … Bruder …«

Der Ältere lächelte aufmunternd. Das kam gerade recht, denn Christina stieß Uwe an. »Es geht los. Wir haben das Vorspiel.«

Als er erst einmal am Klavier saß, war alle Unsicherheit vergessen. Hier musste er sich nicht durch einen Dschungel fremdartiger Redeweisen und merkwürdiger Gewohnheiten schlagen, hier war er auf vertrautem Terrain. Mehr noch – es machte Spaß, es riss ihn mit.

Christina spielte großartig, hingegeben, gefühlvoll. An einigen Stellen fiel Uwe auf, dass bei schnellen Läufen die Technik nicht so ganz ausgefeilt war, dass es beim Ansatz mangelte und dass bei langen Passagen ein zusätzliches Luftholen nötig wurde, das bei guter Übung vermeidbar war. Aber an Musikalität fehlte es ihr nicht. Das Stück vibrierte vor Lebendigkeit. Sie erzählte und tanzte und klagte und jubelte mit den Tönen, oder diese mit ihr. Sie erweckte die Noten auf ihrem Blatt zum Leben. Und was für ein Leben war das!

Uwe gab sich alle Mühe, sie darin zu unterstützen. Es war schön, einfach schön.

Das schienen die Leute auch zu merken. Als sie fertig waren, wurde laut und anhaltend geklatscht. Uwe stand auf und verneigte sich, wie er das von seinen Konzerten gewöhnt war, Christina senkte nur leicht den Kopf. Dabei flüsterte sie ihrem Begleiter ins Ohr: »Darauf können wir uns was einbilden. Hier ist sonst kein Applaus üblich.«

Von dem Erfolgserlebnis und – mehr noch – von Christinas Nähe beflügelt, überstand Uwe die nächste Stunde. Vieles war ihm nicht nur fremd, sondern auch befremdlich. Es gab Gebete, bei denen einiges durcheinander zu gehen schien, jedenfalls redeten viele, und niemand war zu verstehen. Aber die Überzeugung, dass der Adressat sie verstand, schien ungebrochen. Die meisten streckten dabei die Arme in die Luft, als wollten sie Früchte von hohen Bäumen pflücken. Irgendwie taten sie das ja auch, allerdings in übertragenem Sinne. Es gab mehrere Voten von einzelnen, die eigene Erlebnisse vom Rednerpult aus erzählten, immer wieder von, wie Uwe fand, ungehörigen Zwischenrufen unterbrochen. Die waren aber nicht als Protest gedacht, merkte er bald, sondern als Zustimmung. Dazwischen wurde immer wieder gesungen.

Christina hatte Recht gehabt: Obwohl er keins der Lieder kannte, machte es ihm keine Mühe, sie zu begleiten. Und dabei gab er sein Bestes. Die trivialsten Melodien versah er mit barocken Verzierungen, ungewohnte, aber passende Klangfolgen ließen den Sängern ihre Lieder in einem völlig neuen Licht erscheinen; majestätische Akkorde untermauerten die darin enthaltenen Aussagen. Zierliche Läufe nahmen alle Schwere und unterstützten den Jubel der Herzen. Und bei all dem folgte Christina mit der Flöte. Es war förmlich zu spüren, wie sie von dem Ideenreichtum des Pianisten mitgerissen und auch zu eigener phantasievoller Gestaltung angeregt wurde, die er wiederum aufnahm und stützte. Es war einfach großartig.

Als Student hatte Uwe manche Zeiten des Hochgefühls bei musikalischer Improvisation erlebt, meistens beim Jazz. Manchmal hatten sie sich dann vor lauter Freude umarmt. Dazu hätte er diesmal besondere Lust gehabt, aber er konnte sich gerade noch mit Mühe beherrschen, als die Veranstaltung zu Ende ging. Er war sich nicht sicher, ob so etwas in dieser heiligen Halle geduldet wurde. So beschränkte er sich darauf, seine Flötistin anzustrahlen, und sie strahlte zurück. Als er dann aber sah, dass sich junge Leute an verschiedenen Stellen des Raumes in den Armen lagen, bedauerte er, dass er seiner spontanen Regung nicht nachgegeben hatte. Jetzt war es zu spät.

Der Mann, der sich vorhin als Bruder Volkmar vorgestellt hatte, trat freudestrahlend zu ihm und bedankte sich. Er brachte einen anderen mit, einen stattlichen, etwas jüngeren Mann, der aussah, als wäre er im Prinzip ernst, habe sich aber in dieser besonderen Situation ausnahmsweise entschlossen, auch fröhlich dreinzuschauen, um nicht aus dem Rahmen zu fallen. »Das ist Bruder Tobias.«

»Guten Abend.«

»Sie haben großartig gespielt«, meinte Bruder Tobias. »Wir sprechen ja gern nach biblischem Vorbild vom Reden im Geist und vom Beten im Geist. Aber heute haben wir erlebt, es gibt auch ein Singen und Spielen im Geist.«

Uwe blickte wohl etwas begriffsstutzig, so dass Bruder Tobias sich genötigt sah, das noch etwas zu erläutern: »Der Heilige Geist muss Sie geleitet haben, wann Sie was wie zu spielen haben, um uns so zu erfreuen.«

»Äh – ich fürchte, mit dem Heiligen Geist hat das nicht viel zu tun. Sicher, so was wie Intuition ist auch nötig, aber das meiste ist Wissen und Erfahrung.«

Bruder Tobias lächelte. »Es gibt auch Segnungen durch den Geist, von denen der Gesegnete gar nichts weiß.«

Dazu fiel Uwe nichts ein, und so schwieg er lieber. Die beiden Brüder verabschiedeten sich, denn andere verlangten nach ihnen.

Christina legte die Hand auf seinen Arm, was die Emotionen, die eben abzuklingen begannen, wieder neu entfachte. »Ich wollte dir doch noch einiges zeigen und erklären.«

»Oh, ja.«

Sie legte noch schnell die drei silbern glänzenden Teile ihrer Flöte, die sie eben von innen ausgeputzt hatte, in einen schwarzen Kasten und verschloss ihn. Gerade wollte Uwe mit ihr durch den Mittelgang hinausgehen, da trat Herr Thiedemann auf ihn zu.

»Ich muss sagen, Herr Zehntfennig, Sie haben sich heute Abend großartig eingeführt.«

Uwe fiel in dem Moment ein, dass er seinen Arbeitgeber während der Veranstaltung nicht gesehen hatte. Es interessierte ihn brennend, ob er mit seiner Frau auch die Arme in die Luft gestreckt und bei allen möglichen Anlässen »Halleluja« gerufen hatte. Bei der Vorstellung musste er schmunzeln.

Thiedemann deutete das Schmunzeln glücklicherweise falsch. »Ja, Sie können stolz sein, wie Sie die Herzen erobert haben. Treffen wir uns in einer Stunde beim Auto?«

»In einer Stunde schon?«

»Ja, unsere Gespräche sind weitgehend abgeschlossen. Nur noch einige Punkte.«

»Gut, ich bin pünktlich da.« Plötzlich wurde Uwe wieder bewusst, dass er weder als Musiker hier war, noch um mit einem hübschen Mädchen zusammenzusein, sondern um einen Verdächtigen zu bespitzeln. Das versetzte seiner guten Laune einen kräftigen Dämpfer.

Christina merkte die Veränderung, wusste sie aber nicht zu deuten. Sie begann mit sachlichen Erklärungen zu Geschichte und Ziel der Lebensgemeinschaft. Er hörte nicht richtig zu. Das heißt, er hörte zwar zu, aber seine Aufmerksamkeit war mehr auf die Stimme gerichtet als auf die Bedeutung der Worte.

Dann fragte sie, was er so machte. Uwe erzählte, dass er zur Zeit arbeitslos sei und darum diese Stelle als Fahrer angenommen habe, und sie erzählte von sich, von ihrer Kindheit, von ihren Interessen.

Nach einer knappen Stunde – sie schien Uwe die schönste und die kürzeste Stunde seines Lebens – deutete Christina auf die Fenster im Büro von Bruder Tobias, wo das Licht gelöscht wurde. Uwe redete weiter, als könnte er damit das Ende des Gesprächs verhindern.

»Was übersetzt ihr denn da?«

»Alles, was die Kunden wünschen. Meist kürzere Sachen, keine Bücher. Aber Verträge, Werbetexte, Briefe, meistens Geschäftsbriefe, die unsere Kunden an ausländische Geschäftspartner schicken wollen, auch mal Gebrauchsanleitungen für Produkte ...«

»Du übersetzt auch? In welche Sprache?«

»Spanisch. Ich war eine Zeit lang in Spanien und Argentinien.«

»Aber das hat nichts mit eurer ... äh ... christlichen Einstellung zu tun?«

»Wenn man zu Christus gehört, hat alles irgendwie damit zu tun. Aber das muss der Kunde nicht merken.«

»Das verstehe ich nicht.«

»Wir missionieren unsere Kunden nicht, aber wir verhalten uns ihnen gegenüber, wie Christen sich verhalten sollen: redlich, ehrlich, freundlich ... Sonst ist die Arbeit einfach ein Teil unseres Lebens, wie das Ernten von Kohlköpfen etwa. Und der Verdienst daraus trägt dazu bei, dass wir das alles hier unterhalten und weiter ausbauen können.«

»Macht es dir Spaß? Ich meine, bist du gerne hier?«

»Ja.«

»Ich kann mir das nur schwer vorstellen. Gut, Musik machen ist schön, Arbeit kann befriedigen, das Zusammenleben mit netten Leuten ist sicher auch prima. Aber sie sind ja sicher nicht alle nett. Und überhaupt – das ganze Drum und Dran. Dieses fromme ... entschuldige, ich respektiere das natürlich, wenn es dir etwas bedeutet. Aber ich kann es nicht nachvollziehen.«

Christina blickte zu Boden. Einige Augenblicke antwortete sie nicht, dann sah sie auf die Uhr und sagte: »Du wirst erwartet.«

Uwe hätte sich selbst ohrfeigen können, dass er das Thema angeschnitten und damit das schöne Einverständnis zwischen ihnen getrübt hatte. Schweigend gingen sie zu der Stelle, wo der Mercedes stand. Aber dann berührte Christina seinen Arm und sah freundlich zu ihm auf, wie vorhin. »Du kommst doch sicher mal wieder, nicht wahr?«

»Ganz bestimmt«, nickte er heftig, »ganz bestimmt.«

Sie waren inzwischen nach draußen gegangen und schlenderten im Hof auf und ab. Uwe fühlte sich wie im siebten Himmel.

Einmal knickte Christina auf dem holperigen, alten Pflaster etwas ein. Er versuchte, sie schnell aufzufangen. Sie hatte auch ohne seine Hilfe das Gleichgewicht wiedergefunden, aber sie ließ es zu, dass er ihren Arm länger hielt, als nötig gewesen wäre. Nach einigen Augenblicken drehte sie sich um und ging den Weg zurück, so dass Uwe auf ihre andere Seite kam und nicht wusste, ob sich das ungewollt so ergeben hatte oder ob es ihre Absicht war, sich von ihm zu lösen.

19

Kranich stürzte durch das Büro seiner Sekretärin.

»Morgen, Frau Sartorius.«

»Morgen, Chef. Moment!«

Kranich hielt inne und sah sie an. »Haben Sie eine neue Frisur?«

»Nein, ich war nur gestern beim Friseur. Alle Achtung, Chef, dass Ihre Aufmerksamkeit sich mal nicht nur auf Diebe und untreue Ehemänner richtet, sondern auch mal auf Ihre langjährige Sekretärin.«

Kranich grinste. »Hätte ich mich doch nur nicht gebessert! Dann wäre mir der Vorwurf früherer Versäumnisse erspart geblieben.«

»Zehntfennig hat vor einer Viertelstunde angerufen.«

»Ah – gut! Und?«

»Erstens war er gestern Abend mit Thiedemann bei dieser Sekte. Er hat aber keine kriminalistischen Erkenntnisse gewonnen.«

»Ich rufe ihn gleich zurück. Ich will's genau wissen.«

»Das geht nicht, denn zweitens hat er mitgeteilt, dass er eine neue Wohnung hat. Wir brauchten uns nicht mehr darum zu bemühen.

Jemand aus Thiedemanns Firma hat ihm geholfen. Da hat er noch kein Telefon. Die Adresse habe ich aber aufgeschrieben. Der Zettel liegt auf Ihrem Schreibtisch.«

»Hm. Zu dumm, wenn man ihn nicht telefonisch erreichen kann.«

»Sobald er erreichbar ist, will er hier anrufen und uns seine Nummer durchgeben.«

»Gut. Noch was?«

»Nichts, was nicht Zeit hätte, bis Sie Ihren Kaffee getrunken haben, den ich Ihnen gleich bringen werde.«

Kranich drehte sich um und ging zu seinem Büro. In der Tür drehte er sich aber nochmals um. »Ach, Frau Sartorius, können Sie auch schwarzen Tee machen?«

»Das ist keine große Kunst, wenn man nicht die Maßstäbe britischer oder ostfriesischer Genießer anlegt ...«

»Mit ›können‹ meinte ich nicht, Frau Sartorius, ob Sie dazu intellektuell und handwerklich fähig sind, sondern ob die Voraussetzungen dafür in diesem Büro gegeben sind: Ist Tee vorhanden, ein entsprechendes Gefäß ...«

»Kein Problem, Chef. Haben Sie's wieder mit dem Magen?«

»Ja. Ich glaube, da ist Tee besser als Kaffee.«

»Und Mäßigung besser als Stress. Ich sage ja immer, Chef, Sie sollen weniger Fälle annehmen!«

»Wenn Sie mit weniger Gehalt zufrieden sind ...«

Das Telefon summte, ehe das Gespräch in eine Sackgasse geraten konnte.

»Detektei Kranich ... Ja, Herr Dr. Schild, Herr Kranich ist da. Einen Moment, ich verbinde.«

Kranich schloss die Tür, setzte sich hinter seinen Schreibtisch und nahm ab. »Guten Morgen, Herr Dr. Schild.«

»Guten Morgen, Herr Kranich. Ihr letzter Bericht ist drei Tage alt.«

»Richtig, Herr Dr. Schild. Inzwischen hat sich noch nichts ergeben, was des Berichtes wert wäre.«

»Wie? Sie wollen sagen, seit drei Tagen geschieht gar nichts?«

»Oh, das wäre ein Missverständnis, Herr Schild! Es geschieht sehr viel. Nur ist eben noch nichts Verwertbares dabei herausgekommen. Wir sind an der Sache dran, und zwar intensiv. Zwei Mann habe ich darauf angesetzt.«

»Da muss doch ... ich bin sicher, da gibt es faule Stellen! Lassen Sie notfalls noch weitere Leute daran arbeiten. An der Bezahlung soll es nicht scheitern!«

»Ich weiß, wie wichtig es Ihnen ist, Doktor Schild. Aber man kann auch zu viel des Guten tun. Wenn unsere Recherchen irgendjemandem auffallen, gehen alle Türen zu. Man braucht auch Geduld in diesem Job.«

»Na ja, gut, Herr Kranich. Ich wollte Sie nicht nerven. Aber ... na ja, machen Sie mal, wie Sie's für richtig halten. Auf Wiederhören.«

»Auf Wiederhören, Herr Doktor Schild.«

Er legte auf. Frau Sartorius stand in der Tür. »Was hab ich da gerade gehört, Chef? Man braucht Geduld in diesem Job?«

»Ja, man braucht sie. Das heißt aber nicht, dass ich sie immer in ausreichendem Maß hätte. Und den Kunden fehlt sie erst recht.«

»Das wird meistens keine Frage des Charakters sein, sondern des Geldbeutels.«

»Bei Schild scheint dies nicht das Problem zu sein. Was ist mit dem Tee?«

»Der zieht noch.«

20

»Du, das ist wirklich nett von dir, Martin, dass du dir extra Urlaub nimmst, um mir beim Umzug zu helfen.« Uwe bog eben bei dem Schild ein, auf dem stand: Mayen/Eifel 8 km.

»Du denkst, glaube ich, immer schlechter von mir, als berechtigt wäre, Schwager.«

»Nie! Das würde ich mir nie erlauben, selbst wenn ich in die Versuchung käme.«

»Zum Beispiel jetzt. Du denkst: Er tut es ja sicher nicht aus Liebe zu mir, sondern damit auch alles klappt, so dass er mich endlich los wird.«

Uwe sah seinen Schwager mit übertriebener Entrüstung an. »Denkst du wirklich so schlecht von mir, dass ich etwas derartig Schlechtes von dir denken würde?«

»Ja.«

»Ehrlich?«

»Ehrlich. Und noch ehrlicher: Du hast sogar ein bisschen Recht.«

»Äh – Moment, das muss ich erst noch mal sortieren. Ich habe Recht ...«

»Ein bisschen Recht.«

»Ich habe ein bisschen Recht, wenn ich denke, du denkst: Ich will ihm mal helfen beim Umzug, damit er endlich abhaut?«

»Genau. Aber wirklich nur ein bisschen. Das macht nur – na, sagen wir – fünfzehn Prozent meiner Motivation aus. Die restlichen fünfundachtzig Prozent sind Zuneigung zu dir, meinem Schwager, und überhaupt, mein gutes Herz.«

»Ich bin gerührt! Bei so viel Güte nehme ich die lächerlichen fünfzehn Prozent Gemeinheit ganz gelassen hin. Ich beachte sie gar nicht.«

»Im Nichtbeachten unterschwelliger, negativer Strömungen hast du ja eine gewisse Routine.«

Sie bogen in den ehemaligen Bauernhof ein. Rechts stand ein neueres Wohnhaus. Uwe parkte direkt neben dem Kleinlaster. Dann stiegen sie beide aus.

»Da seid ihr ja schon!«, rief Uwes Mutter aus einem der Fenster. »Egon, sie sind da!«

Uwes Vater kam die Treppe herunter. In der Haustür begrüßten sie sich mit einem herzlichen Handschlag.

»Gab's kein Problem mit dem Laster?«, fragte Uwe.

»Ach was! Leonhard sagt, für einen alten Schulfreund macht er das gerne. Er braucht ihn nur morgen gegen Mittag wieder. Und wir sollen anrufen, wenn wir dein Klavier runtertragen wollen. Dann kommt er und fasst mit an.«

Mutter kam und umarmte Sohn und Schwiegersohn. »Nun bist du also bald ganz weg!«

»Wieso denn, Mutter? Weg war ich doch schon lange! Jetzt folgen mir nur die Möbel.«

»Na ja, es ist eben ... wenn deine Sachen noch hier sind, denke ich immer, du bist noch hier zu Hause. Aber jetzt . . .« Sie versuchte, eine Träne zu verbergen.

»Ach, Mutter! Sei nicht traurig!« Uwe nahm sie noch einmal in den Arm. »Ich bin doch nicht aus der Welt.«

»Das ist nun mal der Lauf der Dinge, Beate . . . Aber jetzt los. Die kleineren Sachen sind schon alle in Kartons.«

»Was für kleinere Sachen?«, fragte Uwe, während er dem Vater die Treppe hinauf folgte.

»Deine Bücher, Noten, Wäsche . . .«

Die Mutter ergänzte: »Ja, ich hab dir alles zusammengepackt, was von deinen Kleidungsstücken noch zu gebrauchen ist. Aber du kannst es dir ja selbst noch mal angucken. Und Geschirr und ein paar Sachen für die Küche.«

»Selber kochen tu ich nicht. Ich mache mir höchstens mal was in der Mikrowelle warm.«

»Am besten wäre es, du machst noch einen Schnellkurs bei mir . . .«

»Ach, Mutter, ich bin bisher nicht verhungert, da . . .«

»Dank deiner Schwester«, unterbrach Martin, der Schwager.

Aber Uwe fuhr ungerührt fort: »Da wird mich dieses tragische Schicksal auch in Zukunft vermutlich nicht ereilen.«

Martin überblickte die Kartons, die Einzelteile der auseinander genommenen Möbel und die Stapel gefüllter Schubladen. »Wenn ich das so sehe, denke ich mir, es ist das Beste, wir fangen mit dem Klavier an. Dann können wir alles andere, was kleiner ist, besser drumherum stapeln.«

Der Vater nickte. »Ja, und außerdem haben wir jetzt am Anfang noch die meiste Kraft für das schwere Biest. Ich rufe Leonhard an.«

Er ging die Treppe hinunter, nicht ohne schon mal eine Schublade mitzunehmen. Während Uwe ein paar Deckel von Kartons aufklappte, um zu kontrollieren, ob seine Mutter nicht zu viel unnützen Kram eingepackt hatte, legte sie die Hand auf seinen gekrümmten Rücken. »Sag mal, mein Junge, was ist denn eigentlich aus der netten Geigerin geworden . . .«

Uwe richtete sich auf. Martin nahm schnell einen noch unkontrollierten Karton und trug ihn die Treppe hinunter, um bei dem sich anbahnenden Gespräch abwesend zu sein.

»Ach, Mutter!«, meinte Uwe. »Das war doch nur mal so ... eine Bekanntschaft.«

»Nichts Ernsthaftes?«

»Nein.«

»Aha. Und sonst?«

»Sei nicht so neugierig, Mutter!«

»Ich hab das Recht, neugierig zu sein. Ich bin deine Mutter.«

»Na gut, dann sei meinetwegen neugierig. Aber es gibt nichts zu berichten.«

Vater kam wieder herauf. »Na, Beate, höre ich richtig, dass du mit Uwe dein Lieblingsthema erörterst?«

»Stell dir vor, Egon, er sagt mir nichts!«

»Ich habe gesagt, es gibt nichts zu berichten.«

»Er ist nicht verliebt, Egon, hörst du?«

»Das habe ich nicht gesagt, Mutter!«

»Ach – bist du verliebt?«

»Schluss damit!« Uwe bückte sich wieder und wühlte energisch in einem der Kartons. Aber er war nicht richtig bei der Sache.

»Entschuldige, mein Junge, ich wollte dich nicht ... Übrigens hab ich dir eine schöne Pflanze gekauft. Zum Einzug. Die steht hier drüben.«

»Vielen Dank, Mutter. Aber du weißt, ich lehne jede Verantwortung für ihr Gedeihen ab. Ich verstehe nichts von Zimmerpflanzen. Und wenn der Arbeitsaufwand, den man dafür treiben muss, größer ist als das Vergnügen, das man daran hat ...«

»Sie braucht gar nicht viel Aufwand. Hydrokultur. Du musst nur Wasser nachgießen. Und dieses Ding hier zeigt dir an, wann es nötig ist. Narrensicher.«

»Danke, Mutter.«

Vater brachte einen Karton. »Ich schenke dir auch etwas zum Einzug in deine erste richtige, eigene Wohnung.«

»Was ist das?«

»Na, mach's auf!«

Uwe begann damit, aber der Vater konnte doch nicht an sich halten, die Erläuterung vorauszuschicken. »Ein Telefon. Das brauchst du ja jetzt. Und zwar ein ganz besonderes Ding, mit integriertem Anrufbeantworter und Faxgerät.«

»Tatsächlich? Danke! Aber ob ich das brauche? Ich meine, Anrufbeantworter ist vielleicht ganz gut, wenn ich wegen Konzertterminen angerufen werde.«

»Du musst mir noch ein bisschen genauer erklären, was es mit deiner neuen Arbeit auf sich hat. Aus den paar spärlichen Bemerkungen am Telefon konnte ich mir noch kein genaues Bild zusammenpuzzeln.«

»Das ist ja nur mal was Vorübergehendes. Also ...« Uwe war froh, dass in diesem Augenblick Leonhard unten an der Haustür erschien und die Treppe heraufrief: »Wo ist das Klavier? Ich will die Noten tragen!«

Uwe rief hinunter: »Mensch, Leonhard, der Witz hat einen Bart, der schon durch den Tisch wächst! Dabei hast du es doch nicht nötig, dich auf die Noten zurückzuziehen, wenn es gilt, das Klavier zu tragen!«

Als der Schulfreund oben an der Treppe erschien, groß und breitschultrig, musste man dem zustimmen.

21

Michael Wronski legte das Fernglas behutsam auf einen der großen Steine, zog seine Tasche neben sich und brachte zwei Gegenstände daraus zum Vorschein: das Handy und einen dicken Apfel. Einen Moment schwankte er, welchem der beiden Dinge er den Vorzug geben sollte, dann entschied er sich für den Apfel. Genüsslich biss er hinein und ließ dabei den Blick in die weite Ebene unter sich schweifen. Felder und Wiesen, dazwischen kleine Waldstücke und einige Dörfer. Jedes mit seinem Kirchturm in der Mitte.

Ein wunderschöner Aussichtspunkt hier! Der Hang, an dessen oberem Ende er saß, fiel steil bis zu einem Waldrand ab. Die Felsbrocken lagen darauf wie Riesenstreusel auf einem überdimensionalen Kuchen. Vom unteren Rand des Hangs erstreckte sich noch viel Wald bis hinunter in die Ebene.

Jetzt hatte Michael Wronski seinen Apfel aufgegessen. Er wollte das Gehäuse weit hinunterwerfen, besann sich dann aber doch eines

Besseren, weil er so wacklig auf dem Felsen saß und ließ den Rest nur in die Kerbe neben seinem erhöhten Sitzplatz fallen. Dann griff er noch einmal zum Fernglas, beobachtete eine Weile, und erst jetzt nahm er das Funktelefon und wählte.

»Ich bin's, Chef Herbert.«

»Michael! Ich hab schon drauf gewartet, dass du dich meldest. Wo bist du?«

»Im Paradies, Chef.«

»Im Paradies? Bist du schon bei der Sekte und hast dich bekehren lassen? Mist! Wie kriege ich dich da jetzt wieder raus!«

»Nein, beruhige dich, ich meine nicht diese Art Paradies. Ich meine ein ganz irdisches. Dieser Berg, zu dessen Füßen die Gruppe ihr Paradies errichtet ...«

»Der Meißner.«

»Richtig, der! Es ist ganz toll hier oben. Und mit dem Fernglas kann man die Leute unten beobachten. Nicht die Gesichter, aber die Anlage. Alte Fabrikgebäude, zum Teil schön zurechtgemacht, und große Äcker und Gewächshäuser. Aber das ist nur die Pflicht meiner Beobachtung, die Kür ist eine schöne Aussicht von verschiedenen Punkten aus, eine bizarre Felslandschaft, verschwiegene Waldpfade und der idyllische Frau-Holle-Teich.«

»Frau-Holle-Teich? Frau Holle – war das nicht die, die immer ihre Kopfkissen ausschüttelt und dann für Schneefälle und Staus auf den Autobahnen zuständig ist?«

»Richtig, Klein-Herbert, das hast du dir gut gemerkt! Zur Zeit ist die Dame anscheinend im Urlaub. Jedenfalls wartet der Skilift, den ich vorhin auf der anderen Seite gesehen habe, vergeblich auf Skifahrer, da alles grün ist. Und an ihrem Teich war Frau Holle auch nicht.«

»Genug jetzt mit Frau Holle! Wie willst du mit diesem heidnischen Gedankengut einen Fall lösen, der im christlichen Milieu spielt!«

»Oh, Chef, das war aber jetzt eine böse Retourkutsche!«

»Also, was hast du von dem christlichen Milieu inzwischen herausgekriegt?«

»Sie nennen sich die ›Überwinder‹, und es gibt sie seit einigen Jahren. In dieser Größe und an dieser Stelle erst seit drei Jahren oder zweieinhalb. Sie sind jetzt etwa dreihundert.«

»So viele!«

»In dieser Gegend haben sie inzwischen natürlich einen gewissen Bekanntheitsgrad erreicht, aber sie scheinen nicht viel von Public Relations zu halten. Machen keine Großveranstaltungen, zu denen eingeladen würde, auch keine Werbung, und gegenüber der Presse scheinen sie ziemlich verschlossen zu sein. Ich hab auch mal vorsichtig mit zwei Pfarrern gesprochen; einem aus dem Ort und einer Pfarrerin aus dem Nachbardorf. Sie stehen der Sache nicht besonders freundlich gegenüber. Aber was heißt das schon! Hast du schon mal einen Theologen getroffen, der seinesgleichen wohlgesonnen ist, wenn sie ein bisschen anders denken? Oder gar anders leben? Fromme lieben meistens eher die völlig Unfrommen als die anders Frommen.«

»An dir ist ein Philosoph verloren gegangen.«

»Das ist keine Philosophie, großer Lehrmeister, sondern Beobachtungsgabe! Eben jene Eigenschaft, die einen guten Kriminalisten ausmacht und die mich einmal befähigen wird, in deine Fußstapfen zu treten.«

»Darauf freue ich mich jetzt schon. Bis jetzt trittst du ja eher in Fettnäpfchen. Apropos ›großer Meister‹ – wie heißt denn der Guru von diesen – äh – ›Überwindern‹?«

»Die haben keinen.«

»Das kann nicht stimmen. Da hast du sicher nicht richtig recherchiert. Es gibt keine Sekte ohne Guru, oder sagen wir: ohne führenden Kopf.«

»Im Prinzip hast du natürlich Recht, Chef Herbert, wie eigentlich immer, aber das hier ist die Ausnahme von der Regel. Erstens gibt es zwei Gurus, von denen allerdings einer mehr im Vordergrund steht, und zweitens sind beide ziemlich öffentlichkeitsscheu.«

»Aha. Und wie heißen die?«

»Bruder.«

»Wie?«

»Bruder Volkmar und Bruder Tobias nennen sie sich. Vermutlich werden sie so nicht im Einwohnermeldeamt verzeichnet sein, aber da war ich noch nicht.«

»Dann weißt du ja, was du noch zu tun hast. Unter anderem. Und grüß mir Frau Holle.«

»Mache ich, wenn ich sie treffe. Tschüss, Chef Herbert!«

22

Eigentlich hätte er jetzt die Möbel aufbauen müssen, die Regale zusammenschrauben, die Kartons leeren und alles an seinen Platz stellen. Aber Uwe konnte sich nicht dazu aufraffen. Sein Körper saß auf einem Stapel von Notenbüchern und Bildbänden aus seiner Kindheit, aber sein Geist befand sich etwa zweihundert Kilometer weiter nördlich. Eine verwirrende Fülle von Bildern erschien vor seinem geistigen Auge und verschwand wieder, zerlegte sich in einzelne Teile und setzte sich immer neu zusammen wie bei einem Kaleidoskop. Da waren die klaren Augen, blaugrau, mit ansteckendem Lachen darin. Da war eine blonde Haarsträhne, die über die leicht gewölbte Stirn hing und mit dem kleinen Finger der rechten Hand zur Seite gestrichen wurde – vergeblich, denn sie fiel gleich wieder zurück. Da war der gewinnend lächelnde Mund unter dem Stubsnäschen oder der angespannte Mund über der silbernen Flöte.

Irgendwann stand Uwe auf und ging im Zimmer auf und ab. Das war nicht einfach. Es erforderte einiges Geschick, über all das Gerümpel zu klettern. Als ihm nach einigem Hin und Her klar wurde, dass das auch nicht half, rang er sich schließlich dazu durch, irgendeine der Pflichten anzugehen, die hier überall unübersehbar auf ihn warteten.

Also gut – was war das Wichtigste? Ein Bett für die Nacht! Nein – das hatte noch Zeit, es war erst Nachmittag. Außerdem würde er heute Abend sowieso nicht so bald einschlafen können, weil er immer an sie denken musste.

Was war dann das Wichtigste? Essen? Die Küche einrichten? Den Elektroherd anschließen? Ach was – er konnte eine Weile von Luft und Liebe leben oder notfalls von Brot und Butter. Zurückgestellt!

Das Telefon! Das war wichtig. Er musste erreichbar sein für beide Chefs. Er brauchte es nur anzuschließen, hatten sie ihm gesagt, er würde den Anschluss vom Vormieter übernehmen.

Wo hatte er nur das Geschenk seines Vaters? Er suchte überall. Ich hätte lieber die Lagerung überwachen sollen, dachte er, statt selbst Kisten mit heraufzutragen. Moderne Generäle beobachten und lenken die Schlacht von weitem, statt selbst zu schießen.

Ah – hier! Neben der Hausapotheke unter einem Wäschestapel, auf dem wiederum die Matratze lag, fand er den Karton. Er zog ihn heraus, was zur Folge hatte, dass der Wäschestapel seine mustergültige Ordnung verlor.

Es tat ihm gut, dass die Gedanken nun für etwa vierzig Minuten notgedrungen mit der Gebrauchsanleitung beschäftigt waren. Dann suchte er sein Werkzeug – er erinnerte sich schwach, wo es ihm beim Suchen nach dem Telefon zufällig in die Hände gefallen war – und begann, das elektronische Wunderding zu installieren.

So gegen vier Uhr hatte er alles fertig. Ob es klappte? Zu Testzwecken rief er seine Schwester an.

»Guten Tag, hier spricht Lena Mohr.«

»Hallo, Lena, hier ist Onkel Uwe. Ist die Mama da?«

»Tag, Onkel Uwe. Schade, dass du nicht mehr bei uns wohnst.«

»Na ja, weißt du, Lena, ich hab nicht so ganz richtig zu eurer Familie gehört. Ich musste eben irgendwann auch eine eigene Wohnung haben. Aber du kannst mich ja mal besuchen.«

»Mach ich.«

»So, und jetzt lass mich mal mit deiner Mama sprechen, ja?«

»Moment, ich geb sie dir.«

Uwe hörte, wie sie durch den Flur rannte und »Mama« rief. Was in der Küche gesprochen wurde, verstand er nicht. Dann hörte er Sabines Schritte.

»Uwe?«

»Hallo, Sabine. Ich probiere gerade mein neues Telefon aus. Notier dir doch mal die Nummer.«

»Ja, Moment.«

Uwe diktierte sie ihr. Gerade wollte er auflegen, da fiel ihm noch etwas ein. »Aber was der eigentliche Grund meines Anrufes ist, Sabine: Ich wollte mich noch mal herzlich bedanken. Heute, am ersten Tag, wo ich eure Gastfreundschaft nicht mehr in Anspruch nehmen muss.«

»Ach, Uwe, du weißt ja, wir haben dir gern geholfen. Und wenn ich dich zum Schluss ein bisschen unter Druck gesetzt habe, dann nimmst du mir das hoffentlich nicht übel.«

»Nein, Sabine, ganz bestimmt nicht. Vielleicht war es sogar gut so.«

»Du meinst, weil du dadurch zu dieser Stelle gekommen bist? Was machst du denn da nun …?«

»Ja, und überhaupt. Aber darüber reden wir ein anderes Mal ausführlich, okay? Im Moment hab ich unheimlich viel zu tun. In meiner Wohnung ist das reinste Chaos. Kein Möbelstück steht richtig, außer dem Klavier, und …«

»Na, das ist ja das Wichtigste.«

»Mein Chef hat mir heute freigegeben, damit ich umziehen kann, aber was da noch alles zu tun ist! Also – grüß Martin nochmals, und ich danke ihm sehr für seine Hilfe.«

»Ich sag's ihm. Mach's gut, kleiner Bruder!«

»Tschüss, alte Ziege!«

Beide lachten und legten gleichzeitig auf.

So, jetzt Kranich anrufen! Da kam ihm eine Idee: Er könnte bei der Gelegenheit gleich das integrierte Faxgerät ausprobieren!

Erst begab er sich zum dritten Mal auf die Suche und fand auch nach weniger als zwei Minuten seine alte Schreibmaschine. Darauf schrieb er einen Zettel. Oben Adresse, Telefon- und Faxnummer; dann folgte der Text:

Liebe Frau Sartorius,

hiermit probiere ich mein neues Faxgerät aus. Wenn alles wie vorgesehen klappt und ich die Gebrauchsanleitung sowohl richtig verstanden als auch richtig angewendet habe, können Sie und Ihr Chef (oder umgekehrt) mich jetzt fernmündlich und fernschriftlich erreichen. Nummern siehe oben.

Mit freundlichen Grüßen.

Das alles unterschrieb er, betätigte die vorgeschriebenen Knöpfe, legte Papier in das Fach, damit er auch eine Antwort empfangen konnte, und wartete.

Einige Minuten beschäftigte er sich damit, die verschiedenen herumliegenden Gegenstände in die Nähe des Ortes zu tragen, wo sie später auf Dauer bleiben sollten. Das machte das Chaos schon etwas übersichtlicher. Gerade, als er begonnen hatte, sein Bett aufzuschlagen, meldete sich das Faxgerät.

Fasziniert wie ein kleiner Junge schaute er zu, wie ein Brief herauskam, richtig mit dem Briefkopf der Detektei Kranich.

Lieber Herr Zehntfennig,

es hat funktioniert! Mein Chef läßt Ihnen sagen, wenn Ihre Fähigkeiten als Telekommunikations-Installateur auf Ihre Tüchtigkeit als Detektiv schließen lassen, erwartet er noch Großes von Ihnen. Er will Sie später am Abend noch anrufen. Ich hab jetzt Feierabend und wünsche Ihnen auch einen schönen solchen beim Einrichten der Wohnung.

I. Sartorius.

Uwe machte sich wieder an seinem Bett zu schaffen. Aber der Schwung ließ schnell nach. Immerhin schaffte er es so weit, dass er sich um die Nacht keine Sorgen mehr machen musste. Wenigstens, was das Lager anging. Die drei wichtigsten Dinge waren also damit schon funktionsfähig an Ort und Stelle: Bett, Telefon und Klavier.

Sein geliebtes Klavier! Eine wunderbare Einrichtung, um von undefiniert dunklen Gefühlen abzulenken. Ob das Liebeskummer war? Er setzte sich an das Instrument und begann zu spielen. Dabei stellte sich heraus, dass ihn das zwar nicht von seinen Gefühlen und Gedanken ablenkte, aber ihnen musikalischen Ausdruck gab, und das war viel besser. Uwe vergaß die Unordnung um sich herum und in sich, vergaß die Zeit und versank in einer Phantasie, die er »An Christina« nannte.

Wieso eigentlich Kummer?, fragte er sich, als er das Stück zu einem geheimnisvoll schwebenden Schluss gebracht hatte. Wieso Liebeskummer? Es gibt doch eigentlich keinen Grund, Trübsal zu blasen! Ich werde wieder hingehen! Und dann ... ja, was dann? Es ließ sich nicht leugnen, es gab da Gräben zwischen ihnen.

Na ja, und Kummer, weil sie einfach nicht da war. Er konnte sie nicht sehen und nicht mit ihr reden. Dabei würde er so gerne ... Sein Blick fiel auf sein neues Gerät, und blitzartig war ein Gedanke da. Eine großartige Idee!

Natürlich konnte er sie nicht anrufen! Allein der Aufstand, den es dort machte, wenn sie ans Telefon geholt werden müsste! Aber so, wie er es vorhatte, musste es gelingen: Er wollte ihr ein Fax in Spanisch schicken! Sie war die Einzige, die das verstand, hatte sie gesagt.

Uwe bekam einen glühenden Kopf vor Eifer. Erst musste er Manuel finden. Auskunft 11833.

»Guten Tag, ich brauche die Nummer von Manuel Sorez, mit z hinten; er wohnt in Dortmund ... Danke!«

Um diese Zeit könnte Manuel zu Hause sein. Uwe wählte.

»Sorez.«

»Manuel, ich grüße dich! Hier ist dein alter Kommilitone Uwe!«

»Uwe! Schön, was von dir zu hören!«

»Hast du deinen Vertrag beim Orchester gekriegt? Du hast damals nur erzählt, dass die Chancen gut ständen.«

»Ja, ich hab den Job. Ist total gut. Nebenbei gebe ich Gitarrenunterricht. Und was machst du?«

»Ich bin noch auf der Suche. Du, Manuel, weshalb ich anrufe: Du könntest mir mal einen Gefallen tun und einen kleinen Text ins Spanische übersetzen, ja? Nicht viel, nur ein paar Zeilen.«

»Ja, gerne, schick ihn mir! Soll ich dir meine Adresse durchgeben?«

»Nein, es wäre mir lieb, wenn wir das gleich am Telefon ...«

»Mündlich?«

»Ja, bitte, Manuel! Ich werde auch nie mehr sagen, dass der Tango der U-Musik zuzurechnen ist! Wie konnte ich so einen haarsträubenden Unsinn jemals behaupten! Ich muss nicht ganz bei Sinnen gewesen sein, oder ich hatte zu viel getrunken. Selbstverständlich ist der Tango tiefgründig-künstlerisch-wertvolle E-Musik als kultureller Ausdruck des Lebensgefühls in deiner argentinischen Heimat ...«

»Hör auf, hör auf! Ich glaube ja schon fast, dass du es glaubst. Also – sag mir deinen Text!«

»Es tut mir Leid, dass wir uns nicht näher kennen gelernt haben.«

»Wie – ist das der Text?«

»Der erste Satz, es geht dann noch weiter.«

»Keine Anrede oder so was?«

»Nein, brauche ich nicht. Äh – ich kann dir das nicht erklären, das wird zu kompliziert.«

»Na schön. Also – wie heißt der erste Satz noch mal?«

»Es tut mir Leid, dass wir uns nicht näher kennen gelernt haben.«

»*Siento, mucho, que no tuvimos la oportunidad de conocernos.*«

»Moment, langsam. Wie schreibt man das?«

»Wie man's spricht: *Siento* ...« Er diktierte langsam.

»Weiter: Sicher wird sich bald eine Gelegenheit ergeben, das nachzuholen.«

»*Estoy seguro que tendremos la ocasión de recuperarlo.*«

»Ich freue mich schon sehr darauf.«

»*Espero muy ansiosamente este día.*«

Uwe erfand den deutschen Text und schrieb eifrig mit, was sein ehemaliger Kommilitone übersetzte. Das Wort »Liebe« vermied er, aber es war unschwer zu erkennen, dass er eben dies meinte. Er schilderte, wie schön er die Begegnung mit ihr gefunden hätte. Aber er bitte auch um Verständnis für diesen ungewöhnlichen Weg der Kontaktaufnahme. Und sie brauchte den Text natürlich nicht wirklich ins Deutsche zu übersetzen. Stattdessen könnte sie ihm doch einen eigenen Text als Antwort faxen, aber in Deutsch, denn er verstehe gar kein Spanisch.

»Wen meinst du denn damit, Uwe? Du kannst doch nicht einen Brief an jemanden schreiben, ohne ihn mit Namen anzusprechen!«

»Doch, ich muss. Der Name würde in dem spanischen Text gleich auffallen.«

»Soll er das denn nicht?«

»Nein, aber ich habe dir ja erklärt, dass ich es nicht erklären kann.«

»Dass es um ein Mädchen geht, ist ja nicht schwer zu erraten bei dem Text. Aber daraus brauchst du doch vor mir kein Geheimnis zu machen! Eine Spanierin? Oder gar eine Argentinierin?«

»Ein bisschen Geduld, Manuel, nur ein bisschen. Hab Dank, du Meister der Gitarre, du Sohn des Tango, du Zupfgeigenhansel vom anderen Ufer. Ich meine, vom anderen Ufer des Ozeans ...«

»Hör auf, alter Freund! Ich muss sowieso gehen und mich mit ernsthaften Dingen befassen.«

»Mit E-Musik? Kannst du so was überhaupt?«

»Cabrón.«

»War das ein Schimpfwort?«

»Nimm es, wie du willst.«
»Leb wohl!«
»Adios!«
Uwe legte auf und setzte sich gleich an die Schreibmaschine.
»Sehr geehrte Damen und Herren!« schrieb er. »Man hat mir Ihr Übersetzungsbüro als schnell und zuverlässig empfohlen. Ich bitte Sie darum, den folgenden Text vom Spanischen ins Deutsche zu übersetzen und mir umgehend zuzufaxen.«
Dann schrieb er sorgfältig ab, was er notiert hatte und schloss in Deutsch mit dem Hinweis, dass man die Rechnung an nachstehende Adresse senden möge. Er schrieb nur die Anfangsbuchstaben seines Namens, oben seine vollständige neue Adresse. Und ab ging die Post – auf elektronischem Wege.
Das alles beflügelte ihn ungemein. Auf einmal hatte er richtig Lust zum Arbeiten. Er begann mit dem Kleiderschrank aus seinem alten Jugendzimmer, damit er die vielen Hosen, Jacken, Hemden und anderen Dinge, die überall herumlagen, endlich irgendwo unterbringen konnte. Nachdem das erledigt und etwas Luft geschaffen war, befasste er sich mit den Bücherregalen. Zwischendurch wanderte sein Blick immer wieder zum Faxgerät. Aber das rührte sich nicht. Konnte es ja eigentlich auch nicht! So schnell war keine Antwort zu erwarten. Es sei denn, sie hätte nur zu melden, er solle sie in Ruhe lassen. Je länger es dauerte, desto größer wurde also die Wahrscheinlichkeit, dass eine positive Antwort kam. Oder doch nicht? Es war ja auch möglich, dass sie ihn vollständig ignorierte! Am besten nicht so viel grübeln! Weitermachen!
Als Uwe gerade dabei war, die Bücher in seinem Regal zu verstauen, nicht dem Inhalt nach geordnet, sondern erst mal nur provisorisch der Größe nach, klingelte es. Er wollte schon zum Faxgerät stürzen, aber es war die Haustür. Mit einem Knopfdruck öffnete er. Wer kam denn schon am ersten Tag zu Besuch? Oder wollte Kranich sich nach seinen Erfolgen erkundigen?
Uwe öffnete die Wohnungstür, und vor ihm stand der Möchtegern-Butler aus Thiedemanns Villa. Das überraschte ihn.
»Guten Abend, Herr Zehntfennig«, sagte der Mann etwas steif und mit überdeutlicher Aussprache. Er hielt einen Topf mit einer Pflanze vor dem Bauch, in Papier eingeschlagen. »Herr Direktor

Thiedemann und seine Gattin erlauben sich, Ihnen zum Einzug in Ihre neue Wohnung ein kleines Präsent zu überreichen.«

»Oh – das überrascht mich aber jetzt wirklich. Danke. Das ist ja sehr aufmerksam von den Herrschaften und ausgesprochen liebenswürdig.« Es fiel ihm gar nicht auf, daß er sich der Redeweise seines Gegenübers spontan anpasste. »Kommen Sie doch herein. Ich bitte allerdings um Nachsicht, es ist noch ziemlich unaufgeräumt.«

»Danke. Wo darf ich die Pflanze abstellen?«

»Ach – irgendwo! Ich räume dann noch alles an Ort und Stelle.«

»Vielleicht hier auf die Fensterbank, wenn's recht ist.«

»Äh – Sie kennen meinen Namen, aber ich Ihren nicht. An Herrn Thiedemanns Haustür sagten Sie mir nur, dass Sie nicht der Hausherr seien.«

Der Mann antwortete nicht gleich, weil er damit beschäftigt war, die Pflanze aus dem Papier auszuwickeln. Er hatte auf Uwe allerdings nicht den Eindruck gemacht, als könne er nicht etwas Manuelles tun und zugleich reden. Als eine Zimmerpalme zum Vorschein kam, bohrte Uwe nochmal nach: »Oder soll ich Sie James nennen?«

Der Mann hatte entweder den leichten Spott nicht verstanden oder er war grundsätzlich humorlos. Jedenfalls blickte er seriös wie immer, als er endlich zur Antwort gab: »Mein Name ist Bogdan. Friedeman Elias Bogdan.«

»Schön, Herr Bogdan. Ich bin noch nicht darauf eingerichtet, Ihnen einen Kaffee oder so was anzubieten. Aber wie wär's mit einem Bier? Ich habe noch einiges da von dem, was ich für die Männer besorgt hatte, die mir beim Umzug geholfen haben.«

»Danke, Herr Zehntfennig, aber erlauben Sie, dass ich Ihr freundliches Angebot ablehne.« Er sah sich um.

»Schön, nicht wahr? Nicht so wie beim Herrn Direktor natürlich, und auch noch nicht alles so, wie es mal werden soll, aber für meine Verhältnisse ...«

»Sehr schön, durchaus.«

»Wollen Sie mal das andere Zimmer sehen?« Er lotste seinen Besucher um den Kühlschrank herum, der noch nicht angeschlossen war und im Weg stand. Als die Helfer ihn hereingebracht hatten, war Uwe sich noch nicht sicher gewesen, was die Anordnung der einzelnen Möbel in der kleinen Küche betraf. Herr Bogdan folgte Uwe, betrachtete alles und kommentierte es mit einem dezenten Kopfnicken.

»Sagen Sie mal, Herr Bogdan, ist so was nicht – sagen wir mal: unüblich?«

»Was?«

»Dass der Direktor einem Angestellten zum Einzug so'n Grünzeug – ich meine, eine Pflanze schenkt? Zumal ich ja erst ganz kurz da bin, und auch nur vorübergehend!«

»Durchaus.«

»Was – durchaus?«

»Es ist durchaus unüblich. Aber Sie haben bei Herrn Direktor Thiedemann – wenn ich mal so sagen darf – einen Stein im Brett.«

»So? Hm, das ist mir ja fast peinlich. Ich meine, ich hab ja nicht viel geleistet bisher.«

Herr Bogdan ersparte sich eine Antwort, zuckte nur leicht mit den Schultern, als könne er auch nicht verstehen, was der Herr Direktor und seine Frau Gemahlin an dem Schnösel fanden, und wandte sich zur Tür.

»Richten Sie bitte meinen Dank aus, Herr Bogdan. Ich werde mich natürlich noch persönlich bedanken.«

»Natürlich«, sagte der Besucher. »Ich darf mich verabschieden.« Der Abschied bestand darin, dass er in der Tür noch einmal nickte, mit einem Gesicht, kalt und tot wie die Marmorbüste eines römischen Feldherrn.

»Tschüss, bis demnächst wieder!«, rief Uwe ihm nach und fand selbst, dass diese Grußformel etwas unpassend war.

Das Faxgerät schwieg immer noch, also stürzte er sich wieder in die Arbeit.

Zu dumm, dass er nicht daran gedacht hatte: James hätte ihm bei dem Kühlschrank anfassen können! Aber er würde das auch allein schaffen. Er schob an dem Ding, und es bewegte sich auch. Als er gerade dabei war, es mit ziemlicher Kraftanstrengung durch die Küchentür zu schieben, hörte er das Faxgerät.

Plötzlich hatte er Angst. Noch vor kurzem wäre er sofort hingelaufen. Aber jetzt fürchtete er sich auf einmal vor einer irgendwie negativen Antwort von Christina. Er ignorierte das Geräusch und schob weiter an dem Kühlschrank. Erst, als er ihn richtig stehen hatte, richtete er sich auf, lehnte sich kurz daran und ging dann aus der Küche. Er nahm das Fax, ohne einen Blick darauf zu werfen – er traute sich immer noch nicht. Erst, als er auf dem Klavierstuhl saß und kurz die Augen geschlossen und wieder geöffnet hatte, begann er zu lesen.

Hallo, Uwe!

Deine Nachricht kam mir etwas spanisch vor. Aber im Ernst – denn ernst nehme ich sie: Das meiste von dem, was du geschrieben hast, empfinde ich genauso. Ich freue mich auch, wenn du wiederkommst und wir uns unterhalten und zusammen musizieren können und uns auch näher kennen lernen. Von diesem Kennenlernen wollen wir dann alles weitere abhängig machen, einverstanden?
Vielleicht kommt dir meine Antwort zurückhaltender vor, als du erwartet hast. Sei nicht traurig darüber! Ich will es dir auch begründen: Wie gesagt, wir kennen uns kaum. Zu dem wenigen, was ich von dir weiß, gehört z. B., dass Du ein sympathischer, lieber Kerl bist (und auch hochbegabt auf musikalischem Gebiet, aber das zählt in diesem Zusammenhang nicht so viel). Dazu gehört aber auch, dass du nicht glaubst (verzeih mir, wenn ich es falsch einschätze – dann belehre mich eines Besseren), dass wir beide also nicht »an einem Strang ziehen« in der Sache, die mir die allerwichtigste ist.
Ich schreibe dies sehr ungern, weil – wie gesagt – so vieles noch offen ist. Da sollte man sich noch nicht schriftlich festlegen. Betrachte dies darum auch nicht als Festlegung. Aber du hast mich um diese Form der Antwort gebeten – und da ist sie.

Sei von Herzen gegrüßt – und das meine ich wirklich so – Christina

Uwe konnte sich nicht erinnern, wann er das letzte Mal geweint hatte. Aber jetzt liefen ihm Tränen über die Wangen. Unbeholfen wischte er sie mit dem Handrücken fort.

Für einige Zeit konnte er gar nicht denken. Da war nur Trauer, Enttäuschung. Allmählich aber wurde es klarer in seinem Kopf. Natürlich, sie musste ja so antworten! Wie dämlich war er, dass er diese ganze religiöse Frage ausgeklammert hatte! Hatte er im Ernst angenommen, sie könnte alles, was bisher ihr Leben ausgefüllt hatte, von einem Tag auf den anderen zurückstellen, nur weil ein Typ daherkam? Wenn sie das getan hätte, wäre sie charakterlos, und das wäre ihm auch nicht recht.

Angesichts dieser Situation hatte sie eigentlich noch sehr positiv geschrieben!

Uwe nahm das Fax wieder auf, das zu Boden gefallen war, und las es mehrmals und langsam.

Es führt kein Weg daran vorbei – die Glaubensfrage ist die entscheidende. Ja – und? Was mache ich jetzt? Sie aufgeben? Nein, nie und nimmer! Das könnte ich nicht aushalten!

Sie überreden, gewinnen, dass sie mich trotzdem akzeptiert? Das gelingt nie! Außerdem würden wir dabei sicher beide nicht glücklich.

Ihr klarmachen, dass sie auf irgendeinen Schwindel hereinfällt, den ich gerade im Begriff bin aufzuklären? Aussichtslos! Das wäre auch irgendwie – niederträchtig. Außerdem ist es bei ihr mit dem Glauben sicher ganz echt, unabhängig davon, ob andere ihre religiösen Gefühle ausnutzen oder nicht.

Was bleibt dann noch?

Uwe stand auf und setzte sich auf einen Karton. Nicht, dass das irgendeinen Vorteil brachte; er tat es einfach ohne Grund, voll innerer Unruhe.

Abwarten! Sehen, wie es sich entwickelt! Aber wie könnte es sich entwickeln?

Er sträubte sich fast, es zu denken, aber er kam ganz zwangsläufig darauf: Theoretisch gibt es ja noch die Möglichkeit, dass ich auch anfange, an Gott zu glauben. Ich kann mir zwar nicht vorstellen, dass es jemals dazu kommt. Da ich nicht von Gott und all dem überzeugt bin, kann ich mir ja auch nicht einfach vornehmen, von jetzt an doch davon überzeugt zu sein!

Uwe stand auf und setzte sich wieder auf den Klavierstuhl.

Könnte es sein, dass ich nur darum nicht davon überzeugt bin, weil ich kaum etwas darüber weiß? Man muss sich schließlich erst sachkundig machen, ehe man eine Sache verwirft oder akzeptiert. Vielleicht käme ja dabei raus, dass ich ein bisschen frommer werde und sie nicht mehr ganz so verbissen – und dann nähern wir uns an und passen besser zusammen.

Ja, das versuche ich! Ich will mich damit beschäftigen! Was Millionen von Menschen in zwei Jahrtausenden geglaubt haben, mag ja falsch sein, aber total blöd kann es doch eigentlich auch nicht sein.

Und überhaupt – ein bisschen Sachkenntnis, selbst, wenn sie meine persönliche Haltung nicht ändert, kann nur von Nutzen sein. Für meine Aufgabe und auch für die weiteren Gespräche mit Christina.

Ich brauche einen gläubigen Gesprächspartner. Nicht so einen theologischen Profi mit aalglatten Antworten für jede Frage, wo ein Laie wie ich den Haken nicht merkt. Sondern jemand, bei dem man spürt, dass der Glaube echt ist, nicht angelernt, sondern erlebt. Auch nicht einer von denen, die sich ›Überwinder‹ nennen. Da fehlt die kritische Distanz zu dem, was Christina glaubt.

Wer...?

Plötzlich hatte er den Einfall. Ohne auch nur eine Sekunde darüber nachzudenken, lief er zum Telefon und blätterte in seiner persönlichen Adressliste. So nervös war er, dass er ein Blatt dabei einriss. Da stand der Name! Er wählte.

»Scheidt.«

»Hier ist Uwe Zehntfennig. Guten Abend, Herr Scheidt. Erinnern Sie sich?«

»Herr Zehntfennig, natürlich! Ich habe das Konzert noch in sehr angenehmer Erinnerung. Wir sollten öfter mal was zusammen machen!«

»Finde ich auch.«

»Ist das der Grund Ihres Anrufes? Möchten Sie, dass ich Ihnen etwas vermittle?«

»Nein, nein...«

»Ich würde es mit gutem Gewissen tun, wenn sich eine Gelegenheit ergibt. Ich bin von Ihrem Können überzeugt.«

»Nein, ich wollte etwas ganz anderes. Äh – es ist ein bisschen merkwürdig, wenn ... also, wir kennen uns ja nicht sehr gut, aber ich hatte von Ihnen den Eindruck, Sie nehmen das mit dem Glauben sehr ernst.«

»Das tue ich, ja.«

»Haben Sie mal ein paar Minuten Zeit? Das heißt, vielleicht dauert es auch ein bisschen länger ...«

»Ich muss in zehn Minuten zur Probe. Aber wir können ja später noch mal telefonieren.«

»Ich versuche, es kurz zu machen. Offen gestanden, ich glaube nicht an Gott. Also, bisher jedenfalls.«

»Das ist keine Schande, aber ein Unglück. Es lässt sich allerdings ändern.«

»Prima, und das ist mein Ziel. Helfen Sie mir, dass es sich ändert. Wenn Sie das können.«

Scheidts Stimme klang leicht amüsiert: »Nein, das kann ich nicht, so gern ich's täte. Schon gar nicht in wenigen Minuten am Telefon.«

»Schade. Verstehen Sie, Sie sollen mich nicht beschwatzen, das haben früher schon andere versucht. Sie sollen mir einfach sachlich darlegen, was es für Argumente für den Glauben gibt. Und wenn Sie mich überzeugen, mache ich sie mir zu eigen.«

»Und Sie meinen, damit glauben Sie?«

»Nicht?«

»Nein. Glauben heißt nicht, bestimmte Lehrsätze und die Existenz Gottes für richtig zu halten.«

»Sondern?«

»Ein Verhältnis zu diesem Gott, Vertrauen zu ihm, Umgang mit ihm ...«

»Umgang?«

»Wollen Sie denn glauben?«

»Äh – ja – das heißt, ich weiß es noch nicht. Das hängt eben davon ab, ob ich überzeugt bin.«

»Ich verstehe noch nicht ganz, was in Ihnen vorgeht, Herr Zehntfennig. Vielleicht sollten wir weiter vorne ansetzen. Erzählen Sie mir doch mal, wie Sie zu diesen Fragen gekommen sind!«

»Ich weiß nicht ... das ... also ...«

»Auch wenn ich kein Pfarrer bin, Herr Zehntfennig, in diesem Moment bin ich Seelsorger. Das heißt, niemand erfährt davon.«

»Schon klar. Also in Kürze: Ich bin in ein Mädchen verliebt, das gläubig ist, so richtig tief, verstehen Sie? Leider gehört sie auch noch zu so einer merkwürdigen Sekte oder so was. Wenn ich nicht auch glaube, wenigstens ein bisschen, ich schätze mal, das reicht ... na ja, Sie wissen schon.«

»Und Sie haben nur wenig Kenntnis über biblische Dinge – sehe ich das richtig?«

»Ich bin konfirmiert worden. Aber davon ist nichts hängen geblieben.«

»Gar nichts?«

»Ehrlich – gar nichts! Das einzige, was ich behalten habe, ist, dass meine Mutter keine Apfelsinen aus Südafrika kaufte, weil der Pfarrer uns das nahe gelegt hat. Aber das hat mich Gott nicht näher gebracht. Verstehen Sie mich richtig, wahrscheinlich hat er noch viele gute Sachen gesagt. Aber ich war ein Kind und hab nichts davon verstanden. Später hab ich einige Male vertretungsweise die Orgel gespielt. Da war dann ein anderer Pfarrer. Aber ich muss gestehen, ich hab nie richtig zugehört. Wenn ich gewusst hätte ... Müssen Sie nicht weg, Herr Scheidt? Ich rede und rede ...«

»So eilig ist es noch nicht. Ihre innere Anspannung verfälscht Ihr Zeitgefühl. Aber ich mache Ihnen einen Vorschlag. Sie sagen mir Ihre konkreten Fragen, und ich schreibe Ihnen meine Antworten in einem Brief. Da kann ich mir auch etwas genauer überlegen, was ich sage beziehungweise schreibe.«

»Fragen? Ich weiß gar nicht, was ich fragen soll, weil ich kein Ende zu fassen kriege.«

»Ich kann Ihnen doch nicht ganz allgemein irgendetwas schreiben. Über geistliche Dinge sind Tausende von Büchern geschrieben und unzählige kluge Sätze gesagt worden, von denen ich allerdings auch nur einen winzigen Bruchteil kenne.«

»Also gut. Meine Frage: Woher kann ich wissen, dass es Gott überhaupt gibt? Das ist die grundsätzlichste Frage, denke ich. Der Einstieg in das ganze Thema.«

»Gut, ich schreibe Ihnen. Sagen Sie mir Ihre Adresse?«

»Haben Sie ein Faxgerät?«

»Nein, aber ich habe Zugang zu einem im kirchlichen Rentamt.«

»Würde es Ihnen was ausmachen, mir Ihre Antwort zu faxen? Dann geht es schneller.«

»Mache ich, aber ich weiß noch nicht, ob ich morgen dazu komme.«

»Und wenn ich Ihre Antwort habe, darf ich weiterfragen?«

»Gerne. Aber eins muss ich dazu sagen, wenn ich mit Ihnen so eine Art theologischen Fernkurs mache: Ich bin kein Theologe. Und ich bin auch sicher, dass meine Ansichten sich nicht mit der Durchschnittsansicht aller Christen decken. Ich kann nur sagen, was meine persönliche Erfahrung und Meinung ist!«

»Prima! Genau das wollte ich! Ich danke Ihnen.«

Uwe gab seine Faxnummer durch, zur Sicherheit auch die Adresse, und legte auf.

Eine Weile blieb er neben dem Telefon sitzen und dachte nach. Was hatte er da in die Wege geleitet? War das nicht alles ein bisschen überstürzt? Ach was! – Irgendetwas musste er einfach unternehmen!

Uwe starrte auf das Faxgerät, das auf einem kleinen, billigen Schränkchen stand.

Plötzlich schoss ihm das Blut in den Kopf. Nein! Das durfte nicht wahr sein! Sein Gehirn weigerte sich einige Sekunden, die Folgen seiner Entdeckung abzuschätzen. Neben diesem Schränkchen hatte der seltsame Herr Bogdan gestanden und sich überall gründlich umgesehen. Und auf dem Schränkchen, neben dem neuen Gerät, lag das Fax mit dem Briefkopf der Detektei Kranich!

23

»Du magst ihn, nicht wahr?«, fragte Frau Thiedemann ihren Gatten, während sie ihm Tee einschenkte.

»Wen meinst du?«

»Nun, diesen jungen Klavierspieler, der uns gefahren hat.«

»Warum?«

»Ich weiß nicht, warum du ihn magst. Vielleicht, weil er gut spielt? Das musst du selbst . . .«

»Nein, ich meine, warum meinst du, dass ich ihn mag?«

»Ich merke es einfach.«

»Wegen der Grünpflanze? Das war dein Vorschlag, dem ich dann allerdings zugestimmt habe. Vielleicht magst du ihn?«

»Warum sollte ich es leugnen? Er ist nett, höflich und begabt.«

Herr Thiedemann lächelte hintergründig, während er sich ein Gürkchen nahm. »Wünschst du ihn dir als Schwiegersohn?«

»Unsinn!«

»Ach – wirklich Unsinn?«

»Nun ja, ich hätte nichts dagegen. Aber das ist abwegig. Anna ist weit weg. Außerdem bin ich nicht die Sorte Mutter, die ihren Töchtern Männer aussucht. Und drittens ist es zu spät.«

»Zu spät?«

»Hast du nicht beobachtet, was zwischen ihm und dieser Schwester Christina – nun, sagen wir: in der Luft lag?«

Thiedemann sah auf, blickte seine Frau eine Weile schweigend an und schüttelte den Kopf.

»Typisch Mann!«, sagte sie. »Immer nur Augen für sachliche Dinge! Und für's Geschäft. Dabei war es eigentlich gar nicht zu übersehen.«

»Sag bloß! Und ... das war gegenseitig?«

»Meinem Gefühl nach schon!«

»Ausgerechnet Christina!«

»Wieso? Was ist mit ihr?«

»Mensch, Eva! Das ist ja das Beste, was uns passieren kann! Großartig!«

»Ich verstehe gar nichts.«

»Das passt hervorragend in meine Pläne!« Lächelnd fügte er hinzu: »Auch, wenn er damit als Schwiegersohn ausfällt.«

»Was für Pläne?« Eva Thiedemann legte energisch Messer und Gabel auf den Teller. Es sah aus, als wollte sie nie wieder einen Bissen zu sich nehmen, bis diese Frage umfassend geklärt war. »Ich bitte dich ernsthaft: Klär mich jetzt über deine Pläne auf! Schon dreimal hast du mich zu diesen frommen Leuten geschleppt. Ich wüsste wirklich Besseres zu tun! Nun gut, ich will nicht ungerecht sein, es hat auch irgendwie etwas Faszinierendes, wenn man sich erst mal ein bisschen damit vertraut gemacht hat. Aber ich bin mitgefahren, weil du sagtest, es sei für dich wichtig. Ich kann mir überhaupt nicht vorstellen, wieso! Du baust Getriebe, und sie erquicken die Seelen. Was hat das miteinander zu tun?«

Thiedemann seufzte und erklärte es ihr. Nur oberflächlich und ungenau, aber es dauerte trotzdem fast eine Stunde.

24

»Wir möchten gern Herrn Witmann sprechen.«

Die junge Frau blickte erstaunt auf. »Wen?«

»Herrn Witmann«, wiederholte Magnus. »Er ist doch da, nicht wahr?«

Wronski ergänzte: »Bei Ihnen wird er Bruder Tobias genannt.«

»Ach so. Wen darf ich melden?«

»Wir sind von der Kriminalpolizei.«

Die Sekretärin erbleichte. Der Schreck fuhr ihr genauso blitzartig in die Glieder, wie hier offenbar die böse Welt in die heilige Gemeinschaft einbrach.

»Einen Moment, bitte.«

Sie schloss die Tür zum Chefzimmer hinter sich. Nach einer Zeitspanne, die die Geduld der beiden Beamten auf eine harte Probe stellte, öffnete sich die Tür wieder. Ein stattlicher Mann Mitte Dreißig bat sie freundlich herein. Die Sekretärin wartete, bis die Besucher drin waren und schlüpfte dann hinaus.

»Nehmen Sie bitte Platz, meine Herren. Darf ich Ihnen etwas anbieten? Kaffee vielleicht?«

»Nein, danke.« Sie setzten sich auf drei von vier Stahlrohrstühlen, die mit buntem Plastik bespannt waren. Die Bespannung war an einigen Stellen eingerissen. Stühle und Messing-Stehlampe wirkten, als wären sie vom Sperrmüll abgeholt worden. Nur der Tisch war kein Nierentisch, sondern rechteckig.

Magnus sah sich verwundert um und konnte sich des Eindrucks nicht erwehren, dass diese heruntergekommene Einrichtung Absicht war. Sollte hier Bescheidenheit demonstriert werden?

»Womit kann ich Ihnen dienen?«

»Wir ermitteln in einem Mordfall. Nach unseren Erkenntnissen muss das Opfer mit Ihnen Kontakt gehabt haben. Es handelt sich um den Psychologen Matthias Bloch.«

Tobias Witmann drehte die Augen zur renovierungsbedürftigen Zimmerdecke, als überlegte er. »Bloch – Bloch. Ja, ich erinnere mich, so hieß der junge Mann. Er war gelegentlich hier.«

»Was hat er hier gemacht?«

»Er hat unsere Mitglieder befragt. Ich sage Ihnen ehrlich, dass ich das nicht gern sah. Wer weiß, mit welchen Gedanken die Herzen vergiftet werden bei so etwas.«

»Aber Sie haben es ihm nicht verboten?«

»Dafür sah ich dann doch keinen Anlass. Zumal sich zeigte, dass er den jungen Leuten nur Fragen stellte. Es ergab sich also Gelegenheit zum Zeugnis, und die ist uns immer willkommen.«

»Wozu?«

»Zum Zeugnis. Zum Bekenntnis des Glaubens.«

»Ach so.«

Wronski mischte sich ein: »Hat er Sie auch befragt?«

»Mich auch, ja. Er schrieb an einer Doktorarbeit über Sekten. Wir verstehen uns nicht als Sekte. Schließlich haben wir uns nicht von der ursprünglichen, biblischen Lehre entfernt, sondern versuchen im Gegenteil, sie treu zu bewahren. Die großen Kirchen, die manches am Evangelium verfremdet haben, sind also eher Sekten als wir. Aber wie soll man das der Öffentlichkeit klarmachen, die ja weithin das ursprüngliche Evangelium nicht kennt?«

»Ja, da kann ich Ihnen leider auch nicht raten«, bedauerte Magnus. »Sie haben also notgedrungen akzeptiert, dass Sie bei Herrn Bloch unter Sekte firmieren?«

»Das Wort sollte im Zusammenhang mit uns in seinen wissenschaftlichen Veröffentlichungen nicht auftauchen. Das hat er uns versichert.«

»Und was hat er da so gefragt?«

»Da müssen Sie sich an die jungen Leute selbst wenden. Ich habe mir darüber nicht im Einzelnen berichten lassen. Aber es ging wohl darum, wie sie zu uns gestoßen sind ... nun ja, Fragen in der Art eben.«

»Und was hat er Sie gefragt?« Wronski ergänzte: »Hatten Sie den

Eindruck, dass er Sie als – sagen wir – Verführer der jungen Leute betrachtet?«

»Nein! Das wäre ja absurd! Nein, nein, er fragte einfach nach der Entstehungsgeschichte unseres Werkes, nach unseren Regeln und Gewohnheiten, auch theologische Dinge ...«

»Gab es Streit zwischen Ihnen?«

»Oh, nein! Er war nicht gerade das, was man einen gern gesehenen Gast nennt, aber Streit gab es nicht. Er ist immer höflich behandelt worden. Auch bewirtet, wie es unsere Art ist, weil Paulus schreibt: ›Gastfrei zu sein vergesst nicht‹.«

»Schön, Herr Witmann, dann haben wir im Moment keine Fragen mehr.«

Der Leiter der »Überwinder« versuchte, den Eindruck zu vermeiden, dass ihm ein Stein vom Herzen fiel. Aber ganz verbergen konnte er es nicht. Die beiden erfahrenen Beamten sahen es, maßen dem aber nicht zu viel Bedeutung bei. Schließlich ist auch der Unschuldigste meistens froh, wenn eine polizeiliche Befragung zu Ende ist. Was sie aber dann beobachteten, war ungewöhnlich: Witmann hielt plötzlich in seiner Bewegung, mit der er sich vom Stuhl erheben wollte, inne. Er blickte starr auf einen Punkt auf dem Tisch, raffte sich dann aber gleich auf und gab sich wie vorher.

»Es scheint, als wäre Ihnen eben etwas eingefallen«, sagte Magnus. »Etwas Wichtiges. Vielleicht noch etwas, das für unsere Ermittlungen hilfreich sein kann?«

»Nein, nein!« Bruder Tobias lächelte beherrscht; es wirkte etwas gekünstelt. »Mir fiel nur gerade ein wichtiger Termin ein. Ich wollte noch ... aber wir sind ja jetzt fertig, nicht wahr?«

Magnus nickte und stand auf. Wronski sagte: »Es kann durchaus sein, dass wir Sie noch einmal belästigen müssen.«

»Aber ich kann Ihnen nicht mehr sagen, als was ich bereits gesagt habe.«

»Vielleicht fallen uns ja noch ganz andere Fragen ein«, lächelte der junge Beamte.

Witmann geleitete sie zur Tür und verabschiedete sie. Dann eilte er in sein Zimmer zurück, ans Fenster, beobachtete, wie die beiden zu ihrem Auto gingen und abfuhren, verschloss seine Tür von innen und griff zum Telefon. Dann aber überlegte er es sich anders. Er prüfte noch einmal durchs Fenster, ob seine Besucher nicht mehr auf dem Gelände waren, schloss die Tür wieder auf, sagte der Sekretärin, er sei mal für eine Weile abwesend und stürmte hinaus. Vor dem Haus stand ein alter, gelber Golf. Bruder Tobias stieg ein und fuhr davon.

Bei den Gewächshäusern lief ein Mann zu einem nicht viel jüngeren hellgrünen Opel, stieg schnell ein und folgte dem gelben Wagen.

In der Mitte des Dorfes stand eine Telefonzelle. Bruder Tobias parkte den Wagen ziemlich unordentlich daneben, eilte hinein und wählte.

»Böttcher.«

»Legen Sie nicht wieder auf, ich rufe von einer Zelle aus an.«

»Warum? Das ist doch unnötig!«

»So? Sie bestimmen, was nötig ist und was nicht, wie?«

»Was wollen Sie?«

»Sie haben Bloch ermordet!«

»Quatsch! Wie kommen Sie denn auf den Unsinn?«

»Leugnen Sie es nicht! Ich kann es beweisen. Eigentlich hätte ich schon früher darauf kommen können. Aber es ist mir erst eben eingefallen, als die Polizei mich verhört hat.«

»Die Polizei?«

»Ja, aber beruhigen Sie sich, ich habe nichts verraten. Ich habe nur gesagt, dass Bloch hier war, um die Leute zu befragen, wie wir's ausgemacht hatten. Oder genauer: Wie Sie es mir befohlen haben, denn Sie befehlen ja so gern.«

»Was reden Sie da für einen Unsinn?«

»Ach – Unsinn? Ist es nicht so, dass Sie alle Fäden in der Hand behalten wollen? Dass Sie sogar mich bespitzeln lassen? Aber Sie haben einen Fehler gemacht, mein Lieber! Ich weiß jetzt, dass Sie der Mörder sind! Und ich sage Ihnen: Damit will ich nichts zu tun haben. Gut, wir haben gemeinsam angefangen. Aber so was war nicht vorgesehen. Das haben Sie ganz alleine zu verantworten!«

»Ich habe Bloch nicht umgebracht! Wie kommen Sie überhaupt darauf?«

»Das will ich Ihnen erklären! Blochs Wohnung war durchwühlt. Die Polizei hat zweifellos überall nach Hinweisen gesucht, wer ihn getötet haben könnte. Man sollte meinen, dass sie dabei auch auf seine Unterlagen für die Doktorarbeit gestoßen ist. Dann musste sie wissen, dass er dieses Experiment gemacht hat und welche Rolle wir dabei spielen. Wahrscheinlich hat er auch irgendwo notiert, dass sich die Sache verselbständigt hat und seinem Einfluss entglitten ist. Zumindest müsste man es aus seinen Unterlagen schließen können.«

»Und?«

»Aber die Polizei weiß nichts. Sie hat mir nur ganz harmlose Fragen gestellt. Über die ganze Entwicklung hat sie keine Ahnung.«

»Ist doch prima!«

»Meinetwegen. Aber was schließe ich daraus? Dass alle Unterlagen, die uns betreffen, aus seiner Wohnung gestohlen wurden. Und wer kann das getan haben? Nur einer, der sich auskannte, der wusste, wonach er suchen musste. Und der außerdem ein Interesse hatte, genau diese Dinge unter seinen vielen Papieren zu suchen und zu vernichten.«

»Und Sie meinen, das wäre ich?«

»Natürlich. Theoretisch komme ich natürlich auch in Frage. Aber ich weiß ja, dass ich's nicht war. Also weiß ich, dass Sie es waren. Und es liegt doch auf der Hand, dass der, der bei Bloch eingebrochen ist, ihn auch vorher ermordet hat. Wahrscheinlich haben Sie ihm sogar seinen Schlüssel abgenommen und sind damit eingedrungen!«

»Eine interessante und gar nicht so abwegige Theorie, wie ich zugeben muss. Sie hat nur den Fehler, dass sie nicht zutrifft.«

»Bla-bla-bla. Schöne Worte machen konnten Sie ja schon immer.«

»Und Sie verstanden es schon immer ausgezeichnet, sich künstlich aufzuregen, wo gar kein Anlass bestand.«

»Arschloch!«, brüllte Bruder Tobias und knallte den Hörer auf.

25

Fax von: Johannes Scheidt
an: Uwe Zehntfennig

Lieber Herr Zehntfennig,

ich weiß nicht, ob es ein guter Gedanke war, Ihnen eine Antwort zu faxen. Lieber würde ich Ihnen ein paar Bücher empfehlen. Aber das kann ich ja dann immer noch machen.
Zunächst einmal: Es gibt keinen Beweis für Gott. Große Denker in der Philosophiegeschichte haben zwar versucht, einen zu finden, aber was dabei herauskam, war wenig überzeugend.
Wenn ich »Beweis« sage, meine ich es im wissenschaftlichen Sinn: durch wiederholbare Experimente belegt.
Aber ist das nicht selbstverständlich? Es gibt die sichtbare Welt und die unsichtbare, in der Gott ist. Alle wissenschaftlichen Forschungsmethoden bleiben innerhalb der Gesetzmäßigkeiten dieser sichtbaren Welt. Für die andere sind sie ungeeignet. Dafür gibt es keine Antennen oder Sensoren. Also kann unsere Forschung über alles Jenseitige keine Aussagen machen, weder positiv noch negativ.
Was wäre das auch für ein Gott, der mit wiederholbaren Experimenten zu beweisen wäre? Den hätte ja der Experimentator in der Hand, statt umgekehrt. Gott müsste immer, wenn es einem Menschen einfiele, seine Versuche zu machen, auf festgelegte Weise reagieren. Er wäre nicht souverän, also kein Gott.
Wie wir uns die andere Welt vorzustellen haben, weiß ich nicht. Die Bibel spricht davon nur in Bildern – aus den gleichen Gründen, die auch Beweise unmöglich machen: Es gibt keine Worte, keine Maßstäbe, keine Denkmuster, um dem ganz anderen gerecht zu werden.
Manche Denker haben darauf hingewiesen, dass sich die Welt Gottes zu unserer verhalten könnte wie die dreidimensionale Welt zu einer vorgestellten zweidimensionalen. Ein dreidimensionales Wesen wäre einem »Flachling« in jeder Hinsicht überlegen, könnte überall in der untergeordneten Welt auftauchen und unerklärt verschwinden. Wohlgemerkt: Ich sage nicht, dass Gottes Welt eine

Dimension mehr hat als unsere! Auch dies ist nur ein Bild, um ein Geheimnis leichter vorstellbar zu machen.
Trotzdem: deuten nicht etwa Erscheinungen von Engeln (Wesen aus Gottes Welt) in diese Richtung, wenn sie plötzlich da sind und, ohne einen Weg zurückzulegen, verschwinden? Kann man so nicht die Allgegenwart Gottes besser verstehen?
Apropos »Allgegenwart«: dies gilt auch zeitlich. Wie für Gott jeder Ort »hier« ist, ist für ihn jeder Zeitpunkt »jetzt«. Bibelstellen weisen uns darauf hin. Etwa: »Bei ihm sind 1000 Jahre wie ein Tag und ein Tag wie 1000 Jahre« – Zeit wird relativ, für Gott ist sie nicht wie für uns Menschen ein Strom, der nur gleichmäßig in eine Richtung fließt. Sie ist für ihn rückholbar, vorausschaubar.
Oder Jesus sagte: »Ehe Abraham war, bin ich« (statt »war ich«, was auch schon eine starke Aussage wäre).
Nebenbei: Dieser Gedanke hilft mir zu verstehen, dass alle Schuld der Menschen aus allen Zeiten zu einem bestimmten Zeitpunkt auf Christus gelegt war, als er dafür starb. Ich kann jetzt, zweitausend Jahre später, sozusagen unter sein Kreuz kommen und Vergebung finden.
Jetzt werden Sie zu Recht einwenden: Diese Denkhilfen lassen mir vielleicht die Möglichkeit, an Gott zu glauben. Aber sie sagen nichts positiv darüber. Warum sollte ich glauben? Wie erfahre ich denn von der anderen Welt, wenn sie mit unseren Sinnen nicht wahrnehmbar ist?
An einigen Stellen zeigt sich eben manchmal doch etwas von jener Welt. Darauf gilt es zu achten. Ich möchte drei solche Stellen nennen.
Da sind zunächst unsere menschlichen Möglichkeiten: Nachdenken, sich die Welt anschauen, sich mit dem Thema befassen (nicht nur in einer Zigarettenpause).
Paulus schrieb den Römern am Anfang seines Briefes (und predigte ähnliches in Kleinasien und in Athen), dass die Schöpfung uns auf den Schöpfer hinweist. Zwar gibt es inzwischen manche Erklärungsversuche für die Entstehung der Welt und des Lebens, die ohne Gott auskommen. Aber wie überzeugend die sind, ist umstritten, und auch mancher renommierte Wissenschaftler hegt Zweifel daran.

Neben dem Wunder der Schöpfung können auch Ereignisse, die auf ein Eingreifen Gottes hindeuten (Gebetserhörungen), unerklärliche Erscheinungen und anderes uns auf diese Spur setzen. (Dabei möchte ich okkulte Dinge ausklammern, weil Gott sie verbietet – ähnlich wie ein Gericht keine Beweise würdigen darf, die auf unrechtmäßige Weise zustande kamen.)

Zweitens – und hier wird es gewichtiger und konkreter – hat Gott uns die Bibel gegeben. Dem Buch, wie es aus der Druckerei über den Handel in unsere Hände kommt, sieht man nicht an, dass es mehr ist als das Wort von Menschen. Wer sich aber darauf einlässt, kann erleben, dass es zum Wort Gottes an ihn wird. Wer sich damit beschäftigt, entdeckt seine Wahrheit. Er erkennt immer mehr von den Geheimnissen der unsichtbaren Welt.

Die Bibel erklärt nicht alles. Aber was verstehbar und vor allem erlebbar ist, sagt sie uns. Es hat Gott gefallen, das Wissen, das für unseren Glauben nötig ist, den etwa vierzig Schreibern dieser 66 Bücher ins Herz zu geben, um es uns so zu vermitteln.

Und dann – als drittes – ist da der Heilige Geist. Auch nicht zu erklären, aber zu erfahren. Schon Jesus hat seinen Leuten angekündigt, der Geist würde ihnen alles klarmachen. Und zu Pfingsten wurde dann tatsächlich alles klar: Sie begriffen, dass der Tod Jesu keine Niederlage war, sondern ein freiwilliges Opfer des Gottessohnes für uns. Sie begriffen, dass dies alles längst durch die Propheten im Alten Testament angekündigt war. Sie begriffen, dass die Auferstehung Jesu bedeutete, dass er nun lebendig, wenn auch unsichtbar, bei ihnen war. Sie begriffen auf einmal so vieles. Und sie waren ergriffen.

Auch wenn der Heilige Geist später nicht immer so spektakulär gewirkt hat, er ist doch überall am Werk, wo Menschen glauben. Ohne ihn ist Glauben nicht möglich.

Erlauben Sie ein Bild, um deutlich zu machen, dass diese drei geschilderten Dinge eng zusammenhängen. Nehmen wir an, wir befinden uns auf hoher See, wissen nicht, wo wir sind und suchen einen sicheren Hafen. Was brauchen wir? Eine Karte – um Meer und Küstenlinien zu kennen, einen Sextanten (oder heute ein Satelliten-Ortungsgerät) – um zu wissen, wo wir überhaupt sind und einen Kompass – um die Karte richtig zu drehen bzw. nachher den

Kurs zu finden. Fehlt nur eins von den drei Dingen, nützen die anderen zwei nichts.
Was nützen meine philosophischen Überlegungen über jenseitige Dinge, wenn Gott sich nicht von sich aus erkennbar macht – durch sein Wort und seinen Geist! Was nützt die Bibel, wenn ich mich nicht damit befasse, und vor allem, wenn nicht der Heilige Geist die Buchstaben mit Leben erfüllt und mir ins Herz fallen lässt!
Was ist der Heilige Geist, wenn er nicht auf mein Denken und Handeln Einfluss bekommt und wenn nicht die Bibel konkret macht, was er mir zu sagen hat!
Da wir gerade bei der Seefahrt und der Kartographie sind, noch ein Bild zum Schluss: Unsere Erde ist eine Kugel. Darum kann ihre Oberfläche nur von einem Globus richtig wiedergegeben werden. Trotzdem sind die meisten Abbildungen flache Karten. Das bedeutet gravierende Fehler. Die sind nur darum nicht so schlimm, weil man sie kennt. Man behilft sich mit den eingezeichneten Längengraden, aber das ändert nichts daran, dass wegen der ausgebreiteten Kugeloberfläche vor allem die Breite (Ost-West-Ausdehnung) umso mehr verfälscht ist, je weiter wir vom Äquator entfernt sind. In den Begriffen von eben: Es ist der Versuch, etwas Dreidimensionales, Räumliches, zweidimensional darzustellen.
Ähnlich behelfen wir uns, wenn wir die ganz andere Welt Gottes mit unseren Mitteln erklären wollen. Wir wissen: Zutreffend beschreiben können wir sie nie. Trotzdem lässt Gott uns wissen, was nötig ist, um ihn zu finden.
Kann denn ein Seefahrer sich überhaupt auf so verzerrte Karten verlassen? Ja, wenn er weiß, wie er sie gebrauchen muss. Sie geben die Entfernungen zwar u. U. völlig falsch an. Was aber immer richtig zu erkennen ist, ist der Kurs.
Unser Wissen über Gott ist sehr begrenzt. Aber es reicht für das Wesentliche: dass die Richtung stimmt.
Für heute beste Grüße, *Ihr Johannes Scheidt*

26

Der kleine Herr Böttcher sagte zu seinem Hund: »Die Dinge entwickeln sich nicht so, wie ich gehofft hatte, Hannibal.« Sein Hund widersprach ihm nicht, bestätigte es allerdings auch nicht, sondern zeigte sich nur sehr interessiert.

»Ich fürchte«, fuhr Herrchen fort, »ich muss mich noch einmal mit einigen Experimenten befassen, die bisher unvollendet geblieben sind. Aus guten Gründen zwar, aber jetzt wiegen die Gründe schwerer, die dafür sprechen, weiter zu machen.« Hannibal fand die Erläuterungen etwas trocken und schämte sich nicht, dies auch kundzutun, indem er die Augen schloss und den Kopf niederlegte.

Herr Böttcher suchte, während er sprach, eine bestimmte Akte in seinem stählernen Schrank. Als er sie fand, las er noch einmal genau nach, was er vor längerer Zeit geschrieben hatte. Da waren chemische Formeln und komplizierte Berechnungen, auch ein paar Skizzen. Dann hängte er die Akte wieder in den Schrank, verschloss ihn und steckte den Schlüssel in die Tasche.

»Weißt du«, sagte er zu seinem Hund, wohl wissend, dass der es nicht wusste, »jahrelange Berechnungen und Versuche sind da gespeichert.« Dabei klopfte er auf das kräftige Blech der Schranktür. Er wusste natürlich auch, dass er eigentlich nicht mit dem Tier sprach, sondern mit sich selbst. Aber er brauchte das Gefühl, dass ihm jemand zuhörte.

Als er zur Tür ging, stand Hannibal von seiner Decke auf in Erwartung eines Spaziergangs. »Nein, mein Guter, jetzt nicht. Ich muss hinunter in mein Labor. Du musst hier bleiben.«

Der Hund winselte, hielt den Kopf schief und sah ihn mit treuen Augen an.

Da konnte Herrchen nicht widerstehen. »Na, meinetwegen. Sollst auch nicht leben wie ein Hund. Komm mit! Aber es wird genau gemacht, was ich sage, klar?«

Hannibal erklärte sein bedingungsloses Einverständnis mit einem kräftigen Wedeln seines Schwanzes.

Sie stiegen gemeinsam die Treppe hinunter. Das Haus war am Hang gebaut, so dass die Wohnung von der Straße aus im ersten

Stock lag, nach hinten aber Erdgeschoss war, mit einer von Büschen umstandenen Terrasse. Unten gab es nur nach vorne Fenster, da der hintere Teil als Keller in die Erde gebaut war.

Nachdem Herr und Hund das große Labor betreten hatten, schob Böttcher die Fußmatte von draußen nach innen, neben die Tür, und deutete darauf. »Platz!« Gehorsam setzte sich der Schäferhund.

»Sieh dir das an, Hannibal!«, sagte Herrchen und zeigte mit dem Kopf in die Runde. Der hatte das alles zwar schon gesehen, aber gehorsam bewunderte er es mit staunendem Blick. Da waren mehrere Werkbänke. Eine war offenbar für Schreiner- oder Schlosserarbeiten gedacht, mit Schraubstock, Schleifmaschine, Bohrer und einer kleinen Drehbank. Daneben der chemische Bereich: ein Tisch mit Wasserleitung und Gas für einen Bunsenbrenner, darüber ein Regal mit unzähligen Flaschen, Glaskolben, verschraubten Metall- und verstöpselten Keramikgefäßen sowie Reagenzgläsern. Daneben begann der elektrische Bereich, der aber nicht so viel Platz einnahm. An der anderen Wand standen Schränke und übervolle Regale. Davor ein großes astronomisches Fernrohr.

»Ich bin ein Genie, Hannibal! Ja, ja, ich weiß, so was sagt man nicht von sich. Das ist absolut unstatthaft. Ich sage es ja auch nicht in der Öffentlichkeit. Aber dir kann ich's ja ruhig sagen. Wir sind uns doch einig, nicht?«

Böttcher schaute aber sicherheitshalber nicht hin, was sein bester Freund dazu für ein Gesicht machte, sondern ging zu den Werkbänken hinüber.

»Leibniz soll das letzte Universalgenie gewesen sein, sagt man. Der letzte, der noch alles Wissen seiner Zeit im Kopf hatte. Wir müssen uns nicht schämen, dass es das nicht mehr gibt. Das liegt nicht daran, dass unsere Köpfe kleiner geworden wären, sondern daran, dass das Wissen der Welt größer wurde. Sehr viel größer.« Er dozierte seinem Hund wie ein Professor seinen Studenten. »Die Intervalle, in denen sich das Wissen der Menschheit verdoppelt, werden immer kürzer. Zur Zeit sind wir, glaube ich, bei etwa zehn Jahren angekommen. Aber ich kann es dir nicht genau sagen, mein lieber Hannibal.«

Er holte einige Flaschen vom Regal, prüfte ihre Beschriftung und stellte sie in einer Ecke zusammen.

»Aber angenommen, du und ich, wir hätten zur Zeit von Leibniz gelebt . . .« Er drehte sich zu dem Tier um und hob den Zeigefinger. »Nein, ich will es anders sagen: Fassen wir den Begriff des Universalgenies etwas weiter – angesichts der veränderten Verhältnisse – und verstehen darunter einen, der zwar bei weitem nicht alles weiß, aber doch von allen Wissensgebieten viel und von einigen sehr viel, so erlaube ich mir, dieses Wort für mich in Anspruch zu nehmen. Jawohl, Hannibal, du siehst ein Universalgenie vor dir!«

Dieses Wissen schien ihn selbst zu überwältigen. Er ging zu seinem Hund hin, da der gehorsam auf seinem Platz blieb, ließ sich neben ihm auf die Knie nieder und tätschelte ihm den Hals. Lange tat er das und beide schwiegen genießerisch: Der Hund genoss die Nähe seines Herrn und der Herr genoss sich selbst. »Aber das muss natürlich unter uns bleiben, Hannibal. Ich habe ja sogar meine verschiedenen populärwissenschaftlichen Artikel je nach Fachgebiet unter verschiedenen Pseudonymen geschrieben. Du siehst also, es liegt mir nicht daran, mein umfangreiches Wissen an die große Glocke zu hängen. Nein, nein, mein Genie ist nicht dazu da, von den Holzköpfen da draußen nur bestaunt zu werden. Ich will mehr daraus machen, mein Lieber! Jawohl, und ich bin auf dem besten Weg dazu. Und dabei lasse ich mich nicht aufhalten!«

Wie um diesen festen Entschluss noch zu unterstreichen, stand er mit sportlich wirkender Bewegung auf und schritt wieder zu dem Arbeitsplatz.

»Was ich heute vorbereiten will, ist vergleichsweise einfach. Aber es ist genial einfach. Machen könntest du es fast. Aber ausdenken kann nur ich es. Die meisten der Idioten um uns her könnten es jedenfalls nicht.« Er nahm mehrere leicht konische Metallgefäße, etwas größer als Trinkbecher, und füllte sie voll Wasser. Dann suchte er die gleiche Zahl ähnlicher Gefäße, die nur etwas kleiner waren. Darauf lötete er oben Blechstreifen. Das dauerte eine Weile. Er drückte die kleinen Gefäße in die großen, so dass ein Teil des Wassers daraus verdrängt wurde und überlief. Der Auftrieb war jedoch so stark, dass er sie mit ein paar Schrauben beschweren musste. Nun hingen die Blechstreifen auf dem Rand der großen Gefäße und hielten die kleinen in der Mitte. Der etwa daumenbreite Zwischenraum war mit Wasser angefüllt.

»Es tut mir wirklich Leid, Hannibal, aber ich werde ein Experiment machen müssen, bei dem ein Tier dran glauben muss. Natürlich nicht du! Mal sehen, was für ein Tier ich nehme. Ich tue es ungern, glaube mir. Aber ich kann mich unmöglich nur auf Berechnungen stützen.«

Während er sprach, trug er die vorbereiteten Becher zu der Kühltruhe neben der Tür, öffnete sie und stellte alles vorsichtig hinein.

»So, Hannibal. Das war der Anfang. Jetzt mache ich noch die Deckel für meine Eisbecher.« Er füllte einige flache Schalen mit Wasser und stellte sie behutsam ebenfalls in die Kühltruhe.

»Das alles verstehst du sicher nicht, mein Guter. Macht nichts. Hauptsache, ich weiß, was ich tue. Und glaub mir, ich weiß es! So, gehen wir wieder! Aber das sage ich dir gleich: Wenn ich das eigentliche Experiment mache, kannst du nicht dabei sein!«

Beide gingen hinaus. Böttcher schloss sein Labor ab. Während er, gefolgt von seinem Hund, die Treppe hinaufstieg, redete er weiter. Ein menschlicher Zuhörer hätte die abschließenden Sätze vielleicht als Schlüssel zum Verständnis des ganzen Vortrags erkannt, aber Hannibal entgingen solche Feinheiten.

»Weißt du, mein einziger, treuer Freund, sie haben mir einen großen Dienst getan, als sie mich nicht als Pfarrer oder theologischen Lehrer haben wollten. Kleine Geister, die nicht den großen Geist in einem kleinen Körper erkennen konnten. Die nur auf das Sichtbare sahen und nicht auf das Unsichtbare. Das ist ein Bibelzitat, musst du wissen, wenn es da auch ein bisschen anders gemeint ist. Die äußere Erscheinung war ihnen wichtiger als das Genie. Kleine Geister! Sie haben mich gezwungen, meine geistigen Fähigkeiten anderweitig einzusetzen. Das haben sie nun davon. Platz, Hannibal.«

Der Hund ließ sich anstandslos nieder – wenigstens einer, der die überragende Kompetenz des kleinen Mannes anerkannte. Böttcher schloss die Tür und setzte sich wieder an seinen Schreibtisch.

27

»Hast du dich entschieden, Dirk?«, fragte der junge Mann seinen Begleiter. Sie gingen zusammen von den Gewächshäusern zu den Gebäuden hinüber, um sich zu waschen und dann das gemeinsame Abendessen einzunehmen.

»Entschieden? Wieso?«

»Na, du hast doch gesagt, du wolltest ein paar Tage an unserem Leben hier teilnehmen, um besser entscheiden zu können, ob du auch ...«

»Ach so, das meinst du. Na, warten wir erst mal die Zeit ab, die ich mir gesetzt habe.«

»Aber es gefällt dir? Kann man schon eine Tendenz in deiner Meinungsbildung erkennen?«

»Das kann ich wirklich noch nicht sagen, Holger! Es gefällt mir schon. Aber da sind doch auch manche Bedenken.«

»Verstehe ich.«

»Ich bin ja auch nicht mehr ganz so jung wie ihr alle. Neunundzwanzig.«

»Ist das der Grund, weshalb du nicht bei uns wohnen willst während deiner ›Testphase‹?«

Dirk lachte kurz über den Ausdruck. »Nein, ich will einfach genug Abstand behalten, um nüchtern urteilen zu können. Ich bin in einer kleinen Pension im Nachbardorf untergekommen. Extrem billig. Das Quartier ist natürlich auch entsprechend. Aber mir genügt's für ein paar Tage oder auch Wochen.«

Sie sahen von weitem, wie Bruder Tobias das Haupthaus verließ und in seinen alten Golf stieg.

»Wo fährt er hin?«, fragte Dirk.

»Nach Hause wahrscheinlich. Er wohnt bewusst nicht hier, weil er Zeit zur Stille braucht. Hier würden ihn dauernd Leute stören. Man merkt es auch an seinen vollmächtigen Predigten, dass ihm der Herr immer wieder in der Abgeschiedenheit begegnet und ihm gibt, was er an uns weiterreichen soll.«

Der Golf tuckerte an ihnen vorbei. Sie nickten Bruder Tobias zu, und der hob grüßend die Hand.

»Mensch, Holger, da fällt mir gerade was ein«, sagte Dirk und blieb stehen. »Ich sollte ja bei meinem Chef anrufen, wegen der Stelle. Ich hab ja jetzt nur Urlaub genommen. Ich fahre eben mal ins Dorf zur Telefonzelle.«

»Du kannst doch auch von hier aus telefonieren.«

»Nein, solange ich nicht dazugehöre ... lass mal. Ich komme später nach.«

»Okay. Bis gleich.«

Dirk lief zu seinem hellgrünen Opel, ließ den Motor an, was erst nach einigen Versuchen klappte, und raste die holperige Straße zum Dorf hinunter. An der Kreuzung in der Ortsmitte sah er gerade noch, wie der gelbe Wagen nach rechts abbog.

Dirk folgte ihm in genügendem Abstand. In den Kurven konnte er ihn nicht sehen. Aber die Abzweigungen von dieser Landstraße waren nur Feldwege und Zufahrten zu verstreuten Gehöften. Auf geraderen Strecken sah er den Golf. Bruder Tobias würde ihn also im Rückspiegel auch sehen. Aber der Abstand war so groß, dass er den Wagen hinter ihm sicher nicht bewusst wahrnahm.

Nachdem sie einige Dörfer hinter sich gelassen hatten, kamen sie in ein kleines Städtchen. Dirk las das Ortsschild: Hessisch Lichtenau. Er erinnerte sich, dass er bei seiner Anreise hier durchgekommen war. Tobias bog in ein Neubauviertel ab. Es ging um einige Ecken, dann hielt er vor einem großen, neuen Haus, das etwas erhöht am Hang gebaut war. Das Haus schien bewohnt zu sein, nach den Gardinen am Fenster zu schließen, aber es war noch nicht verputzt. Auch an den Außenanlagen wurde wohl noch gearbeitet. Alles sah noch etwas unfertig aus.

Dirk ließ das Auto in einiger Entfernung stehen und schlich zu Fuß näher. Er konnte gerade beobachten, wie sich auf ein Fernsteuersignal hin das Tor der Doppelgarage hob. Der Golf fuhr hinein. Das Tor schloss sich aber nicht. Sollte es innen keine Verbindung zum Haus geben, so dass Tobias durch das Tor herauskommen musste? Dirk spähte vorsichtig um eine Mauerecke. Er musste in die Hocke gehen, weil die Buchsbaumhecke darauf noch nicht hoch genug war, um ihn zu verbergen.

Neben dem gelben Golf stand ein Porsche in der Garage. Silbergrau und vornehm. Aber nicht der neue Porsche wirkte hier deplatziert, sonder der klapprige VW.

Gerade noch sah Dirk, wie Tobias den alten Wagen abschloss und den neuen öffnete. Er setzte sich, ließ den Motor an, fuhr heraus, bediente eine Fernbedienung, die das Tor schloss und brauste davon.

Mit Riesenschritten rannte Dirk zu seinem Auto zurück. Es war wohl aussichtslos, aber er versuchte, dem Porsche zu folgen. Er hatte Glück: Vor einer roten Ampel musste der Sportwagen warten. Dirk näherte sich vorsichtig. Gerade schaltete die Ampel auf grün. Der Porsche brauste davon. Auf dem Schild wurde ›Melsungen‹ und ›Autobahn‹ angezeigt. Dirk gab Gas, sah irgendwann den Porsche noch einmal von weitem, aber als er nach Melsungen kam, war nichts mehr von ihm zu sehen.

Dirk nahm sein Funktelefon zur Hand. Dann warf er einen Blick auf die Uhr und überlegte es sich anders. Er drehte um und fuhr den Weg zurück, den er gekommen war.

28

»Herr Bogdan!«, rief Direktor Thiedemann. »Suchen Sie mir mal einen kräftigen Karton?«

Bogdan kam eilend herbei. »In welcher Größe, Herr Direktor?«

»So etwa.« Thiedemann zeigte es mit den Händen. »Und ein paar alte Zeitungen, um Lücken zu stopfen.«

»Aber Herr Direktor, wenn Sie ein Paket packen wollen, kann ich das doch machen!«

»Vielen Dank, aber ich mache es doch lieber selbst. Etwas Persönliches, verstehen Sie?«

Der Mann nickte, murmelte ein »Selbstverständlich« und enteilte in den Keller.

Thiedemann ging inzwischen durch die Terrassentür hinaus und hob zwei der knapp faustgroßen weißen Kiesel auf, die zwischen Hauswand und Rasen lagen. Er ging wieder hinein und versteckte die Steine unter einem Sofakissen.

Dann setzte er sich an seinen Schreibtisch, nahm Papier und Kugelschreiber und dachte nach. Es sträubte sich etwas in ihm,

»Bruder Tobias« zu schreiben. Das war dort die Anrede, aber wenn niemand zuhörte, war sie ja wohl nicht nötig. »Herr Witmann« wollte er aber auch nicht schreiben, da diese Anrede zwischen ihnen noch nie benutzt worden war. Schließlich schrieb er: »Lieber Geschäftsfreund! Sicher sind Sie nicht enttäuscht, wenn dieses an Sie persönlich adressierte Paket nichts enthält als wertlose Steine und Papier. Ich schicke damit meinen Fahrer, und das ist der eigentliche Grund. Das Paket dient nur dazu, plausibel zu machen, dass er hinfahren soll. Durch ihn möchte ich die Kontakte pflegen im Sinne unserer Abmachung. Geben Sie ihm bitte am späten Abend einen verschlossenen Umschlag für mich mit. Es braucht ja nichts drin zu stehen. Er soll Zeit haben, sich dort aufzuhalten. Mit freundlichen Grüßen, Thiedemann.«

Bogdan klopfte und trat ein. »So etwa?« Er hatte zwei Kartons unterschiedlicher Größe zur Auswahl.

»Der kleinere reicht«, sagte Thiedemann. Bogdan stellte ihn auf den Tisch und legte alte Zeitungen daneben. Er verzog sich diskret, bemerkte nur noch, ehe er die Tür schloss: »Ihre Gattin kommt eben zum Frühstück herunter, Herr Direktor.«

»Danke. Ich bin in wenigen Minuten auch da.«

Thiedemann packte geknülltes Papier und Steine in den Karton, legte seinen Brief oben drauf und verschloss alles mit Klebeband. Als vielbeschäftigter Manager hatte er richtig Spaß an so einer kleinen Lausbüberei. Dann schrieb er mit Filzstift groß darauf: »Bruder Tobias, persönlich.«

Als er mit seiner Frau beim Frühstück saß, kam Uwe Zehntfennig. Bogdan öffnete die Tür und bat ihn zu warten, der Herr Direktor komme gleich. Aber Thiedemann rief, er solle doch hereinkommen. Bogdan blickte ausdruckslos und ließ ihn vorbei. Leider konnte Uwe in dem Gesicht des Mannes nicht lesen, ob er bei seinem Besuch in Uwes Wohnung etwas gesehen hatte, das besser verborgen geblieben wäre.

»Guten Morgen«, grüßte Uwe das Ehepaar Thiedemann, nicht ganz so fröhlich, wie es sonst seine Art war. Er war sich nicht sicher, wie er aufgenommen würde. Umso beruhigender war es, dass die beiden ihn freundlich zurückgrüßten.

Frau Thiedemann fragte sogar: »Möchten Sie eine Tasse Kaffee, Herr Zehntfennig?«

»Nein, danke, sehr freundlich, ich hatte schon. Vielen Dank auch für die Pflanze. Sie macht sich gut in meiner neuen Wohnung.«

»Haben Sie schon alles fertig eingerichtet?«

»Na, es wird noch einiges zu verschönern sein. Aber das schlimmste Chaos habe ich im Griff.«

Herr Thiedemann trank seine Tasse leer. »So, dann können wir. Herr Zehntfennig, auf dem Tisch in meinem Büro liegt ein Paket. Würden Sie es bitte holen?« Das tat Uwe. Als er zurückkam, war Herr Thiedemann fertig.

»Wenn Sie mich in meiner Firma abgesetzt haben, bringen Sie bitte das Paket zu der Lebensgemeinschaft, in der wir neulich waren. Geben Sie es Bruder Tobias persönlich ab. Und bringen Sie seine Antwort gleich mit, auch wenn es später wird. Wenn Sie die Zeit für die Autopflege nutzen wollen, gibt man Ihnen dort sicher, was Sie dafür brauchen. Aber Sie müssen sich ja nicht die ganze Zeit sinnvoll beschäftigen. Wenn Sie ein bisschen Klavier üben oder dort an einer Veranstaltung teilnehmen wollen, ist es auch in Ordnung.«

Herr Thiedemann küsste seine Frau zum Abschied.

»Soll ich am Abend noch in Ihre Firma kommen oder hierher?«

»Fahren Sie nur mit dem Mercedes nach Hause und kommen Sie morgen früh um die gleiche Zeit wieder hierher, um mich abzuholen. Ich komme anders von der Firma zurück.«

Thiedemann ging hinaus, Bogdan hielt ihm die Haustür und dann auch den Wagenschlag auf. Das konnte Uwe nicht tun, weil er das Paket vor sich hertrug wie die Heiligen Drei Könige bei einem Krippenspiel Gold, Weihrauch und Myrrhe.

29

»Guten Morgen«, grüßte Kranich relativ fröhlich. Relativ, wenn man in Betracht zog, was für Sorgen er hatte.

»Morgen, Herr Kranich«, antwortete Frau Sartorius. »Es ist

vielleicht nicht üblich, dass eine Sekretärin das zu ihrem Chef sagt – aber ich kann nicht umhin festzustellen, dass Sie schon wieder zu spät sind.« Sie schob ihm einen Zettel über den Schreibtisch. »Ich meine natürlich nicht nach der Uhr. Aber wieder zu spät, um den Anruf von Herrn Zehntfennig entgegenzunehmen. Ich hab's aufgeschrieben.«

Kranich ignorierte den Zettel. »Sagen Sie es mir mit Hilfe der seit Jahrzehntausenden bewährten mündlichen Kommunikation. Warum auf einmal so'ne Papierverschwendung?«

»Weil – wenn ich ganz ehrlich sein soll, Chef...«

»Ich bitte doch darum!«

»Weil ich hoffte, wenn Sie seine Nachricht schriftlich in Ihrem Büro zur Kenntnis nehmen würden, wäre Ihr Zorn schon etwas abgemildert, wenn er mich erreicht.«

»Raus mit der Sprache!«

»Tee oder Kaffee?« Sie stand auf.

»Erst die Nachricht, dann Tee bitte.«

»Ach ja, die Nachricht. Also, wie Sie wissen, haben wir Faxe ausgetauscht, als er sein neues Gerät installiert hatte. Dann bekam er Besuch von einem Mitarbeiter von Thiedemann. Wohl so eine Art Faktotum in seiner Villa. Zehntfennig meint, es könnte sein, dass der Mann das Fax mit unserem Briefkopf gesehen hat.«

»Das darf doch nicht wahr sein! Ich fasse es nicht! Nie wieder arbeite ich mit Amateuren! Ich schwöre es! Erinnern Sie mich dran, Frau Sartorius! Ja, und jetzt? Was mache ich?«

»Er meint, es könnte auch gut sein, dass der Mann es nicht gesehen hat. Zur Zeit ist er nicht telefonisch zu erreichen. Er ist bei Thiedemann. Wenn er allein irgendwo ist, will er noch mal anrufen. Eventuell aus dem Auto.«

»Warum hat er nicht Bescheid gesagt?«

»Sie waren ja unterwegs in der Sache Müller-Swenson...«

»Aber zu erreichen!«

»Na ja, ich hatte den Eindruck, er traute sich nicht so recht. Er wollte es uns wohl ganz verheimlichen, aber das muss ihm dann wohl doch zu riskant erschienen sein. Sie können ihn ja selbst fragen.«

Das Telefon schrillte. »Das wird er sein.« Sie nahm ab. »Detektei

Kranich ... Ach, Sie sind's, Herr Steinhaus. Moment, ich stelle Sie zum Chef durch.«

Kranich setzte sich auf seinen schon etwas mitgenommen wirkenden Schreibtischstuhl, der bei jeder Linksdrehung ein hohes Quietschen von sich gab und nahm das Gespräch an.

»Morgen, Steinhaus. Na, sind Sie schon bekehrt?«

»Kann man eigentlich nicht sagen. Morgen. Es ist ein ziemlicher Opfergang, wissen Sie das? Sich bei frommen Leuten einzuschleichen ist sehr viel anstrengender, als wenn es beispielsweise Säufer wären.«

»Kommen Sie jetzt nicht wieder mit einem Antrag auf Gehaltserhöhung!«

»Nicht nötig. Da ich hier zu essen kriege, komme ich gerade so hin.«

»Was gibt's?«

»Ich habe den Boss hier mal unter die Lupe genommen. Das lohnt sich. Er fährt manchmal extra vom Gelände, um von der Telefonzelle im Dorf aus zu telefonieren. Wer macht das schon, wenn er nur mit seiner Oma plaudern will.«

»Interessant.«

»Und gestern Abend habe ich ihn verfolgt. Man weiß hier nur, dass er außerhalb wohnt, es ist aber nicht bekannt wo. Das hat mich interessiert, schon von Berufs wegen. Ich meine, dafür kriege ich ja schließlich mein atemberaubendes Gehalt.«

»Zur Sache, Steinhaus!«

»Er wohnt in einem kleinen Städtchen in der Nähe der Gemeinschaft in einem funkelnagelneuen Haus. Ziemlich groß. Hier auf dem Gelände gibt er sich bescheiden, fast noch bescheidener, als ich von Natur aus bin. Aber das Haus ist das absolute Gegenteil. Wo hat er das Geld her?«

»Vielleicht eine Erbschaft?«

»Alle Leute hier geben ihren Privatbesitz in die gemeinsame Kasse.«

»Oder ein Lottogewinn. War nur'n Witz.«

»Aber jetzt kommt's! Er fährt seinen demonstrativ rostigen Golf in eine Doppelgarage und kommt in einem silbergrauen neuen Porsche wieder raus!«

Kranich pfiff leise durch die Zähne.

»Wie sagten Sie ganz richtig, Kranich?«

»Wo fuhr er hin?«

»Ich dachte mir, dass Sie das interessiert, und darum bin ich ihm nachgefahren, pflichtbewusst, wie ich bin. Bis die Ampel auf Grün schaltete.«

»Mit anderen Worten: Sie haben ihn verloren?«

»Erraten. Ich kam mir vor, als müsste ich Michael Schumacher mit seinem Ferrari in einer Seifenkiste verfolgen.«

»Schade. Gibt es Fortschritte bei unserem abgebrochenen Medizinstudenten zu melden?«

»Eigentlich kaum. Wir haben uns zwar ein bisschen angefreundet, was schon schwierig genug war, da ich in dieser Denkwelt ja nicht besonders zu Hause bin, und ihre Sprache spreche ich auch nicht. Aber ich kann ihn nicht überreden, wieder nach Hause zu gehen. Dafür fehlen mir einfach die Argumente. Jedenfalls solche, die ihm auch einleuchten.«

»Sie sollen ihn ja auch nicht überreden! Das fällt auf. Nur ganz behutsam hier und da Zweifel säen, ob das so sinnvoll ist mit dieser Sekte.«

»Ich säe auch fleißig. Gestern hab ich aber nicht Zweifel gesät, sondern Tomaten.«

»Tomaten?«

»Ja, im Gewächshaus. Ich bin ja so'ne Art Doppelverdiener. Nein, Doppelarbeiter, aber Einfachverdiener. Um nicht zu sagen, Halbverdiener.«

»Noch was Wichtiges?«

»Das war's.«

»Bleiben Sie dran!«

»An dem Porsche?«

»Ich meine, so ganz allgemein an Ihren Aufgaben.«

»Danke für den Tipp.«

Kranich legte auf. Sofort meldete sich seine Sekretärin. »Herr Kranich, der Herr Zehntfennig ist in der Leitung. Ich hab gesagt, er soll warten, Sie wären sicher gleich mit Ihrem Gespräch fertig.«

Ihr Chef übernahm.

»Herr Zehntfennig?«

»Morgen, Herr Kranich. Wir können reden. Ich bin allein im Auto.«

»Hätten Sie soviel Sinn für Geheimhaltung mal früher entwickelt ...«

»Tut mir Leid. Ehrlich. Aber ich habe Ihnen ja auch nicht versprochen, ein Meisterdetektiv zu sein. Das hab' ich nicht gelernt. Klavierspieler und Autofahrer hab' ich gelernt. Aber wahrscheinlich hat er nichts gesehen.«

»Wahrscheinlich? Oder vielleicht? Oder hoffentlich?«

»Eher Letzteres.«

»Haben Sie irgendwelche Veränderungen in Thiedemanns Verhalten bemerkt, die darauf schließen lassen, dass er es weiß?«

»Nein. Er ist sehr freundlich. Geradezu beängstigend freundlich.«

Kranich überlegte. Dann entschied er: »Wir machen weiter wie bisher. Aber seien Sie auf der Hut!«

»Okay, ich gebe mir Mühe.«

»Was machen Sie gerade?«

»Ich überhole einen weißen VW-Bus.«

»Ich meine, wo sind Sie? Was für einen Auftrag haben Sie?«

»Ein Paket zu der Sekte zu bringen, zu dem Chef, Bruder Tobias. Das Komische daran ist, dass ich erst später etwas von dem mit zurücknehmen soll. Ich hatte den Eindruck, er will mich den Tag über nicht in der Nähe haben.«

»Was sollte der Grund sein? Er kann Sie doch einfach wegschicken.«

»Keine Ahnung. Ich sage ja auch nicht, dass es so ist. Ich hatte nur den Eindruck. Denn was kann so lange dauern? Wofür braucht der heilige Tobias so viel Zeit? Na ja, es ist mir recht.«

»Sehen Sie sich da ein bisschen um. Aber nicht auffällig.«

»Mache ich.«

»Gut. Wenn etwas Besonderes passiert, geben Sie mir Nachricht. Sonst melden Sie sich, wenn Sie wieder zu Hause sind!«

Kranich legte auf und stöhnte.

30

»Es ist also wichtig ...«, sagte Bruder Volkmar und sah dabei die jungen Leute im Saal einige Augenblicke schweigend an. Es wirkte, als wüsste er nicht weiter. Jeder wusste ja, dass er kein besonderes rhetorisches Talent hatte. Aber man hatte nie erlebt, dass er den Faden verlor. Oder traute er sich nicht zu sagen, was ihn beschäftigte?

Jetzt holte er tief Luft und begann noch einmal. »Es ist also wichtig, dass wir uns klar sind, an wen wir glauben. Kein Evangelist hat uns zu Gotteskindern gemacht, sondern Jesus. Kein Seelsorger kann uns die Sünden vergeben, aber Jesus. Kein ...«

Klar, er war kein Redner. Jeder merkte, er hatte angesetzt für ein drittes Beispiel. Aber das fiel ihm nicht ein. Jetzt hing das alles irgendwie in der Luft. Nun ja, er meint es sehr ernst, dachten seine Zuhörer, und er hat ja auch Recht. Es ist ihm nur nicht gegeben, so zu reden, dass man das Gefühl hat, Gott selbst spräche zu einem.

»Äh – ich denke, damit ist die Frage sicher beantwortet. So, die letzte Frage unserer heutigen Fragestunde wird wieder Bruder Tobias beantworten.«

Bruder Volkmar setzte sich. Sein jüngerer Kollege wartete einige Sekunden. Die Spannung stieg dabei noch etwas an. Dann sprang er auf, elastisch, energiegeladen und war mit drei Sätzen am Mikrofon. Dort verharrte er einige weitere Augenblicke, schräg vor sich auf den Boden blickend. Bei ihm wirkte das nicht, als suche er nach Worten, sondern als müsse er erst die Fülle dessen bändigen, was in ihm war und was explosionsartig herausplatzte, wenn er es nicht zähmte. Dann zog er einen Zettel aus der Jackentasche und blickte drauf. Als er den Blick wieder erhob, sah er in dreihundert weit offene Augenpaare.

»Die letzte Frage könnte den Eindruck erwecken, der anonyme Frager wolle uns provozieren«, begann er leise. Als ein wenig Unruhe im Saal entstand, hob er die rechte Hand bis auf Hüfthöhe, die Handfläche zum Saal hin gewandt. Sofort trat wieder Stille ein.

»Es ist unwichtig, ob solch eine Absicht hinter der Frage stand oder ob ein Zweifelnder sie in der ehrlichen Suche nach der Wahrheit niederschrieb. Wir stellen uns jeder Frage. Es soll unter uns keine Heimlichkeiten geben, kein Getuschel, keine Heuchelei. Über alles können wir offen sprechen. Denkt daran, wie es Ananias und Saphira erging, die die Apostel belogen und tot umfielen! Ihre eigentliche Sünde war nicht die Geldgier, sondern die Heuchelei. Und denkt daran, dass der Hebräerbrief von der giftigen Wurzel spricht, die nicht unter uns sprießen dürfe. Wohl dem Gärtner, der die giftige Wurzel früh genug erkennt, damit er sie ausreißen kann, ehe sie Schaden anrichtet.«

Er hatte während dieser Sätze die Stimme stetig angehoben. Jetzt war jeder im Saal darauf vorbereitet, die Giftigkeit der Frage, die nun vorgelesen werden sollte, sofort zu erkennen.

»Jemand fragt – und ich sage noch einmal: Wir verurteilen ihn nicht für diese Frage –: Warum bemühen sich die Überwinder besonders um Mitglieder, die Vermögen haben oder die zumindest mit einer guten Ausbildung den Wohlstand der Gemeinschaft mehren können? Was ist von der Behauptung zu halten, die kürzlich in einer Zeitung stand, nämlich bei dem Kapital, das in Kauf und Restaurierung dieser Häuser gesteckt wurde, müsste jedes Mitglied im Durchschnitt 200 000 bis eine viertel Million D-Mark eingebracht haben? Soweit die Frage, mit Schreibmaschine, um unerkannt zu bleiben, auf diesem Zettel aufgeschrieben.«

Wieder entstand leichte Unruhe. Diesmal ließ Bruder Tobias sie zu, weil sie ja der berechtigten Empörung Ausdruck gab. Erst, als von selbst Ruhe eintrat, sprach er weiter, sachlich, nüchtern, allenfalls mit einem leichten Unterton von Nachsicht in der Stimme.

»Darauf antworte ich: Erstens ist das Geld für diese Anlagen nur zu einem ganz geringen Teil durch eure Gaben eingebracht worden. Ein sehr viel größerer Teil wurde uns von Spendern außerhalb unserer Gemeinschaft gegeben. Sie sind uns sehr verbunden, fördern unser Werk, wo sie nur können, möchten aber anonym bleiben, wissend, dass der Herr im Himmel wohl belohnen wird.

Zweitens möchte ich unterstreichen, dass alle, die ihren Besitz für die gemeinsame Sache gegeben haben, das mit Freuden taten. Niemand von euch hat erkennen lassen, dass er es nur zögernd oder mit Zweifeln tat. Ihr wisst, dass der Herr sich nichts schenken lässt und alle Opfer mit reichem Segen vergilt. Ihr wisst auch, nach den Worten Jesu: Wer dafür etwas fordert – Ehre, Dank, materielle Sicherungen – der hat seinen Lohn dahin. Der schmälert damit seinen Lohn im Himmel. Trotzdem sage ich, nicht, weil es jemand fordert, sondern von mir aus: Wer zurückverlangt, was er eingebracht hat, soll es bekommen. Das ist juristisch nicht einfach, aber es wird ein Weg gefunden. Niemand soll eine frühere Entscheidung, die er damals im Glauben traf, heute bereuen, wenn der Glaube vielleicht nicht mehr so lebendig ist. Dies sage ich, um Zweifel eines schwankenden Bruders oder einer schwankenden Schwester zu zerstreuen. Ich glaube aber, dass die meisten von euch, wenn nicht sogar alle, täglich ihre Hingabe an den Herrn erneuern, mit allem, was sie sind, können und haben.«

Einige im Saal atmeten entspannt aus, einige seufzten leicht. Bruder Tobias zerriss mit bedächtigen Bewegungen den Zettel mit der anonymen Frage in viele kleine Fetzen. Die steckte er langsam in die Jackentasche zurück.

»Und noch ein Drittes. Hinter der Frage steckt unausgesprochen die Behauptung, Ziel unserer Mission seien nicht Menschen, sondern deren Geldbeutel.« Das Entsetzen unter den Zuhörern war fast körperlich zu spüren. Tobias hob leicht die Stimme. »Doch, sprechen wir es ruhig aus, liebe Brüder und Schwestern! Wer das sündige Herz des unerlösten Menschen kennt, böse von Jugend auf und voll bitterer Galle, der wundert sich auch über solche Vorwürfe nicht. Nichtchristen, Gottlose wie jene Zeitungsschreiber, haben ja keine Ahnung davon, dass unser Herr in Liebe jedem nachgeht, ob arm oder reich, gebildet oder unwissend, geachtet oder am Rand der Gesellschaft stehend.

Und dass wir uns bemühen, es ihm gleichzutun.

Kann es nicht sein, dass jene Schreiber etwas Wichtiges übersehen haben? Gerade jene, die ein gewisses Ansehen unter den Menschen haben, merken am ehesten, dass dies keine Befriedigung gibt, wohl aber das Wissen, bei Gott geehrt und angenommen zu sein. Gerade die Klugen, deren Verstand schon in vielen Bereichen nach letzter Wahrheit forschte, ohne sie zu finden, sind am ehesten bereit, den anzuerkennen, der die Wahrheit in Person ist. Gerade die Reichen merken am ehesten, dass Besitz nicht innerlich reich macht. Ihr wolltet nicht traurig davongehen wie der reiche Jüngling, der von seinen vielen Gütern nicht lassen konnte. Ihr ward bereit, alles hinzugeben, um alles zu gewinnen. Irdisches und Vergängliches einzutauschen gegen geistliche und unvergängliche Werte. Und wenn uns Markus in seinem Evangelium berichtet, dass Jesus dem reichen Jüngling in Liebe – wenn auch traurig – nachsah, meint ihr nicht, dass sein Blick mit noch viel mehr Liebe auf euch ruht, die ihr alles um seinetwillen hingegeben habt?«

Sechshundert glänzende Augen sahen ihn an.

Bruder Tobias senkte seine Stimme wieder, als er lächelnd sagte: »Das war eine rhetorische Frage, darum antwortet ihr nicht. Dann will ich sie so formulieren, dass ihr antworten könnt: Glaubt ihr, dass Jesus in Liebe auf euch blickt?«

»Ja«, sagten einige zaghaft, andere nahmen es auf und riefen lauter: »Ja, ja!«

»Und glaubt ihr, dass diese Liebe umso fester wird, je mehr wir ihm hingegeben sind, mit allem, was wir besitzen, können, fühlen . . .?«

»Ja, ja, ja!« riefen sie laut. Einige strahlten glücklich zur Saaldecke, einige beugten sich betend, einige riefen: »Halleluja« und streckten die Arme empor, einige fassten sich an den Händen.

Bruder Tobias setzte sich und beugte das Haupt. Er sah aus, als betete er. Jemand stimmte ein Lied an. Alle fielen ein. Danach nickte der jüngere der beiden Leiter dem älteren zu. Der erhob sich und schloss die Versammlung mit einem Gebet.

Christina konnte nicht verhindern, dass ihr Glücksgefühl noch einen besonderen Schub bekam, als sie Uwe in der letzten Reihe sah. Er stand eingekeilt zwischen anderen und wartete, dass die Reihe in den Mittelgang gelassen wurde. Der Saal leerte sich nur langsam, weil einige immer wieder stehen blieben und sich mit anderen unterhielten.

Endlich traf Christina in der Nähe des Ausgangs mit Uwe zusammen.

»Hallo, Uwe! Schön, dass du da bist!«

»Guten Abend, Christina.«

»Bist du dienstlich da? Mit Herrn Thiedemann?«

»Auf die erste Frage ja, auf die zweite nein.«

»Du bist alleine, aber er hat dich geschickt?«

»Genau.«

Sie konnten sich nicht gut verstehen. Es war laut, und immer wieder drängten sich andere zwischen ihnen durch.

»Hast du ein paar Minuten Zeit?«, fragte Uwe und zeigte nach draußen. Sie nickte. Beide überließen sich dem Strom und kamen schließlich ins Freie.

»Es ist noch eine halbe Stunde bis zum Abendessen«, sagte Christina mit einem Blick auf die Uhr. Aber das war nur eine Geste der Verlegenheit, denn sie hatte schon auf die Saaluhr geschaut.

»Isst du mit uns?«

Uwe nickte.

Sie gingen ein wenig zur Seite. Auch da waren sie nicht allein, denn überall liefen die jungen Leute herum, aber wenigstens konnten sie sich ungestört unterhalten.

»Thiedemann hat mich hergeschickt. Ich sollte Bruder Tobias etwas bringen und nachher wieder etwas mitnehmen.«

»Schön. Und auch schade.«

»Wie meinst du das?«

»Ich finde es schön, dass du da bist. Aber ich ... ja, im ersten Moment dachte ich, du wärst nicht dienstlich hier. Das hätte mich noch mehr gefreut.«

»Wenn ich Zeit hätte, würde ich auch ohne dienstlichen Auftrag herkommen – deinetwegen.«

Sie wurde ein bisschen verlegen. »Ich ... ich meinte, ob du gekommen wärst, um an der Veranstaltung teilzunehmen.«

Er antwortete nichts, sah sie nur an. Sie sah ihm in die Augen, aber nur kurz. Sie fürchtete, sonst ihre Gefühle nicht unter Kontrolle behalten zu können.

Um das Schweigen zu brechen, sagte sie schließlich: »Hat es dir denn wenigstens gefallen?«

Es ergab sich so, ohne dass einer den Anstoß gegeben hätte, dass sie ihren Gang fortsetzten.

»Ich schlage vor, Christina, dass wir über diese Fragen erst später reden, ja?«

»Warum?«

»Weil ... weil man sich nicht gleich am schwierigsten Brocken die Zähne ausbeißen soll. Ich möchte mich ein bisschen informieren, ehe ich mich in diesen religiösen Fragen festlegen kann. Das verstehst du doch, nicht?«

»Ja, Uwe, ist gut. Informiere dich. Aber ich wollte mit meiner Frage auch gar nicht, dass du dich ›in religiösen Fragen festlegst‹! Ich wollte nur ganz einfach wissen, ob es dir gefallen hat.«

»Aber daraus ergibt sich dann gleich eine weitere Diskussion.«

»Also hat es dir nicht gefallen?«

»Warum drängst du mich so?«

»Nimm es als Zeichen dafür, dass mich deine Meinung sehr interessiert.«

Sie blieben wieder stehen, er sah sie an und kämpfte mit sich.

»Ich fürchte, ich muss dir gegenüber immer offen sein, auch wenn es mir schadet oder mich von meinem Ziel fernhält.« Er schluckte. »Nein, es hat mir nicht gefallen.«

Die Enttäuschung war in ihrem Gesicht zu lesen wie im Gesicht eines Kindes. Überhaupt hatte sie mit der gewölbten Stirn und der kleinen Nase etwas Kindliches. Aber nur im Gesicht. Die Strähne schien sie im Moment nicht zu stören.

»Warum nicht?«

»Siehst du, du fragst schon weiter.«

»Bitte, Uwe!« Auch dieses Drängen hatte etwas Kindliches. Aber liebenswürdig war es. Und wirksam. Er konnte ihr keine Bitte abschlagen. Aber der wichtigere Grund für seine Erklärung war, dass irgendetwas ihn drängte, es zu sagen. »Gut, ich will ... ich habe nur Sorge, du könntest das so verstehen, als wollte ich dir deinen Glauben ausreden.«

»Nein, ich verspreche es.«

»Euer Bruder Tobias gefällt mir ganz und gar nicht.«

»Was?« Sie sah ihn entsetzt an. »Ausgerechnet er?«

»Ja. Er ist nicht echt. Er spielt. Tut mir Leid, dass ich das so hart sagen muss, aber du hast mich gedrängt. Bruder Volkmar ist anders. Nicht so faszinierend, aber wenigstens echt. Bruder Tobias ist ein meisterhafter Schauspieler und sein eigener Regisseur. Er spielt einen Propheten, sehr gut, sehr gekonnt, aber er ist keiner.«

»Wie ... wie kannst du so etwas sagen!« Ihre Stimme wurde lauter. Er spürte, dass etwas zwischen ihnen zerbrach. Aber er konnte nicht zurück, wollte auch nicht. Es war zu wichtig, um es unter den Teppich zu kehren. Es musste zwischen ihnen möglich sein, auch so heikle Fragen zu besprechen. »Vielleicht hältst du mich für eingebildet, aber ich habe ein Gespür für so etwas. Alle Einzelheiten seiner Auftritte und Reden sind inszeniert, alle auf Wirkung bedacht ...«

»Aber ... Gott spricht durch ihn!«, warf sie ein, doch er ließ sich nicht unterbrechen.

»Worte, Gesten, Betonung – alles ist wie aus dem Rhetoriklehrbuch oder wo so etwas sonst stehen könnte. Nicht zu vergessen das Licht, die Auftritte! Wenn er durch den Mittelgang schreitet, von allen angehimmelt, und seine Huld verteilt wie ein Karnevalsprinz seine Karamellbonbons, dann ...«

Sie lief einfach weg. Ohne ein Wort zu sagen, ohne ihn noch einmal anzusehen, rannte sie über den Hof. Fast wäre sie auf dem holperigen Pflaster noch gestürzt, aber sie fing sich wieder und verschwand in einer der Haustüren.

»Christina! So warte doch!«

Aber es hatte keinen Zweck. Andere junge Leute guckten schon erstaunt. Was habe ich getan!, dachte er. Habe ich jetzt alles kaputtgemacht? Ja, wahrscheinlich ist jetzt alles zerstört. Alles kaputt. Kaputt.

Mehr konnte er nicht denken. Wie vor den Kopf geschlagen stand er da. Er bemerkte die Leute nicht, die vorübergingen. Er reagierte auch nicht, als ihn einer ansprach, es würde jetzt gleich zu Abend gegessen.

»So, Herr Zehntfennig.« Jetzt schreckte er auf. Bruder Tobias trat zu ihm und gab ihm einen Briefumschlag. »Sie können gern noch hier essen, wenn Sie möchten. Ich selbst bin nicht da, aber man wird Sie gern ...«

»Äh ... nein, danke.«

»Wie Sie wollen. Bitte, geben Sie Herrn Thiedemann diesen Brief!«

»Ja, gut.«

Während der Mann ging, horchte Uwe dem Klang seiner Stimme nach und dachte: Ich habe Recht! Ganz sicher! So spricht ein Mann, der oft Stimmübungen gemacht hat. Die exakte und dialektfreie Aussprache, die von der Bühne bis zum letzten Platz eines Theaters trägt, die Zwerchfellatmung, die die Schauspieler wie die Sänger üben und die zur zweiten Natur wird – der Mann ist professioneller Schauspieler!

Aber was nützt es, wenn ich Recht habe und dabei Christina verliere!

Uwe trottete zum Auto. Es hatte wohl keinen Sinn, länger hierzubleiben. Eine Weile saß er noch untätig hinterm Steuer und starrte auf den Hof, der sich inzwischen geleert hatte, weil alle beim Essen waren. Dann stieß er einen Seufzer aus, den er selbst gar nicht hörte, und fuhr los. Seine Stimmung drückte sich in seiner Fahrweise aus. Traurig schlich er über die Landstraße. Das war auch gut so. Eine schnellere Fahrt hätte mehr Konzentration gefordert, als er im Augenblick aufbringen konnte.

Das Autotelefon läutete. Uwe nahm ab. »Zehntfennig.«

»Kranich. Herr Zehntfennig, gut, dass ich Sie erreiche. Sie sind allein?«

»Ja.«

»Wo sind Sie?«

»Weiß ich nicht genau. Ich hab nicht drauf geachtet.«

»Nicht drauf geachtet? Na, hören Sie mal, Sie müssen doch wissen ... machen Sie 'ne Fahrt ins Blaue oder was?«

»Nein, ich komme sicher bald auf die Autobahn. Ich kann mir diese Dörfer nicht alle merken. Aber welche Strecke ich fahren muss, weiß ich immer an jeder Kreuzung.«

»Hören Sie zu: Unser zweiter Mann, der noch in der Sekte recherchiert ...«

»Sie haben einen Mann hier? Das wusste ich gar nicht!«

»Er heißt Dirk Steinhaus. Alles weitere später. Er hat neulich beobachtet, dass dieser Tobias mit seiner Klapperkiste zu einem Ort namens Hessisch Lichtenau fuhr ...«

»Ich glaube, da bin ich vor einiger Zeit durchgekommen.«

»Da hat er ein neues Haus. Er ist in einen Porsche umgestiegen und abgehauen.«

»Abgehauen?«

»Losgebraust. Und Steinhaus kam mit seiner altersschwachen Kiste nicht hinterher.«

»Sehr interessant.«

»Jetzt hat mich Steinhaus gerade angerufen, dass Tobias nach Hause gefahren ist, wieder in den Porsche umgestiegen – und er hat ihn wieder verloren.«

»Ja, dann müsste er, wenn er zur Autobahn will ...«

»Genau. Es hat Sie noch kein silbergrauer Porsche überholt?«

»Nein, ich glaube nicht.«

»Was heißt, Sie glauben? Sie müssen doch wissen ...«

»Nein, er hat mich nicht überholt.«

»Dann kommt er noch. Lassen Sie ihn vorbei und verfolgen Sie ihn! Ihren Mercedes kann er nicht so schnell abhängen.«

»Ihren Mercedes – das ist gut! Darf ich Sie daran erinnern, dass ich ein fremdes Auto fahre ...«

»Machen Sie jetzt kein langes Theater! Wenn er kommt, lassen Sie sich überholen und fahren Sie ihm in einigem Abstand nach. In Ortschaften näher dran, falls er abbiegt, aber auf freier Strecke bleiben Sie etwas weiter zurück.«

»Notfalls tragen Sie ja die letzte Verantwortung. Oder irre ich mich da?«

»Ja, ja, schon gut! Moment, ich korrigiere mich: Am besten, Sie fahren gleich etwas schneller zur Autobahnauffahrt und warten da. Denn es ist anzunehmen, dass er zur Autobahn will. So müssen Sie ihm nicht so lange auf einsamen Landstraßen nachfahren und verringern die Gefahr, entdeckt zu werden.«

»Okay.«

»Und wenn es irgendetwas zu berichten gibt, rufen Sie mich gleich an. Auch, wenn es später in der Nacht ist!«

Das Gespräch war unterbrochen. Uwe legte auf und trat aufs Gaspedal. Er fuhr durch eine kleine Stadt namens Melsungen. Jetzt noch ein oder zwei Kilometer den Berg hinauf.

Als er oben auf siebzig Stundenkilometer abbremste, wie es ein Schild verlangte, sah er im Rückspiegel einen flachen grauen Wagen, noch einige hundert Meter entfernt. Da führte rechts ein kleines Sträßchen in den Wald, eher ein Forstweg. Schnell bog Uwe hinein. Dieser Tobias kannte den Mercedes. Da war es besser, er wusste nicht, dass er in der Nähe war.

Er hielt an und drehte den Kopf. Da sah er auch schon den Porsche vorbeidonnern. Sofort setzte er rückwärts wieder auf die

Straße. Zu dumm, ein anderer PKW war jetzt zwischen ihnen! Der hielt sich einigermaßen an die Geschwindigkeits-Beschränkung, so dass der viel schnellere Sportwagen sich rasch entfernte.

Glücklicherweise kam jetzt die Auffahrt zur Autobahn. Uwe konnte gerade noch erkennen, dass der Porsche nach Norden fuhr, Richtung Kassel. Bis zur Auffahrt musste er hinter dem anderen bleiben, dann fuhr er auch auf die Autobahn und trat aufs Gas.

Der heilige oder besser scheinheilige Mann musste ein ziemliches Tempo vorgelegt haben. Uwe sah ihn nicht mehr, bekam auch nach einigen Minuten zu schneller Fahrt keinen Anschluss an ihn. Hier war 120 vorgeschrieben. Er fuhr 170. Was tut man nicht alles in der pflichtgetreuen Ausübung seines Berufes. Im Kampf gegen das Böse muss man sogar zuweilen Gesetze übertreten.

Es blitzte gerade zum pädagogisch richtigen Zeitpunkt, um Uwe zu belehren, dass diese Gedanken zumindest noch einmal überprüft werden sollten. So ein Mist!

Was jetzt? Thiedemann wird die Benachrichtigung bekommen, schoss es Uwe durch den Kopf. Wie erkläre ich ihm, dass ich hier auf dem Weg nach Kassel war, statt in entgegengesetzter Richtung nach Frankfurt? O Mann, auf was für einen Job hab ich mich da nur eingelassen! Weiter! Jetzt wird so schnell keine Radarfalle mehr kommen! Uwe drehte noch weiter auf. Der Tacho zeigte etwa 190. Da vorn – konnte das nicht . . . ja, das war er!

Uwe nahm das Tempo etwas zurück.

Am Kasseler Kreuz bog Tobias Richtung Paderborn ab. Uwe folgte mit dem nötigen Abstand. Jetzt überholte der Porsche einen Pulk von mehreren Sattelschleppern und Lastzügen. Uwe setzte an, um auch zu überholen, da wechselte vor ihm ein Kleinbus auf die linke Spur. Uwe musste warten. Ganz langsam ging es an den Lastwagen vorbei. Na endlich! Bedächtig wechselte der Kleinbus wieder nach rechts. Aus den Augenwinkeln sah Uwe eine Ausfahrt. Er beschleunigte – aber der Porsche war nicht mehr zu sehen. Ob er gerade bei dieser Ausfahrt die Autobahn verlassen hatte?

Frustriert trat Uwe das Gas durch. Wenn der noch vor ihm sein sollte, musste er ihn einholen! Sollte alles umsonst gewesen sein, nur wegen so eines verrückten Kleinbusses?

Es war alles umsonst. Noch an zwei Ausfahrten raste er vorbei. Vom Porsche keine Spur.

Er fuhr raus, hielt an und schlug wütend auf das Lenkrad. »Scheißjob, dieses Detektivspielen!« Dann griff er zum Telefon.

»Kranich.«

»Ich hab ihn verloren. Die Verkehrssituation war ungünstig. Ich wollte gerade ein paar LKWs überholen ...«

»Ersparen Sie mir die Einzelheiten. Nur das Ergebnis interessiert mich.«

»Tut mir Leid.«

»Machen Sie sich keine Vorwürfe. Das kann dem besten Profi passieren.«

»Wie tröstlich.«

»Wo sind Sie?«

»Er ist vom Kreuz Kassel in Richtung Paderborn gefahren. Wahrscheinlich hat er bei der ersten oder zweiten Ausfahrt die Autobahn verlassen. Nach Kassel rein, vermute ich mal. Ich bin jetzt einige Kilometer weiter Richtung Sonnenuntergang.«

»Kommen Sie nach Hause!«

»Moment, Herr Kranich, das Schlimmste wissen Sie noch gar nicht!«

»Sie machen mich neugierig.«

»Ich bin bei weit überhöhter Geschwindigkeit geblitzt worden.«

»Scheiße!«

»Das kann man wohl sagen. Obwohl ich es nicht gesagt habe! Ich hab mich auf ›Mist‹ beschränkt. Die gute Erziehung, wissen Sie ...! Mein Vater ist Realschullehrer und meine Mutter ...«

»Und jetzt?«

»Das wollte ich Sie fragen. Schließlich bin ich in der Erfüllung Ihres Auftrages straffällig geworden. Was soll ich Thiedemann erklären? Ich war ja auf einem völlig falschen Kurs!«

»Hm. Lassen Sie mich nachdenken!«

»Bitte. Ich lege Ihnen da nichts in den Weg.«

»Hm. Wir müssen ... Sie sollten ... hm.«

»Ja, weiter so! Der Ansatz war schon ganz gut!«

»Finden Sie das alles etwa spaßig?«

»Ganz und gar nicht. Nehmen Sie's mir nicht übel, aber so ein etwas bissiger Humor ist meine Art, Stress abzubauen.«

Eine Weile übertrugen die Funkwellen nur die Atmosphäre angestrengten Nachdenkens. Uwe hatte die Hoffnung schon fast aufgegeben, dass sich noch eine Lösung finden ließe, da hörte er den Detektiv wieder.

»Sie gehen gleich morgen zu Thiedemann und erzählen ihm, jemand von den ›Überwindern‹ habe Sie gebeten, da Sie doch so ein schnelles Auto hätten, eilig nach Kassel zu fahren und ein dringend benötigtes Medikament zu holen. Sie sind also – hilfsbereit, wie Sie sind, und weil offensichtlich ein medizinischer Notfall gegeben war – losgebraust. Dass Sie in eine Radarfalle geraten sind, brauchen Sie noch gar nicht zu sagen, das merkt er dann schon. Er kann ruhig denken, Sie hätten den Blitz nicht gemerkt. Sonst vermutet er, Sie würden ihm die Fahrt nur gestehen, weil Sie wissen, dass es sowieso rauskommt.«

»Ich gestehe, Mr. Holmes, dass ich Ihnen nicht bei allen Gedankengängen folgen kann. Es ist schon spät, und ich werde nach allerlei Aufregungen dieses Tages langsam müde. Aber es hörte sich gut an, und ich vertraue Ihnen blind.«

»Ein gewisses Mitdenken erwarte ich allerdings von meinen Mitarbeitern.«

»Schön, dann will ich das jetzt mal versuchen. Hm. Was bei diesem Denkprozess herauskommt, ist die Entdeckung eines Problems.«

»Und zwar?«

»Wenn er nun nachfragt, wer das war, und sich erkundigt, ob das stimmt? Er hat doch Kontakte. Vielleicht kommt es auch nur zufällig raus, wenn er Tobias danach fragt – aus Mitgefühl, gar nicht mal aus Misstrauen gegen mich.«

»Für das Problem hab ich auch schon eine Lösung.«

»Sie genießen meine tief empfundene Bewunderung.«

»Dirk Steinhaus ist der bedauernswerte Kranke. Ich werde ihn heute Abend noch anrufen und ihn über alles informieren.«

»Genial, Monsieur Poirot! Dann sagen Sie ihm doch gleich, er soll mich ansprechen, wenn ich wieder mal da bin. Es könnte von

Nutzen sein, wenn ich ihn wenigstens kenne, wo ich ihm schon so einen lebensrettenden Gefallen getan habe.«

»Ja, natürlich. So, und nun fahren Sie wenigstens auf dem Rückweg langsam!«

31

»Ach, du bist schon da?«, fragte Magnus erstaunt, als Wronski das Büro betrat. Es war ironisch gemeint, aber das schien der andere nicht zu merken.

»Ja, jemand rief mich. Nanu, dachte ich, wer ruft mich denn so eindringlich? Die Stimme kennst du doch?«

»Und – wer war's?«

»Die Pflicht rief mich.«

»Ah – ja! Die hab ich auch gehört. Nur viel früher.«

»Was ist das?«

»Ein Zettel, auf dem ich notiert habe, was mir die Spurensicherung von Blochs Wohnung duchgegeben hat.«

»Und?« Magnus hängte seine Jacke auf einen Drahtbügel, wie man ihn von der chemischen Reinigung kriegt, und diesen an einen Nagel an der Seite des Aktenschranks.

»Sie haben Haare von einem Hund gefunden.«

»In Blochs Wohnung? Und er selbst hatte keinen Hund?«

»Nein. Dann hätten es wohl auch mehr sein müssen. Es waren nur wenige.«

»Die Rasse können sie sicher nicht aus den Haaren ermitteln?«

»Nein, auch nicht das Alter, die Größe und den Namen des Hundes.«

»Sehr witzig!« Magnus warf den Zettel in den Papierkorb.

»Und bei dir?«, fragte Wronski.

»Nichts. Keiner von den Verwandten, die jetzt seine Häuser erben, macht den Eindruck eines Mörders.«

»Ich darf meinen großen Lehrmeister zitieren, den wegen seiner scharfsinnigen Lösung komplizierter Fälle berühmt gewordenen Hauptkommissar Werner Magnus. Er sagte einmal den inhaltsschweren Satz: ›Keinem Mörder steht seine Tat im Gesicht geschrieben!‹ oder so ähnlich.«

»Da hat dein großer Lehrmeister aber etwas sehr Kluges gesagt.«

»Haben sie Alibis?«

»Zum Teil etwas fadenscheinig oder nicht nachprüfbar. Trotzdem – ich glaube nicht dran. Alles gutsituierte Leute.«

»Heißt das, sie brauchen kein Geld?«

»Wer braucht schon kein Geld!«

»Wieder so ein großer, unsterblicher Satz! Könnte von mir sein. Zumindest ist er durch meine persönlichen Erfahrungen gedeckt.«

Magnus blätterte gedankenlos in der Akte, die vor ihm auf dem Schreibtisch lag. »Meine Intuition sagt mir, der Schlüssel zur Lösung des Falles ... hm.«

Er machte eine Pause, die Wronski nutzte, um den Satz zu vollenden: »... liegt bei diesen Sekten.«

»Ja. Auch wenn wir bisher keinen Anhaltspunkt gefunden haben. Wir müssen intensiver nachbohren.«

»Meine Intuition sagt mir dasselbe. Da merkt man doch die gute Schule.«

»Aber man scheut sich ja, diese frommen Leute anzupacken wie einen Frankfurter Zuhälter von der Kaiserstraße, aber ... hm.«

»Ich nicht.«

»Dann will ich dich nicht zurückhalten. Aber fahr erst mal zu den anderen Sekten. Bisher waren wir ja nur bei deinen Freunden am Frau-Holle-Teich. Natürlich ist das auch das Naheliegende, im wörtlichen wie im übertragenen Sinn. Aber die anderen Sekten, von denen diese blonde Dame sprach – wie hieß sie noch?«

»Graef.«

»Ja, in Süddeutschland und in der Schweiz – das muss doch rauszukriegen sein. Es gibt bei den Kirchen, glaube ich, so Sektenfachleute. Frag dich da mal durch.«

»Okay. Gleich?«

»Hast du was Besseres vor?«

»Eigentlich nicht, wenn ich's mir genau überlege.«

»Und wenn uns das nicht weiterbringt, solltest du am Fuße des Meißners noch ein bisschen tiefer graben.«

»Ton gräbt man da. Und Kohle. Aprospos Kohle – meine Spesenquittungen liegen da zum Abzeichnen. Wenn du so freundlich sein willst ...«

»Und sieh dich bei den Sekten um, ob einer einen Hund hat. Einen, den er so sehr liebt, dass er ihn sogar zu einem Einbruch mitnimmt.«

»Ja, komisch, nicht? Vielleicht war's gar keine Liebe. Kann doch sein, er musste ihn mitnehmen. War vielleicht ein Blindenhund.«

»Du bist wieder hinreißend komisch heute. Hier, deine Spesenquittungen.«

32

»Scheidt.«

»Guten Tag, Herr Scheidt. Uwe Zehntfennig ist hier.«

»Ich grüße Sie. Sie haben mein Fax erhalten?«

»Deswegen rufe ich an. Ich wollte mich bedanken.«

»Bitte. Es macht etwas mehr Mühe, als einfach eine Antwort so aus dem Ärmel zu schütteln. Aber es ist besser so. Und es tut mir selbst auch gut. Diese Notwendigkeit, es gedanklich zu ordnen und ein bisschen Klarheit in die Dinge zu bringen, die man seit langem etwas diffus in sich trägt – das tut gut.«

»Wenn das so ist! Die Wohltat könnte ich Ihnen öfter bereiten.«

»Die nächste Frage? Dann mal los! Das war ja auch so ausgemacht.«

Uwe hatte sich etwas auf einem Zettel notiert. Aber als er ihn vorlesen wollte, fand er, so könne er das nicht sagen. Etwas unbeholfen begann er.

»Es gibt ja ganz verschiedene ... wie soll ich sagen? Glaubensarten.«

»Glaubensformen? Frömmigkeitsstile?«

»Ja.«

»Oder meinen Sie verschiedene theologische Lehrmeinungen?«

»Ja, auch.«

»Na, reden Sie erst mal weiter!«

»Wer hat nun Recht? Ich meine, es kann doch nur eine Wahrheit geben.«

»Sicher. Aber die Glaubensformen sind doch auch nicht so wichtig.«

»Nicht?«

»Ein Beispiel: Wahrheit ist, dass wir mit Gott reden können und er uns hört. Ob aber einer dabei die Augen schließt oder nicht, ob er sich bekreuzigt, die Hände faltet, emporstreckt oder in den Hosentaschen behält, das hat darauf, glaube ich, wenig Einfluss.«

»Ja, ja, schon klar. So was meine ich auch nicht. Aber – nun, mal angenommen, ich trete als Prediger auf, kann auch gut reden und die Leute begeistern, aber alles wäre gelogen – also, ich würde es selbst nicht glauben ...«

»Warum sollten Sie das tun?«

»Den Grund lassen wir jetzt mal beiseite. Angenommen, Leute glauben mir. Sie meinen's auch ernst, weil sie ja nicht wissen, dass ich lüge. Würde Gott diesen Glauben akzeptieren?«

»Hm.«

»Überhaupt – was veranlasst Menschen, auf das einzugehen, was andere ihnen auftischen, ohne es richtig zu prüfen? Wie weit spielen Gefühle eine Rolle? Sind sie wichtiger als der nüchterne Verstand? Was geht in Menschen vor, die ihr ganzes Leben ... oder, ich will es mal so sagen: Wenn es echten Glauben gibt – Umgang mit Gott, wie Sie sagen – wie unterscheidet man ihn von dummer Schwärmerei? Von Einbildung, von frommem Wunschdenken? Wie kann man wissen, dass dieser Glaube mehr ist als irgendwelche innerseelischen Vorgänge? Und wie unterscheidet er sich davon? Verstehen Sie, ein Anhänger irgendeiner primitiven Religion, der gerade seinem Götzen eine Banane geopfert hat oder ein Huhn geschlachtet und in einen Teich geschmissen hat oder so, der fühlt sich genauso zufrieden wie ein Christ, der gebetet hat. Hierzulande ist das sicher alles auf höherem Niveau, aber im Prinzip ist es doch das Gleiche. Oder nicht? Und wenn nicht – warum nicht?«

»Hm.«

»Ich weiß, das ist alles ein bisschen wirr.«

»Das ist schon okay. Wenn Sie eine ganz klar formulierte, präzise Frage stellen, könnten Sie am Ende auch genau so eine Antwort erwarten. Das wird aber nicht möglich sein.«

»Schade.«

»Aber ich gebe mir Mühe.«

»Danke.«

»Was tut sich auf musikalischem Gebiet bei Ihnen?«

»Nichts. Ich komme nur mit Willensanstrengung zum täglichen Üben. Muss erst mal ein bisschen Geld verdienen. Erst kommt das tägliche Brot und dann die Kunst – jedenfalls, solange es sich nicht vereinigen lässt.«

»Dann wünsche ich Ihnen, dass das bald geschieht.«

»Danke. Ich bin gespannt auf Ihr nächstes Fax.«

»Ich kann mich nicht sofort damit befassen, aber sicher in den nächsten Tagen.«

»Ich hab direkt ein schlechtes Gewissen, dass ich Ihnen so die Zeit stehle. Und weiß noch nicht mal, wie ich es gutmachen kann. Soll ich mal ohne Entgelt irgendwo spielen? Das mache ich gerne.«

»Ein Angebot, auf das ich vielleicht zurückkommen werde.«

»Tun Sie das! Ich würde mich freuen!«

»Auf Wiederhören!«

»Gleichfalls, Herr Scheidt. Und nochmals vielen Dank!«

33

»Du bist geschickt!«, stellte Holger fest. Sie füllten Erde in Töpfe aus Kunststoff und pflanzten kleine Setzlinge hinein. Dirk Steinhaus lächelte und machte einen zufriedenen Eindruck, so als fände er in dieser Arbeit die Erfüllung seines Lebens, was aber keineswegs den Tatsachen entsprach.

»Was hast du denn vorher gemacht?«

»Och – Verschiedenes«, wand sich Dirk. Er fand, in dieser Umgebung sollte man nicht mehr lügen als unbedingt nötig. »Mal dies, mal jenes. Jedenfalls nichts, was mit Gärtnerei zu tun hat. Ich hab mal Kaufmann gelernt. Und du?«

»Ich hab studiert. Medizin. Aber nicht zu Ende.«

»Warum nicht?«

»Das ist ein komplexes Thema.«

Dirk setzte seinen Topf ab, stützte sich mit den behandschuhten

Händen auf der Arbeitsfläche ab, um den Rücken mal zu entlasten und sah Holger an. Der Blick war eine wortlose Aufforderung, trotz des komplexen Themas weiterzusprechen.

»Es kamen verschiedene Dinge zusammen. Das Wichtigste war, dass ich Gott begegnet bin. Darum wollte ich gerne hier bei den Überwindern sein.«

»Aber als Arzt kannst du Gott doch auch dienen. Vielleicht sogar noch besser, als wenn du Blumen oder Gemüse erntest . . .«

»Sicher. Ich hatte auch schon mal den Gedanken, Missionsarzt zu werden.«

»Aber?«

»Na ja, hierher kommen zu wollen war eben nicht der einzige Grund. Wenn ich ganz ehrlich bin, muss ich sagen, das kam mir sehr gelegen. Ich hatte nicht die richtige Begeisterung für die Medizin.«

»Und das hast du noch nicht gewusst, als du das Studium aufgenommen hast?«

»Nicht so richtig. Ich hab damit angefangen, weil mein Vater es wollte.«

»Der ist wohl Arzt?«

»Ja, und er besitzt sogar eine Klinik in der Nähe des Bodensees. Er wünschte sich natürlich nichts lieber, als dass ich sie mal übernehme.«

»Und das reizt dich nicht?«

Holger schüttelte den Kopf. Dirk begann wieder mit der Arbeit. »In so einer Klinik könntest du aber viel Gutes tun.«

»Möglich. In Afrika oder Indien könnte ich sogar noch viel mehr Gutes tun.«

»Aber?«

»Erstens stelle ich mir vor, was mein Vater sagt, wenn ich zwar fertig ausgebildeter Arzt bin, aber nicht in seiner Klinik einsteige.«

»Dann steigst du eben ein. Oder du setzt dich über ihn hinweg. Wo liegt das Problem?«

»Und zweitens sind wir nicht in erster Linie auf der Welt, um Gutes zu tun. Das hat Bruder Tobias neulich sehr schön klargemacht. Auch! Aber nicht nur, und nicht an erster Stelle.«

»Sondern?«

»Zu überwinden. Unseren Glauben zu bewahren und zu mehren, bis der Herr wiederkommt oder bis er uns holt.«

»Hm. Ist das nicht ein bisschen egoistisch?«

»Es gibt Bereiche, da ist Egoismus erlaubt, ja, notwendig! Du hättest ihn predigen hören sollen! Es hat mich tief bewegt.«

Eine Weile arbeiteten sie schweigend. In Dirks Kopf arbeitete es intensiver als in seinen Händen; die werkelten fast von alleine. Schließlich unternahm er noch einen Versuch.

»Angenommen, du würdest die Klinik deines Vaters leiten, später mal. Da könntest du missionarisch auf die Patienten einwirken, vielleicht Andachten von Bruder Tobias durch die Hausanlage übertragen, Überwinder als Krankenschwestern anstellen ...«

»Du redest, als wolltest du mich überzeugen, von hier wegzugehen! Und das, wo du selber noch gar nicht weißt, ob du hier eintreten sollst!«

»Oh – entschuldige! Das wollte ich natürlich nicht! Ich hab nur mal laut gedacht, was es da für Möglichkeiten ... Aber reden wir über etwas anderes!«

»Ich bin jedenfalls gerne hier.«

Dirk lächelte sein Gegenüber an, als würde ihn dieser Satz vollauf zufrieden stellen. Dem war aber nicht so. Und er bezweifelte auch, dass der Satz voll und ganz der Wahrheit entsprach.

34

»Bewundernswert, Herr Zehntfennig!«, sagte Thiedemann vom Rücksitz. Dabei packte er die Papiere, in denen er gelesen hatte, in seinen Aktenkoffer. »Ohne zu fragen, haben Sie nicht nur das Daimler-Benz-Werk gefunden, sondern auch die richtige Stelle.«

»Nicht ohne zu fragen, Herr Thiedemann! Ich habe vorher gefragt – meinen Großonkel. Er wusste, wo Sie hinmüssen.«

»Das wäre doch nicht nötig gewesen. Ich hätte Sie auch lotsen können.«

»Ich will meinem Onkel als sein Vertreter schließlich keine Schande machen. Obwohl ich das ja sowieso schon habe.«

»Ach, vergessen Sie doch die Sache mit der Geschwindigkeitsübertretung. Es war ja für einen guten Zweck. Wenn ich dagewesen wäre, hätte ich Sie selbst geschickt.«

Uwe hielt vor einem Eingang. »Hier? Jetzt muss ich doch fragen.«

»Genau richtig. Und wie gesagt: Um vier können Sie mich wieder abholen. Wenn ich dann noch nicht fertig bin, kann's aber nicht mehr lange dauern. Bis dahin können Sie machen, was Sie wollen.«

Er stieg aus. Anfangs hatte Uwe mal aussteigen und ihm die Tür aufhalten wollen, weil er das so in Filmen gesehen hatte. Aber Thiedemann fand das albern und hatte es sich strikt verbeten. So alt sei er noch nicht, hatte er gemeint, dass er nicht selbst die Tür öffnen könnte.

Uwe lächelte zurück, als Thiedemann ihm grüßend zunickte. Dann schien der Chef sich zu besinnen und klopfte an die Scheibe neben dem Beifahrersitz. Uwe ließ sie herunter.

»Nur um Missverständnisse zu vermeiden: Sie brauchen sich Stuttgart nicht mit der Straßenbahn anzusehen. Fahren Sie ruhig mit dem Wagen, wohin Sie wollen.«

»Danke, Herr Thiedemann.«

Als der Direktor in dem Gebäude verschwunden war, fuhr Uwe vom Gelände. Irgendwo parkte er am Straßenrand, stellte den Motor ab und vertiefte sich in den Stadtplan von Stuttgart und Umgebung.

Da gab es eine ganze Menge Ziele, die sich anboten. Aber er wusste nicht, welches einen Besuch lohnte. Er konnte sich nicht entscheiden.

Plötzlich fiel sein Blick auf einen Ortsnamen: Esslingen. War das nicht die Stadt, aus der Christina kam? Ihr Vater habe da eine Maschinenfabrik, hatte sie gesagt.

Das interessierte ihn! Wo er ja nun sowieso nichts Besseres zu tun hatte, wollte er sich das mal ansehen! Er legte den Plan richtig gefaltet auf den Beifahrersitz, prägte sich schon mal ein, wie er fahren musste, und startete.

Christina! Was sollte er nur machen? Er konnte die Sache doch nicht einfach auf sich beruhen lassen! Oder warten, bis sie vielleicht von selbst zu der Erkenntnis kam, dass er Recht hatte mit diesem Tobias. Er konnte auch nicht hingehen, alles zurücknehmen, sich entschuldigen und diesen Schauspieler in den höchsten Tönen loben! Was sollte er tun? Er brauchte Christina, er liebte sie, er wollte sie nicht aufgeben. Nein, kämpfen wollte er um sie! Wenn er nur wüsste wie!

Die einzige Antwort, die es gab und die er ja eigentlich längst wusste, stieg in sein Bewusstsein auf, als er vor einer roten Ampel hielt: Er musste die Betrügereien dieser Leute aufdecken! Schlimm genug, dass sie offenbar mit der Frömmigkeit der jungen Leute spielten und sie ausnutzten. Das konnte einen schon wütend machen. Aber dass seine Christina unter den Opfern war, dass diese Betrüger an seinem ganzen Dilemma Schuld waren, das brachte ihn zur Weißglut. Denen wollte er das Handwerk legen! Er arbeitete ja schon daran, aber nicht intensiv genug. Außerdem hatte er den Eindruck, dass die Beschattung des netten Herrn Thiedemann nur ein Nebenkriegsschauplatz war. Der eigentliche Gauner müsste dieser Tobias sein. Oder noch jemand anders? Oder doch Thiedemann? Immerhin hatten die beiden irgendetwas miteinander zu tun. Sollte Uwe seinen Chef vielleicht falsch eingeschätzt haben? Hatte er sich von dessen Freundlichkeit blenden lassen?

In der Stadt Esslingen fragte Uwe zweimal nach der Maschinenfabrik Schwab. Endlich parkte er den Wagen in einem Industriegelände, an dessen Rand aber auch Wohnhäuser standen. Die Fabrik Schwab bestand aus einer großen Halle und einigen Nebengebäuden, alle nicht alt. Trotz der beachtlichen Ausmaße hatte das hier bei weitem nicht die Größe von Thiedemanns Stammwerk.

Uwe stieg aus und sah sich um. Dann schlenderte er an dem Zaun entlang, der das Werk umgab. Mit seinen Gedanken war er aber mehr bei der Tochter des Mannes, dem das alles hier gehörte. Am Ende der Straße fasste der Zaun einen stattlichen Bungalow mit ein, kleine aber gepflegte Gartenanlagen drum herum. Uwe ging zum Tor am Zaun. Tatsächlich: »Schwab« stand auf dem kleinen Namensschild. Nicht aus Teakholz geschnitzt, nicht in Bronze gegossen – nur ein Papier, beschriftet und in den von einem Massenproduzenten dafür vorgesehenen Schlitz geschoben. Dieser Direktor musste ein ausgesprochen bescheidener Mann sein. Vielleicht protzte er auch absichtlich nicht, um nicht irgendwelche Neider oder gar Einbrecher auf sich aufmerksam zu machen.

Uwe schlenderte weiter, ging um das Haus herum, soweit es möglich war, kam wieder zurück und blieb vor dem Eingang stehen.

Hier war Christina also aufgewachsen. Oder war der Bungalow erst gebaut worden, als sie schon studierte und nicht mehr zu Hause lebte? Viele Spielkameraden konnte ein Kind hier nicht gefunden haben, da offenbar nur wenige Familien auf der gegenüberliegenden Straßenseite wohnten.

Plötzlich hörte Uwe schwere Schritte hinter sich, die schließlich anhielten, und er fuhr herum. Ein breitschultriger Mann in einer schwarzen Lederjacke und unter einer offiziell wirkenden Mütze stand da und sah ihn unfreundlich an.

»Was machen Sie hier?«

Es musste irgend so einen Urtrieb in Uwe geben, der ihn immer veranlasste, zum Gegenangriff überzugehen, wenn jemand ihn angriff. »Und Sie?«, fragte er zurück.

Der Mann bemühte sich offensichtlich, die Schärfe aus seiner Stimme zu nehmen, aber das gelang ihm nur unvollständig. »Ich bin vom Werkschutz und beobachte Sie schon eine Weile. Warum schleichen Sie dauernd hier rum?«

»Ich schleiche nicht, ich gehe ganz normal.«

»Warum beobachten Sie das Haus? Wenn Sie was wollen, klingeln Sie!«

»Ich will ja nichts.«

»Dann verschwinden Sie!«

»Das ist eine öffentliche Straße.«

Es war eine Pattsituation. Sie standen sich gegenüber und keiner wollte nachgeben. Beiden waren jetzt auch die Argumente ausgegangen. Natürlich hätte Uwe einfach gehen können. Aber immer, wenn ein Größerer oder Stärkerer ihm etwas befahl, widersprach er. Nur, um deutlich zu machen, dass er sich nicht der Gewalt beugte. Das war schon in der Schule so gewesen und hatte ihm manchen blauen Fleck eingebracht. Außerdem ärgerte er sich über sich selbst. Er wollte Detektiv sein und ließ sich bei der Beobachtung dieses Geländes überraschen wie ein dummer Junge! Und immer, wenn er sich ärgerte, wirkte sich das negativ auf sein nüchternes Urteil aus.

Gerade, als sie so stur voreinander standen und keiner wusste, wie er ohne Gesichtsverlust oder Prügelei aus der Situation herauskommen sollte, fuhr ein Mercedes vor. Das Tor öffnete sich automatisch, aber der Wagen fuhr nicht hinein. Das Seitenfenster wurde heruntergelassen, und der Mann am Steuer fragte: »Ist was, Herr Krämer?«

Der Wachmann trat näher zu dem Wagen und erklärte die Situation. »Dieser Mann schleicht hier rum und beobachtet dauernd Ihr Haus. Er will noch nicht mal gehen, nachdem ich ihn aufgefordert habe.«

Uwe hielt es nicht für nötig, das zu kommentieren. Es entsprach ja auch weitgehend der Wahrheit.

Der Mann – ein älterer, etwas beleibter Herr, wie sich herausstellte – stieg aus seinem Auto und kam auf Uwe zu.

»Guten Tag. Schwab ist mein Name. Wollten Sie zu mir?«

Es imponierte Uwe, dass er den lästigen Zwischenfall nicht seinem Angestellten überließ, sondern selbst die Initiative ergriff. Auch noch mit freundlichem Tonfall und einem Lächeln auf den Lippen. Er beschloss, auch freundlich zu sein.

»Uwe Zehntfennig. Es ist nichts, ich ... ich bin hier spazieren gegangen und habe mir die Gegend angeguckt ...«

Der Wachmann rief dazwischen: »Das können Sie Ihrer Großmutter erzählen! Wer fährt denn mit so'nem dicken Mercedes vor und geht dann im Industriegebiet spazieren!«

Herr Schwab lächelte immer noch. Da war keine Angst vor dem Unbekannten, das mit dem fremden jungen Mann gekommen sein mochte, sondern nur Gelassenheit. Auf einmal war Uwe, als hätte er diesen Charakterzug auch bei Christina gespürt. Oder war es die stärker als üblich gewölbte Stirn? Oder die Lachfalten, die von den Augen ausgingen und sich hinter den goldenen Brillenbügeln verloren? Jedenfalls fühlte er sich an Christina erinnert. Was ja auch nicht so erstaunlich war.

»Ich ... ich ...«, stotterte Uwe, »ich kenne Ihre Tochter.«

»Sie kennen Christina? Haben Sie sie erst kürzlich gesehen?«

»Ja. Da oben in dieser ... in dieser christlichen Lebensgemeinschaft.«

»Ah – sehr schön! Kommen Sie doch rein, junger Mann, und erzählen Sie meiner Frau und mir von unserer Tochter!«

»Äh ... ich weiß nicht ... lieber nicht ...«

»Warum nicht? Seien Sie nicht so schüchtern! Kommen Sie. Sie sind doch sicher nicht gekommen, um Christinas Elternhaus von außen zu bewundern. Wenn Sie uns auch nur einen Gruß auszurichten haben, kriegen Sie zumindest eine Tasse Kaffee dafür.«

»Aber...«, wandte der Wachmann ein. Dann wusste er nicht, was er weiter sagen sollte.

Herr Schwab hielt ihm seinen Schlüsselbund hin.«Herr Krämer, würden Sie so nett sein, den Wagen in die Garage zu fahren? Dann kann ich mich gleich um meinen Gast kümmern.«

»Selbstverständlich, Herr Schwab.« Er nahm den Schlüssel und tat, was ihm aufgetragen worden war. Sein Chef sagte: »Kommen Sie, Herr... Entschuldigung, in der Eile habe ich Ihren Namen nicht behalten.«

»Zehntfennig. So wie der Zehnte. Fennig ohne p.«

»Aha. Der Name stammt wohl aus der Zeit, als man der Obrigkeit noch den Zehnten abzugeben hatte als Steuer. Ein Prozentsatz, von dem ein heutiger Unternehmer nur träumen kann.«

Sie traten in einen Hausflur.

»Lothar, bist du's?«, rief eine weibliche Stimme von irgendwoher.

»Jawohl, meine Liebe, und ich habe einen Gast mitgebracht.«

Es dauerte einige Augenblicke, während Herr Schwab sein Jackett auf einen Bügel an der Garderobe hängte und die Krawatte lockerte, bis die Dame des Hauses erschien. Sie war für eine vermögende Frau erstaunlich schlicht, aber geschmackvoll gekleidet und wirkte fast genauso freundlich wie ihr Mann.

»Einen Gast?«

»Das ist Herr Zehntfennig. Er kennt Christina und kann uns sicher ein wenig von ihr berichten, wo sie schon kaum schreibt.«

Frau Schwab, die den eher zufälligen Anfang der Begegnung nicht mitbekommen hatte und an einen gezielten Besuch glaubte, reichte Uwe die Hand. »Guten Tag. Schön, dass Sie uns besuchen. Kommen Sie doch bitte rein!«

»Guten Tag, Frau Schwab«, sagte Uwe tapfer und beschloss, gute Mine zum bösen Spiel zu machen. Ach nein, ein böses Spiel war es ja nicht. Eigentlich sogar ein gutes.

Herr Schwab deutete auf die Wohnzimmertür, die seine Frau eben öffnete, ging schnell durch eine andere Tür in ein kleines Büro, um seinen Aktenkoffer dort abzustellen, nahm von dem Wachmann an der Haustür seinen Schlüsselbund entgegen und folgte Frau und Gast ins Wohnzimmer.

Man setzte sich auf dänische Teakholzmöbel. Frau Schwab ging in die Küche, um Kaffee zu kochen. Die Tür zum Wohnzimmer stand aber offen, so dass sie hören konnte, was die beiden sprachen.

»Woher kennen Sie sie?«, fragte Schwab. »Gehören Sie auch zu der Sekte?«

Uwe registrierte aufmerksam, dass dem Mann dieses Wort, das er selbst vermieden hatte, leicht von den Lippen ging.

»Nein, ich gehöre nicht dazu. Ich war nur einige Male da.«

»Und daher kennen Sie sie? Gut?«

Uwe musste zugeben, dass das Ganze einer Erklärung bedurfte. Es war ja auch tatsächlich merkwürdig, dass die wenigen Begegnungen zwischen Christina und ihm so tief gehende Auswirkungen gehabt hatten.

»Kennen ... gut kennen ... also, wenn Sie damit meinen, ob ich viel über sie weiß, dann muss ich die Frage verneinen.«

Der scharfsinnige Herr Schwab fragte: »Wenn aber mit ›gut kennen‹ eine Verbindung gemeint ist, die ... sagen wir ... über eine Alltagsbekanntschaft hinausgeht, dann müssten Sie die Frage bejahen?«

Uwe nickte. Nicht gern, denn er hätte das Geheimnis lieber für sich behalten. Aber es fiel ihm schwer, um die Wahrheit herumzureden, und ein solcher Versuch wäre auch kaum überzeugend ausgefallen. Als Frau Schwab keine Erwiderung hörte, kam sie schnell an die Tür, um zu sehen, wie der junge Mann wortlos antwortete. Sie kam zu spät, um sein Nicken zu sehen, aber sein Gesicht sagte ihr auch, was sie wissen wollte.

»Waren Sie selbst mal da?«, fragte Uwe.

»Nein«, sagte Herr Schwab leise. »Wir haben mit dem Gedanken gespielt, einfach hinzufahren, obwohl sie uns nie eingeladen hat. Dort werden wohl nie Verwandte eingeladen. Aber wir konnten uns bisher nicht dazu entschließen. Es gibt da Meinungsverschiedenheiten. Ich sage es Ihnen offen, Herr Zehntfennig – warum sollte ich es leugnen, vielleicht wissen Sie es sowieso schon – wir stehen Christinas Entscheidung, zu dieser Sekte zu gehen, ablehnend gegenüber.«

Frau Schwab kam herein und stellte Kekse auf den Tisch. »Nicht, dass wir sie nicht mehr lieb hätten. Im Gegenteil. Ich meine, gerade weil wir sie lieb haben, sind wir unglücklich über ihre Entscheidung. Aber wir müssen sie natürlich respektieren.«

»Ich kann das durchaus nachvollziehen«, nickte Uwe. »Ich sehe es ähnlich.« Dann schwieg er. Er hatte schon mehr gesagt, als er eigentlich sagen wollte.

»Wie geht es Christina?«

Uwe überlegte einige Augenblicke. »Die Frage ist, glaube ich, auch nicht so einfach zu beantworten. Äußerlich geht es ihr gut, sie hungert und friert nicht, sie ist gesund, sie hat Spaß an ihrer Arbeit als Übersetzerin. Aber das ist ja nicht alles. Es gibt da Konflikte.«

»Innerhalb der Sekte?«

»Äh – das kann man so eigentlich nicht sagen. Es ... das ist schwer zu erklären.«

»Konflikte zwischen Ihnen beiden?«

Statt ›ja‹ oder ›nein‹ zu sagen, bemühte sich Uwe zu erklären: »Wir sehen diese Sekte sehr unterschiedlich. Ihr ist sie sehr wichtig. Ich habe aber ziemliche Bedenken, was die Redlichkeit der Verantwortlichen angeht. Aber ich wollte nicht ... Entschuldigen Sie, es ist eine blöde Situation. Das sieht jetzt so aus, als wäre ich hierhergekommen, um mich bei Ihnen über Christinas Leute zu beklagen. Das war gar nicht meine Absicht. Wir sind ja auch mehr zufällig ins Gespräch gekommen ...«

Schwab nickte. »Schon gut. Lassen wir das Thema. Ich wollte nur die Chance nutzen, etwas von unserer Tochter zu erfahren. Aber wenn Sie nicht gekommen sind, um mit uns zu reden – weshalb dann?«

Frau Schwab brachte den Kaffee und schenkte ein.

»Ich bin dienstlich hier in der Gegend. Ich mache einen Vertretungsjob als Fahrer ...«

»Daher der Mercedes.«

»Ja. Mein Chef hat eine Besprechung bei Daimler-Benz. Da ich die Zeit überbrücken muss, dachte ich, ich könnte mal gucken, wo Christina aufgewachsen ist.«

Frau Schwab deutete durch das Fenster auf die andere Straßenseite. »Dort drüben ist sie aufgewachsen. Da haben wir gewohnt. Damals waren hier noch keine Industrieanlagen.«

Herr Schwab fragte: »Und was sind Sie von Beruf, wenn Sie nicht gerade einen Vertretungsjob machen?«

»Musiker. Pianist. Aber es ist schwer, Arbeit zu finden. Nur als Klavierlehrer.«

»Was heißt ›nur‹?«

»Na ja, ich meine, es bedrängt einen manchmal so ein komisches Gefühl. Man hat sich lange ausbilden lassen, um Menschen mit Musik zu erfreuen. Stattdessen quält man Kinder, die nicht üben wollen, und die Musik wird zur Pflicht statt zur Freude. Und die Schüler, auf die man besonders stolz ist, sind dann befähigt, ihrerseits auch wieder andere zu quälen und dafür zu sorgen, dass neue Generationen … und so weiter. Ein Kreislauf, der keinen Nutzen bringt. Nur immer neue Musiker, die sich selbst reproduzieren.«

»Das meinen Sie nicht ernst, oder?«

»Nicht ganz«, lächelte Uwe. »Aber es ist was Wahres dran.«

»Das sehen Sie zu pessimistisch, junger Mann. Wie viel Freude haben wir zum Beispiel an Christinas Flötenspiel gehabt. Musizieren macht doch auch den Musikern Freude. Das ist ein Wert an sich, auch wenn man keine CD produziert.«

»Ungewohnte Worte aus dem Mund eines Firmenchefs.«

Frau Schwab meinte, sichtlich stolz auf ihren Gatten: »Mein Mann ist kein typischer Manager. Eine Zeit lang war er wohl mal in Gefahr, einer zu werden. Aber jetzt nicht mehr, nach seinem Herzinfarkt. Sehen Sie ihn sich an! Ist er nicht die Ausgeglichenheit in Person?«

»Sie musizieren auch?«

»Nein, nein! Ich bastle und erfinde. Das werden Sie nicht unter Kunst buchen. Aber ich höre gerne Musik.«

»Mein jetziger Chef auch. Er spielt nicht selbst, aber er macht Hausmusikabende. Seine Tochter hat musiziert, die ist aber jetzt im Ausland. Darum hat Thiedemann mich auch gern als Vertreter seines …«

»Thiedemann? Heißt so Ihr Chef?«

»Ja.«

»Der mit der Getriebefabrik? Zahnräder, Getriebeteile und so was?«

»Ja. Kennen Sie ihn?«

»Kennen ist zu viel gesagt. Aber er ist ein Kunde von uns.«

»Ein Kunde?«

»Wir stellen Werkzeugmaschinen her, zum Schleifen von Zahnrädern. Die braucht er, und er bezieht sie von uns.«

»Was für ein Zufall!«, meinte Frau Schwab. »Wie klein doch die Welt ist!«

Ihr Mann machte ein Gesicht, dem man ansah, dass es dahinter arbeitete. Natürlich gibt es Zufälle, dachte er sich, auch sehr merkwürdige. Aber ehe man etwas Merkwürdiges dem Zufall zuschreibt, sollte man überlegen, ob es nicht andere Erklärungen dafür gibt. Aber Herr Schwab fand keine.

Uwe dachte, vielleicht könnte ihm das Gespräch bei seinen detektivischen Aufgaben weiterhelfen. »Wissen Sie – da Sie ihn ein bisschen kennen –, was er mit dieser Sekte zu tun hat?«

»Mit der Sekte, in der Christina ist? Hat er damit zu tun?«

»Ja, durch ihn bin ich doch überhaupt erst da hingekommen und habe Christina kennen gelernt.«

»Hm. Merkwürdig.«

Eine beklemmende Stille lag auf einmal im Raum. Frau Schwab war das nach einer Weile zu drückend. Sie fragte: »Noch Kaffee, junger Mann?«

»Nein, danke.«

»Du, Lothar?«

»Stör mich mal nicht! Ich muss nachdenken.«

Alle schwiegen, aber nach einiger Zeit fing Schwab wieder an: »Wir haben auch mal miteinander korrespondiert. Das ist schon länger her. Es ging damals um die Patente.«

»Patente?«

»Ein Getriebe. Das ist ja sein Gebiet. Ob er sich irgendwie über Christina verspricht, dass wir was zusammen machen? Ich glaube, er wollte damals mit mir kooperieren.«

»Und du hast nicht gewollt?«, fragte sein Frau.

»Er hat nicht gewollt. Die Sache war auch noch nicht reif. Es ist sicher ein Risiko, viel zu investieren. Vielleicht läuft es nachher gut, das Getriebe meine ich, aber man bleibt darauf sitzen, und alle Forschungsgelder sind zum Schornstein raus ...«

»Worum geht's denn da? Was ist das für ein Getriebe? Ich verstehe nicht sehr viel davon, aber für technische Dinge interessiere ich mich.«

Herr Schwab stand auf. »Ich kann Ihnen ein Modell zeigen, daran lässt sich's am besten erklären ...«

Er sah Uwe einen Augenblick still an, so dass der ganz verwirrt war, dann sagte er: »Entschuldigen Sie, ich will Sie nicht beleidigen. Aber mir kommt da ein Gedanke: Könnte es sein, dass Thiedemann Sie zum Spionieren zu mir geschickt hat?«

Uwe erschrak und hob abwehrend die Hände. »Nein, nein, im Gegenteil!«

»Wieso ›im Gegenteil‹?«

Uwe biss sich auf die Lippen und stellte fest, dass er als Detektiv wirklich noch viel lernen musste. »Äh – ach, nur so.«

»Die Antwort befriedigt mich nicht, junger Mann.« An dem Unterton ahnte Uwe, dass dieser freundliche alte Herr auch scharf werden konnte, wenn es mal nötig sein sollte.

Uwe schluckte, ertrug eine Weile den fragenden Blick aus zwei Augenpaaren und entschloss sich dann zu begrenzter Offenheit. »Mit ›Gegenteil‹ meine ich, dass ich Herrn Thiedemann ... äh ... beobachte. Eben weil seine Beziehung zu der Sekte so unverständlich ist. Also, es ist mir bisher noch nicht klar geworden, was er eigentlich dort macht. Verstehen Sie, es gibt keinen konkreten Verdacht, dass etwas nicht mit rechten Dingen zuginge. Aber – na ja, ich halte eben die Augen offen. So meinte ich das.«

»Hm. Sollte Thiedemann über Christina irgendetwas Unredliches vorhaben, ständen Sie also auf meiner Seite?«

»Ganz sicher, Herr Schwab.«

»Kommen Sie mit!« Er wandte sich um und sprach im Gehen weiter. »Ich zeige Ihnen das Modell nicht, weil Ihre Versicherung alle meine Bedenken zerstreuen könnte – dafür kennen wir uns zu wenig. Aber es gibt hier keine Geheimnisse. Alles, was ich Ihnen zeigen und erklären kann, haben Thiedemann oder seine Ingenieure längst aus den Patentschriften entnommen. Also kann ich es Ihnen auch zeigen.«

Seine Frau rief lachend hinterher, als sie schon auf der Kellertreppe waren: »Der wahre Grund ist, dass mein Mann es gerne jedem zeigt, der es sehen will – oder auch nicht.«

Schwab drehte seinen Kopf zurück und grinste. Er war wieder verbindlich wie vorher. »Ist doch keine Schande, ein bisschen stolz auf eine gute Idee zu sein, oder?«

»Ich stelle mir vor, dass es ein Gefühl ist, wie wenn mir eine gute Melodie einfällt.«

»Ach«, sagte Schwab und blickte wieder auf die Stufen, damit er nicht fiel, »sagen Sie ruhig: eine Sinfonie! Das trifft es besser als nur eine Melodie.«

Sie betraten einen Kellerraum, der als kleine Schlosserwerkstatt eingerichtet war.

»Setzen Sie sich!« Schwab zeigte auf den einzigen Stuhl, ein altes aber stabiles Holzmöbel.

»Wollen Sie nicht lieber...? Ich kann stehen.«

»Nein, setzen Sie sich nur! Ich sitze schon den ganzen Vormittag, und mein Arzt sagt, ich soll möglichst viel in Bewegung bleiben. Aber zunächst etwas Grundsätzliches.«

Er ging in der Werkstatt auf und ab wie ein Lehrer vor seiner Klasse. »Auf dem Gebiet der Mechanik ist so gut wie alles erfunden. Eine der letzten großen Ideen war vielleicht der Wankelmotor. Natürlich gibt es laufend Verbesserungen. Aber grundsätzlich Neues gibt es heutzutage hauptsächlich in der Elektronik, in der Gentechnik, auch in der Chemie. Aber was so ein echter Tüftler ist, der kann nicht einfach aufhören, weil alle sagen, diese Wiese sei schon abgegrast.«

Er zog einen offenbar schweren Gegenstand von weiter hinten an die vordere Kante des massiven Tischs, ließ aber das Tuch noch darüber gedeckt.

»Das war Vorbemerkung römisch eins. Jetzt kommt Vorbemerkung römisch zwei. Seit es Getriebe gibt, also die Übersetzung von Kraft in schnellere und schwächere oder langsamere und stärkere Drehung – ich nehme an, es ist Ihnen recht, wenn ich mich laienhaft ausdrücke – seit es Getriebe gibt, haben die Konstrukteure sich bemüht, die Veränderung stufenlos zu regeln, statt, was natürlich das Einfachste ist, in Abschnitten oder mit Gängen, wie der Autofahrer es nennt. Die einfachsten Formen stufenlos geregelter Kraftübertragung arbeiten mit rutschenden und haftenden Rädern, Scheiben, Riemen, also aus Gummi und Kunststoffen und dergleichen. So was eignet sich natürlich nicht für größere Kräfte. Dann gibt es Formen, die nicht mit einer Haftung arbeiten, die im Notfall rutscht. Ein Beispiel dafür ist etwa das PIV-Getriebe. Eine Art Kette verbindet zwei Räder. Deren Durchmesser kann durch Annähern oder Trennen von zwei konischen Hälften verändert werden. Die Kette kann sich den dabei sich ändernden Zahnformen anpassen, weil sie aus unzähligen dicht hintereinander liegenden dünnen Scheiben besteht, die sich hin- und herschieben lassen. Bei Werkzeugmaschinen verwendet man dieses ...«

»Das habe ich nicht verstanden.«

»Macht nichts, wir kommen jetzt zum Eigentlichen. Alle bisherigen Techniken hatten Nachteile, sei es, dass sie viel Kraft verbrauchten, nicht schnell laufen konnten, heiß wurden, Lärm machten, schnell verschlissen waren oder einfach umständlich und wenig elegant.«

»Und das ist nun dank Ihrer Erfindung anders?«

»Nun ja«, lächelte Schwab, »ich will nicht zu unbescheiden sein. Ein bisschen umständlich ist meine Lösung auch, und sie verbraucht auch mehr Kraft als ein schlichtes Stufengetriebe. Aber verglichen mit allem, was es bisher gab ... Man müsste natürlich noch dran arbeiten. Aber die Grundidee ...«

»Sie spannen mich ja auf die Folter wie früher meine Mutter, wenn wir Heilig Abend neben dem Weihnachtsbaum Lieder gesungen haben, und die Geschenke waren unter einer Tischdecke versteckt.«

»Dann wollen wir mal zur Bescherung kommen.«

Schwab zog die Abdeckung von dem Gerät. Ein kompliziertes Ding kam zum Vorschein, das Uwe beim ersten Anblick verwirrte. »Gehen wir systematisch vor, indem wir dem Kraftfluss folgen. Hier rechts habe ich eine Kurbel angebracht, damit man von Hand langsam drehen und alles richtig beobachten kann. Für richtige Tests kupple ich den Elektromotor an. Auf der Achse sitzt dieses

Zahnrad. Es treibt gleichzeitig die drei Zahnräder an, die sternförmig – im Winkel von jeweils hundertzwanzig Grad – darum herum angeordnet sind. So. Sehen Sie?«

»Bis jetzt ist es noch einfach. Darf ich mal drehen?«

»Bitte! Gegenüber von den drei Zahnrädern sind jeweils diese drei – sagen wir – Scheiben angebracht. Jetzt genau gegenüber, die Achsen stoßen fast aneinander. Das tun sie aber nicht. Trotzdem drehen sich die Scheiben mit den Zahnrädern. Warum?«

»Durch diese Stifte.«

»Richtig. An jedem Zahnrad ist ein Stift, der greift in den länglichen Schlitz, der radial, also zur Achse gerichtet, in den Scheiben eingefräst ist. Das ist ja nur ein Modell, darum sind es einfache Stifte. Bei einer nutzbaren Ausführung wäre da natürlich ein Wälzlager.«

»Warum denn so kompliziert? Wenn sich Zahnräder und Scheiben gleich schnell drehen, könnte man doch einfach eine feste Verbindung ...«

»Geduld, junger Mann, Geduld! Erst müssen wir den Fluss der Kraft bis zum Schluss verfolgen. Auf der Rückseite dieser Scheiben sehen Sie dieses Material, das Sie von der Autokupplung kennen. Dahinter das Gegenstück, das mit Federdruck auf die Scheibe presst. Nun sehen Sie hier die kleinen Räder, die mit der Drehung der Scheiben rund laufen. Dabei kommen sie über kleine Erhöhungen – hier – und kuppeln aus. Die Kupplungsscheiben werden getrennt. Verlassen sie die Erhöhungen wieder, ist die Verbindung auch wieder hergestellt.«

»Sehr pfiffig! Und wenn ich das richtig sehe, ist jede der drei Kupplungen etwa bei einem Drittel der Umdrehung eingekuppelt und bei zwei Dritteln nicht.«

»Richtig. Ich sehe, Sie haben technisches Verständnis. Dann werden Sie auch erkennen, dass die Gegenstücke der Kupplungen hinten wieder über Zahnräder auf ein Zahnrad in der Mittelachse verbunden sind, wie am Anfang. Die Kraft verteilt sich von einem Strom auf drei Ströme und fließt wieder zusammen. Und Sie werden erkennen, dass durch das wechselseitige Aus- und Einkuppeln die Kraft zu einem Drittel jeder Umdrehung über Zahnrad, Stift, Kupplung und wieder Zahnrad A, dann über das

System B und schließlich über C geht, dann wieder A und so weiter.«

»Lothar!«, rief Frau Schwab von der Kellertreppe. »Traktier doch den jungen Mann nicht so mit deiner Fachsimpelei!«

»Er liefert sich mir ganz freiwillig aus!«, rief der Direktor und Erfinder zurück. »Stimmt's, Herr Zehntmeier?«

»Zehntfennig«, verbesserte Uwe. Dann rief er: »Das stimmt, Frau Schwab. Es interessiert mich wirklich.«

Die Frau des Hauses sagte etwas, das nicht zu verstehen war. Folglich ließ sich auch nicht erkennen, ob sie dieser Beteuerung Glauben schenkte.

»So«, sagte Herr Schwab und wandte sich dem Apparat zufrieden lächelnd zu wie ein Restaurantbesucher, dem nach der Vorspeise nun der appetitliche Hauptgang aufgetragen wird. »Jetzt kommt das Wichtigste. Schließlich dient das ganze ja dem Zweck, die Geschwindigkeit und das Drehmoment zu verändern. Legen Sie mal den Hebel um.«

Uwe tat es. Die drei Zahnräder drehten sich als ganzes System um wenige Grad um die Mittelachse.

»Jetzt stehen die drei Zahnräder also nicht mehr direkt den Scheiben gegenüber, sondern etwas versetzt. Was passiert jetzt, wenn sich die Achse dreht? Halt! Probieren Sie es mal nicht aus! Versuchen Sie, es durch Nachdenken herauszufinden!«

Für einen kurzen Moment dachte Uwe: An dem ist ein Lehrlingsausbilder verloren gegangen. Das scheint ihm richtig Spaß zu machen! Dann aber nahm ihn das technische Problem wieder gefangen.

»Sie meinen sicher hier, wo die Stifte in die Schlitze greifen?«

»Genau.«

»Das läuft dann nicht mehr so genau rund ... Moment ...
so ... ja, diese Scheibe eiert.«

»Na ja, eiert ist vielleicht nicht der richtige Ausdruck. Sie läuft natürlich rund, aber in wechselnder Geschwindigkeit. Innerhalb einer Umdrehung beschleunigt sie ihr Tempo und verlangsamt es wieder. Jetzt drehen Sie mal!«

Uwe bestätigte langsam die Kurbel.

»Hier können Sie also sehen ...«

»Tatsächlich! Wenn der Stift weit von der Achse weg ist, bewegt sich die Scheibe langsam. Und am anderen Ende reißt er das Ding ganz schön schnell rum.«

»Und beachten Sie den Vorgang des Ein- und Auskuppelns. Was fällt Ihnen da auf?«

»Äh – es wird immer eingekuppelt, wenn es langsam geht.«

»Richtig. Die langsamen Phasen aller drei Scheiben setzen sich zusammen. Es gibt am Ende eine langsame und dafür stärkere Bewegung.«

»Wahnsinn!«

»Ich kuppele mal den Elektromotor an.« Das tat er und schaltete ihn an. Das Modell schnurrte. Uwe betätigte den Hebel. Wie Kinder freuten sich die beiden, wenn sich dadurch die Geschwindigkeit am Ende des Getriebes änderte.

»Natürlich sind noch vielerlei Verbesserungen möglich und auch nötig. Ich habe auch schon manches im Kopf. Aber ich will Sie nicht mit technischen Einzelheiten belasten.«

»Ich muss auch bald wieder fahren, um meinen Chef abzuholen«, sagte Uwe mit einem Blick auf die Uhr. »Verraten Sie mir nur eins: Warum läuft dieses geniale Getriebe nicht längst in jedem Auto?«

Schwab lachte. »Dafür gibt es eine Reihe von Gründen. Kommen Sie, wir gehen wieder nach oben.« Er deckte seine Maschine sorgfältig ab und ging dann vor. Uwe folgte ihm.

»Erstens«, begann der gesetzte Herr schon auf der Treppe, was seine Atmung hörbar beanspruchte, »muss es weiterentwickelt werden, und das kostet sehr viel Geld. Zweitens ist unklar, ob einige Probleme sich überhaupt lösen lassen. Das Getriebe schluckt selbst viel Energie, das mit dem Kuppeln ist noch ziemlich unelegant und bedeutet Verschleiß, die winzigen, aber doch vorhandenen Geschwindigkeitsänderungen innerhalb einer Drittelumdrehung sollten nicht nur mit einer federnden Achse aufgefangen werden, wie ich es getan habe, und noch so einiges. Drittens – und dieser Grund ist vielleicht der wichtigste – ist es ungeheuer schwer, etwas grundsätzlich anderes einzuführen. Bedenken Sie, wie viel Ingenieurwissen und Erfahrung in den zur Zeit gebräuchlichen Getrieben steckt! Dagegen eine neue Idee durchzusetzen, ist sehr schwer, wenn nicht die Vorteile sehr klar auf der Hand liegen oder wenn das

Neue nicht einen ganz offensichtlichen Mangel beseitigt oder wesentlich billiger ist. Noch Kaffee?«

»Ach ja, wenn Sie so freundlich ...«

Frau Schwab kam aus der Küche. »Na, junger Mann, haben Sie sein Spielzeug verstanden?« Sie legte ihrem Mann den Arm um die Hüfte. Aus dem Grinsen von Schwab schloss Uwe, dass er die Bemerkung nicht als Beleidigung nahm.

»Das Wesentliche habe ich verstanden. Und ich fand es sehr interessant.«

Jetzt grinste die Dame des Hauses. »Dass unsere Gäste immer so höflich sind! Und so talentiert, ihre wahren Gefühle zu verbergen!«

Uwe holte Luft, um zu widersprechen, aber Schwab winkte ab. »Nehmen Sie es nicht zu ernst, Herr ... äh ... Zehntfennig. Meine Frau hat ihren eigenen Humor. So, mich müssen Sie jetzt entschuldigen. Aber wenn Sie noch nicht zu sehr in Eile sind, unterhalten Sie sich doch mit meiner Frau noch ein wenig über Christina. Unsere Informationen über ihr Wohlergehen sind leider sehr spärlich. Sie schreibt einfach nicht, und anrufen kann man sie auch nicht. Dass diese frommen Leute ihrer Gemeinde nicht mal eine Predigt über das vierte Gebot halten! Oder welches ist das, ›Du sollst Vater und Mutter ehren‹?«

»Keine Ahnung.« Uwe zuckte die Schultern.

Schwab hielt ihm die Hand hin. Uwe schlug ein. »Sollten Sie mal wieder in der Nähe sein, sagen Sie uns guten Tag. Und wenn Sie uns einen ganz großen Gefallen tun wollen – ach nein, das ist eine zu unverschämte Bitte.«

»Sie möchten gern, dass ich Sie über Christinas Ergehen auf dem Laufenden halte?«

»Nur das Wichtigste.«

»Das werde ich, wenn sich etwas Wichtiges ereignet. Vorausgesetzt, ich erfahre es selbst. Ich weiß noch gar nicht ... na ja, wie sich alles so entwickelt.«

Als Herr Schwab in sein privates Büro gegangen war, bot seine Frau Uwe an, Kaffee nachzuschenken, aber der lehnte dankend ab. Er hätte zwar noch ein wenig Zeit gehabt, aber der Gedanke behagte ihm nicht, die Fragen dieser offensichtlich neugierigen Mutter über sein merkwürdig ungeklärtes Verhältnis zu Christina abwehren zu müssen. Also täuschte er Eile vor und verabschiedete sich rasch, nicht, ohne sich wohlerzogen für die Gastfreundschaft zu bedanken.

35

Bruder Volkmar klopfte dem jungen Mann auf die Schulter. Der strahlte ihn an. »Danke! Du hast mir geholfen. Du hast immer ein gutes Wort für mich!« Sie saßen zusammen auf einem Traktor. Der junge Mann auf dem Sitz für den Fahrer, der ältere auf dem Behelfssitz über dem großen Rad.

»Nimm es nicht als Wort von mir, sondern als Wort Gottes an dich!«

Der andere nickte. »So, jetzt muss ich aber weitermachen. Ich wollte das hier noch fertig kriegen bis zum Mittag.« Er ließ den Dieselmotor an. Bruder Volkmar bat ihn: »Nimm mich mit über den Acker und setz mich da drüben ab!«

Sie tuckerten hinüber, der Traktor wendete und hielt, und Volkmar stieg ab. Er hob noch einmal grüßend die Hand, als der andere davonfuhr.

Er ließ das Gelände mit Äckern und Gewächshäusern hinter sich und ging über eine leicht ansteigende Wiese bis an den Waldrand. Unter den Bäumen war es angenehm kühl.

Von hier aus konnte man alles übersehen: die Gärten und die ehemalige Tonfabrik. Aber er wollte das gar nicht sehen. Und auch nicht gesehen werden. Volkmar stieg noch ein Stück tiefer in den Wald hinein. Es ging bergauf. Nach einigen hundert Metern blieb er stehen und lehnte sich an einen Stamm.

Mein Gott, betete er, du siehst das Chaos! Schaff Ordnung in meinen Gedanken und Gefühlen! Du siehst ja, da ist alles total durcheinander. Ich weiß nicht, was ich von Bruder Tobias halten soll. Aber ich weiß auch nicht, was mit mir ist.

Bin ich wirklich neidisch? Oder bin ich zu Recht kritisch? Sehe ich nur das Negative, weil ich neidisch bin und es sehen will?

Moment, Moment, das geht ja wieder alles durcheinander. Hilf mir, Herr, dass ich das irgendwie klar kriege. Also, da sind zwei verschiedene Dinge. Problem A ist Bruder Tobias – nein, so darf ich es auch nicht sagen, Problem A ist das, was mir im Zusammenhang mit Bruder Tobias auffällt. Und Problem B ist, wie ich auf ihn reagiere. Nicht auf die Fragen, die ich habe, sondern auf ihn als Mensch und seinen Erfolg. Ja, Erfolg.

Also, lieber Herr, lass mich erst mal das Problem B ansprechen. Ich bin eifersüchtig auf ihn. Das ist Sünde, und dafür bitte ich um Vergebung. Ich konnte dein Wort nicht so vollmächtig sagen, dass viele sich zu dir gewendet haben. Es waren nur ein paar. Ihm aber ist es gegeben, die Herzen zu bewegen, nachlässig Gewordene aufzurütteln, die Freude durch deinen Geist und die Vorfreude auf dein Kommen zu vermitteln. Und statt mich mitzufreuen, wenn du Menschen erreichst, bin ich neidisch. Hörst du's, Herr? Ich spreche es hier klar und deutlich aus, vor dir und vor mir. Ich bin eifersüchtig auf das, was er kann und bewirkt. Du wusstest es ja schon, aber jetzt weiß ich's auch und wage es, mir einzugestehen. Ich habe gesündigt!

Gut, dass ich dein Kreuz kenne, Herr. Und dass ich weiß: Du vergibst die Schuld, die ich dir bekenne. Das befreit mich jetzt richtig! Ich danke dir, mein Herr!

Volkmar merkte erst jetzt, dass ihm irgendein kleines Tier durchs Haar krabbelte. Er fuhr mit der Hand durch den dichten Haarschopf und bückte sich dabei. Dann ging er ein paar Schritte weiter und setzte sich auf den schon stark faulenden Stumpf eines gefällten Baumes.

Und dann ist da noch Problem A, himmlischer Vater. Ich glaube, wenn meine Motive in Ordnung sind, darf ich auch kritisch über ihn denken und dann auch mit ihm reden. Du hast mir ja vergeben, nun hilf mir, dass meine Motive redlich sind, frei von Neid und Missgunst.

Warum entsteht keine herzliche brüderliche Gemeinschaft zwischen uns? Warum habe ich den Eindruck, seine Gebete sind formelhaft und kommen nicht von Herzen? Warum – ja, warum steht er immer so im Mittelpunkt, wenn wir alle zusammen sind? Ich weiß so vieles nicht einzuordnen, mein Gott. Irrlehre scheint es nicht zu sein, was er predigt. Aber wer bin ich, dass ich das entscheiden könnte! Ich war immer nur ein Jugendwart und ein guter

Jungscharleiter, aber kein richtiger Theologe. Überhaupt, himmlischer Vater, das alles hier ist so groß geworden. Es wächst mir über den Kopf. Ich kann die Verantwortung nicht tragen. Vielleicht hab' ich sie deshalb mehr und mehr ihm überlassen. Vielleicht hätte ich das nicht tun dürfen. Aber wie macht man das – durchsetzen, was man für richtig hält und gleichzeitig demütig bleiben? Mit viel Geld und juristischen Fragen umgehen und dabei im kindlichen Vertrauen zu dir bleiben? Ich weiß es nicht, Herr. Ich kann es nicht. Ich bin überfordert.

Lachende Kinderstimmen drangen an sein Ohr. Spaziergänger mit ihren Kindern wahrscheinlich. Obwohl es seine Gedanken störte, tat ihm das Lachen auf unerklärliche Weise gut. Er beschloss, sein Gebet zu beenden, sagte laut »Amen«, stand auf, klopfte seine Hose ab und stieg langsam den Hang hinunter.

36

»Nein, Hannibal«, sagte der kleine Mann zu seinem großen Hund, »du musst hierbleiben!«

Hannibal winselte und bettelte, wie es sein Namensgeber, der große karthagische Feldherr, wahrscheinlich nie getan hat. Aber es nützte ihm nichts.

»Glaub mir, es geht wirklich nicht! In deinem eigenen Interesse!« Böttcher schloss sicherheitshalber noch die Hundeleine am Heizungsrohr an. Dann verließ er das Zimmer; sein treuester Freund blickte ihm traurig nach. Er schloss ab, ging hinunter in sein Labor und verschloss auch dieses.

Von einem Regal mit allerlei Materialien nahm er einen großen Styroporblock, etwa zehn Zentimeter dick. Auf diesen stülpte er einen der Becher, in denen er neulich die Eisformen hergestellt hatte, und zeichnete mit einem Stift darum herum, so dass ein Kreis auf dem Styropor entstand. Das wiederholte er noch zweimal. Mehr als drei Kreise hatten nicht darauf Platz, wenn sie einen handbreiten Abstand haben sollten.

Mit einer Bohrmaschine bohrte er jetzt drei Löcher in das weiche

Material, jeweils in die Mitte der Kreise. Dann ging er zu der kleinen Sägemaschine in dem Teil seiner Werkstatt, der für Holzbearbeitung vorgesehen war. Er setzte den Becher auf dem Arbeitstisch der Säge ab, hielt ihn dort fest und neigte dann die Tischplatte so, dass die Seitenwand des konischen Bechers an dem senkrechten Sägeblatt anlag. Nachdem die Vorrichtung so fixiert war, löste er das Sägeblatt, führte es durch eine der Bohrungen im Styropor, spannte es wieder fest und schaltete die Maschine ein. Sorgfältig führte er den gezeichneten Kreis am Sägeblatt entlang, dabei den Werkstoff fest auf die schräg gestellte Unterlage drückend. Als er fertig war und das Sägeblatt wieder gelöst hatte, war in dem Styroporblock ein konisches Loch entstanden – mit einem großen Durchmesser oben und einem kleineren unten. Er ließ testweise den Becher hineingleiten – der saß genau und fest.

Nachdem er den Vorgang noch zweimal wiederholt hatte, begann der gefährliche Teil der Arbeit. Aus einem der großen Stahlschränke hob er mit einiger Mühe eine komplette Sauerstoffausrüstung für Taucher heraus. Er stellte die Anschlüsse her, schnallte sich die Sauerstoffflasche auf den Rücken und setzte die Atemmaske auf. Ein sorgfältiger Test, ein Nachregulieren am Druckminderventil – alles funktionierte.

Böttcher öffnete die Kühltruhe, nahm drei der Becher aus Eis, die er vorbereitet hatte, heraus und setzte sie in die drei Löcher im Styropor. Sie sanken unterschiedlich tief ein, weil die Löcher nicht genau gleich waren, aber keiner ragte oben oder unten über den weißen Schaumstoff hinaus. Jetzt nahm er aus einer Schublade Latexhandschuhe und zog sie an. Dann hob er aus der Kühltruhe ganz unten einen Blechbehälter, stellte ihn auf den Tisch, öffnete den Verschluss und griff eine der vier Flaschen, die darin standen. Bevor er damit weiterarbeitete, stellte er den Behälter mit den drei anderen Flaschen zurück.

Seine Hände zitterten ein wenig, als er die Flasche erneut in die Hand nahm. Er musste sich erst wieder beruhigen! Drei oder vier Atemzüge, hörbar durch das leise Klappern eines Ventils an seinem Atemgerät, wartete er. Dann hatte er sich so weit in der Gewalt, dass er die kalte Flasche mit ruhigen Bewegungen aufschrauben konnte. Sorgfältig, um keinen Tropfen zu verschütten, goss er die leicht ockerbraune Flüssigkeit in die Becher aus Wassereis. Kleine aufsteigende Schwaden verrieten, dass sich ein Bruchteil der Flüssigkeit in gasförmigen Zustand verwandelte. Böttcher verschraubte die Flasche und nahm drei der kreisrunden Scheiben aus Eis aus der Kühltruhe. Mit einem Schwamm befeuchtete er sie von unten mit Wasser und setzte sie auf die Eisgefäße. Damit sie dicht zufrieren konnten, ließ er noch etwas Wasser auf den Rand tropfen. Das gefror schnell. Den ganzen Block stellte er auf eine gleich große Platte aus Styropor, legte eine weitere darauf und hielt das alles mit mehreren Gummibändern zusammen. Nun verstaute er alles in der Kühltruhe, räumte sorgfältig auf, öffnete die Fenster und stellte einen laufenden Ventilator auf die Fensterbank. Einige Minuten wartete er, dann nahm er seine Sauerstoffmaske ab, zögernd erst, dann entschlossen und rasch. Er verstaute die Taucherausrüstung im Schrank, schaltete den Ventilator aus und schloss Fenster und Jalousien. Ein letzter Blick in die Kühltruhe, ein zufriedenes Grinsen – dann ging er wieder nach oben.

»Da bin ich wieder, mein guter Hannibal!« Böttcher löste das Band und tätschelte sein Tier. »Eine gute Waffe habe ich für uns gemacht!« Der Hund schmiegte sich an ihn, als könnte er ihn verstehen. Er war sicher: Sein Hund war das einzige Lebewesen auf diesem ganzen Planeten, das ihn wirklich verstand.

37

Bruder Tobias ging direkt von der Garage in sein neues Haus. Er musste, nachdem er die feuerfeste Tür geschlossen hatte, ein paar sorgfältig geflieste Stufen hochgehen und betrat die geräumige Diele. Hier sah er sich gründlich um. Es hatte sich gelohnt, dass er die Innenarchitektin beauftragt hatte. Fliesen und Hölzer, Tapeten und der Teppich in der Mitte der Fläche waren sorgfältig aufeinander abgestimmt.

Nur zwei Bilder fehlten noch an der dafür vorgesehenen Stelle. Die wollte er natürlich selbst aussuchen. Aber dazu musste er etwas Zeit haben, und damit haperte es in diesen Wochen.

Das Wohnzimmer und die anderen Räume hatten ihn so von der Kunst der Innenarchitektin überzeugt, dass er sie gebeten hatte, auch noch die Diele zu gestalten. Das war ein guter Entschluss gewesen!

Nur schade, dass er von allen, die er hier kannte, niemanden einladen konnte! Was nützt die schönste Wohnung, wenn man allein darin hockt! Er würde mal eine Party für seine alten Freunde aus Zürich und vielleicht auch die ganz alten aus Berlin veranstalten. Eine richtig große Fete! Damit es sich lohnte, dass die von so weit herkamen.

Ach nein, dachte er, während er sich auf den blauen Sessel fallen ließ, der zwar – genau genommen – nicht so ganz vollendet seinen Körperformen angepasst war, dafür aber dem optischen Raumeindruck.

Ach nein, dachte er, ich werde sie nicht alle einladen können. Sie würden fragen, warum ich ausgerechnet hier auf dem Land gebaut habe, so weit weg von den Kulturzentren. Wie soll ich ihnen das erklären?

Überhaupt – so eine einmalige Party wäre ja auch kein Ersatz. Wenn ich geahnt hätte, dass dieser blöde Job so ... ja, so einsam macht!

Ein Mädchengesicht tauchte wieder vor seinem inneren Auge auf, hübsch und blond umrahmt, dazu eine attraktive Gestalt.

Einsamkeit ist etwas Schreckliches. Wenn ich gewusst ... Hör auf damit!, ermahnte er sich selbst. Es ist ja auch einträglich, und dafür muss man eben was in Kauf nehmen!

Und ganz ehrlich – es ist wirklich faszinierend! Besonders diese Reden! Wie auf der Bühne ist das. Sie hängen an meinen Lippen, sie sind mir ganz ausgeliefert, sie reagieren auf die kleinsten Andeutungen. Wie auf der Bühne, die mir nicht mehr ... Nein, nicht wie auf der Bühne – besser. Im Theater weiß jeder, dass er der Wirklichkeit entflieht. Hier aber glauben sie, es sei die Wirklichkeit. Darin liegt die Faszination. Das Theaterpublikum will sich für kurze Zeit in eine andere Welt entführen lassen. Die jungen Leute wollen sich nicht entführen lassen, aber ich entführe sie trotzdem. Vielleicht wollen sie es auch und wissen es nur nicht. Jedenfalls folgen sie mir. Umso williger, je überzeugender ich bin. Ein Spiel ist es. Ein großes Spiel, das sie für das wahre Leben halten. Das macht den besonderen Reiz dieses Spiels aus.

Plötzlich blieb Tobias stehen. Erst jetzt kam ihm zum Bewusstsein, dass er in seinem Wohnzimmer auf und ab gegangen war wie auf einer Bühne. Drüben bei dem großen Panoramafenster zum Garten war das Publikum. Mit den Händen hatte er seine lautlose Rede unterstrichen.

Muss ich mich jetzt schon selbst mit meiner Rede überzeugen? Spiele ich mir neuerdings auch etwas vor? Hab ich vielleicht schon einen kleinen Tick?

Nüchtern sein! Was wollte ich? Ach ja – telefonieren.

Er hob den Hörer am schnurlosen Telefon ab und nahm ihn mit zu seinem Sessel. Was er wählen wollte, war im Kurzwahlspeicher.

»Hier bei Thiedemann.«

»Witmann. Ich möchte gern Herrn Thiedemann sprechen.«

»Einen Augenblick bitte.«

Es dauerte nicht nur einen Augenblick, aber so eilig hatte Tobias es ja nicht.

»Guten Abend, Herr Witmann.«

»Guten Abend. Ich habe mir, wie besprochen, Ihren Entwurf für die zusätzliche Vereinbarung durchgelesen und darüber nachgedacht. Im Großen und Ganzen bin ich damit einverstanden. Einige kleine Änderungswünsche habe ich allerdings noch. Können wir darüber noch einmal persönlich reden?«

»Gern. Ich werde sicher in den nächsten Tagen noch einmal vorbeikommen. Es passt mir nicht so gut, aber ich hatte mir vorgenommen, mich öfter dort sehen zu lassen.«

»Unbedingt! Das gibt unserem Deal etwas … etwas Glaubhaftes.«

»Wollen Sie schon mal andeuten, in welche Richtung Ihre Änderungswünsche gehen?«

»Kleinigkeiten. Was ich allerdings nicht als Kleinigkeit ansehe, ist Ihre Weigerung, mir zu sagen, was Sie konkret im Auge haben. Ich meine, wir müssen es ja nirgends aufschreiben, aber mir könnten Sie es doch wenigstens sagen.«

»Tut mir Leid, Herr Witmann, das muss mein Geheimnis bleiben.«

»Wir sitzen doch im gleichen Boot! Warum da dieses Misstrauen? Ich weiß, dass es eine konkrete Sache geben muss. Wenn Sie alle Rechte an geistigem Eigentum übernehmen wollen, die dem Werk durch die einzelnen Mitglieder zukommen – da kann es sich doch nicht um das Rezept von Omas Weihnachtsplätzchen handeln!«

»Da vermuten Sie richtig.«

»Können Sie mir nicht wenigstens sagen, auf welche Person sich Ihr besonderes Interesse richtet?«

»Nein.«

»Na schön. Zügele ich also meine Neugier. Noch was, Herr Thiedemann: Ich kann unsere Vereinbarung nicht schreiben lassen. Wollen Sie das in Ihrem Büro machen lassen oder soll ich mit zwei Fingern ...«

»Nein, nein, wenn wir uns einig sind, nehme ich den Entwurf mit und bringe Ihnen beim nächsten Mal ein sauberes Exemplar, beziehungsweise zwei, zum Unterschreiben. Oder ich schicke es mit der Post.«

»Oder mit Kurier«, lächelte Tobias, der den Anflug von Ärger wegen der Geheimniskrämerei seines Gesprächspartners schon wieder vergessen hatte. »In einem Karton. Aber nicht, dass Ihrem Garten auf Dauer die Ziersteine ausgehen!«

Thiedemann lachte auch. »Manchmal komme ich mir ja ein bisschen kindisch vor. Aber dann denke ich, dass man nicht alles so ernst sehen muss, und betrachte das Ganze als ein Spiel. Wir spielen viel zu wenig. Besonders wir Manager.«

»O ja, Spielen ist etwas Wunderbares.«

»War doch eine gute Idee, nicht? Und außerdem nützlich, da mein Fahrer noch das Medikament in Kassel holen konnte.«

»Wie?«

»Na, einer Ihrer jungen Leute war doch krank und brauchte dringend ein seltenes Medikament. Hat man Ihnen das nicht erzählt?«

»Nein. Ich erfahre auch nicht alles. Wer war krank?«

»Ach, den Namen weiß ich nicht. Warten Sie ... mit ›Haus‹ etwas.«

»Einen Namen mit ›Haus‹ haben wir nicht.«

»Steinhaus! Jetzt fällt mir's ein! Steinhaus. Mein Fahrer hat mir alles gebeichtet. Er war ganz geknickt.«

»Ach ja, Herr Steinhaus ist noch kein richtiges Mitglied. Er will sich das alles erst mal gründlich ansehen und prüfen und dann entscheiden. Und der war krank? Hab ich gar nicht mitbekommen. Die Kranken werden doch immer morgens in der Fürbitte erwähnt!«

»Jedenfalls hat mein Fahrer ihm in Kassel ein Medikament besorgt, eilig natürlich, und prompt ist er geblitzt worden, als er fünfzig Stundenkilometer zu schnell fuhr. Na, ich hab's für ihn bezahlt. Es war ja für einen guten Zweck.«

»Ach ... äh ... Herr Thiedemann ...« Tobias kam plötzlich ein Gedanke. Der überwältigte ihn so, dass er einen heißen Kopf bekam.

»Ja?«

»Äh, wissen Sie, wann das war? Ich meine, wann er in die Radarfalle geraten ist?«

»Warum wollen Sie denn das wissen? Moment, ich hab den Bescheid noch hier liegen.«

Thiedemann raschelte mit Papieren: »Hier. Am 18. Juni um 19.52 Uhr bei der Ausfahrt Guxhagen. Warum?«

»Na ja, es kann doch von Nutzen sein, wenn man weiß, wo sie ihre Radargeräte aufstellen.« Tobias lachte etwas verkrampft.

»Ja«, lachte auch Thiedemann, aber ganz unverkrampft, »da haben Sie wohl Recht. Also – ich melde mich an, wenn ich noch mal komme.«

»Gut. Einen angenehmen Abend noch!«

»Den werde ich haben! Ein privates Klavierkonzert!«

»Oh – haben Sie jemanden dafür engagiert?«

»Nicht extra dafür.«

Sie legten auf. Sofort sprang Tobias auf und lief zu seinem Schreibtisch. Da lag der Bescheid, dass er am 18. Juni um 19.51 Uhr bei der Ausfahrt Guxhagen die erlaubte Höchstgeschwindigkeit von hundertzwanzig Stundenkilometern übertreten hatte. Gemessene Geschwindigkeit: hundertzweiundachtzig Stundenkilometer.

Eine Minute vor Thiedemanns Fahrer! Das war doch kein Zufall! Das konnte nur eins bedeuten: Der hatte ihn verfolgt! Vor seinen Augen drehte sich das durchgestylte Wohnzimmer. Er musste sich schnell an der Wand abstützen. Aber das reichte nicht, um ihm Halt zu geben. So ließ er sich schnell auf dem Teppich nieder.

Allmählich konnte er wieder klarer denken. Was bedeutete das? Zunächst einmal, dass ihn überhaupt jemand verdächtigte und überwachte. Thiedemann? Dieser Lump! Aber nein, wenn der dahintersteckte, hätte er das von seinem Fahrer doch nicht freiwillig erzählt! Oder doch – weil er annahm, er, Tobias, wüsste es schon, und wenn er von sich aus darüber plauderte, würde es harmloser erscheinen? Oder war das eine Privatsache von diesem Klavier spielenden Fahrer? Oder steckten hinter dem noch andere? Wusste der jetzt, wo Böttcher wohnte?

Das musste er Böttcher erzählen! Bei dem Gedanken krampfte sich sein Magen noch mehr zusammen. So klein, wie der war, aber er spielte sich immer schrecklich auf. Als wenn er alles wüsste und könnte und nie einen Fehler machte. Böttcher, das verkannte Genie!

Nein, ein Vergnügen würde es nicht sein, ihm das zu erzählen. Aber es musste wohl sein. Böttcher würde sicher wissen, was da zu tun sei. Tobias ärgerte sich zwar, dass er das zugeben musste. Aber es war nun mal so. Irgendwie war dieser Zwerg doch der Vordenker. Es half nichts, darum herum zu reden.

Tobias seufzte tief, kroch auf dem weichen Teppich zu dem Tischchen hinüber, wo noch der Telefonhörer lag und drückte auf den Kurzwahlknopf. Es wurde ein hitziges, ärgerliches und ziemlich langes Gespräch.

38

Fax von: Johannes Scheidt
an: Uwe Zehntfennig

Lieber Herr Zehntfennig,

danke für die Anregung! Die Beschäftigung mit dem Thema hat mir selbst manches klargemacht.
Es gibt anscheinend so etwas wie eine natürliche Religiosität beim

Menschen; bei dem einen sehr ausgeprägt, beim anderen weniger. Der Glaube an Christus aber ist etwas völlig anderes. Hier geht es nicht um religiöse Gefühle, sondern um Offenbarung – wie die Theologen sagen. Gott gibt sich aus der unsichtbaren Welt in dieser zu erkennen.

Allerdings tut er das oft über unser religiöses Empfinden. Dies ist der Anknüpfungspunkt für ihn. Aber mehr nicht.

Religiosität, auch wenn sie nicht das Eigentliche des Evangeliums ist, ist deshalb also durchaus etwas Positives. Sie reicht nur nicht. Deshalb begegnen wir Anhängern fremder Religionen auch mit Achtung, entsteht doch ihre Überzeugung aus den gleichen Gefühlen, die auch uns bewegen. Aber die Wahrheit kennen sie trotzdem nicht. Auch in unserem »christlichen« Kulturkreis können religiöse Gefühle aus diesen Urbedürfnissen entstehen – als etwas in uns, ohne Wirkung von außen. Im christlichen Glauben aber geschieht mehr: Christus zeigt sich uns. Wir erleben und erkennen ihn; er redet zu uns. Sein Reden ist nicht gegen die menschliche Religiosität gerichtet, gebraucht sie zuweilen auch, ist aber davon unabhängig. Manchmal packt dieses Reden Gottes jene Leute am stärksten, die ganz unreligiös sind.

Ein paar Beispiele sollen diesen Unterschied deutlich machen:

– Religion ist es, mit »strebendem Bemühen« durch das Einhalten von Gesetzen und so weiter den Weg zu Gott zu finden.

Nach der Bibel geht es anders herum: Gott kommt zu den Menschen.

– Religion hat die Neigung, sich Sichtbares zu schaffen, Tempel, Kulte, Abbildungen, vor allem Götzenfiguren.

In der Bibel mahnt Gott, sich »kein Bildnis« zu machen, um es anzubeten. Zwar erlaubt sie Symbolik. Wenn aber Dinge die Bedeutung von etwas Göttlichem annehmen, ist das Sünde.

– Religion liebt die besonderen seelischen Zustände: Ekstase, Rausch, »frommer Schauer«. Sie fordert Askese, Selbstkasteiungen. »Erleuchtungen« kommen in ungewöhnlichen Situationen: in der Wüste, der langen Einsamkeit, in mystischem Dunkel, bei weihevollen Handlungen.

Die biblische Lehre verbietet dergleichen nicht, aber sie ist nüchtern. Christusglaube hängt nicht vom Gefühl ab. Ekstatische Er-

scheinungen gibt es, aber »die Geister der Propheten sind den Propheten untertan.« In der Wüste kann es Erleuchtungen geben, aber auch Versuchung – wie bei Jesus selbst. Glaube ist nicht nur Ergriffenheit des Gemüts, sondern des ganzen Menschen mit Leib, Seele und Geist.

– Religion beruht auf starker Tradition. Immer gleiche Worte oder Riten »garantieren«, dass man nichts verkehrt macht. Verständlich – da es keine direkte Ursache-Wirkung-Beziehung in religiösen Dingen gibt, die als »Erfolgskontrolle« wirken könnte.

Das Evangelium ist nicht nur bei Jesus neu gewesen (»neuer Wein nicht in alten Schläuchen«), sondern immer wieder neu. Glaube lebt aus der immer frischen und unmittelbaren Begegnung mit Jesus durch den Heiligen Geist.

– Religion führt immer über dieses Leben hinaus und rechnet mit einem Weiterleben, einer Seelenwanderung oder dergleichen.

Die Bibel lehrt dies zwar auch, aber erst im Neuen Testament, im Alten Testament erst spät an wenigen Stellen. Das ist umso merkwürdiger, als Israel ja in Ägypten einen gewaltigen Totenkult kennen gelernt hatte. Mose, die Propheten und andere Schreiber der Bibel haben also religiösen Gefühlen keinen Raum gelassen, sondern nur das gelehrt, was Gott ihnen sagte, etwa am Sinai oder durch Offenbarungen. Und die Botschaft vom ewigen Leben war noch nicht dran. Erst im Neuen Testament konnte sie klar verkündigt werden, als Jesus auferstanden war.

Was bedeutet das für den Frömmigkeitsstil mancher christlichen Sondergruppen, Sekten und dergleichen? Ekstatische Erscheinungen oder ungewöhnliche Verhaltensweisen sind weder ein Zeichen besonderer Frömmigkeit noch der Beweis eines Irrwegs. Sie sind einfach Ausdruck der natürlichen Religiosität, die bei diesen Menschen stärker ausgeprägt sein mag als bei anderen. Diese Offenheit für das Jenseitige kann Gott nutzen. Manchmal tut er das, in anderen Fällen verselbständigt sie sich und führt ein Eigenleben. Entscheidend ist die Zugehörigkeit zu Jesus Christus.

Ob Ihnen das ein bisschen hilft? Ich würde mich freuen.

Herzliche Grüße,

Johannes Scheidt

39

»Kannst du dir vorstellen, Chef Herbert, dass ein reicher Unternehmer, viel beschäftiger Manager, außerdem hoch geschätzter Kunstmäzen, sich einer Jugendsekte anschließt?«

»Wovon redest du?« Magnus sah gar nicht von seinen Papieren auf.

»Na, Herbert! Wovon rede ich wohl? Ist das so schwer zu erraten? Und das fragt einer, der als Meisterdetektiv in der deutschen Kriminalistik den allerbesten Ruf genießt. Wenn die müssten . . .!«

Magnus sah lächelnd auf. »Entschuldige! Ich war mit meinen Gedanken in der Frankfurter Kaiserstraße.«

»Aber, Chef! Das hätte ich nicht von dir gedacht, dass du in Gedanken durch das Rotlichtmilieu spazierst und den dortigen Damen in den Ausschnitt guckst . . .«

»Ich war in Gedanken nicht bei den Damen, sondern bei dem ermordeten Zuhälter. Noch mal, bitte: Was war die Frage?«

»Bei der Sekte am Hohen Meißner taucht immer mal . . .«

»Am Frau-Holle-Teich.«

»Weiter unten. Aber märchenhaft ist es auch. Da taucht immer mal ein teurer Mercedes auf. Laut KFZ-Kennzeichen gehört er einem erfolgreichen Unternehmer mit mehreren Fabriken hier in der Gegend und anderswo. Thiedemann heißt er. Hat einen guten Namen in der Kunstszene und beim Finanzamt.«

»Na und – warum soll so jemand nicht auch fromm sein? Frömmigkeit und Reichtum sind doch kein Widerspruch. Das siehst du ja am Papst.«

Wronski grinste.

Magnus fuhr fort. »Ach so, du bist ja katholisch. Na, war nur'n Scherz. Aber im Ernst – der nimmt an den Halleluja-Versammlungen der Jesus-Fans teil? Passt irgendwie nicht.«

»Eben. Er gehört nicht dazu, aber er ist oft da. Sogar ganz vornehm mit Chauffeur.«

»Na ja, das soll sicher nicht seine Vornehmheit unterstreichen, sondern ihm als viel beschäftigem Manager die Möglichkeit geben, im Auto zu arbeiten.«

»Also, wenn er wirklich viel beschäftigt ist, dann ist es umso erstaunlicher, dass er sich dafür Zeit nimmt.«

»Vielleicht ein Sponsor?«

»Es spricht einiges dafür. Ohne so etwas wäre der schnelle Aufbau mit den teuren Gebäuderenovierungen kaum zu erklären. Schätze ich mal, als Laie in Wirtschaftsdingen. Aber warum sponsort er?«

»Wahrscheinlich aus den gleichen Gründen, weswegen die Fürsten im Mittelalter Klöster gestiftet haben.«

»Deren Motive sind mir genauso unbekannt wie die von Herrn Direktor Thiedemann.«

»Erstens: Sie beruhigten ihr Gewissen. Vielleicht hatten sie sich Vermögen ergaunert oder gewaltsam angeeignet. Wenn sie einen Teil davon für religiöse Zwecke gaben, hielten sie den Rest für geheiligt.«

»Ah, so ähnlich wie bei der Geldwäsche. Ein gewisser Prozentsatz Verlust wertet den größeren Teil auf.«

»Zweitens versprachen sie sich davon, dass die Mönche für sie beteten, was sich positiv auf die weitere Entwicklung auswirken sollte. Drittens dachten sie, weit blickend, wie sie meistens waren, schon an die Zeit nach ihrem Ableben. Die Seele sollte dank der großzügigen Spende stracks in den Himmel schweben und ihre sterbliche Hülle in der Klosterkirche eine würdige Grabstätte finden.«

»Ich vermute mal, zumindest dieses Letztere wird bei Thiedemann keine Rolle gespielt haben.«

»Dafür könnte das Motiv der Steuerersparnis dazukommen, etwas handgreiflicher, dem Trend unserer Zeit entsprechend. Ist die Sekte als gemeinnützig anerkannt?«

»Habe ich noch nicht recherchiert.«

»Tu das mal!«

»Und dann? Soll ich noch mal hin und beobachten? Das ist sehr zeitaufwendig.«

Magnus kratzte sich hinterm Ohr. »Ja, sicher, aber irgendwie müssen wir in der Sache weiterkommen. Vieles in der Geschichte von Matthias Bloch deutet aber auf diese Sekten hin ...«

»Ja, und wenn der Schlüssel in einer der Sekten liegt, dann

vermutlich hier. Na ja – es gibt keine richtigen Gründe dafür, aber ...«

»Aber sie liegt so schön nah?«

»Für uns, aber auch für Bloch. Und irgendwie ... es ist manches so merkwürdig. Nimm nur diesen reichen Sponsor ...«

»Gut, dann mach dich noch mal auf die Socken!«

»Soll ich kess drauflosfragen oder soll ich mich besser gar nicht sehen lassen und nur aus dem Hintergrund beobachten?«

»Musst du vor Ort entscheiden. Das macht einen guten Strategen aus, dass er ein Gefühl dafür hat, was jetzt dran ist: vorsichtiges Taktieren oder Generalangriff.«

»Zu Befehl, Herr Major!« Wronski erhob sich aber nicht sehr zackig.

40

Als am anderen Ende der Telefonleitung nicht abgehoben wurde, legte Böttcher wieder auf und ging unruhig im Zimmer auf und ab. Hannibal wusste nicht recht, was er davon halten sollte, und verfolgte Herrchen mit den Augen.

Dann blieb Böttcher stehen.

»Angriff!«, sagte er, als hätte er das Gespräch zwischen Hauptkommissar Magnus und seinem Kollegen Wronski belauscht. Vielleicht erinnerten ihn auch die aufmerksamen Augen seines Hundes an den großen karthagischen Strategen Hannibal.

»Komm, mein Guter!«

Darauf hatte der Hund nur gewartet. Er sprang im Nu auf und stand schwanzwedelnd an der Tür.

Böttcher ordnete noch einiges auf seinem Schreibtisch, verließ mit seinem Hund die Wohnung und ging die Treppe hinunter. Er schloss die Werkstatt auf und trat ein.

Was er zu tun hatte, musste er sich vorher schon genau überlegt haben, denn er handelte zielbewusst, schnell, ohne zu zögern. Zunächst nahm er einen großen Thermokübel, wie ihn Großküchen für den Essenstransport verwenden, aus einer Ecke. Den füllte er mit

Eisbrocken aus der großen Kühltruhe. Das dauerte einige Zeit, da er das Eis erst aus den Kunststoffrippen herausbrechen musste, in denen es sich gebildet hatte. Nachdem der Boden des Kübels eine Handbreit hoch bedeckt war, stellte er den Styroporblock mit dem kunstvoll gefertigten Inhalt hinein. Jetzt prüfte er das Gewicht. Da er nicht gerade ein Athlet war, schien es ihm schwer genug. Er trug den Kübel durch einen Gang in seine Garage und stellte ihn in den Gepäckraum seines Volvo. Dann holte er in einem Eimer in mehreren Gängen weitere Eiswürfel und packte sie in den Kübel neben und auf den Styroporblock.

Truhe, Haus und Gepäckraum wurden sorgfältig geschlossen. Dann ließ der kleine Mann seinen großen Hund in den Wagen, öffnete das Garagentor, fuhr hinaus und betätigte eine Fernbedienung, die hinter ihm das Tor wieder absenkte. Hannibal sah fröhlich aus dem Fenster. Auf die gefährliche Fracht einen halben Meter hinter ihm verschwendete er nicht einen seiner spärlichen Gedanken.

Er hörte aber auch seinem Herrn nicht richtig zu, der beim Fahren eifrig dozierte. »Einen Menschen zu töten, Hannibal, ist etwas Schreckliches. Aber es ist nicht in jedem Fall böse. Es kann auch ...«

Böttcher musste am Stoppschild die Vorfahrt beachten, sah sorgfältig nach links und rechts und fuhr an. Als er sich wieder entspannt zurücklehnte, war ihm entfallen, wie er seinen Satz begonnen hatte. Er fing also neu an. »Deine Vorfahren, Hannibal, die Wölfe, haben sich noch selbst ihre Nahrung gejagt und gerissen. Du kriegst sie aus der Dose. Aber bist du deshalb besser? Sind sie moralisch verwerflich? Nein, natürlich nicht! So funktioniert nun mal das Leben: Der Stärkere frisst den Schwächeren.«

An einer roten Ampel musste er stehen bleiben. Das gab ihm Gelegenheit, sich zu seinem Zuhörer umzudrehen, um noch eindringlicher referieren zu können.

»Nun wirst du sagen: Bei den Menschen ist das etwas ganz anderes als bei den Tieren. Im Prinzip hast du natürlich Recht. Aber lass uns mal etwas genauer unter die Lupe nehmen, warum es etwas anderes ist. Du wirst sehen, der Unterschied ist gar nicht so groß, wie man gemeinhin denkt.«

Hinter ihm hupte jemand. Böttcher drehte sich schnell um, bemerkte, dass die Ampel Grün zeigte, legte schnell den Gang ein und fuhr an. Einige Minuten schwieg er. Hannibal auch. Hier im dichteren Verkehr musste Böttcher sich auf die Fahrt konzentrieren.

Als er in freieres Gelände kam, setzte er seinen Vortrag fort, als hätte es gar keine Unterbrechung gegeben.

»Man kann es unter verschiedenen Gesichtspunkten betrachten. Da ist zunächst der theologische. Du wirst von einem Theologen zu Recht erwarten, dass dieser Gesichtspunkt bei ihm im Vordergrund steht. Warum soll den Menschen nicht erlaubt sein, was den Wölfen erlaubt ist? Antwort: Die Tiere wissen nicht, was sie tun. Sie handeln instinktiv. Die Menschen aber wissen zu unterscheiden zwischen Gut und Böse. Aber, mein guter Hannibal ... Moment mal!«

Er konzentrierte sich auf das Überholen eines Traktors.

»Aber – hat Gott es nicht verurteilt, dass die Menschen vom Baum der Erkenntnis aßen? Das war doch der Sündenfall, wegen dem sie aus dem Paradies vertrieben wurden! Also: Gott wollte gar nicht, dass sie Gut und Böse unterscheiden lernen. Sie sollten in dieser moralischen Frage offenbar unwissend bleiben. Wie kann er dann zornig sein, wenn jemand eben diese Unterscheidung nicht trifft! Wie kann es Sünde sein, wenn ein Mensch Gut und Böse nicht unterscheiden kann, wenn er wie Adam vor dem Sündenfall – und wie die Tiere heute noch – nur seine eigenen Interessen verfolgt! Ob er es nicht unterscheiden kann – wegen geistiger Beschränktheit etwa – oder nicht unterscheiden will, ist dabei unerheblich.«

Jetzt gab es kein Verkehrshindernis, aber er machte trotzdem eine Pause, um seine weiteren Gedanken zu ordnen.

»Frag irgendeinen Menschen in unserem Kulturkreis, einen x-beliebigen, ob das Morden christlich sei – er wird das Gebot zitieren: Du sollst nicht töten. Gedankenlos, stumpfsinnig reiten die Menschen seit Jahrtausenden auf so einem Satz herum, ohne ihn zu analysieren, ohne über Zusammenhänge nachzudenken, ohne andere Aussagen dagegenzusetzen oder Gegenargumente auch nur in Betracht zu ziehen. Wie steht es zum Beispiel damit, dass Gott zuweilen selbst das Töten gebot? Denk nur daran, dass der arme König Saul sich den Unwillen des Höchsten zuzog, weil er den

Amalekiterkönig Agag nicht umgebracht hatte, was dann der heilige Prophet schleunigst und blutrünstig nachholte. Ich könnte dir noch weitere Beispiele nennen, aber ich will dich nicht langweilen. Ich, der ich im Gegensatz zu vielen anderen nachdenke, ziehe also den Schluss: Töten aus niederen Motiven ist verwerflich. Es entspricht nicht der Würde des Menschen. Töten aber um eines guten, höheren Zieles willen kann nicht unmoralisch sein. Im Gegenteil: Es beweist erstens den Mut des Täters, seine Fähigkeit, die Angst vor Strafe zu besiegen. Es beweist zweitens seine Kraft, auch eine gewisse innere Sperre vor einer solchen Handlung zu überwinden, belegt also die Herrschaft von Verstand und Willen über undefinierte Gefühle. Und es beweist drittens die Überlegenheit des Täters über sein Opfer. Nicht unbedingt die körperliche, zumeist eher die geistige. Damit wird nur wieder bestätigt, was wir seit Darwin wissen, dass nämlich ... – oh ...«

Ein Stau entstand. Wegen seiner nicht unberechtigten Furcht, es könnte ihm jemand hinten drauffahren und den Kofferraum quetschen, schaltete er gleich die Warnblinkanlage an. Er löschte sie erst wieder, als bereits drei Autos hinter ihm stillstanden.

»Ich fürchte, Hannibal«, sagte der kleine Mann, der nur deshalb ausreichend sehen konnte, weil ein dickes Kissen auf seinem Sitz lag, »ich muss meine Darlegungen unterbrechen. Es ist mit dieser Fracht zu gefährlich, wenn wir gleich auf die Autobahn kommen und ich nicht ganz bei der Sache bin. Den gesellschaftlichen Aspekt erörtern wir ein anderes Mal, einverstanden?«

Hannibal hatte nichts einzuwenden. Sein Herr klopfte ihm den Hals, was nicht ohne mühsame Verrenkung zu machen war.

»Du wirst sehen, diese Gedanken werden genauso überzeugend sein!«

Der Verkehr kam wieder in Fluss und Böttcher fuhr an. Für Hannibal hatte das Schauen aus dem Fenster den Reiz verloren. Und da auch sein Herrchen seine überzeugenden Ausführungen nun beendet hatte, legte er sich auf dem Rücksitz nieder und schloss die Augen.

41

»Mit freundlichen Grüßen ... Und vergessen Sie nicht die Tabelle als Anlage!«

Thiedemann schaltete das kleine Diktiergerät aus und legte es samt seiner Akten in das schwarze Köfferchen, als sie auf den Hof fuhren.

»Sie können machen, was Sie wollen, Herr Zehntfennig. Ich muss noch einiges besprechen. Wir sehen uns ja dann bei der Abendveranstaltung. Spielen Sie wieder Klavier?«

»Mal sehen.« Uwe war nicht danach zumute, aber er wollte keine Diskussionen darüber anfangen.

Thiedemann stieg aus, nahm seinen Aktenkoffer mit und ging quer über den Hof auf das Gebäude zu, in dem Bruder Tobias oben sein Büro hatte. Uwe stieg auch aus, aber ohne besonderen Grund. Es sei denn, man will es als einen Grund ansehen, dass es merkwürdig gewirkt hätte, wenn er einfach im parkenden Auto sitzen geblieben wäre, während sein Chef ausstieg.

Uwe sah sich um. Niemand von den jungen Leuten war zu sehen. Es wurde noch gearbeitet.

Da oben hinter den Fenstern saß jetzt sicher Christina. Wie gern würde er mit ihr reden! Aber vermutlich wollte sie nicht. Er konnte ja auch nicht einfach raufgehen und, wo die anderen alle zuhörten, sagen: Hallo, wir sollten uns mal aussprechen.

Immer wenn er an Christina dachte, wurde er traurig. Eine Art magnetische Kraft – Liebe, Sehnsucht oder wie man das nennen wollte – zog ihn zu ihr hin. Aber gleichzeitig krampfte sich sein Magen zusammen. Da war ein Problem, das er lösen musste, wenn er nicht für immer unglücklich sein wollte. Er wusste nur nicht wie. Er wusste noch nicht einmal, ob es überhaupt lösbar war. Vielleicht würden Christina und er sich in ganz wesentlichen Fragen immer fremd bleiben ...

Nein! Das durfte nicht sein! Er konnte den Gedanken nicht ertragen!

Uwe schlug mit der flachen Hand aufs Autodach. Seine innere Anspannung musste sich Luft machen. Dann ging er ein paar Schritte hin und her. Als er sich wieder etwas beruhigt hatte, setzte er sich ins Auto, ließ aber die Tür offen.

Zwei junge Männer in Arbeitskleidung gingen über den Hof. Der eine trug eine Stehleiter, der andere einen Werkzeugkasten und eine Leuchtstoffröhre. Sie verschwanden in einer der Türen.

Ich muss mich konzentrieren, dachte Uwe. Überlegen! Vielleicht gibt es keine Lösung. Aber es wäre fatal, wenn es eine gäbe, und ich würde sie nur aus Denkfaulheit nicht finden.

Ich muss das Problem in zwei Teile gliedern. Eigentlich sind es ja auch zwei verschiedene Probleme. Einmal ihre religiöse Einstellung, die ich so gar nicht teilen kann, die ihr aber ungeheuer wichtig ist. Zum anderen der falsche Zauber von diesem Schauspieler. Den sie aber nicht wahrhaben will! Und jeder Versuch, es ihr zu beweisen, wird sie noch mehr gegen mich aufbringen! Man kann höchstens hoffen, dass diese ganze Gesellschaft hier auseinanderbricht, dass der ganze Schwindel auffliegt ... Das würde Christina auch schwer treffen. Aber schließlich kann man einen Menschen nicht in einem Lügengespinst lassen, nur weil er sich darin wohlfühlt. Schon gar nicht, wenn man ihn liebt.

Uwe war sich auf einmal wieder sicher: Es war gut, was er hier tat! Er half mit, einen Betrug aufzudecken. Und zwar Betrug der allerschlimmsten Art: an dem Glauben von Menschen, die überzeugt waren, gerade in dieser Lebensgemeinschaft den Machenschaften der bösen Welt entkommen zu sein. Sie waren vor den Hyänen draußen geflüchtet – in die Höhle des Löwen. Sie vertrauten ihren Predigern und wurden schamlos ausgenutzt. Und der Mensch, den er liebte – ja, so war es! Mehr als alles liebte er Christina! –, dieser Mensch war unter den bedauernswerten Opfern. Und wusste es nicht! Ja, wollte es noch nicht einmal wissen! Nun gut, wenn sie nicht um ihre Befreiung kämpfen konnte, weil sie ihre Fesseln gar nicht spürte – er würde es tun! Er wollte alles versuchen, um diesen Sumpf hier trockenzulegen!

Das Autotelefon klingelte. Es dauerte einige Augenblicke, bis Uwe in die Gegenwart zurückfand.

»Hier ist Frau Reisig, Herrn Thiedemanns Sekretärin. Guten Abend, Herr Zehntfennig. Ist der Herr Direktor zu sprechen?«

»Er ist nicht hier im Auto, sondern zu einer Besprechung im Haus. Es gibt drei Möglichkeiten, wenn es dringend ist. Entweder Sie rufen ihn in dem Büro von Tobias Witmann an. Vielleicht hat er die Nummer irgendwo notiert. Sonst kann ich mich hier erkundigen und Sie zurückrufen. Oder ich bitte ihn heraus und hole ihn ans Telefon. Oder Sie sagen mir etwas, das ich ihm ausrichten kann.«

»Hm. Ich glaube, das geht. Sie könnten ihm bitte ausrichten, dass sein Geschäftspartner in Hannover jetzt doch nicht nach Thailand geflogen ist und morgen den Termin, der ursprünglich geplant war, doch wahrnehmen könnte – falls Herr Thiedemann nicht inzwischen anders disponiert hat.«

»Das sage ich ihm.«

»In früheren Fällen ist er dann immer gern mit dem ICE gefahren. Sie bräuchten ihn also nur nach Kassel-Wilhelmshöhe an den Bahnhof zu bringen. Er möchte mich doch bitte anrufen, wie er sich entschieden hat. Ich sage dann den Geschäftspartnern Bescheid und buche eventuell ein Hotelzimmer.«

»Gut, Frau Reisig, entweder meldet Herr Thiedemann sich oder er bittet mich, Ihnen Bescheid zu sagen.«

Uwe legte auf, stieg aus, ließ die Autotür offen stehen und ging zu dem Haus hinüber.

Als er verschwunden war, rollte langsam ein dunkler Volvo heran und blieb neben dem Mercedes stehen.

Der Fahrer wählte an seinem Handy.

»Rübsamen.«

»Böttcher hier. Dieser Thiedemann ist da, nicht?«

»Ja, gerade nebenan bei Bruder Tobias. Tut mir Leid, Herr Böttcher, dass ich noch nicht rausgekriegt habe, was die zwei immer zu klüngeln haben. Aber sie machen es sehr geheimnisvoll. Es ist offensichtlich, dass ich es nicht wissen soll und Sie auch nicht.«

»Schon gut. Wissen Sie, wann er wieder wegfährt? Thiedemann, meine ich. Bleibt er zur Abendveranstaltung?«

»Er hatte es vor. Moment mal, sie stehen gerade auf dem Flur vor Tobias' Bürotür und reden. Vielleicht kann ich was verstehen.«

Einige Augenblicke hörte Böttcher nur undefinierbare Stimmen aus der Ferne. Die Zeit konnte er nutzen. Er stieg schnell aus und öffnete den Kofferraum und den Kübel, immer mit dem Handy am Ohr. Das Eis sah noch genauso hart aus wie beim Einfüllen.

»Herr Böttcher?«

»Ja.«

»Sie haben sich verabschiedet. Thiedemanns Fahrer war auch da. Anscheinend wollen sie jetzt direkt wegfahren. Warum?«

»Ach, nur so.«

In Windeseile schaltete er das Handy aus und steckte es in die Tasche, wühlte den Styroporblock aus den Eisstücken, öffnete die Gummibänder, nahm einen der Becher aus Eis heraus und verstaute alles nur provisorisch. Richtig sichern konnte er es gleich noch. Er schloss den Kofferraum und legte das kalte, runde Ding in den Mercedes unter den Fahrersitz. Damit es nicht wegrollte, sicherte er es etwas mit der Fußmatte aus Gummi. Dann sprang er in seinen Wagen und fuhr rasch davon. Als er den Hof verließ, sah er im Rückspiegel, wie ein hagerer, vornehm wirkender Mann mit einem jungen Begleiter gerade aus der Haustür kam. Dann konzentrierte er sich auf seine schnelle Fahrt.

Bei dem Mercedes angekommen, nahm der hagere, vornehm wirkende Mann das Autotelefon und wählte. In wenigen Sätzen hatte er mit seiner Sekretärin alles abgesprochen, was abzusprechen war.

»So, Herr Zehntfennig, dann mal bitte zum ICE-Bahnhof in Kassel. Wenn Sie sich beeilen, komme ich gerade richtig. Es wäre schön, wenn ich nicht auf den nächsten Zug warten müsste.«

»Ich soll mich aber sicher an die Geschwindigkeitsbegrenzung halten, oder nicht?«

Thiedemann grinste. »Na ja, sagen wir: plus Mehrwertsteuer.«

Sie fuhren los. Auf der Landstraße fuhr Uwe so schnell in die Kurven, dass Thiedemann schon bereute, ihn zur Eile gemahnt zu haben. Aber er nahm nichts zurück.

Auf der Autobahn wurden sie außer von einem rasenden BMW von keinem Auto überholt, ließen nur selbst viele Fahrzeuge hinter sich. Unter ihnen einen dunklen Volvo, dem sie aber natürlich keine Beachtung schenkten.

Eine Viertelstunde später hatte Uwe seinen Chef am ICE-Bahnhof abgesetzt. Er wollte ihm sein Köfferchen auf den Bahnsteig tragen, aber das ließ Thiedemann nicht zu. So fuhr er gleich weiter, zurück auf die Autobahn.

Während der Fahrt überlegte er lange an der Frage, ob er zu der Sekte zurückfahren sollte. Einerseits hätte er gern Christina wiedergesehen. Andererseits – was sollte er ihr sagen? Und wie sollte er begründen, dass er kam, ohne den Grund zu haben, seinen Chef fahren zu müssen? Und wenn sie ihn baten, Klavier zu spielen – was sollte er dann sagen? Er konnte sich doch unmöglich an dem Zirkus beteiligen, nachdem er ihn Christina gegenüber so hart beurteilt hatte!

Nein, er wollte nicht hin! Andererseits – wenn er sich jetzt nicht aufraffen konnte, würde er Christina vielleicht lange Zeit nicht mehr sehen!

Uwe konnte zu keinem Entschluss kommen. Auf einmal merkte er, dass er die Ausfahrt Melsungen schon fast verpasst hatte. Er hätte heftig bremsen und das Auto herumreißen müssen, wenn er sie noch hätte erwischen wollen. Das tat er nicht. Er nahm es als Wink des Schicksals und fuhr weiter.

Einige Minuten war er gefahren – sein Zeitgefühl war etwas durcheinander, wie seine ganze Gedankenwelt – da merkte er auf einmal, dass er sehr müde wurde.

Sein letzter klarer Gedanke war, dass er beim nächsten Parkplatz unbedingt eine Pause einlegen musste. Alles Folgende tat er nur noch instinktiv. Als der Wagen seiner Kontrolle entglitt und mit hoher Geschwindigkeit schräg nach links fuhr, steuerte er zu heftig gegen, glücklicherweise jedoch nicht so heftig, dass er ins Schleudern kam. Er trat auf die Bremse. Dass das Auto langsamer wurde, merkte er noch bei halbem Bewusstsein. Irgendeine Stelle in seinem Kopf wunderte sich, dass es so lange dauerte mit dem Abbremsen. Dann dachte und fühlte er gar nichts mehr. Er sank in seinen Gurt, und der Kopf fiel zur Seite.

42

Michael Wronski ärgerte sich, als er sah, dass der Mercedes vor ihm bei der Ausfahrt Melsungen auf der Autobahn blieb. Der fährt jetzt sicher nach Hause, dachte er. Dahin brauche ich ihm eigentlich nicht zu folgen. Die Adresse kriegen wir auch so raus. Außerdem wird es schwierig, ihm auf so einer langen Strecke auf den Fersen zu bleiben, ohne dass er etwas merkt.

Sollte er dranbleiben oder bei der nächsten Ausfahrt umkehren? Allerdings hatte er heute schon so viel bei der Sekte herumgeschnüffelt, und ein Nachtquartier hatte er auch nicht. Mit einem Seufzer folgte er dem Mercedes weiter.

Bisher waren seine Nachforschungen enttäuschend verlaufen. Wenn sie nur irgendeinen Anhaltspunkt hätten! Oder einen konkreten Verdacht! Oder wenn sie irgendeinen Fehler bei diesem Bruder Tobias aufdecken könnten! Dann hätten sie einen Grund, ihn mehr in die Mangel zu nehmen als bei ihrem ersten Besuch.

Er nahm sich vor, morgen diesen Tobias noch genauer zu beobachten. Der war zweifellos eine Schlüsselfigur. Heute Abend hatte er sich von dem Mercedes ablenken lassen. Der war allerdings auch ein Fremdkörper und konnte vielleicht etwas sein, wo sich der Hebel ansetzen ließ. Nur heute Abend nicht mehr. Jetzt fuhr der junge Mann wohl nur noch nach Hause, nachdem er seinen Chef zum Bahnhof gebracht hatte. Na schön, da kam er, Michael Wronski, auch mal pünktlich in sein eigenes Bett.

Was war denn das? Der Mercedes fuhr ja plötzlich ohne Grund nach links! War der Fahrer etwa eingeschlafen? Jetzt riss er das Steuer nach rechts, kurz bevor er links gegen die Leitplanken fuhr. Reifen quietschten. Wronski bremste instinktiv. Der Mercedes vor ihm wurde langsamer und wankte dabei wie ein Betrunkener hin und her.

Dann fuhr er mit dem letzten Rest seiner Bewegungsenergie rechts an die Leitplanke und blieb stehen. Wronski hatte inzwischen so stark abgebremst, immer mit den Augen auf dem Mercedes vor ihm, dass er kurz hinter ihm auf dem Haltestreifen zu stehen kam. Er schaltete die Warnblinkanlage an. Glücklicherweise war kein anderes Auto unmittelbar hinter ihnen gewesen. Erst jetzt brauste ein kleiner Pulk vorbei. Die Fahrer verlangsamten ihr Tempo etwas, fuhren aber weiter.

Wronski stieg aus und lief nach vorn zu dem Mercedes. Der junge Mann hing wie leblos in seinem Gurt; der leichte Aufprall an der Leitplanke ganz am Schluss hatte den Seiten-Airbag rechts ausgelöst.

Wronski öffnete die Fahrertür, löste den Gurt und fühlte dem Fahrer den Puls. Der war deutlich spürbar, viel zu schnell. Er schaltete erst einmal den Motor aus, der noch im Leerlauf vor sich hin schnurrte.

Während er mit dem Oberkörper im Wagen hing, wurde ihm plötzlich übel.

Blitzartig war der Gedanke da: Gas! Hier musste es ein betäubendes Gas geben, das den Fahrer ausgeschaltet hatte und nun auch ihn benebelte! Schnell raus!

Er packte mit letzter Willensanstrengung den Körper des jungen Mannes und zog ihn heraus. Nicht gerade sanft ging das, aber das war jetzt nicht wichtig. Als er ihn draußen hatte, packte er ihn von hinten und zog ihn mit schleifenden Beinen ein Stück vom Auto weg.

Alles weitere tat er in Windeseile. Aus seinem eigenen Auto holte er eine Decke, breitete sie am Straßenrand aus und legte den Bewusstlosen fachgerecht darauf. Dann lief er mit seinem Warndreieck ein Stück die Straße zurück und stellte es auf. Wieder beim Wagen, rief er über sein Handy einen Krankenwagen herbei. Vielleicht war die Sache ja lebensgefährlich!

Schon war er im Begriff, auch seinen Chef anzurufen, da kam ihm der Gedanke, das Auto erst näher zu untersuchen. Vielleicht würde Herbert Magnus danach fragen. Er warf noch einen prüfenden Blick auf den Bewusstlosen und näherte sich dann vorsichtig dem Mercedes.

Einige Schritte entfernt atmete er ein paarmal durch, holte dann tief Luft und lief hin. Offenbar war das Gas geruchlos, sonst hätten sowohl er als auch der Fahrer früher etwas von der Gefahr gemerkt. Irgendwo musste es herkommen.

Eine erste flüchtige Untersuchung des Innenraumes brachte kein Ergebnis.

Er brauchte wieder Luft! Schnell entriegelte er noch die Motorhaube, entfernte sich ein Stück und atmete kräftig durch. Als seine Lunge sich wieder beruhigt hatte, trat er vor den Mercedes und öffnete die Motorhaube, um zu kontrollieren, ob das Gas vielleicht mit der Lüftung eingeblasen wurde. Aber er konnte nichts feststellen. Das war eine Sache für die Fachleute.

Nachdem er noch einmal nach dem bewusstlosen Fahrer gesehen hatte, holte er wieder tief Luft und befasste sich etwas gründlicher mit dem Innenraum. Stand irgendwo eine Büchse oder eine Flasche? Er konnte nichts entdecken. Unter dem Fahrersitz war ein nasser Fleck. Was konnte das sein? Vorsichtig tippte er mit dem Finger hinein. Es war merkwürdig kalt. Da entdeckte er etwas Glasiges weiter hinten unter der Matte. Ob er es anfassen konnte? Aber jetzt musste er erst Luft schnappen.

Der junge Fahrer bewegte sich. Wronski hockte sich daneben und beobachtete ihn. Er schlug die Augen auf. Eine Weile dauerte es, bis der junge Mann die Situation zu begreifen schien. Er wollte sich aufrichten.

»Bleiben Sie liegen!«

»Was . . .?«

»Sie müssen sich erst wieder erholen. Bleiben Sie liegen! Der Krankenwagen kommt gleich.«

»Warum . . . Warum bin ich . . .«

»Es muss ein Gas im Wagen gewesen sein. Ich hab es auch gemerkt, als ich Sie rausgezogen habe.«

»Ein Gas? Was für ein Gas?«

»Sie stellen Fragen! Wie soll ich das wissen?«

Uwe richtete sich halb auf. »Was ist mit dem Auto?«

»Rechts vorne eingedellt.«

»Mist!« Dann fiel ihm etwas ein. »Sehe ich das richtig, dass Sie mich gerettet haben?«

»Na ja, bei einigem guten Willen kann man das schon so sagen.«

»Vielen Dank!«

»Bitte, gern geschehen.«

»Was . . . was wäre mit mir passiert, wenn Sie mich nicht . . .?«

»Keine Ahnung. Unsere Experten werden den Mercedes untersuchen, und wenn es noch Spuren von dem Gas gibt oder ein Gefäß, in dem es war, werden wir . . .«

»Ihre Experten? Das verstehe ich nicht.«

»Ich bin Polizist.«

»Ach. Polizist?«

Wronski nickte.

»Was für ein Zufall, dass Sie gerade da waren!«

Wronski ließ ihn in dem Glauben. Wenigstens vorläufig. Er ging noch einmal zum Mercedes zurück. Vermutlich war das Gas inzwischen verflogen. Aber sicherheitshalber hielt er doch die Luft an, als er noch einmal unter den Sitz blickte. Das glasige Etwas, das aussah wie ein Stück Eis, war kleiner geworden. Er schob es mit dem Finger ein wenig zur Seite. Dann wagte er es anzufassen und herauszuholen. Tatsächlich – es war offenbar ganz gewöhnliches Wassereis, das auf seiner Hand noch schneller schmolz.

Wronski ging zu dem jungen Mann zurück, der sich inzwischen auf die Leitplanke gesetzt hatte.

»Was ist das?« Er hielt ihm das Eis auf der offenen Hand hin. Uwe betrachtete es genau und nahm es selbst in die Hand.

»Sieht wie Eis aus. Woher haben Sie das bei diesem sommerlichen Wetter?«

»Das wollte ich Sie fragen.«

»Mich? Wieso – war das im Auto?«

»Ja, unterm Sitz.«

»Das gibt's doch nicht! Wie soll da Eis hingekommen sein?«

Wronski zuckte die Schultern. Dann ging er zu seinem Wagen und rief seinen Chef an.

»Gut, dass ich dich noch erreiche, Herbert. Ich wurde gerade Zeuge eines Mordversuchs.«

»Was? Wie? Wo?«

»Welche von den drei Fragen soll ich dir zuerst beantworten?«

»Wo bist du?«

»Also die letzte. Ich bin auf der Autobahn zwischen den Ausfahrten Homberg/Efze und Bad Hersfeld.«

»Ein Mordversuch auf der Autobahn? Nun erzähl schon!«

»Ich hab dir doch von dem Mercedes des Unternehmers Thiedemann erzählt, der immer mal bei der Sekte auftaucht. Den habe ich verfolgt. Der Fahrer hat seinen Chef an den ICE-Bahnhof nach Kassel gebracht und sich dann auf den Heimweg gemacht. Hinter der Ausfahrt Homberg – ach, ich sagte ja schon, wo wir sind. Also, ich seh plötzlich, wie der Wagen Zickzackkurs fährt und gerade noch anhalten kann, bevor was Schlimmes passiert.«

»Und die Ursache? Ein Reifen?«

»Nein, der Fahrer war ohnmächtig.«

»Und wieso Mordversuch?«

»Es war Gas im Auto. Fast hätte es mich auch umgehauen, weil ich nicht damit gerechnet hatte. Ein anscheinend unsichtbares und geruchloses Gas.«

»Hm. Ich schicke sofort die Experten. Da muss ja zumindest noch ein Gefäß sein, in dem das Gas war.«

»Wahrscheinlich nicht, Chef. Rate mal, was ich gefunden habe!«

»Mach's nicht so spannend!«

»Eis. Ganz normales Eis aus Wasser. Und das bei diesem Wetter!«

»Ah – du vermutest ...«

»Genau, darin war irgendwie das Gas eingeschlossen. Das Eis ist geschmolzen und hat das Gas freigegeben. Genial, nicht?«

»Böse Menschen, vor allem Mörder, soll man nicht bewundern.«

»Das hat außerdem den Vorteil – ich meine natürlich vom Mörder aus gesehen –, dass keine Spuren zurückbleiben. Wenn ich nicht zufällig so schnell zur Stelle gewesen wäre, hätte es auch funktioniert.«

»Und der junge Mann?«

»Ich hab 'nen Krankenwagen bestellt. Es geht ihm wieder besser. Aber sicher ist sicher.«

»Vielleicht können die im Krankenhaus auch sagen, was das war.«

»Eben.«

»Bleib vor Ort, bis unsere Leute kommen. Und sag dem Fahrer, wenn er nicht morgen im Krankenhaus bleiben muss, soll er am Vormittag zu uns kommen. Andernfalls kommen wir an sein Bett.«

»Okay. Und ich? Soll ich zu der Sekte zurück?«

»Hast du denn einen konkreten Anhaltspunkt?«

»Nein.«

»Dann bringt es nichts, da im Nebel rumzustochern. Komm morgen ins Büro. Nach dem Gespräch mit dem Fahrer ergibt sich vielleicht was Neues.«

»Ich vermute, der Hauptgangster bei der Sekte hat in Thiedemann einen Störenfried gesehen. Irgendwas in der Art.«

»Spekulieren wollen wir mal nicht am Telefon. Bis morgen!«

»'n Abend, Chef.«

Er legte auf.

»Es ist ganz anders!«

Überrascht drehte Wronski sich zur Seite. Der Fahrer stand neben dem Wagen. Er hatte wohl den letzten Teil des Gesprächs mitgehört.

»Was ist ganz anders?« Wronski stieg aus.

»Ich glaube nicht, dass der Mörder Thiedemann umbringen wollte. Ich glaube eher, Thiedemann wollte mich umbringen.«

»Na, na! So ein Verdacht gegen Ihren Chef? Sagen Sie das nicht zu laut, sonst sind Sie Ihre Stelle los! Sie sind noch ein bisschen durcheinander.«

»Er war der Einzige, der die Möglichkeit hatte und der wusste, dass ich allein im Auto sein würde.«

»Und wie hat er das Eis solange aufbewahrt?«

»Weiß ich nicht. Aber da gibt's doch sicher Möglichkeiten.«

»Und vor allem: Warum?«

»Weil ... Sie müssen es ja doch erfahren. Ich habe ihn bespitzelt.«

»Was?«

»Im Auftrag einer Detektei.«

Zunächst sagte Wronski gar nichts. Dann knurrte er: »Das liebe ich so, wenn die Detektive sich gegenseitig auf die Füße treten, statt die Verbrecher zu überführen.«

Das Signalhorn kündigte das Kommen des Krankenwagens an.

»Das müssen Sie uns morgen alles genau erklären.«

»Ja, es wird sich wohl nicht vermeiden lassen.«

Die Ambulanz hielt hinter ihnen auf der Standspur.

»Sagen Sie, muss ich da wirklich mit? Ich fühle mich schon wieder völlig fit!«

»Sie müssen. Ich trage die Verantwortung. Aber geben Sie mir schnell noch Ihre Personalien.«

Uwe reichte ihm seinen Personalausweis, und Wronski schrieb das Wichtigste in sein Notizbuch. »Und noch die Telefonnummer?«

Gerade, als Uwe sie ihm diktiert hatte, kamen die eilenden Sanitäter bei ihnen an.

»Wo ist der Verletzte?«

»Ich bin das«, gab Uwe lächelnd Auskunft. Die Männer schauten ihn verwundert von oben bis unten an.

43

»Umbach.«

»Guten Abend, Herr Umbach. Hier ist Kranich, Ihr Geschäftspartner.«

»Ach, Sie.«

»Wie geht's Ihrem Fuß?«

»Er schmerzt furchtbar.«

»Legen Sie ihn auch immer schön hoch beim Fernsehen?«

»Was wollen Sie, Kranich?«

»Es ist vorbei mit dem Urlaub, Herr Umbach. Morgen sind Sie wieder gesund!«

»Na, so schnell geht das aber nicht! Der Arzt hat mir noch Schonung verordnet.«

»Ihr Großneffe hatte einen Unfall.«

»Was, der auch?«

»Der hatte allerdings einen echten.«

»Ehrlich? Mit dem Mercedes? Schlimm?«

»Er war allein im Auto. Er ist auch unverletzt. Und der Wagen hat keinen besonders schweren Schaden. Sie könnten sich morgen darum kümmern. Ihr Chef braucht den Mercedes morgen nicht; er ist mit dem Zug in Hannover.«

»Und wo ist er jetzt?«

»Ich sage doch: in Hannover.«

»Ich meine den Mercedes.«

»Ach so. Der ist bei der Polizei; sie musste ihn ja von der Autobahn herunterholen. Herr Bogdan wird Ihnen Genaueres sagen.«

»Und wie kam das? Hat Ihr Zehnpfennigstück geschlafen?«

»Das wird noch untersucht.«

»Aha. Na ja, dann wird's wohl Zeit, dass ich die Sache wieder in die Hand nehme.«

»Vielen Dank für die gute Zusammenarbeit!«

»Gern geschehen. Beehren Sie uns bald wieder!«

44

»Ich danke Ihnen, Herr Doktor.«

»Es besteht nicht viel Grund dafür, Herr ...« – der Arzt blickte auf seine Unterlagen – »Herr Zehntfennig. Gesund geworden sind Sie von alleine, nachdem keine Gasreste mehr in Ihrer Lunge und im Blut waren. Und erklären konnte ich auch nichts.«

»Na schön, dann bedanke ich mich nicht für Ihren Erfolg, aber für die Mühe, die Sie sich gegeben haben.«

»Die Herren von der Polizei bekommen einen schriftlichen Bericht von mir.«

»Ich muss also nicht hierbleiben?«

»Nein.«

Sie reichten sich die Hand. Uwe ging aus dem Behandlungszimmer. Auf einer schlichten Bank auf dem Flur saß Kranich. Er stand auf und kam dem jungen Mann entgegen.

»'n Abend, Herr Kranich. Nett, dass Sie gekommen sind. Aber es wäre nicht nötig gewesen. Ich bin kerngesund. Die Polizei kriegt es auch noch schriftlich.«

»Keine Gefahr mehr? Keine Reste?«

»Leider.«

»Leider?«

»So können sie gar nicht feststellen, was es war.«

Kranich grinste. »Sie reden ja wie ein cooler Profi. Aber damit ist es jetzt vorbei, mein Lieber.«

»Was heißt das?«

»Meinen Sie, ich lasse Sie diese Sache weitermachen? Wenn der Mörder noch nicht geschnappt ist, riskieren wir doch, dass er es noch mal versucht!«

»Ja, aber ...«

»Nichts da! Ich habe Umbach schon bestellt. Der soll morgen wieder seines Amtes walten. Wenn Sie ums Leben kämen, würde ich mir mein Leben lang Vorwürfe machen! Kommen Sie, ich bringe Sie nach Hause.«

Sie verließen das Krankenhaus und gingen zum Parkplatz. Als sie in Kranichs Auto saßen und losfuhren, sagte Uwe: »Und wovon soll ich jetzt meine Wohnung bezahlen? Bis ich in meiner neuen Umgebung genug Klavierschüler habe, das kann dauern.«

»Hm.«

»Keine sehr hilfreiche Antwort.«

»Das gebe ich zu. Ich weiß aber keine bessere.«

»Haben Sie nicht irgendeinen anderen Job für mich? Wenigstens für eine Übergangszeit?«

»Na ja, vielleicht ... ich will mal sehen. Eigentlich brauche ich keine weitere Kraft. Aber ich fühle mich natürlich ein bisschen verpflichtet.«

»Sie sind doch ein herzensguter Mensch. Was man bei einem Detektiv gar nicht so vermutet.«

»Sagen Sie nichts Schlechtes über meinen Berufsstand, sonst überlege ich's mir noch anders.«

»Nein, nein! Wenn ich über Ihren Beruf eine schlechte Meinung hätte, würde ich mich nicht um so einen Job bemühen, bei meinen hohen moralischen Prinzipien!«

Eine Weile fuhren sie schweigend. Dann nahm Kranich den Gesprächsfaden wieder auf. »Sie hätten mit der Wohnung etwas mehr Geduld haben sollen. Vielleicht wäre etwas in der Nähe Ihrer früheren Wohnung frei geworden und Sie hätten Ihre Klavierschüler behalten können.«

»Das ging nicht. Ich musste bei meiner Schwester ausziehen, sonst wäre es zum Krach gekommen.«

Schweigend fuhren sie weiter bis zu Uwes neuer Wohnung. Kranich verirrte sich ein wenig im Gewirr der Straßen von Friedberg und Uwe musste ihn lotsen. Es war dunkel geworden.

Dann hielten sie vor der Wohnung. Kranich sah den jungen Mann an, und der blickte eine Weile schweigend zurück statt auszusteigen. Etwas lag in seinem Blick, das Kranich veranlasste zu sagen: »Kopf hoch! Es ist ja noch mal gut gegangen. Und für die Zukunft sollten Sie sich nicht zu viele Sorgen machen.«

Uwe nickte. Dann besann er sich, dass er ja nicht die ganze Nacht hier sitzen bleiben konnte. »Danke für's Herbringen!«

Er stieg aus, grüßte noch einmal den abfahrenden Detektiv mit erhobener Hand und ging in seine Wohnung. Dort ließ er sich auf sein Bett fallen und starrte an die Decke. Es war aber nicht so, dass er gegrübelt oder Pläne gemacht hätte. Sein Gehirn schien wie leergeblasen; er konnte nicht richtig denken.

Irgendwann erhob er sich kraftlos, als hätte er einen Marathonlauf hinter sich, ging zum Telefon und wählte die Nummer von Johannes Scheidt. Niemand hob ab.

Er ging in seine kleine Küche, schnitt sich eine Scheibe Brot ab und bestrich sie mit Butter und Käse. Kauend ging er in der Wohnung auf und ab. Als er dabei mal wieder beim Kühlschrank vorbeikam, holte er eine Flasche Bier heraus, trank aber nur einige Schlucke.

Er wählte die Nummer seiner Eltern. Als das erste Freizeichen ertönte, legte er schnell wieder auf.

Was konnte er jetzt noch machen? Klavier spielen! Er setzte sich nur schräg auf den Klavierhocker und klimperte ein wenig mit der rechten Hand. Aber das Spiel nahm langsam konkretere Formen an und erforderte auch die Linke. Er setzte sich richtig vor das Instrument und ließ seinen Gefühlen freien Lauf über die Tasten.

Die Wohnung war ein Glücksfall. Tatsächlich war der Vermieter, der einzige Mitbewohner im Haus, schwerhörig. Er hatte ihm ausdrücklich erlaubt zu spielen, wann er wolle, nur nicht nach zehn Uhr abends und vor sieben Uhr am Morgen. Wenn er Klavierschüler unterrichten wollte, waren das beste Voraussetzungen. Darum bereute er nicht, die Wohnung genommen zu haben, auch wenn sie eigentlich für seine Verhältnisse zu teuer war.

Die Musik löste einen Knoten in Uwes Kopf. Nicht, dass er jetzt für seine Probleme Lösungen gefunden hätte, aber sie standen nicht mehr so drohend und alles beherrschend vor ihm wie ein Berg.

In früheren Krisensituationen hatte er oft fröhliche Musik gemacht, die dann ein Gegengewicht bildete zu seinen Sorgen. Das funktionierte heute nicht. Aber der andere Weg half ihm: Er drückte seine Niedergeschlagenheit in schweren Akkorden und zäh fließenden Melodien aus. Darin fand er sich, gewann Sicherheit. Allmählich änderte sich auch die Musik, wurde nicht fröhlicher, aber freier. Es war, als verliehen ihm die Klänge, die unter seinen Fingern entstanden, Flügel, als schwebte er über den Berg seiner Sorgen hinweg.

Mehr und mehr schlichen sich Elemente in seine Phantasie ein, die er schon mal irgendwo gehört oder selbst gespielt hatte. Im Lauf der Zeit kam er immer mehr in bekannte Gefilde und endete schließlich in slawischen Tänzen.

Einige Augenblicke saß Uwe mit gesenktem Kopf vor dem Klavier und ließ den Schlussakkord im Raum und dann nur noch in seiner Seele nachklingen. Dann stand er auf und versuchte es noch einmal mit dem Telefon.

»Scheidt.«

»Guten Abend, Herr Scheidt. Hier ist Uwe Zehntfennig.«

»Ich grüße Sie, Herr Zehntfennig, und freue mich, dass Sie immer mal wieder Kontakt mit mir aufnehmen.«

»Ehrlich? Falle ich Ihnen nicht auf den Wecker?«

»Bestimmt nicht!«

»Es ist schon kurz vor zehn, und ich war unsicher, ob ich zu der Zeit noch bei fremden Leuten anrufen kann. Aber da ich es vorher schon mal versucht hatte und keiner da war, nahm ich an, Sie seien unterwegs und könnten jetzt zurückgekommen sein.«

»Genauso war es. Wir haben mit der Kantorei geübt. Meine Frau singt da auch mit.«

Jetzt wusste Uwe nicht mehr, was er sagen sollte. Also schwieg er einfach. Der Ältere am anderen Ende der Leitung tat es ihm gleich. Erst nach einiger Zeit fragte er gezielt: »Sie haben ein Problem, nicht wahr?«

»Woher wissen Sie das?«

»Ich höre es Ihrem Schweigen an. Also – was ist es für eins?«

»Eins ist gut!«

»Wenn es gleich mehrere sind, fangen Sie trotzdem erst mal mit einem an!«

»A: Das Mädchen – Sie wissen schon – die Sache entwickelt sich nicht so, wie ich es mir gewünscht habe. Im Gegenteil. Aber darüber müssen wir nicht reden. B: Ich hab keinen Job mehr. Und C: Jemand hat versucht, mich umzubringen.«

»Hm. Ein bisschen viel auf einmal.«

»Sag ich ja.«

»Zu A: Wenn Sie darüber nicht reden wollen, respektiere ich das natürlich. Aber Sie können gerne, wenn Sie sich's noch anders überlegen. Zu B: Einen Job habe ich nicht für Sie, aber ich wiederhole mein Angebot, Sie für meine Konzerte gelegentlich zu engagieren. Von der Gage kann man nicht leben, aber jedes bisschen hilft, sagte die Mücke und spuckte in die Nordsee! Zu C: Das kann ich nicht so schnell kommentieren. Können Sie etwas Genaueres berichten?«

»Äh, ich glaube, ich sollte da ... Die Polizei untersucht die Sache, und ich weiß nicht, ob ich das erzählen soll ...«

»Immerhin leben Sie noch.«

»Stimmt auffallend.«

»Ich meine das nicht so banal, wie es klingt. Ich meine es im Sinne von: Gott sei Dank.«

»Ja.«

Wieder schwiegen beide. Dann begann Uwe wieder: »Entschuldigen Sie, Herr Scheidt! Ich rufe Sie an, und dann sage ich doch nichts! Ich deute Ihnen meine Probleme an, aber weigere mich, sie im Einzelnen konkret zu schildern. Was will ich eigentlich? Ich muss verrückt sein!«

»Sicher nicht verrückt, Herr Zehntfennig, aber vielleicht das, was in der Sprache der alten Lutherbibel ›mühselig und beladen‹ heißt.«

»Ja – vielleicht – wahrscheinlich.«

»Und es tut gut, mit jemandem darüber zu reden. Das ist normal und keineswegs verrückt. Mit jemandem zu reden, der wenigstens zuhört, wenn er schon nicht praktisch helfen kann.«

»Genau. Praktisch helfen sollen Sie mir gar nicht.«

»Trotzdem faxe ich Ihnen die Termine, für die ich noch einen guten Pianisten gebrauchen kann. Das geht natürlich nur langfristig und hilft in der näheren Zukunft wenig.«

»Ist schon okay. Aber wenn Sie mir weiter gelegentlich so ein Fax schicken wie die letzten beiden ... das hilft mir schon ein bisschen!«

»Gerne. Ich sagte ja schon: Es macht mir selbst Spaß. Können wir uns wieder auf eine Frage einigen?«

»Hm. Die berühmte Frage ›Warum lässt Gott das zu?‹ scheint mir ein bisschen abgegriffen. Auch – wie soll ich sagen – anmaßend.«

»Anmaßend nicht unbedingt. Es kommt darauf an, aus welcher Motivation heraus man die Frage stellt. Aber ich muss gestehen, sie ist schwer zu beantworten. Vielleicht auch gar nicht, wenn man eine logisch stimmige Antwort erwartet.«

»Vielleicht so: Was haben die Probleme meines Lebens mit Gott zu tun? Hat er vielleicht seine Hand im Spiel gehabt, wenn ich knapp an einer Katastrophe vorbeigeschrammt bin? Oder: Könnte es sein, dass Gott mal ein Wunder tut, um einem eingefleischten Ungläubigen einen Wink mit dem Zaunpfahl zu geben?«

»Die Fragen sind nicht einfach, aber wenigstens konkret genug. Gut, Sie hören von mir.«

»Ich danke Ihnen.«

»Das können Sie tun, wenn ich Ihnen meine Antwort geschickt habe.«

»Nein, dann danke ich noch extra. Jetzt war der Dank für das Telefongespräch gemeint.«

»Schlafen Sie gut.«

»Werde mir Mühe geben, obwohl die Voraussetzungen nicht besonders günstig sind.«

Uwe legte auf und starrte danach noch eine Weile das Telefon an.

45

»Dann war das ja wirklich ein außerordentlich glücklicher Zufall, dass du den Mercedes verfolgt hast und rechtzeitig zur Stelle warst!«, stellte Magnus fest.

»Vielleicht war's auch mein kriminalistischer Instinkt«, schlug Wronski vor. »Intuition oder so was.«

»Na, meinetwegen. Wenn du den Bericht von der Spurensicherung lesen willst – hier ist er. Aber es lohnt sich nicht. Ich kann dir auch so sagen, dass sie nicht wissen, was für eine Substanz die Ohnmacht verursacht hat. Es muss sich alles verflüchtigt haben. Nur Wasser – von dem Eis, das du gefunden hast.«

»Fingerabdrücke?«

»'ne Menge. Aber was nützt uns das?«

»Hm. Wenn wir Thiedemann und seinen Fahrer – Moment, wie

hieß er? Zehntfennig – ausschließen, können uns die übrigen Fingerabdrücke unter Umständen weiterhelfen.«

»Es ist ja auch nicht auszuschließen, dass es Thiedemann war. Oder jemand in seinem Auftrag. Er war nicht mit im Auto. Und er gehört zu dem Kreis der zwielichtigeren Figuren im Umfeld dieser Sekte und damit im Umfeld von Matthias Bloch.«

»›Zwielichtig‹ kann man nicht steigern.«

»Korinthenkacker!«

»Übrigens meinte das der Fahrer auch.«

»Dass du ein Korinthenkacker bist?«

»Nein, dass Thiedemann der Mörder sein könnte.«

»Warum? Ah – das kann er gleich selbst sagen. Sie scheinen zu kommen.«

Ein Beamter führte zwei Herren herein. Man stellt sich vor.

»So, Herr Kranich«, sagte Magnus, als alle vier saßen, »es ist Ihnen sicher bekannt, dass Sie uns eventuelle Ermittlungsergebnisse nicht verheimlichen dürfen, wenn sie relevant sein könnten für die Aufklärung eines Mordfalles?«

»Das ist mir bekannt, Herr Hauptkommissar, und ich bin zur Kooperation natürlich bereit. Allerdings haben wir bisher nichts von einem Mordfall gehört. Soll sich der bei dieser Sekte ereignet haben?«

»Nein, ganz woanders. Aber es gibt Verbindungen dahin. Die waren bislang nicht sehr beweiskräftig. Nachdem aber nun der Anschlag auf Ihren Mitarbeiter verübt worden ist, erhärtet sich der Verdacht.«

»Herr Zehntfennig und ein weiterer Mitarbeiter haben nicht ermittelt, um einen Mord aufzuklären, sondern um Material zu sammeln, aus dem sich beweisen lässt, dass es da unredlich zugeht.«

»Wer hat Sie beauftragt?«

»Der Vater eines jungen Mannes, der in die Fänge dieser Leute geraten ist.«

»Aha. Und – haben Sie etwas rausgekriegt?«

»O ja, einiges ist da höchst merkwürdig. Der Chef, oder offiziell einer von zwei Chefs, aber er ist wohl die eigentlich treibende Kraft …«

»Tobias Witmann«, warf Wronski ein.

»Ja, der ist nicht ganz koscher. Er gibt sich sehr bescheiden. Wenn er aber da keine Pflichten hat, fährt er mit seinem demonstrativ klapprigen Auto einige Kilometer weiter zu seinem eigenen Haus, neu errichtet, richtig pompös. Er steigt zuweilen in einen protzigen Wagen um und fährt irgendwohin. Offensichtlich führt er ein Doppelleben!«

»Interessant!«

»Mit Thiedemann haben wir uns nur befasst, weil es uns merkwürdig erschien, dass ein so reicher und viel beschäftiger Unternehmer in solchen Kreisen verkehrt und einen nicht geringen Teil seiner kostbaren Zeit mit Halleluja-Singen zubringt. Außerdem hockt er manchmal mit Tobias Witmann unter vier Augen zusammen.«

»Er hockt?«, fragte Wronski scheinbar erstaunt.

Kranich warf ihm einen strafenden Blick zu.

Magnus fragte: »Gab's darüber hinaus irgendetwas Verdächtiges gegen Thiedemann?«

»Nein.« Kranich sah seinen – ehemaligen – Mitarbeiter an und der bestätigte: »Nein. Im Gegenteil, er ist eigentlich ein sehr umgänglicher Mann, viel zu freundlich für einen Manager.« Dann fügte er schnell noch hinzu: »Nach dem Klischee, das man so von Managern hat.«

»Herr Zehntfennig«, begann Magnus ein anderes Thema und blätterte in seinen Unterlagen, »unsere Experten haben aus der Menge Wasser und Temperatur gestern in etwa abzuschätzen versucht, welche Menge Eis im Wagen gewesen ist. Daraus versuchten sie Rückschlüsse darauf zu ziehen, wie lange das Ding da lag, also wie lange es her war, dass es aus einer Kühleinrichtung genommen wurde. Das ist schwierig, weil die Zeit natürlich länger ist, wenn das Eisgefäß klein und dickwandig gewesen ist und kürzer, wenn es größer und dünnwandig war. Aber grob geschätzt – sagen die Experten – wird es kaum länger als anderthalb Stunden da gelegen haben. Nun meine Frage an Sie: Wer konnte innerhalb von neunzig Minuten oder sagen wir zwei Stunden vor Ihrem Unfall an den Wagen? Beobachtet oder unbeobachtet.«

»Niemand.«

»Das kann nicht sein! Denken Sie nach!«

»Was meinen Sie, was ich seit gestern Abend tue? Pausenlos denke ich nach! Darum meine ich ja auch, dass es Thiedemann gewesen sein muss. Er hat vermutlich das Ding zurückgelassen, als er ausstieg.«

»Und Sie waren die ganze Zeit im Auto?«

»Ja. Bis auf zwei oder drei Minuten. Über Autotelefon kam ein Anruf von Thiedemanns Sekretärin. Ich bin dann kurz raufgerannt in das Büro von Bruder Tobias. Sie waren schon fertig mit ihrer Besprechung und Thiedemann kam gleich mit. Höchstens drei Minuten hat's gedauert.«

»Vielleicht auch vier?«

»Na schön, wenn Sie meinen – dann gebe ich Ihnen noch eine dazu. Aber mehr als vier auf keinen Fall! Nun sagen Sie mir: Wie soll der Kerl das so genau hingekriegt haben? Er müsste genau gewusst haben, was er wollte, mich beobachtet und dann sehr schnell gehandelt haben. Vor allem aber konnte er nicht wissen, dass wir die nächste Stunde im Auto zubringen würden. Es war ja geplant, dass Thiedemann und ich an der Abendveranstaltung teilnehmen.«

»Hm.«

»Es sei denn, es war von dem Täter so manipuliert, dass ich Thiedemann zum ICE-Bahnhof bringen sollte. Aber das war ohne Thiedemann selbst auch kaum möglich.«

»Hm.«

»Sie sehen also: Ich habe nachgedacht. Und alle Gedanken enden bei unserem kunstsinnigen Unternehmer.«

»Hm.«

Kranich wollte schon fragen, ob der Hauptkommissar auch etwas anderes als »Hm« sagen konnte, aber er verkniff es sich. Es erübrigte sich auch, denn jetzt meinte Magnus: »Gut, dann habe ich vorläufig keine weiteren Fragen zu dem, was geschehen ist. Bliebe nur noch zu klären, wie Sie jetzt weiter vorgehen wollen. Werden Sie den Auftrag zurückgeben?«

Kranich schüttelte den Kopf. »Nur Herrn Zehntfennig werde ich abziehen. Theoretisch wäre es natürlich auch möglich, dass seine wahre Identität gar nicht aufgeflogen ist. Aber darauf zu hoffen, ist mir zu riskant. Dagegen scheint für meinen zweiten Mitarbeiter vor Ort keine Gefahr zu bestehen. Der soll noch bleiben.«

»Sie wissen, dass Sie ermittlungsrelevante Erkenntnisse ...«

»Ich weiß. Könnte es vielleicht sein, Herr Kriminalhauptkommissar, dass Sie Ihre Ermittlungen mit meiner Hilfe zu führen gedenken? Ich bin durchaus ein Freund davon, Steuergelder zu sparen, wo das möglich ist, aber ...«

Magnus machte ein verärgertes Gesicht. Daraufhin hielt Kranich es für besser einzulenken. »Nun, also, wir werden sehen, was wir für Sie tun können. Man soll sich ja immer gegenseitig helfen, hab ich mal irgendwo gelesen. Die Betonung liegt auf ›gegenseitig‹.«

»Gut, meine Herren, dann danke ich Ihnen!« Drei Mann standen auf, nur Wronski blieb sitzen.

In der Tür drehte sich Uwe noch einmal um: »Eins möchte ich, nachdem das gestern in der Hektik fast unterging, noch mal sagen: Vielen Dank, Herr Kommissar, dass Sie mich rausgezogen haben. Als kleines Zeichen meines Dankes und um ein gutes Beispiel für gegenseitige Hilfe zu geben, habe ich noch einen Tipp für Sie. Werden Sie Thiedemann in die Mangel nehmen?«

»Ich hatte eigentlich nicht die Absicht, Sie über unser weiteres Vorgehen auf dem Laufenden zu halten.«

»Na, dann nicht«, sagte Uwe und wandte sich zum Gehen.

»Moment!« Magnus bereute schon ein wenig seinen abweisenden Ton. »Wollten Sie uns nicht einen Tipp geben?«

»Das war nur, falls Sie Thiedemann befragen.«

»Natürlich befragen wir ihn!«

Uwe grinste etwas geheimnisvoll. »Sollten Sie mit ihm nicht weiterkommen und er standhaft leugnen, bei seinem Engagement in der Sekte von irgendwelchen anderen Motiven als religiösen getrieben zu werden ...« Er machte eine dramatische Pause.

»Ja?«

»Dann fragen Sie ihn mal nach den Patenten für das stufenlose Getriebe.«

»Wie?«

»Wonach?«, ergänzte Wronski.

»Nach den Patenten für das stufenlose Getriebe.«

»Was hat es damit auf sich ...« Aber Uwe war Kranich schon auf den Flur gefolgt.

Wronski fragte seinen Chef: »Wollte der uns jetzt auf den Arm nehmen?«

»Ist mir egal. Ich laufe ihm nicht nach. Die sollen nicht denken, wir wären auf sie angewiesen.«

46

»Schwester Christina, Bruder Tobias möchte dich sprechen.«

Das kommt in letzter Zeit ziemlich oft vor, dachte Bruder Oswald. Aber er sagte nichts.

»Danke, Bruder Oswald.« Sie nahm den Hörer. »Bruder Tobias?«

»Ich habe eine wichtige Sache mit dir zu besprechen, Schwester Christina. Kannst du mal rüberkommen?«

»Natürlich. Bin gleich da.«

Sie legte auf, ging nur noch schnell zu ihrem Computer, um zu sichern, was sie geschrieben hatte, und verließ das Büro. In dem Gebäude auf der gegenüberliegenden Seite des Hofes ging sie die Treppe hinauf und klopfte an der Tür zum Büro der Sekretärin. Doch Schwester Adelheid war offenbar nicht da, denn Bruder Tobias rief von seinem dahinter liegenden Zimmer aus laut: »Herein!« Christina öffnete. Bruder Tobias kam ihr entgegen, lächelte sie freundlich an und bot ihr einen der schäbigen Stühle an. Er selbst setzte sich neben sie.

»Ich habe dich hergebeten, weil ich etwas Wichtiges mit dir besprechen wollte«, begann Bruder Tobias und sah ihr gerade ins Gesicht.

»Das sagtest du schon am Telefon«, antwortete Christina lächelnd. Aber das Lächeln wurde von ihm nicht aufgenommen. Er schien sich nicht in seinen Gedanken stören lassen zu wollen.

»Du weißt, Christina« – es wunderte sie, dass er die übliche Anrede ›Schwester‹ wegließ – »dass die meisten Männer in meinem Alter längst verheiratet sind, wenn sie nicht überhaupt unverheiratet bleiben. Vielleicht hast du dich – oder habt ihr alle euch – schon gefragt, warum ich nicht geheiratet habe. Nun, ich habe es als einen

Akt des Gehorsams angesehen, meine ganze Kraft und Zeit der Aufgabe zu widmen, die mir der Herr vor die Füße gelegt hat. Ich bereue es nicht, dieser Sache Priorität eingeräumt zu haben. Gott hat mein Opfer gesegnet, was ja offensichtlich ist, wenn man dieses wunderbare Glaubenswerk betrachtet.« Er schien auf eine Bestätigung zu warten, aber sie sah ihn nur mit großen Augen an. »Nun aber sind wir in eine neue Phase eingetreten. Die Pionierarbeit ist getan und die Zeit der Stabilisierung der Festigung des Glaubens beginnt. Ich habe viel über diese Entwicklung nachgedacht – unter Gebet – und habe dabei den Herrn gefragt, ob dies auch an meiner persönlichen Situation etwas ändere. Ja, hat er mir in stillen Stunden geantwortet, ja, Tobias, nimm dir eine Frau, so wie ich es vom Anfang der Schöpfung an für meine Kinder vorgesehen habe, damit sie dir eine Gehilfin sei.«

Christina wurde leicht schwindelig. Ein merkwürdiger Druck legte sich ihr auf den Magen. Sie wagte aber nicht zu unterbrechen.

»Mein Blick fiel auf dich, meine liebe Christina. Treu im Glauben, eifrig tätig für den Herrn – die rechte Gehilfin für einen Diener Gottes. Und der Herr sagte mir: Das ist sie, die ich für dich ausersehen habe.«

Christina wurde fast schlecht. Sie hätte gern ein Fenster aufgemacht, um frische Luft hereinzulassen, aber wie gelähmt saß sie auf ihrem Stuhl. Sie hatte die Hände auf dem Schoß liegen, rang nach Luft und sagte und tat sonst nichts. Noch nicht mal richtig denken konnte sie.

»Ich bemerke leider kein Zeichen von Zustimmung bei dir, meine Liebe, geschweige denn ein Wort. Aber ich habe Verständnis dafür – kommt das alles doch für dich völlig überraschend. Trotzdem, glaube mir, habe ich von jenem Zeitpunkt an den Gedanken an dich immer mehr in meinem Herzen bewegt. Es ist mir – nach der geistlichen Erbauung – der liebste Gedanke geworden. Ich habe ihn nur tief in mir verschlossen, bis mir klar wurde, dass der Zeitpunkt gekommen ist.«

Erst jetzt wurde Bruder Tobias bewusst, dass sie schon eine Weile den Kopf schüttelte. Die Bewegung hatte kaum merklich angefangen und war immer stärker geworden. Erschrocken hielt er inne mit seiner wohlgesetzten Rede.

»Willst du ... willst du deine Ablehnung ... mit deinem Kopfschütteln ... Christina! Sag doch etwas! Nein, nein, sag erst einmal nichts! Hör mir nur zu.«

Wenn sie ihm nur zuhörte, wäre das für ihn am besten, dachte Bruder Tobias, denn seine Worte hatten noch nie ihre Wirkung verfehlt. Ungeachtet dessen tat er aber selbst etwas anderes als zu sprechen: Er wandte sich ihr noch direkter zu und legte seine Hände auf ihre. Christina schreckte auf und zog sie zurück.

Tobias Witmann fühlte Enttäuschung und Zorn in sich aufsteigen. Er stand auf und ging mit großen Schritten im Zimmer auf und ab. Reden muss ich, dachte er, reden!

»Entschuldige, Christina, du musst dich von mir überfahren fühlen. Ich will dir natürlich Zeit lassen, über das alles nachzudenken. Weißt du, unter anderen Verhältnissen geschieht die Anbahnung einer Liebe, die schließlich zur Ehe führt, natürlich anders. Man findet Gefallen aneinander, tauscht Blicke, jeder denkt über den anderen nach, ehe das erste klare Wort fällt. Das ist dann selten eine Überraschung. Hab bitte Verständnis dafür, dass das bei mir anders sein muss aufgrund der besonderen Stellung, die ich in unserer Gemeinschaft habe. Stell dir vor, was das unter unseren Brüdern und Schwestern für ein Tuscheln geben müsste, hätten sie solche Anzeichen vorsichtigen Annäherns und des Verliebtseins bei uns bemerkt. Nein, da konnte es für mich nur der richtige Weg sein, alle Zeichen heranreifender Liebe unter Verschluss zu halten, mich mit dir darüber auszusprechen und dann mit der Bekanntgabe unserer Verlobung vor die Geschwister zu treten.«

Sie antwortete immer noch nichts.

»Siehst du das nicht so, Christina?«

Sie hob den Kopf und sah ihn an.

»Warum sagst du denn nichts?«

»Das ... ich ...« Sie musste sich zweimal räuspern, aber daran lag es nicht, dass ihr Satz unvollendet blieb.

»Ich mache dir einen Vorschlag, meine Liebe.« Er setzte sich wieder auf seinen Stuhl, wollte noch einmal die Hände nach ihren ausstrecken, besann sich dann aber eines Besseren und zog sie schnell zurück. »Wir beenden unser Gespräch und treffen uns später noch mal wieder, wenn du über alles nachgedacht hast. Einverstanden?«

Sie schüttelte wieder den Kopf.

»Du bist nicht mit einer Denkpause einverstanden?«

Jetzt endlich fand sie die Kraft zu antworten. »Es hat keinen Sinn. Es hat keinen Sinn, Bruder Tobias.«

»Was hat keinen Sinn? Zu warten?«

»Ich kann . . . ich kann dich nicht heiraten.«

»Warum nicht?«

Als sie nicht antwortete, kam ihm selbst der Gedanke, dass die Frage etwas plump war. »Ich meine – wie kannst du so sicher sagen, dass du mich nicht heiraten könntest, ohne nachzudenken.«

»Ich . . . ich kann mir das nicht vorstellen.«

»Warum nicht? Bin ich hässlich? Bin ich gewalttätig? Bin ich dumm? Bin ich ungläubig?« Gerade noch fiel ihm ein, dass es nicht gut wäre, diese letzte Frage im Raum stehen zu lassen, und er fügte schnell hinzu: »Bin ich – äh – irgendwie unordentlich oder etwas in der Art?«

Sie schüttelte nur den Kopf.

»Was fehlt mir dann?«

»Nichts.«

»Aber . . .?«

Ihre Antwort kam ganz leise. »Ich liebe dich nicht.«

Wieder sprang Tobias auf. Er konnte nur mühsam seine Erregung beherrschen. Die Situation war neu für ihn. Jedenfalls in den letzten Jahren war es nicht mehr vorgekommen – wenn man mal von den unerquicklichen Gesprächen mit Böttcher absah – dass er eine Situation nicht im Griff hatte. Das machte ihn wütend. Er ging mit schnellen Schritten durch den Raum, schlug mit seiner flachen Hand auf einen Stapel Papiere auf seinem Schreibtisch, nur um die innere Anspannung in Bewegung umzusetzen, ging zum Fenster und öffnete es. Jetzt empfand Christina das nicht mehr als lebensnotwendig. Seit ihrem letzten Satz konnte sie wieder freier atmen, auch ohne frische Luft. Tobias schloss das Fenster auch gleich wieder aus Angst vor Zuhörern.

»Christina!« Er stand am Fenster und sah zu ihr herüber. Sie hatte noch nicht die Kraft, ihn direkt anzusehen.

»Was heißt das – du liebst mich nicht? Woher willst du das so genau wissen? Liebe muss langsam reifen. Ich habe dir heute zum ersten Mal meine Liebe gestanden. Es dauert einige Zeit, bis sie bei dir ein Echo finden kann. In früheren Zeiten wurden die jungen Leute einfach verheiratet, ohne dass jemand nach Liebe fragte. Und die Ehen waren nicht die schlechtesten.«

Je mehr er redete, desto stärker regte sich in Christina Widerstand. »Du meinst, es ist schade, dass wir nicht damals gelebt haben?«

Sie wunderte sich selbst, dass sie zu einer gewissen Ironie fähig war. Er wischte das mit einer Handbewegung weg.

»Ich will nur sagen: Liebe wächst.«

»Wenn du so sicher bist« – ihre Stimme war immer noch sehr leise –, »dann werden wir ja sehen, ob du Recht hast. Ich will dir nur keine Hoffnung machen.«

Plötzlich kam ihm ein erschreckender Gedanke. »Hast du etwa ... bist du in einen anderen ...«

Sie senkte den Blick.

»Hast du ernsthafte Absichten, einen anderen zu heiraten?«

»Nein«, sagte sie so leise, dass sie es selbst kaum hörte.

»Du sagst nicht die Wahrheit, Christina! Ich sehe es dir an. Wen liebst du?«

Keine Antwort.

Er kam heran, hockte sich vor ihr nieder und packte sie bei den Schultern. »Wen liebst du?« Jetzt sah sie auf, ihr Blick wurde härter, ihre Stimme fester.

»Angenommen, ich würde dir einen Namen nennen – was würdest du dann machen? Würde das etwas ändern?«

Er stemmte sich hoch, sportlich, wie er war, und umrundete den Tisch. Plötzlich änderte sich sein Gesichtsausdruck. Er setzte sich wieder. »Entschuldige meine Unbeherrschtheit, Christina. Ich ... ich bin ein bisschen durcheinander.«

»Hast du so sicher mit meiner Zustimmung gerechnet?«

»Sag es mir: Wer ist es? Ich bin dein Seelsorger, du solltest mir nichts derart Wichtiges verschweigen.«

Jetzt trat der Ausdruck von Empörung in ihr Gesicht und verdrängte den letzten Rest von Beklemmung. »Nein, Bruder Tobias.

Mein Seelsorger im engeren Sinn ist Bruder Volkmar. Und außerdem sitzt du mir im Moment keineswegs als jemand gegenüber, der sich um meine Seele sorgt, sondern du hast mir einen Heiratsantrag gemacht. Das ist ein kleiner Unterschied.«

Tobias konnte sich nur mühsam beherrschen. Aber es gelang ihm und er blieb sitzen.

»Christina!« Ruhig bleiben!, sagte er sich. Ruhig mit ihr reden! »Vielleicht sind es ja Überlegungen, die mit wirtschaftlichen Fragen zusammenhängen, die dich hindern, Ja zu sagen. Das könnte ich gut verstehen. Wenn man dieses schäbige Ambiente sieht – ich kann mir vorstellen, dass eine junge Frau unter solchen Voraussetzungen keine Familie gründen will. Aber da musst du dir keine Sorgen machen.«

»Nicht?«

Er witterte Morgenluft und merkte nicht, dass sie so gefragt hatte, um zu erfahren, was er damit meinte.

»Nein. Ich kann uns – dir – eine Zukunft in guten Verhältnissen bieten.«

»Wie das?«

»Mehr kann ich dazu jetzt noch nicht sagen, Christina.«

»Wann denn?«

»Äh – später, also ... wenn alles klar ist ...«

»Mit anderen Worten: Ich soll das Vertrauen zu dir haben, dass du mich später angenehm überraschen wirst. Aber du hast nicht das Vertrauen zu mir, vor meiner Einwilligung deine Geheimnisse auf den Tisch zu legen?«

Er spürte, dass sie das Gespräch mehr und mehr steuerte, während er zusehends die Kontrolle darüber verlor. Aber er wusste nicht, wie er dem wehren sollte. In seiner Hilflosigkeit griff er nach der falschen Waffe.

»Was willst du eigentlich? Hast du denn vergessen, dass wir alle uns nach Gottes Willen richten wollen? Willst du ihm widerstreben? Er hat mir in aller Deutlichkeit gesagt, dass er uns beide füreinander bestimmt hat!«

Über dieses Stadium war das Gespräch jedoch längst hinausgegangen. Das Argument verpuffte wie der Schuss einer Schreckschusspistole. Christina stand langsam auf. Den Blick hielt sie fest auf Tobias gerichtet, der instinktiv auch aufstand.

»Wenn Gott es will, dann soll er das auch mir klarmachen«, sagte sie beherrscht. Dann ging sie zur Tür.

Er musste um den Tisch herumgehen, um sie einzuholen. Da sie mit langsamen, steifen Schritten ging, war er noch vor der Tür bei ihr. Er fasste sie am Arm.

»Lass mich los!« Sie sprach jetzt ganz ruhig, als wäre sie völlig Herrin der Lage, und in gewissem Sinne war sie das auch.

»Wie kannst du mich so kaltherzig abweisen! Das kann doch nur ... kann doch nur ein Irrtum sein! Habt ihr nicht alle zu mir aufgesehen? Habt ihr nicht alle – du auch – mit Bewunderung ...«

»Ja«, sagte sie, »ich habe dich auch bewundert. Ich muss mich sehr getäuscht haben.« Jetzt erst kam ihr in den Sinn, was Uwe gesagt hatte. Sie zögerte einen Augenblick. Den nutzte Tobias, um in fast winselndem Ton neu anzusetzen.

»Lass uns noch mal von vorne anfangen! Bitte! Setz dich doch ...«

Sie unterbrach ihn einfach und fuhr da fort, wo sie eben aufgehört hatte. »Ich habe zu einem Boten Gottes aufgeschaut. Aber den sehe ich nicht. Vor mir steht ein Liebhaber, der nicht begreifen will, dass er abgewiesen wurde.«

Sie öffnete die Tür.

»Christina!« Er herrschte sie plötzlich an, als habe er zu befehlen und packte sie erneut am Arm. Sie wand ihn mit einer Drehung aus seinem Griff; er wagte nicht, mit der anderen Hand nachzufassen. Bis zum unteren Ende der Treppe ging sie ruhig und beherrscht. Dann fing sie an zu laufen. Ihr Ziel war der nahe Wald.

Sie war über sich selbst hinausgewachsen. Aber es hatte ihre ganze Kraft gekostet. Jetzt war sie leer. Als sich der Vorhang des Buschwerks hinter ihr schloss, weinte sie hemmungslos.

47

Fax von: Johannes Scheidt
an: Uwe Zehntfennig

Lieber Herr Zehntfennig,

ob Gott uns manchmal mit dem Zaunpfahl winkt? O ja, das tut er. Ich kenne die Einzelheiten nicht. Aber selbst, wenn ich alles wüsste, was Ihnen in der letzten Zeit passiert ist, könnte ich nicht mit Sicherheit sagen, wie es zu deuten ist. Gottes Eingreifen in unseren Lebensablauf ist immer mehrdeutig. Was für den einen ein Wunder ist, ist für den anderen ganz logisch erklärbar (behauptet er jedenfalls, auch wenn die Erklärung meist Lücken hat und mehr eine Vermutung ist).
Ich nehme an, Gott macht das extra so. Ein nachweisliches Wunder wäre ja ein Beweis für Gott und würde damit den Glauben überflüssig machen. Glaube an ihn entsteht aber nicht aus Beweisen, sondern durch das, was wir von ihm hören (schreibt Paulus) und durch den Heiligen Geist.
Wer glaubt, erkennt in den Ereignissen die Hand Gottes. Dass wir uns recht verstehen: Ich sage nicht, weil er gläubig ist, deutet er es eben so, wie es zu seinem religiösen Weltbild passt.
Nein, Glauben bedeutet ja nicht, sich ein Weltbild zu zimmern, in dem man sich wohl fühlt. Glauben bedeutet, für Gott offen zu sein, ihm zu gehören, durch Jesus Gottes Kind zu sein. Wer so ein Vertrauensverhältnis zum himmlischen Vater hat, der kann nichts mehr unabhängig von Gott sehen. Wenn Gott lebendig ist – wie sollte er dann fern im Himmel sein und Erde und Menschen sich selbst überlassen!
Selbstverständlich greift Gott ein! Was hätte Beten sonst für einen Sinn? Wie könnte ein Christ sich in ihm geborgen wissen, wenn Gott sich um nichts kümmerte?
So sieht es der, der glaubt. Aber glauben ist ein Prozess. Am Anfang muss noch nicht gleich der Glaube im biblischen Vollsinn des Wortes stehen. Für den Anfang reicht es, für ihn offen zu sein. Jesus sagte es so: »Wer aus der Wahrheit ist, der hört meine Stimme.«

Der Skeptiker kann das nicht nachvollziehen. Er wird immer fürchten, hier wäre der nüchterne Verstand nicht mehr das letzte Entscheidungsorgan. (Psychologen belehren uns, dass es das meistens sowieso nicht ist, auch bei dem typischen ›Verstandesmenschen‹.) Genau das ist aber der Weg zur Erkenntnis Gottes, dass wir »die Vernunft gefangen nehmen unter den Gehorsam Christi« (auch das ist ein Bibelzitat). Weil der Verstand eben nicht das letzte Wort haben darf in einer Sache, die er ohnehin nicht begreifen kann. Um es mit einem Bild zu sagen: Der Mensch kann mit keinem seiner fünf Sinne den Erdmagnetismus wahrnehmen. Manche Zugvögel haben dafür ein Organ, um sich zu orientieren. Wäre es nicht dumm, wenn ein Mensch behauptet, Zugvögel können sich nachts und bei Nebel nicht orientieren? Und wenn sie richtig ans Ziel kommen, sei das eben Zufall? Ohne Bild: Gottes Handeln ist erkennbar für den, der dafür offen ist. Es kann aber auch geleugnet werden von dem, der sich verschließt.
Noch ein Zitat von Jesus: »Wenn jemand Gottes Willen tun will, wird er merken, ob das, was ich sage, von Gott ist.«
Mit anderen Worten: Man kann es ausprobieren. Nicht im Sinne eines wissenschaftlichen Experimentes, aber so, dass man sich darauf einlässt, danach lebt. Dann lässt Gott sich finden.
Alles Gute (auch in diesem Sinn),

Ihr Johannes Scheidt

P.S.: Kirchenmusikalische Termine im nächsten Jahr:

7.–11. Februar:	*Messias (Händel)*
Karfreitag:	*Johannespassion (Bach)*
9.–13. November:	*Elias (Mendelssohn)*
2. Weihnachtstag:	*Weihnachtsoratorium, Kantaten 1–3*

Die mehrtägigen Termine bedeuten Aufführungen in Marburg, Wetzlar, Lich, Weilburg und Bad Hersfeld.

48

»Der Herr Direktor lässt bitten.«

Frau Reisig, die Sekretärin im grünen Kostüm, das hervorragend zu ihrem kastanienbraunen Haar passte, hielt die schwere schalldämpfende Tür auf.

Magnus und Wronski traten ein. Das Büro war geschmackvoll ausgestaltet, kostbar, aber nicht protzig. An der den Fenstern gegenüberliegenden Wand hing ein einzelnes Bild, dessen Bedeutung durch eine Punktbeleuchtung mit zwei Lämpchen rechts und links darüber unterstrichen wurde. Sie waren aber jetzt, am Tag, nicht eingeschaltet. Es konnte von einem französischen Impressionisten sein, dachte Wronski und vermutete, dass es wohl echt sein müsse.

Auf der großen Schreibtischplatte aus poliertem Brasilholz mit Messingbeschlägen standen außer Computer, Briefkörben und Ähnlichem zwei verkleinerte Modelle von Schaltgetrieben. Eins funktionsfähig in einem Plexiglasgehäuse, das andere nur zum Anschauen, in der Mitte aufgeschnitten, die Wellen und Zahnräder in bunten Farben markiert, um die Funktion verständlich zu machen.

Herr Thiedemann kam auf sie zu. »Sie sind natürlich willkommen, meine Herren, trotz meiner knappen Zeit. Aber ich hätte nicht gedacht, dass die Polizei wegen eines Verkehrsunfalls ... Aber bitte, nehmen Sie Platz.«

Das taten die beiden.

Thiedemann setzte hinzu: »Man schießt doch nicht mit Kanonen auf Spatzen!«

Wronski knurrte: »Aber man jagt auch nicht ein Krokodil mit der Fliegenklatsche.«

»Wie?«

»Ach nichts.« Magnus erklärte: »Wir sind nicht von der Verkehrspolizei, Herr Thiedemann, sondern von der Mordkommission.«

»Was? Mordkommission? Aber wer um alles in der Welt ist ermordet worden? Und was hat das mit mir zu tun?«

»Eins nach dem anderen, Herr Thiedemann. Aber – setzen Sie sich nicht zu uns?«

Der Direktor ließ sich auf einem der Ledersessel nieder, die um einen Messingtisch mit Glasplatte gruppiert waren.

»Entschuldigung, ich habe ganz vergessen zu fragen – möchten Sie etwas trinken? Kaffee vielleicht? Oder einen Cognac?«

»Nein, danke!«

Wronski bedauerte die Ablehnung durch seinen Chef, aber er musste sein Schicksal wohl ergeben tragen.

»Also – was kann ich für Sie tun, meine Herren?«

»Es hat den Anschein, dass auf Ihren Fahrer ein Mordanschlag verübt wurde.«

»Was? Auf Herrn Umbach oder Herrn Zehntfennig?«

»Herrn Zehntfennig.«

»Warum? Wo?«

»Ich fürchte, Sie haben mich missverstanden, Herr Thiedemann. Der Unfall gestern war ein Mordanschlag.«

Thiedemann sah ehrlich entsetzt aus, wie Magnus aufmerksam registrierte. Aber man kann sich auch täuschen. Er ließ seinem Gegenüber Zeit.

Endlich fragte der Direktor: »Hat jemand an dem Wagen etwas manipuliert?«

»Nicht direkt.«

»Aber wenn der Anschlag – wie kommen Sie dann darauf, dass es kein Unfall war?«

»Der Täter war viel zu gerissen, um eine Bremsleitung zu zerschneiden oder ein Gestänge anzusägen. Er hat etwas versucht, das man, wäre alles in seinem Sinne gegangen, gar nicht als Anschlag hätte erkennen können.«

Thiedemann sagte nichts, schaute nur beide wechselseitig mit fragenden Augen an.

Wronski löste seinen Chef ab. »Er hat betäubendes Gas auf raffinierte Weise ausströmen lassen.«

»Da kommt mir ein erschreckender Gedanke, meine Herren: Hat das vielleicht mir gegolten? Ich wäre normalerweise mit im Auto gewesen!«

»Richtig«, sagte Magnus, »aber nicht zu dieser Zeit. Ursprünglich hatten Sie vor, zur Abendveranstaltung zu bleiben. Herr Zehntfennig übrigens auch. Dann hätte der Anschlag ins Leere gehen müssen. Denn zu der Zeit, wo das Gas freigesetzt wurde, sollte nach den ursprünglichen Plänen niemand im Wagen sein.«

»Ach – war das mit einer Zeitschaltuhr verbunden?«

Entweder ist er sehr gerissen oder tatsächlich ahnungslos, dachten beide Beamten synchron.

»So könnte man sagen, im weitesten Sinne«, verheimlichte Wronski mehr, als dass er erklärte.

Magnus ging aufs Ziel zu: »Nun müssen wir natürlich auch den Gedanken in Erwägung ziehen, dass Sie die gefährliche Technik installiert haben.«

»Ich?«

»Schließlich waren Sie als Einziger außer dem Opfer vorher im Wagen. Und Ihr Fahrer wird es ja wohl nicht selbst gemacht haben.«

»Ein nahe liegender Gedanke, das gebe ich zu. Falls ich irgendein Interesse haben sollte, diesen netten jungen Pianisten umzubringen! Warum um alles in der Welt sollte ich das tun?«

»Wir können uns da durchaus ein Motiv denken. Das wollen wir aber mal noch für uns behalten. Wenn Sie es waren, wissen Sie es sowieso. Wenn Sie es nicht waren, brauchen Sie es im Moment auch nicht zu wissen.«

»Aber meine Herren! Wenn Sie mir etwas vorzuwerfen haben, legen Sie Ihre Karten auf den Tisch, damit ich mich verteidigen kann! Ich werde meinen Anwalt ...«

»Moment, Herr Direktor Thiedemann! Um im Bild vom Kartenspiel zu bleiben: So hoch pokern wir noch nicht. Wir haben Sie nur davon in Kenntnis gesetzt, dass Sie zum Kreis der Verdächtigen gehören. Vielleicht kann unser Gespräch ja dazu beitragen, den Verdacht zu zerstreuen.«

»Fragen Sie.« Thiedemann hatte sich wieder etwas beruhigt, aber seinen Augen und den Bewegungen der Hände merkte man die innere Anspannung an.

»Was verbindet Sie mit der Sekte?«

»Darf ich Sie zunächst korrigieren. Es handelt sich hier nicht um eine Sekte, sondern um eine Lebensgemeinschaft von Christen, die zum größten Teil Mitglieder einer der anerkannten Kirchen sind und deren Theologie auf der Bibel und den reformatorischen Bekenntnisschriften ...«

»Ja, ja, schon gut, ich nehme das Wort ›Sekte‹ zurück. Also, was verbindet Sie mit dieser Lebensgemeinschaft?«

»Der Glaube.«

»Und? Was noch?«

»Nichts.«

»Herr Thiedemann! Versuchen Sie nicht, uns für dumm zu verkaufen! Sie passen da nicht hin! Ein reifer Herr, Unternehmer, angesehen und als Kunstliebhaber bekannt, unter lauter Halleluja singenden jungen Eiferern ...«

»Ich gehöre ja, wie Ihnen nicht entgangen sein dürfte, nicht zu der Lebensgemeinschaft, sondern fahre nur gelegentlich hin. Ich finde die Ziele der Gruppe gut und spende deswegen für ihre Sache. Das ist weder verboten noch so ganz außergewöhnlich. Es gibt viele Initiativen von jungen Leuten, die nicht bestehen könnten, wenn nicht vermögende Menschen ihnen unter die Arme griffen.«

»Aha, na schön. Akzeptieren wir mal soviel Edelmut. Warum identifizieren Sie sich denn mit den Zielen dieser frommen Gruppe, gehören aber andererseits hier, wo Sie wohnen, keiner christlichen Gemeinde an?«

»Es sollte auch Ihnen schon aufgefallen sein, dass wir in einer Zeit des Individualismus leben. Das gilt auch für Religiöse. Kaum jemand gibt sich mit einer bestimmten Gemeinde zufrieden, nur weil er zufällig dort lebt. Jeder geht – oder besser: fährt – dahin, wo er sich am wohlsten fühlt.«

»Und Sie fahren darum zu diesen Leuten, die sich ›Überwinder‹ nennen, weil Sie sich da wohl fühlen?«

»Ja, das ist meine Gemeinde.«

Magnus ärgerte sich. Er kam nicht recht weiter. Ein paar Fragen stellte er noch, aber Wronski spürte, dass es Rückzugsgefechte waren.

»Kannten Sie einen Matthias Bloch?«

»Nein.«

»Was haben Sie mit Tobias Witmann so ausführlich zu besprechen?«

»Die Verwendung der Gelder. Ich berate auch ein wenig in wirtschaftlichen Fragen. Sie wissen sicher, dass die Gemeinschaft mehrere Gewerbe angemeldet hat. Dafür werden ordnungsgemäß Steuern bezahlt.«

Wronski hätte schwören können, dass jetzt kam: ›von denen auch Sie Ihr Gehalt bekommen‹, aber nichts dergleichen sagte Thiedemann.

Magnus fiel noch eine Verlegenheitsfrage ein: »Wie kam Ihre Verbindung zu den Überwindern zustande?«

»Das weiß ich gar nicht mehr so genau. Jemand lud mich mal zu einer Veranstaltung ein, bei der Tobias Witmann sprach.«

Eine Pause entstand. Magnus war eben im Begriff zu sagen, dass sie sicher nochmal wiederkämen, da ergriff Wronski das Wort.

»Herr Thiedemann, Sie wissen ja sicher, dass Richter es bei der Bemessung von Strafen honorieren, wenn die Angeklagten freiwillig auspacken und man ihnen nicht alles aus der Nase ziehen muss.«

»Was wollen Sie damit sagen?«

»Ich wollte Ihnen Gelegenheit geben, freiwillig mit der eigentlichen Sache herauszurücken. Ihr Geständnis ist nicht mehr so viel wert, wenn Sie nur gezwungenermaßen bestätigen, was wir Ihnen beweisen.«

»Wollen Sie bluffen?« Thiedemanns Ärger wirkte auf seine erfahrenen Beobachter etwas künstlich. »Wenn Sie etwas gegen mich in der Hand haben, dann sagen Sie es. Aber Sie haben nichts in der Hand, weil es einfach nichts gibt.«

»Na gut«, sagte Wronski und machte eine kleine Pause, die ihren Zweck, dem Folgenden besonderes Gewicht zu geben, auch erfüllte. »Ein Stichwort. Zum Kern der Sache. Und wir sind großzügig. Wenn danach ein Geständnis sprudelt, lassen wir es als ganz freiwilliges in den Protokollen erscheinen. Okay? Das Stichwort heißt: Patente für das stufenlose Getriebe.«

Thiedemann wurde bleich. Schon nach wenigen Augenblicken setzte seine Bemühung ein, es zu verbergen. Er holte ein Taschentuch heraus und schneuzte sich. Aber dann merkte er selbst, dass es zu spät war. Er konnte seine innere Erregung sowieso nicht glaubwürdig verbergen.

Wozu auch? Wozu jetzt noch leugnen, was die Herren offenbar sowieso wussten?

Der schlanke Herr in seinem vornehmen Anzug stand auf, ging ans Fenster und sah hinaus. Er wirkte wie ein nervöser Abiturient vor einer Prüfungskommission.

Mindestens eine Minute lang sagte niemand etwas. Dann drehte Thiedemann sich um und begann fast im gleichen Moment zu erzählen. Seine Stimme war leise, man merkte ihr seine innere Anspannung an, aber gleichzeitig sein Bemühen, sie zu verbergen.

»Vor einigen Jahren hat ein Erfinder aus Süddeutschland die Grundidee eines stufenlosen Getriebes zum Patent angemeldet. Genauer: mit mehreren Patenten gesichert. Ich kannte ihn, weil er eine kleine Firma hat. Da werden Werkzeugmaschinen zum präzisen Schleifen von Zahnrädern hergestellt, von denen einige auch in meinen Betrieben arbeiten. Für einen, der Getriebe herstellt, ist es selbstverständlich, alle Patentanmeldungen auf diesem Gebiet zu verfolgen. Ich beauftragte einige meiner Ingenieure, sich die Sache anzusehen, darüber nachzudenken und ein Modell zu bauen. Das Ergebnis war durchaus beeindruckend. Aber es zeigte sich bald, dass noch sehr viel Entwicklungsarbeit nötig sein würde, um mit der Erfindung etwas Sinnvolles anfangen zu können. So wie das Ding zu diesem Zeitpunkt war – wir haben mehrere Varianten gebaut – war es zu unbeholfen, schluckte zu viel von der Energie, die es übertragen sollte und war störanfällig. Offenbar haben andere Firmen außer unserer ähnliche Untersuchungen angestellt – in Großbritannien, in Japan, in den USA, später noch in Italien.

Ich weiß das, weil in dieser Branche so etwas auf Dauer nicht geheim bleiben kann. Auch wurde mir berichtet, dass verschiedene Vertreter einschlägiger Firmen mit Herrn Schwab – so heißt der Erfinder – Gespräche führten. Wir übrigens auch. Aber in keinem Fall ist es zu einer Übernahme der Patente gekommen. Alle schreckten zurück vor den horrenden Entwicklungskosten der nötigen Verbesserungen und vor dem Risiko, dass sich am Ende herausstellen könnte: Es ist nicht genug zu verbessern. Wir auch.«

Über dem Bericht schien sich Thiedemann etwas beruhigt zu haben. Seine Stimme hatte nicht mehr so viel von der verräterischen Vibration. Jetzt trat er heran und setzte sich wieder auf seinen Sessel. Er blickte keinen der beiden Gesprächspartner an, sondern stierte nur auf die Mitte des Glastischchens, als müsse er seinen Text dort ablesen.

»Der Vorteil eines großen, gut gehenden Unternehmens ist, dass man auch mal Geld in ein Forschungsprojekt stecken kann, dessen Sinn nicht auf der Hand liegt, aber zu ahnen ist. Ich ließ zwei Ingenieure, auf deren Einfallsreichtum ich große Stücke halte, weiter mit dem Getriebe experimentieren. Zwei Kräfte sind nicht viel für ein solches Projekt, es war auch nur so ein Gefühl von mir, ich solle die Sache nicht ganz fallen lassen. Und meine Gefühle täuschen mich selten. Eines Tages saßen beide vor mir und erklärten mir strahlend, dass dem Jüngeren eine großartige Idee zur Ergänzung der Erfindung gekommen sei. Sie hatten sich gleich an die Arbeit gemacht, gezeichnet und gerechnet, und waren nun sicher, damit das stufenlose Getriebe zu einem technischen Meisterwerk machen zu können, einem wirklich brauchbaren Teil, dessen Einbau sogar in PKWs einen großartigen technischen Fortschritt bedeuten würde.«

»Worum handelt es sich da?«, fragte Wronski dazwischen.

»Das kann und will ich Ihnen jetzt nicht erklären. Es würde sehr lange dauern, und wahrscheinlich verständen Sie es sowieso nicht. Außerdem ist es geheim.«

»Haben Sie es nicht zum Patent angemeldet?«

»Nein. Zunächst habe ich die beiden Mitarbeiter gebeten, eine Patentschrift auszuarbeiten. Aber nach zwei Tagen, in denen mir die Sache nicht aus dem Kopf ging, habe ich sie noch einmal hergebeten und etwas anderes mit ihnen besprochen.«

Er machte eine Pause, stand auf, nahm aus seinem Schrank eine dickbauchige Flasche und hielt sie den Beamten hin.

»Sie auch?«

Magnus schüttelte den Kopf. »Nein, danke.«

Diesmal aber hatte Wronski, beflügelt von seinem Erfolg, genug Mut zu sagen: »Ich gern.«

Thiedemann schüttete zwei Gläser voll, kippte eins an Ort und Stelle runter und brachte das zweite mit. Wronski ließ den Cognac heiß die Kehle runterrinnen. Sein Hochgefühl verstärkte sich.

»Ich bat die Herren, ein Modell zu bauen, mit dem man die Funktion überprüfen konnte, die Patentschrift aber erst einmal ruhen zu lassen. Mir war Folgendes klar geworden: Schwabs Erfindung und unsere waren gleich viel wert – soweit man so etwas überhaupt sagen kann. Seine funktionierte ohne unsere nur unvollkommen. Unsere ohne seine gar nicht. Wir brauchten einander. Beide Ideen waren wie die zwei Schlüssel zum Banktresor, die verschiedene Personen bei sich tragen. Nur, wenn sie zusammenwirken, lässt sich der Panzerschrank öffnen. Nur mit beiden Ideen zusammen würde sich uns eine Tür zu ungeahntem Reichtum öffnen. Ich musste also mit Schwab zusammenarbeiten oder seine Patente kaufen. Einfach verkaufen aber würde Schwab nicht. Das hatte sich in den ersten Gesprächen herausgestellt. Er würde eine Gewinnbeteiligung wollen.«

»Wäre ja auch gerecht, oder nicht?«, warf Magnus ein.

»Sicher. Aber er hatte nur wenig Geld investiert, ich bis dahin schon viel, und ich würde noch mehr investieren müssen. Durch meine Firma würde der Erfindung der Durchbruch gelingen. Wenn ich mir nun vorstellte, was da für Unsummen zu verdienen wären und dass ich von allem die Hälfte an Schwab würde abgeben müssen ... Zu diesem Zeitpunkt wurde mir berichtet, dass Schwab einen Herzinfarkt hatte. Das brachte mich auf einen Gedanken. Wenn er nun starb – könnte ich mir vielleicht die Patentrechte von seinen Erben sichern? Ich ließ Nachforschungen anstellen und bekam heraus, dass er als einzige Erbin eine Tochter hat, die bei den Überwindern ist.«

»Aha«, sagte Magnus nur.

»Zunächst einmal machte ich mit meinen Ingenieuren einen notariell bestätigten Vertrag. Sie bekamen das Geld, das sie als Patentprämie bekommen hätten – großzügig bemessen, versteht sich. Und sie sollten eine nicht geringe Summe bekommen, wenn die Erfindung und das ganze Projekt geheim blieb, bis zu einem Zeitpunkt, der uns in der Sache einen mehrjährigen Vorsprung vor den Konkurrenten sicherte. Sie machten sich mit Eifer an die Weiterentwicklung.

Nun ja, dann tauchte ich bei den Überwindern auf, gab mich als religiöser Mensch aus – der ich, wie Sie richtig erkannt haben, gar nicht bin – und tastete mich langsam vor. Es dauerte nicht lange, da hatte ich bei Bruder Tobias eine gewisse Geldgier ausgemacht, die nicht so recht zu dem Bild passen wollte, das er von sich zu zeichnen suchte. Eins ergab das andere, und nach wenigen Wochen hatten wir eine – zunächst mündliche – Vereinbarung. Die besagte, dass ich eine stattliche Summe für den Umbau der Fabrikhalle zu einem schönen Saal bezahlte, außerdem die Restschulden vom Kauf des Geländes beglich und Tobias Witmann auch noch etwas zusteckte. Dafür sollten mir alle Rechte an geistigem Eigentum gehören, die die dreihundert jungen Leute mitbrachten oder die sie noch bekommen sollten. Die jungen Leute sollten alle eine entsprechende Erklärung unterschreiben, was sie inzwischen auch getan haben.«

»Auch Ihre Zielperson?«

»Natürlich. Also wenn zum Beispiel – erklärte ich Witmann – jemand Tantiemen von einem Buch bekommen sollte oder GEMA-Gebühren von einer Komposition seines Großvaters, so sollten alle diese Rechte mir zustehen. Nicht aber materielle Erbschaften. Letzteres beruhigte Witmann. Natürlich war er schlau genug zu durchschauen, dass es mir nicht nur um Buchrechte oder dergleichen ging. Aber mit dieser Erkenntnis konnte er nichts anfangen. Ich weigerte mich strikt, ihm zu sagen, worum es mir eigentlich ging.«

Es klopfte, und Frau Reisig schaute herein. »Entschuldigen Sie die Störung, Herr Direktor, aber Sie hatten Herrn Schimmel versprochen, ihn bis elf Uhr anzurufen. Er fliegt heute Mittag in die USA und hätte gern vorher Ihre Antwort.«

»Rufen Sie ihn bitte an und fragen Sie, ob es ihm noch reicht, wenn ich ihn – sagen wir – in zwölf bis fünfzehn Minuten anrufe. Wenn nicht, bitten Sie Schwalbach, ihn anzurufen, der weiß auch Bescheid.«

Die Sekretärin ging und schloss die Tür hinter sich.

»Jetzt muss ich Ihnen nur noch berichten, was inzwischen geschehen ist. Noch bevor wir eine schriftliche Vereinbarung trafen, wurde ich unsicher, ob ich den richtigen Weg eingeschlagen hatte. Ich erfuhr nämlich, dass Herr Schwab sich gut erholte, ja, dass er sogar seine Lebensweise änderte und manche Aufgaben in seiner Firma anderen übertrug. Es stand zu erwarten, dass er sich vielleicht noch viele Jahre lang blühender Gesundheit erfreuen würde. Ich überlegte, ob ich da nicht doch besser fuhr, wenn ich mich mit

Schwab einigte. Aber Witmann hatte auf unsere mündlichen Vereinbarungen hin schon einige bedeutende finanzielle Transaktionen in die Wege geleitet und konnte nicht mehr zurück. Er ist in geschäftlichen Dingen ziemlich unbedarft. Wenn ich nicht wollte, dass dort am Meißner alles zusammenbrach, staatsanwaltliche Untersuchungen einsetzten und so weiter, musste ich gute Miene zum bösen Spiel machen. Ich beschloss, erst einmal wie vereinbart weiterzumachen, dabei aber Schwab beobachten zu lassen. Sollte eine Konkurrenzfirma wieder mehr Interesse an den Patenten zeigen, konnte ich immer noch in direkte Gespräche mit ihm eintreten. Dann hätte ich mit unserer Erfindung einen Triumph in der Hand, der mich als Partner für Schwab viel interessanter machte als alle anderen.«

»Und das ist jetzt der Stand der Dinge?«

»Richtig.«

»Wenn Witmann in geschäftlichen Dingen ziemlich unbedarft ist, wie Sie sagen – wer managt dann dort alles? Mit diesen Firmen, in denen die jungen Leute arbeiten – das sieht doch alles nach einer geschickten Führung aus.«

»Es gibt einen Geschäftsführer, Rübsamen heißt er. Nicht einen Geschäftsführer im juristischen Sinne, eher einen Verwalter. Witmann ist als Einziger in wichtigen Dingen zeichnungsberechtigt. Er legte auch Wert darauf – und mir war das nur recht –, dass Rübsamen nichts von unserer Vereinbarung wusste. Für den bin ich einfach ein Sponsor. Der eine singt eben Halleluja, der andere zieht sein Scheckbuch.«

Einige Augenblicke herrschte Schweigen.

»Sie sehen also«, fügte Thiedemann dann noch hinzu, »ich habe mich keines Verbrechens schuldig gemacht. Was ich getan habe, war vielleicht unmoralisch, aber nicht strafwürdig im juristischen Sinne. Schon gar nicht bin ich für die Mordkommission interessant.«

»Ergibt sich aus all dem für Sie irgendeine Vorstellung, wer den Mordanschlag auf Sie oder auf Ihren Fahrer verübt haben könnte?«

»Ich habe wirklich keine Ahnung. Ich weiß nicht, wer es ganz praktisch hätte tun können, aber auch nicht, wer überhaupt einen Grund dazu hätte. Vielleicht galt der Anschlag doch Zehntfennig, und das Motiv hat überhaupt nichts mit der Geschichte zu tun, die ich Ihnen jetzt berichtet habe.«

»Möglich. Jedenfalls danke ich Ihnen für Ihren Bericht, Herr Thiedemann. Wenn er uns auch noch nicht zeigt, wer den Anschlag verübt hat, so gibt er uns doch wenigstens eine Handhabe, Herrn Witmann ein bisschen genauer ins Verhör zu nehmen.«

Magnus stand auf, Wronski und Thiedemann taten es ihm gleich.

»Jetzt sagen Sie mir nur eins«, bat Thiedemann, »was von all dem haben Sie gewusst? Und woher wussten Sie von den Patenten für das stufenlose Getriebe?«

Wronski grinste. »Die zwölf Minuten sind um, Herr Thiedemann, Sie müssen Herrn Schimmel anrufen, ehe der in die USA fliegt!«

Der Direktor bemühte sich um ein Lächeln. Es gelang nicht besonders überzeugend.

49

»Hallo, Sabine!« Uwe saß auf dem Fußboden, lehnte mit dem Rücken an der Wand und hielt mit der linken Hand den Hörer ans Ohr, während er mit der rechten ein Geduldsspiel betätigte, bei dem man ein Kügelchen auf verschlungenen Wegen zum Ziel rollen lassen musste, ohne dass es unterwegs in irgendwelche Löcher fiel. Ist irgendwie meinem Lebensweg nicht unähnlich, dachte Uwe kurz, aber dann konzentrierte er sich auf das Telefonat.

»Wie geht's dir, Uwe? Hab lange nichts von dir gehört.«

»Das dachte ich auch, und da kam mir der Einfall, ich könnte euch doch mal besuchen. Natürlich nur, wenn's euch recht ist.«

»Ja, sicher, gerne. Mach einen Terminvorschlag!«

»Auch dazu hatte ich schon einen guten Gedanken. Verblüffend, diese Ideenfülle, was?«

»Ich bin tief beeindruckt.«

»Ich könnte Lena mal wieder etwas Klavierunterricht geben. Wir müssen dranbleiben, sonst verlernt sie alles! Und anschließend könnte ich mit euch Mittagessen, und dabei plaudern wir dann ein bisschen.«

»Du hast wohl lange kein gutes Mittagessen mehr zu dir genommen?«

»Wie bist du jetzt nur so schnell darauf gekommen!«

»Also – morgen?«

»Vielen Dank für die Einladung, Schwesterchen!«

»Einladung ist gut! Hast du denn mittags Zeit? Musst du da nicht arbeiten?«

»Nein, das ... äh ...« Uwe hörte endlich mit dem Geduldsspiel auf. »Diesen Job hab ich nicht mehr.«

»In dem Internat? Hab ich's mir doch gedacht!«

»Wieso?«

»Weil du nie davon erzählt hast und allen Fragen ausgewichen bist. Wenn es dir gefallen hätte, hätte ich mehr von dir gehört.«

»Du hättest Detektivin werden sollen«, sagte Uwe und ergänzte lautlos: Und nicht ich.

»Und was machst du jetzt?«

»Ich sitze hier auf dem Fußboden neben dem Telefon und übe mich in Geduld.«

»Ich meine, womit verdienst du deinen Lebensunterhalt?«

»Gute Frage. Hm, das ist noch nicht ganz raus.«

»Hört sich nicht sehr karriereträchtig an.«

»Grüß Mann und Kind von mir!«

»Tu ich. Mach's gut, kleiner Bruder! Bis morgen.«

Uwe legte auf und nahm wieder das Geduldsspiel zur Hand. Aber er war nicht sehr bei der Sache. Entsprechend mager fiel das Ergebnis aus.

Das Faxgerät begann zu arbeiten.

Uwe sprang auf und beobachtete, wie das Papier bedruckt wurde. Der Briefkopf der Überwinder war schnell zu erkennen. Christina? Uwe schoss das Blut in den Kopf. Aber warum sollte sie ...? Warum nicht? Wer sonst hätte ihm von dort eine Mitteilung zu machen?

Mit heißem Kopf und angehaltenem Atem las er, was die Maschine schrieb:

Lieber Uwe,

bitte entschuldige, dass ich neulich einfach so weggelaufen bin, statt mit Dir zu reden. Und auch, dass ich gar nicht richtig auf deine Argumente gehört habe (wohl, weil ich sie nicht hören wollte). Ich hätte es tun sollen.
Kommst du in nicht allzu fernen Tagen noch mal her? Das wäre schön. Ich würde gerne etwas Wichtiges mit dir besprechen.

Herzliche Grüße, Christina

Das Faxgerät verstummte.

Uwe riss das Blatt heraus, blickte lange darauf, als könne er nicht glauben, was er da las, schloss für einige Sekunden die Augen, las alles noch einmal, ließ das Papier auf den Boden flattern, setzte sich ans Klavier und intonierte das große Halleluja von Händel. Mittendrin brach er ab. Er suchte das Blatt, das halb unter den Schrank gesegelt war, las es noch einmal, wirbelte dreimal herum und landete wieder auf dem Klavierhocker. Er spielte hingebungsvoll, allerdings rhythmisch ein wenig überzogen, den Säbeltanz. Beim Schlussakkord war er wieder einigermaßen zur Vernunft gekommen. Christina wusste nicht, dass er nicht mehr für Thiedemann arbeitete. Aber er hatte ja alle Möglichkeiten. Er konnte sich in seinen alten Mazda setzen und hinfahren. Ja, das wollte er tun!

Nur wenige Minuten verstrichen von diesem Entschluss bis zu seiner Verwirklichung. Er empfand es durchaus als Abstieg, nach den vielen Fahrten im großen Mercedes nun wieder mit einem bescheideneren Wagen vorlieb nehmen zu müssen. Aber das Hochgefühl, in dem er sich in der letzten Viertelstunde befand, ließ ihn alles andere vergessen. Zu seinem Ziel hätte er sich notfalls auch auf einem Maultier auf den Weg gemacht.

Er tankte noch, bevor er auf die Autobahn fuhr und blickte beim Bezahlen mit Stirnrunzeln in sein Portemonnaie. Da war nicht mehr viel übrig. So beherrschte er sich auch auf der Autobahn und fuhr nicht mit Vollgas, obwohl irgendetwas in ihm das verlangte. Gelegentlich, wenn er nicht aufpasste, machte dieses Etwas seiner Vernunft die Herrschaft streitig, wenn auch nur für kurze Zeit.

Als er bei den Überwindern ankam, war früher Nachmittag. Wie sollte er Christina erreichen? In ihr Büro gehen wollte er nicht. Am besten, er bestellte sie telefonisch irgendwohin.

Im Dorf fand er eine Telefonzelle.

»Hier ist die Glaubensgemeinschaft ›Überwinder‹. Schwester Johanna am Apparat.«

Uwe versuchte, seine Stimme etwas zu verstellen. Er konnte sich nicht erinnern, ob er mit einer Schwester Johanna schon einmal gesprochen hatte und die ihn vielleicht an der Stimme erkennen könnte.

»Guten Tag, ich hätte gerne Christina Schwab gesprochen.«

»Worum geht es denn?«

Die Frage klang höflich, aber bestimmt. Er hatte schon gehört, dass Sekten es nicht schätzen, wenn ihre Mitglieder Außenkontakte haben. Aber schließlich hatten sie ja durch ihre Arbeit Verbindung nach draußen! Das brachte Uwe auf eine Erklärung, die zwar nicht ganz der Wahrheit entsprach, aber die man bei einigem Wohlwollen auch nicht unter ›Lüge‹ buchen konnte.

»Sie hat mir neulich eine Übersetzung aus dem Spanischen angefertigt.«

»Einen Moment bitte.«

Eine Elektronik klimperte während der Wartezeit die kleine Nachtmusik von Mozart. Es klang so erbärmlich, dass Uwe gern den Hörer vom Ohr genommen hätte. Aber er durfte es natürlich nicht verpassen, wenn Christina sich meldete.

»Hallo?« Anscheinend wusste sie nicht, ob sie sich als Schwester Christina vorstellen sollte, wenn ein Kunde anrief.

»Hallo, Christina!«

»Ach ...« Sie war offensichtlich bemüht, die anderen im Büro nicht hören zu lassen, wer am Telefon war.

»Ich hab mich sehr über dein Fax gefreut, Christina. Darum bin ich gleich hergekommen. Ich rufe aus der Telefonzelle im Dorf an. Können wir uns treffen?«

»Natürlich. Es ist nur die Frage, wann.«

»Wann kannst du denn deine Arbeit verlassen, ohne dass es auffällt?«

»Später.«

»Ich verstehe – wenn die anderen zum Abendessen gehen, richtig?«

»Ja.«

»Ich könnte dich irgendwohin zum Essen einladen. Dann können wir ungestört reden.«

»Ich weiß nicht ...«

»Würdest du vermisst, wenn du nicht beim Abendessen wärst?«

»Bestimmt. Von einem ganz sicher. Aber das macht nichts.«

»Also, was spricht dann dagegen? Ich schlage einen Treffpunkt vor, dann brauchst du nichts zu sagen. Auf dem Weg von eurem Gelände zum Dorf ist doch so eine Baumgruppe. Dahinter steht ein Ehrenmal für die Gefallenen beider Weltkriege.«

»Ja, gut, das lässt sich machen. Es könnte aber etwas später werden.«

»Macht nichts. Ich warte. Vorfreude ist auch was Schönes.«

»Worauf?« Sie lächelte.

»Auf die Pizza natürlich.«

Als Christina auflegte, bemühte sie sich, ihr zufrieden lächelndes Gesicht nicht sehen zu lassen. Also tat sie, als wolle sie nur mal aus dem Fenster sehen.

Sie kam gerade recht, um zu beobachten, wie zwei Männer, ein älterer und ein jüngerer, aus ihrem Auto stiegen, auf die Tür zugingen, die zu den Büros von Bruder Tobias und Herrn Rübsamen hinaufführten, und darin verschwanden.

Wer mag das sein? Was wollen die von ihm?

Über den Gedanken verflüchtigte sich der verräterische Ausdruck auf ihrem Gesicht, und sie konnte sich an ihren Computer setzen. Eifrig wandte sie sich wieder ihrer Arbeit zu – oder tat wenigstens so.

50

»Sie schon wieder?«

Tobias Witmann machte eine finstere Miene, die nicht so recht zu seiner frommen Rolle passte und die Magnus und Wronski auch nicht an ihm kannten.

»Guten Tag, Herr Witmann. Wir haben da noch einige Fragen.«

»Ich habe doch alles gesagt, was zu sagen war!«

»Was Sie sagen wollten, aber nicht was zu sagen war. Dürfen wir reinkommen?«

Widerwillig gab Witmann die Tür frei. »Wenn es nicht zu lange dauert. Ich habe noch wichtige Termine.«

»Das hängt von Ihnen ab«, sagte Magnus in verbindlichem Ton. »Wenn Sie uns alle Fragen zufriedenstellend beantworten, können wir in wenigen Minuten wieder draußen sein. Andernfalls kann es sich Stunden hinziehen.«

»Stunden?« Alle drei setzten sich auf die alten Stühle. Der Schaumstoff unter dem Plastiküberzug hatte seine Funktion als Polster nahezu völlig eingebüßt. Magnus rückte seinen Stuhl näher an den Tisch heran, um die Arme darauf stützen zu können.

»Welche Geschäfte haben Sie mit Herrn Thiedemann gemacht?«

»Keine Geschäfte. Er fühlt sich unserer Arbeit innerlich verbunden, und da er vermögend ist, spendet er auch. Aber das sind ja keine Geschäfte.«

»Was war Ihre Gegenleistung?«

»Keine! Können Sie nicht verstehen, dass jemand, der sich vom Herrn in besonderer Weise gesegnet weiß, von diesem Segen etwas ...«

Magnus konnte das Geschwätz nicht mehr hören. Er entschloss sich zum Frontalangriff.

»Dann sage ich Ihnen, was die Gegenleistung war: Alle Rechte auf geistiges Eigentum, die von den jungen Leuten in die Gemeinschaft eingebracht werden, sind ihm übertragen worden.«

Tobias Witmann wurde bleich unter der gesunden Bräune seines Gesichts. Er starrte den Frager an, hielt dann dessen Blick nicht mehr aus und schaute unter sich. Er war völlig verwirrt. Wie konnten die das so genau wissen? Nur eins war ihm bei allem Durcheinander in seinen Gedanken ganz klar: Hier hatte Leugnen keinen Zweck.

Er rutschte und schaukelte nervös auf seinem Stuhl hin und her. Bei jedem Druckwechsel von links nach rechts entwich leise zischend Luft aus der defekten Polsterung. Tobias knurrte trotzig: »Warum fragen Sie, wenn Sie es schon wissen?«

Wronski grinste. »Bei einigem Nachdenken werden Sie selbst feststellen, dass das eine törichte Frage ist, Herr Witmann. Wir wollten Ihnen Gelegenheit zu einem freiwilligen Geständnis geben. Glauben Sie im Ernst, wir fragen nur, was wir nicht wissen?«

Witmann war nicht zu einem geistvollen Disput aufgelegt. Er fühlte sich hilflos, ausgeliefert. Das war jetzt schon das zweite Mal innerhalb kurzer Zeit, dass ihm eine Gesprächsführung entglitten war und er sich wie ein dummer Schuljunge behandelt fühlte.

»Ja«, nickte er, »so ist es.« Er ging an den schäbigen Aktenschrank und öffnete die quietschenden Spanplattentüren. Dann zog er aber keinen der Aktenordner heraus, sondern eine schwere stählerne Kassette. Die schloss er mit einem Schlüssel auf, den er an einem Schlüsselbund in der Hosentasche hatte. Er nahm eine Klarsichtfolie mit mehreren Papieren heraus, schob die Kassette wieder in den Schrank und legte die Unterlagen wortlos auf den Tisch. Die beiden Beamten überflogen die Papiere. Es war die Vereinbarung zwischen Witmann und Thiedemann, die ihnen nur noch einmal bestätigte, was sie schon wussten.

»Herr Witmann«, begann Magnus von neuem, machte dann aber noch eine Denkpause. »Die Verwaltung dieses Zentrums wird im Wesentlichen von Herrn Rübsamen geleitet. Sind wir da richtig informiert?«

»Ganz richtig.«

»Kennt er auch diesen Vertrag?«

»Nein.«

»Warum nicht?«

»Es gibt Dinge, die muss ein verantwortlicher Leiter auch mal vor seinen engeren Mitarbeitern verbergen.«

»Mag sein, wenn es einen bestimmten Grund dafür gibt.«

Witmann sagte nichts.

Wronski fragte: »Und was war in diesem Fall der Grund?«

Witmann bemühte sich, wieder Bruder Tobias darzustellen. »Der war ... äh ... seelsorgerlicher Art. Herr Thiedemann hatte eben Vertrauen zu mir, und er wünschte nicht ...«

»Herr Thiedemann sagte uns aber, Sie hätten es nicht gewünscht.«

»Ich ... weiß nicht, warum er das sagt. Ist aber auch nicht wichtig, oder? Etwas geheim zu halten ist genauso wenig verboten wie dieses Geschäft da.« Er zeigte auf die Papiere. »Es ist nichts Gesetzwidriges. Also – war's das?«

Magnus sah ihn an, seine großen Augen spiegelten Erstaunen über so viel Einfalt. »O nein, Herr Witmann! Wir sind erst auf dem Anmarschweg zu unserem eigentlichen Ziel.«

Witmann schwieg ergeben.

Magnus nickte Wronski zu: »Mach du mal, Michael!« Dann stand er auf und ging im Zimmer umher. Es war nicht erkennbar, ob er nur auf dem alten Stuhl nicht mehr sitzen konnte oder sich im Büro etwas umsehen wollte. Jedenfalls blieb er nach einiger Zeit vor dem Bücherregal stehen und studierte die Titel.

»Jemand hat einen Mordanschlag auf den Wagen von Herrn Thiedemann verübt«, begann Wronski. »Glücklicherweise kam niemand um. Aber Sie verstehen, dass wir uns damit nicht zufrieden geben und die Sache auf sich beruhen lassen können.«

Witmann war schon wieder erbleicht. »Einen Mordanschlag? Auf Herrn Thiedemann? Das ist ja furchtbar!«

»Finden wir auch. Nun fragen wir uns natürlich, wer dafür ein Motiv haben könnte. Und wir Polizisten haben die Eigenart, immer zuerst da zu suchen, wo etwas Geheimes vorgeht. Geschäfte, die man nachvollziehen kann, wenn man in Aktenordnern nachschlägt, kommen immer erst als Zweites dran. Zunächst interessieren wir uns für das, was in Tresoren oder eisernen Kassetten verschlossen wird.«

»Aber Sie wollen doch nicht etwa behaupten, ich hätte etwas mit dem Mordanschlag zu tun!«

»Offen gesagt, wir können es nicht ganz ausschließen.«

»Aber das ist doch absurd! Ich schätze Thiedemann! Außerdem hätte ich gar keinen Vorteil, wenn er tot wäre! Im Gegenteil!«

»Nun, da trifft es sich gut, dass er noch am Leben ist. Er war auch zufällig gar nicht in dem Mercedes, als es passierte. Und sein Fahrer hat auch noch mal Glück gehabt.«

Witmann sah sein Gegenüber an. Er wusste, es würde noch mehr kommen.

»Es gibt noch ein anderes Grundprinzip polizeilicher Ermittlungen«, dozierte Wronski genüsslich. »Möchten Sie es hören?«

Der andere nickte wie ein Schüler vor seinem Lehrer.

»Wenn zwei verschiedene Linien – die Ermittlungen in zwei unterschiedlichen Fällen also – sich irgendwo kreuzen, so pflegen wir auf diesen Kreuzungspunkt unsere besondere Aufmerksamkeit zu richten.« Er beugte sich vor. »Deswegen sind wir hier, Herr Witmann. Bei Ihnen treffen sich zwei Linien. Die von dem Anschlag auf Thiedemanns Wagen und die vom Mord an Matthias Bloch.«

»Ich habe Bloch nicht umgebracht!«, schrie Witmann plötzlich laut. Magnus überlegte, ob die Schüchternheit vorher gespielt war und Witmann jetzt seine wahren Gefühle zeigte oder umgekehrt. Aber wenn er sich künstlich aufregt, dachte Magnus, ich kann das auch.

»Wer dann?«, brüllte er.

Witmann biss sich auf die Lippen. Moralisch hätte es ihm nichts ausgemacht, Böttcher ans Messer zu liefern. Aber dann wäre alles aufgeflogen – seine Stellung hier, die wunderbare Macht, die er über die Menschen besaß, seine reichlich sprudelnde Geldquelle.

»Wer?«, brüllte Magnus noch einmal.

Der andere schüttelte den Kopf: »Ich weiß es nicht.«

»Weil es keinen anderen gibt. Sie waren es!«

»Das müssen Sie erst beweisen.«

Magnus schwieg einige Augenblicke, dachte nach und fragte dann: »Wo sitzt dieser Verwalter?«

»Rübsamen? Auf den Flur zurück und dann die zweite Tür.«

»Danke. Mach mal weiter, Michael!« Er ging hinaus und klopfte an die Tür, die man ihm genannt hatte. Ein Namensschild war nicht angebracht.

»Herein!«

»Herr Rübsamen? Mein Name ist Magnus. Ich bin von der Polizei. Hier mein Ausweis. Ich habe ein paar Fragen an Sie.«

»An mich?«

»Wir ermitteln wegen des Mordes an dem Psychologen Bloch, der vor einigen Wochen – nein, es muss schon Monate her sein – hier die jungen Leute befragt hat.«

»Was? Der ist ermordet worden? Ich erinnere mich an ihn.«

»Können Sie uns irgendetwas sagen, das für unsere Ermittlungen wichtig sein könnte?«

»Nein, da fällt mir nichts ein. Nehmen Sie doch bitte Platz!«

»Danke.«

Magnus setzte sich. Sein Gegenüber war ein mittelgroßer Mann von etwa fünfundvierzig Jahren, der sich gerade hielt, als hätte er einen Stock verschluckt. Er trug eine elegante Brille mit farbigen Elementen, die Magnus auf die Entfernung nicht genau erkennen konnte. Seine Krawatte saß tadellos. Beim Aufstehen zur Begrüßung hatte er sein Sakko zugeknöpft und nun beim Hinsetzen wieder geöffnet. Auf dem Schreibtisch vor ihm herrschte mustergültige Ordnung.

»So, zu Bloch fällt Ihnen nichts ein«, murmelte Magnus langsam, als denke er nur laut nach. »Fällt Ihnen denn zu Thiedemann etwas ein?«

»Ich kenne Herrn Thiedemann. Er ist gelegentlich hier.«

»Mit Wagen und Fahrer.«

»Ja, der Mercedes parkt immer auf dem Hof, und meistens sitzt der Fahrer drin. Was ist mit Thiedemann?«

»War er in den Veranstaltungen?«

»Nehme ich an. Ich bin da selten.«

»Ach, Sie nehmen nicht an dem gemeinsamen – wie nennt man das – klösterlichen Leben teil?«

»Nein. Ich bin nicht atheistisch. Aber dieser Frömmigkeitsstil entspricht nicht meinem Geschmack.«

»Sähe man es nicht gerne, wenn Sie teilnähmen?«

»Mag sein. Man hat mich natürlich eingeladen, aber nicht unter Druck gesetzt. Ich werde gut bezahlt, und ich mache eine gute Arbeit. Meine Bürohelfer sind zumeist Leute aus der Lebensgemeinschaft, die diese Berufe nicht gelernt haben. Ich trage also auch für ihre eventuellen Fehler die Verantwortung und muss vieles kontrollieren. Bisher habe ich die Aufgaben zur Zufriedenheit aller erfüllt.«

»Auch alle finanziellen Transaktionen gehen über Ihren Schreibtisch?«

»Ja.«

»Bis auf jene, die Herr Witmann selbst abwickelt, nicht wahr?«

»Ach, Sie wissen davon?«

Magnus sah ihn scharf an. »Bei Ihren künftigen Antworten bitte ich doch sehr um Wahrheit und Genauigkeit, unabhängig davon, ob ich die Antwort schon wissen könnte oder nicht!«

Rübsamen rückte seine Krawatte gerade. Das heißt, er wollte. Es ging aber nicht, weil sie schon exakt in der Mitte saß. »Ja«, sagte er und räusperte sich.

»Zu den finanziellen Transaktionen, die an Ihnen vorbeilaufen, gehört auch alles, was zwischen Witmann und Thiedemann vereinbart worden ist, nicht wahr?«

»Ja. Ich habe mich immer darüber geärgert, weil das ja ein Beweis für Misstrauen ist. Ich konnte am Ergebnis natürlich später ohne Schwierigkeiten sehen, dass es sich um große Summen handelte. Umso mehr verwunderte mich, dass er alles geheim hielt.«

»Woraus Sie schlossen, dass Witmann etwas für sich abzweigte, stimmt's?«

Rübsamen nickte. »Ich vermute auch, dass Witmann irgendwelche Gegenleistungen erbracht hat. Aber ich weiß bis heute nicht, welche.«

»War Thiedemann gestern hier?«

»Ja. Er war auch bei Bruder Tobias im Büro.«

»Haben Sie seinen Wagen unten stehen sehen?«

»Ja. Ich konnte ihn von meinem Schreibtisch aus nicht sehen, aber wenn ich aufstand und etwa da zum Aktenschrank ging, sah ich ihn.«

»Ist Ihnen dabei zufällig jemand aufgefallen, der sich an dem Auto zu schaffen gemacht hat?«

»Sie meinen den Fahrer?«

»Nein, ein anderer, als der Fahrer einmal nicht da war.«

»Der saß aber die ganze Zeit drin, jedenfalls immer, wenn ich hinuntergesehen habe. Warum fragen Sie so genau danach?«

»Weil auf den Wagen von Thiedemann ein Anschlag verübt wurde. Man hat etwas im Auto angebracht, was einen Unfall verursachte.«

»Was? Ein Mordversuch?«

Magnus nickte. »Das ist die juristisch präzise Bezeichnung dafür.«

Der Hauptkommissar beobachtete, dass es hinter der Stirn seines Gegenübers angestrengt arbeitete.

»Nun – fällt Ihnen noch etwas ein?«

»Nein – äh – das heißt, mir fällt gerade ein, dass der junge Mann, der an dem Tag als Fahrer da war, einmal kurz hier heraufkam, um Herrn Thiedemann etwas zu bestellen. Das war nur kurz. Aber bevor Sie mir einen Strick daraus drehen, dass ich Ihnen etwas verschweige, sage ich lieber zu viel als zu wenig. Sie sind dann anschließend weggefahren.«

»Sonst haben Sie mir nichts zu sagen? Denken Sie daran, dass Untersuchungen der Mordkommission sehr ins Einzelne gehen. Was da zu finden ist, finden wir auch. Also sagen Sie besser alles, was Sie wissen!«

»Nein, sonst ... wenn mir noch was einfällt, sagen Sie mir, wie ich Sie erreichen kann!«

»Ich melde mich noch mal«, sagte Magnus kurz und stand auf. Rübsamen beeilte sich, sein Sakko zuzuknöpfen, ihn zur Tür zu geleiten und diese sorgfältig hinter seinem Besucher zu schließen.

Magnus ging ein paar Schritte auf dem Flur, blieb stehen, kam leise zurück und hielt sein Ohr an die Tür. Drinnen wurde gesprochen, aber er konnte nichts verstehen. Ruckartig öffnete er die Tür. Rübsamen brach mitten im Satz ab und warf den Hörer auf die Gabel.

»Ist ... ist noch was?«, fragte er erschreckt.

Magnus nahm den Hörer ab und drückte die Taste für die Wahlwiederholung. Auf einem Display erschien die Nummer, die gewählt wurde.

»Darf ich?«, fragte er höflich, nahm einen Zettel aus dem Zettelkasten und einen der sorgfältig gespitzten Bleistifte aus einer Schale und notierte die Nummer.

Gerade als er fertig war, meldete sich eine Männerstimme am Telefon. »Ja?«

»Mit wem spreche ich bitte?«, fragte Magnus.

»Wer will das wissen?«, fragte die Stimme zurück.

»Oh – dafür interessieren sich sehr viele!«, antwortete Magnus und legte auf.

»Wer war das?«

Rübsamen schwieg.

Magnus sagte in leicht angehobenem Tonfall: »Stellen Sie meine Geduld nicht auf eine zu harte Probe, Herr Rübsamen! Sie glauben doch nicht im Ernst, dass es der Polizei irgendwelche Schwierigkeiten macht, den Besitzer dieses Anschlusses herauszubekommen! Also – jetzt haben Sie die letzte Gelegenheit, Ihre Kooperationsbereitschaft unter Beweis zu stellen.«

»Böttcher«, sagte Rübsamen.

»Ach bitte – schreiben Sie mir doch den vollen Namen und die Adresse auf! Nehmen Sie diesen Zettel, wo schon die Nummer draufsteht. Wo es möglich ist, soll man ja Papier sparen.«

Das tat Rübsamen.

»Mir liegt daran«, sagte Magnus, während er den Zettel nahm und aufstand, »dass Herr Böttcher nicht erfährt, dass wir seine Adresse kennen. Ich hätte nun die Möglichkeit, Sie beobachten zu lassen, um zu verhindern, dass Sie ihn anrufen oder ihm sonstwie eine Nachricht zukommen lassen. Aber ich denke, es reicht, wenn ich Sie darauf aufmerksam mache, dass Sie in so einem Fall als Mittäter in Frage kommen bei allem, was Herr Böttcher getan hat oder noch tut.«

Rübsamen nickte.

Magnus ging hinüber, wo er feststellte, dass Witmann sich unter Wronskis Fragen offenbar verhärtet hatte. Er rief Magnus entgegen: »Machen Sie doch bitte Ihrem jungen Kollegen klar, dass ich nichts zugeben kann, wo nichts zuzugeben ist, und wenn er noch eine ganze Woche fragt.«

»Ist auch nicht nötig, Herr Witmann. Ich weiß inzwischen, was ich wissen wollte. Kommst du, Michael?«

Grußlos gingen die beiden hinaus.

Witmann rief ihnen trotzdem nach: »Auf Wiedersehen!«

Magnus knurrte: »Worauf Sie sich verlassen können.«

51

»Etwas ist schief gegangen, Hannibal«, sagte Böttcher zu seinem Hund. Natürlich hatte er nicht wirklich die Absicht, das Tier vom letzten Stand der Ereignisse in Kenntnis zu setzen. Eher sich selbst. Die Gespräche mit seinem Hund, die er sich im Laufe der Jahre angewöhnt hatte, dienten dazu, Dinge, die unklar oder unbewusst waren, hervorzuholen, zu analysieren, einzuordnen. Sie waren der Ersatz für einen echten Gedankenaustausch, zu dem es nie kam, weil da niemand war, der mit ihm Gedanken hätte austauschen können.

Diesmal widmete Hannibal den Worten seines Herrn mehr Aufmerksamkeit als sonst. Er spürte, dass Herrchen nicht nur so vor sich hin redete. Irgendetwas lag in der Luft.

»Erstens steht in der Zeitung nichts von einem tödlichen Unfall. Ich kann mir das nicht erklären, Hannibal. Ob jemand mein Kunstwerk entdeckt hat? Das müsste ein ganz merkwürdiger Zufall gewesen sein, ist aber nicht unmöglich. Oder ob zum richtigen Zeitpunkt niemand im Auto war?

Und zweitens dieser Anruf von Rübsamen. Die Polizei sei da. Ehe er noch Einzelheiten sagen kann, bricht er das Gespräch ab. Drittens der Anruf danach. Ich sage dir, Hannibal, der hat mit Rübsamens Anruf zu tun. Das hab ich im Gespür. Wie könnte ... ja, so war's! Rübsamen hat aufgelegt, weil der Polizist reinkam, und der hat mit der Wahlwiederholung festgestellt, mit wem er telefoniert hat. So muss es gewesen sein!«

Böttcher stand auf und ging nervös im Zimmer auf und ab. Hannibal verfolgte ihn mit den Augen.

Immer deutlicher kam Böttcher zu der Erkenntnis, dass die Polizei auf seiner Spur sein müsse. Und sie würden ihn finden. Alles würde rauskommen, alles!

Der Gedanke überfiel den kleinen Mann so heftig, dass ihm schwindelig wurde. Er sank in einen Korbsessel, der am anderen Ende des Raumes stand.

Der Hund spürte, dass etwas nicht in Ordnung war, kam herbei und schmiegte sich an sein Herrchen. Böttcher war gerührt, legte den Arm um den Hals des Tieres und drückte es an sich. Er hatte ja sonst nichts und niemanden, woran er sich halten konnte.

Eine Weile blieb er so still sitzen und tankte Mut, dem Dunklen entgegenzusehen, das auf ihn zukam.

Dann stand er auf und ging zum Telefon.

Witmann meldete sich nicht. Warum nicht? Der müsste doch jetzt in seinem Büro sein!

Er entschloss sich, es noch einmal bei Rübsamen zu versuchen. Er musste einfach Gewissheit haben.

»Rübsamen.« Die Stimme klang gedrückt.

»Sind Sie allein?«

Einige Sekunden hörte Böttcher nur den Atem am anderen Ende der Leitung. Dann war die Verbindung unterbrochen.

»Anscheinend ist er nicht allein, Hannibal. Vielleicht wird er noch verhört. Aber – warum legt er dann einfach auf?

Das muss doch dem anwesenden Polizisten verdächtig vorkommen! Warum sagt er nicht irgendetwas Harmloses? Er weiß doch, dass ich mir dann schon einen Reim darauf gemacht hätte.«

Hannibal wusste auch keine Antwort.

»Oder ob er nicht mit mir reden will?«

Er kraulte seinen Hund. »Sie verraten mich alle, Hannibal. Bloch wollte nicht mitmachen und alles verraten, Witmann macht seine eigenen Geschäfte und versucht hinter meinem Rücken, seine Macht auszubauen. Und jetzt setzt sich auch Rübsamen ab. Aber was habe ich erwartet? Haben mich nicht immer alle verraten?«

Seine Stimme klang bitter. Der Schäferhund legte den Kopf auf sein Knie. »Dass keiner mir Freundschaft gewährt, wusste ich ja schon. Aber noch nicht einmal faire Partnerschaft – das ist schmerzlich. Du verstehst das vielleicht nicht, Hannibal, weil du mich hast.«

Plötzlich stand er abrupt auf. Der Hund erschrak und winselte etwas.

»Was verschwende ich denn Zeit für dieses Gejammer! Ich muss überlegen, was ich jetzt tue.« Er stützte sich auf den Schreibtisch. Dazu musste er sich nicht vorbeugen, weil er so klein war.

»Zwei Möglichkeiten sehe ich, Hannibal. Und beide sind gleich schlecht. Entweder ich gehe ins Gefängnis. Aber was wird dann aus dir? Und aus mir auch! Nein, da will ich nicht hin! Oder ich fliehe. Aber wo soll ich hin? Überall erkennt man mich. Ich würde jedem

Polizisten auffallen, der meine Körpermaße gelesen hat. Jedem Kind, wenn sie mich im Fernsehen erwähnen. Nein, ich müsste weit weg, nach Neuseeland oder Chile möglichst. Ohne dich, Hannibal. Und alles das hier müsste ich zurücklassen. Ganz neu anfangen. Ohne die Möglichkeit zu schreiben, denn in Englisch oder Spanisch zu schreiben, das lerne ich nicht mehr. Nein, Hannibal, nein, das tu ich mir nicht an. Und dir auch nicht.«

Er hockte sich vor seinem Hund nieder und tätschelte ihn. Der freute sich und spielte, weil er glaubte, Herrchens depressive Phase wäre vorbei. Aber da irrte Hannibal. Das sollte er auch nach dem Willen seines Herrchens.

»Es gibt noch ein Land, in das wir gehen können, mein Guter. Wir beide zusammen. Da können sie mich nicht kriegen. Da kann mich niemand mehr hänseln und niemand mich verraten. Und wir bleiben immer zusammen. Frag mich aber nicht nach Einzelheiten, Hannibal. Ich kann dir nicht genau sagen, wie es da ist. Das mag beschämend für einen Theologen sein, dass er das nicht weiß. Aber es ist so. Natürlich weiß ich, wie manche meinen, dass es sei. Aber ich vermute, dass sie nicht Recht haben. Keine Perlentore, keine goldenen Gassen, keine Bücher, in denen alles verzeichnet ist, keine geflügelten Wesen. Auch kein ewiges Feuer und kein unsterblicher Lindwurm. Nichts, Hannibal, einfach nichts. Da bin ich sicher – nun ja, nicht hundertprozentig, aber doch ziemlich. Da ist nichts. Und da gehen wir hin, wir beide. In das Nichts. Ja, das tun wir.«

Böttcher kam aus der Hocke hoch. Sein linkes Bein war eingeschlafen. Er musste es erst schütteln. Das beeinträchtigte etwas die Dramaturgie seiner Tragödie, wie ihm plötzlich in den Sinn kam. Was einem alles für verrückte Gedanken kommen können! Er brauchte keine Dramaturgie für seinen Abgang. Er war sein Leben lang kein Held gewesen, nicht einmal ein tragischer Held, nur eine tragikomische Figur.

Aber andererseits – warum nicht? Wenigstens das Ende soll dramatisch sein! Ja, ich werde es der Welt zeigen! Ich werde alle, die immer über mich gelacht haben, eines Besseren belehren. Grauen soll's ihnen. Schluss mit dem Gelächter über den kleinen Böttcher!

Er ging die Treppe hinunter, nahm die zwei Gefäße aus Eis aus der Tiefkühltruhe und brachte sie nach oben. Dort legte er sie in das Gefrierfach des Kühlschranks.

»So«, sagte er. »Und jetzt, Hannibal, spielen wir noch ein bisschen. Das ist unser Abschied. Du weißt es natürlich nicht, und das ist gut so.«

52

Uwe orientierte sich auf der Autokarte. Da waren Dörfer und Städtchen, von denen er noch nie gehört hatte. Er wollte schon mal ein bisschen herumfahren und sehen, wohin er Christina heute Abend einladen könnte. Er hatte noch über drei Stunden Zeit.

Bad Soden-Allendorf war unterstrichen, musste also ein schönes Stadtbild haben. Da sollte ein geeignetes Lokal zu finden sein! Er fuhr los.

Eine halbe Stunde später saß er in einem Straßencafé unter einer Linde und trank Cola. Die Sonne schien. Es war Uwe, als bliebe ihr auch gar nichts anderes übrig. Selbst wenn es in Strömen geregnet hätte, wäre ihm nach Sonnenschein zumute gewesen.

Von seinem Platz aus konnte er eine Telefonzelle sehen. Das brachte ihn auf einen Gedanken, was er noch tun konnte, um die Zeit bis zum Abend zu überbrücken. Er trank aus, zahlte, ging hinüber und schob seine Telefonkarte in den Schlitz. Johannes Scheidt meldete sich schon nach dem ersten Klingeln.

»Guten Tag, Herr Scheidt, Zehntfennig.«

»Ich grüße Sie! Brennt's, dass Sie mitten am Tag anrufen?«

»Äh – irgendwie brennt auch was, ja. In mir. Aber das ist nicht der Grund meines Anrufs. Ich wollte nur schnell mein Interesse signalisieren, bei den Konzerten mitzuspielen, die Sie mir aufgeschrieben haben. Ich hänge ein bisschen in der Luft, beruflich meine ich, und da wäre mir das sehr willkommen.«

»Gut, ich habe es registriert. Ich sagte Ihnen ja, dass mir Ihr einfühlsames Spiel sehr gefallen hat und dass ich gern wieder mit

Ihnen musizieren würde. Kann ich Sie später noch mal zurückrufen? Ich habe gerade Besuch.«

»Ich rufe von unterwegs an. Aber ein Rückruf ist auch nicht nötig. Es ging mir nur darum, dass nicht ein anderer mir die Konzerte wegschnappt.«

»Ich meinte wegen der anderen Dinge, die ich gefaxt habe. Wir können auch mal persönlich darüber reden.«

»Mir hilft das sehr, Herr Scheidt, wirklich. Wenn Sie mich allerdings fragen, worin die Hilfe konkret besteht, dann hätte ich Schwierigkeiten, das zu beschreiben. Es ordnet meine Gedanken, die in diesen Dingen etwas konfus waren, soweit überhaupt vorhanden. Es öffnet neue Horizonte ... Aber jetzt sind wir ja schon mitten im Thema. Widmen Sie sich mal Ihrem Besuch! Wir kommen noch darauf zurück.«

»So eilig ist es auch wieder nicht. Aber wenn Sie ... war das mit dem Brennen eben ernst gemeint?«

Uwe lachte. »Ja, sehr ernst. Aber Sie haben's offenbar falsch verstanden. Kein brennendes Problem, sondern ... na ja ...«

»Ein brennendes Herz.«

»Genau.«

»Gratuliere!«

»Aber denken Sie nicht, wenn mich das Thema Liebe umtreibt, hätte ich für das Thema Gott keine Antenne. Im Gegenteil.«

»Im Gegenteil? Ach so, weil Ihre Freundin Christin ist und Sie ...«

»Nein, das meine ich nicht. Mit dem ›im Gegenteil‹ meinte ich, ich bin in einer Stimmung, die es mir leichter macht, über Gott nachzudenken und eine positive Einstellung dazu zu finden. Man sagt doch sonst: Not lehrt beten. Geht es gut, verschwendet man keinen Gedanken an Gott, kommen Probleme, wird man fromm. Bei mir ist es eher anders herum. Ich bin sehr offen für das alles. Nur ...«

»Nur?«

»Es sind alles Gedanken, verstehen Sie? Einleuchtende, gute Gedanken. Aber ... ist das denn schon Glauben, wenn ich die Gedanken bejahe? Es muss doch ... oh – meine Telefonkarte ist gleich leer.«

»Nehmen wir das doch als Ihre nächste Frage, die ich wieder per Fax beantworte!«

»Sehr gut. Entschuldigen Sie, dass ich Sie jetzt doch von Ihrem Besuch abgehalten habe!«

»Macht doch nichts! Der wird ...« Das Gespräch war unterbrochen.

Uwe ging zu seinem alten Mazda. Noch über zwei Stunden! Wie sollte er nur diese lange Wartezeit durchhalten?

Es ist schlimm, wenn ich nur rumsitze und warte, dachte er. Ich werde ein bisschen wandern! Vielleicht oben auf dem Meißner!

Nachdem er sich noch einmal auf der Karte über die Strecke informiert hatte, fuhr er los. Er kam durch einige Dörfer, und bald wandt sich die Straße den Berg hinauf. Bei einem Wanderparkplatz, auf dem schon einige Autos standen, parkte er auch und stieg aus.

Ein bequemer Wanderweg führte unter hohen Laubbäumen am Rand des Berges entlang. Die Sonne ließ die verschiedenen Grüntöne des Blattwerks aufleuchten. Wo sich die Sonnenstrahlen einen Weg durch Laub und Geäst bahnen konnten, malten sie bizarre Muster auf den Waldboden und den Weg vor Uwes Füßen.

Wann bin ich das letzte Mal durch einen Wald gegangen?, dachte er. Man sollte sich das Vergnügen viel öfter gönnen. Mit Christina zusammen werde ich es mir gönnen, nahm er sich vor. Der Gedanke beflügelte ihn zusätzlich, obwohl schon Wetter und Natur das ihre dazu beigetragen hatten, dass er beschwingt und in Hochstimmung ausschritt.

Irgendwann wies ein Schild zu einem Aussichtspunkt. Er ging ein paar hundert Meter zu dem Fels und genoss den Blick ins Tal. Dann kehrte er auf den Wanderweg zurück und ging weiter.

Der Takt seiner Schritte wurde in seinem Kopf zu einem musikalischen Rhythmus. Melodien bildeten sich dazu, erst in barocker Art, dann durch alle Stilrichtungen bis zum Jazz. Es reichte ihm nicht, dass sein Hochgefühl sich in freier Atmung und federnden Schritten äußerte, er brauchte Musik. Ohne Musik ging es nicht, auch wenn sie nur in seinem Kopf war. Sie war das Überdruckventil, um zu verhindern, dass er an seinen Gefühlen erstickte.

Plötzlich blieb er stehen. Da war eben eine wunderschöne Melodie in seinem Kopf gewesen. Er musste sie schnell wiederholen, um sie nicht zu vergessen. Bei der dritten Wiederholung füllte sie sich mit Akkorden auf, polyphon fügte sich eine Bassstimme hinzu.

Moment, das muss ich aufschreiben! Schade, kein Stift! Das darf ich nicht vergessen! Ich werde ein Lied für Christina daraus machen! Aber texten kann ich leider nicht. Dann vielleicht ein Lied ohne Worte. Eine Sonate oder so was.

Er kam an eine Stelle, die noch einmal einen Blick über sanft abfallende Wälder hinunter auf die Ebene gestattete. Zwei Bänke luden zum Sitzen ein, und er nahm die Einladung dankend an. Auf der anderen Bank saß bereits ein Mann; sie grüßten kurz.

Von der gegenüberliegenden Seite kam nun die dazugehörige Familie gewandert, Mutter und zwei kleine Söhne.

»Papa, hast du dein Taschenmesser mit?«, fragte der etwa Achtjährige. Er zog einen langen Ast hinter sich her.

»Nein. Warum?«

»Du sollst mir das hier abschneiden. Dann hab ich einen Wanderstock.«

»Da kann ich dir nicht helfen. Lass den Ast liegen!«

Der Junge quengelte. »So ein schöner Ast. Der wäre ganz prima zum Wandern gewesen! Ich wollte schon immer so ’nen Stock haben!«

Die Mutter wies ihn zurecht: »Jammer nicht, Sven. Wir haben nun mal kein Messer, basta. Komm, hier gibt es eine tolle Aussicht.«

»Das find ich aber blöd, wenn ich den Stock liegen lassen soll, nur weil da noch so viele Äste dran sind ...«

Uwe mischte sich ein. »Hallo, Sven, soll ich dir mein Taschenmesser borgen? Guck hier, ein schönes Schweizer Messer!«

»Oh – danke.«

»Falls es deine Eltern erlauben. Ich will nicht schuld sein, wenn du dir in den Finger schneidest.«

Der Vater lächelte. »Er weiß, wie er schnitzen muss. Vielen Dank! Aber komm hierher, Sven, damit ich dich ein bisschen unter Kontrolle habe!«

»Vielleicht könnten Sie mir auch was borgen«, sagte Uwe. »Ich brauche einen Stift. Egal, ob Bleistift oder Kugelschreiber ...«

»Oh ...« sagte der Mann und begann, seine Taschen zu durchwühlen. Seine Frau meinte entschuldigend: »Beim Wandern braucht man so was ja meistens nicht. Wollen Sie die Landschaft zeichnen?«

»Nein, nein, nur was notieren, damit ich's nicht vergesse. Ist nicht so wichtig.«

»Hier!«, sagte Sven und hielt ihm einen winzigen Bleistiftstummel hin, den er aus seiner Hosentasche ausgegraben hatte.

»Danke!«

Während der Junge weiter schnitzte, der Vater ihn beaufsichtigte und die Mutter die Aussicht genoss, kam der etwa Sechsjährige vorsichtig heran und beobachtete den Fremden. Uwe bemerkte es gar nicht. Er nahm das Fax von Christina aus der Tasche, das einzige Papier, das er hatte, und zog Notenlinien – sehr dicht, damit der Platz reichte. Violinschlüssel, Bassschlüssel, Vorzeichen – F-Dur? G-Dur? Besser F. In Windeseile flog der Bleistiftstummel über das Papier. Die Klänge in seinem Kopf verwandelten sich in Noten.

»Was machst du da?«, fragte der kleine Junge.

Erst jetzt merkte Uwe, dass er beobachtet wurde. »Ich schreibe Musik auf.«

Mit der Antwort konnte das Kind aber nichts anfangen.

Uwe hatte die Rückseite vollgeschrieben und bekritzelte nun die Vorderseite zwischen dem Text und am Rand.

»Hast du kein Papier mehr?«

»Nein, leider habe ich nur dieses Blatt.«

»Mama, hast du 'n Papier für den Mann? Der schreibt Musik auf!«

Die Mutter sagte: »Komm her, Kai, werd dem Herrn nicht lästig!«

»Hast du kein Papier?«

»Nein, du, Jochen?«

Der Mann zog einen Taschenkalender heraus. »Nützen Ihnen ein paar von den abgelaufenen Kalenderblättern?«

»Ach – machen Sie sich keine Mühe ...«

Aber der Mann riss die Blätter heraus. Kai holte sie ab und brachte sie Uwe.

»Das ist sehr freundlich! Vielen Dank!«

Als ob das neue, leere Papier seine Gedanken beflügelte, schrieb er weiter. Nur das Wichtigste natürlich, die Ideen. Richtig ausarbeiten konnte er es ja später.

»Wieso ist denn das Musik?«, fragte Kai.

Uwe war gerade zu einem gewissen Abschluss gekommen.

»Kannst du schon schreiben?«

Kai nickte. Seine Mutter erklärte: »Es ist noch nicht weit her damit. Er ist im ersten Schuljahr.«

»Nimm mal an, du willst deiner Oma einen Brief schreiben. Du hast doch noch eine Oma, oder?«

»Sogar zwei.«

»Prima. Da machst du dir Gedanken, was du schreiben willst. Und dann malst du die Buchstaben. Und deine Oma kann es lesen und weiß, was du ihr sagen willst. Und jetzt sieh dir diese Pünktchen und Kringel an. Das sind die Buchstaben für Musik. Sie waren erst nur in meinem Kopf, und jetzt hab ich sie aufgeschrieben.«

Hinter der jungen Stirn arbeitete es sichtbar.

»Das ist wohl auch so was wie 'n Brief?«

»Ja, kann man so sagen.«

»Auch an deine Oma?«

»Nein, aber an jemanden, den ich sehr lieb habe.«

»Ich habe meine Omas auch lieb.«

Sven kam und reichte Uwe das Messer zurück. »Danke schön!«

»Bitte. Und danke für deinen Bleistift.«

»Wir gehen!«, sagte der Vater.

Als die zwei Erwachsenen schon einige Schritte gegangen waren, begleitet vom älteren Sohn mit seinem neuen Wanderstock, stand der jüngere noch neben Uwes Bank. Es musste ihn sehr fasziniert haben, dass man Musik aufschreiben kann.

»Wer ist denn das, für den du den Musikbrief schreibst?«

»Sie wohnt da unten.«

»Hast du die so lieb wie ich meine Oma?«

Uwe winkte mit dem Zeigefinger, und der Junge kam zögernd einen Schritt näher. Dann flüsterte er: »Wenn du's nicht weitersagst, verrate ich dir ein Geheimnis: Ich hab sie noch viel lieber als du deine beiden Omas zusammen.«

Kai lächelte. Das wollte er nicht recht glauben. Als seine Mutter rief, riss er sich los und rannte hinter den anderen her.

53

Es klingelte.

»Das sind sie wahrscheinlich«, sagte der kleine Mann leise zu seinem Hund, der den Kopf gehoben hatte. Er stand auf, bewusst langsam und ruhig – er kam sich vor, als beobachtete er sich selbst auf einer Bühne – ging zum Fenster und öffnete es.

»Ja, bitte?« Unten standen zwei Männer, ein älterer und ein jüngerer.

»Herr Böttcher?«

»Ja.«

»Wir sind von der Polizei. Können wir uns mal mit Ihnen unterhalten?«

»Moment. Ich muss die Tür aufschließen.«

Böttcher schloss das Fenster. Dann ging er – gar nicht in Eile – in die Küche, nahm die Eisblöcke aus dem Tiefkühlfach und legte sie in einen Kochtopf. Den stellte er auf den Herd. Er schaltete ihn nicht an, denn er wollte genug Zeit haben, aber die Platte war noch etwas warm, weil er sich vorhin Tee gekocht hatte.

Ruhig ging er die Treppe hinunter und öffnete die Haustür.

»Können Sie sich ausweisen?«

»Natürlich.« Magnus zeigte seinen Ausweis vor. »Ich bin Hauptkommissar Magnus. Das ist mein Kollege Wronski.«

»Darf ich Ihren Ausweis bitte auch sehen?«

Die beiden Beamten sahen sich halb befremdet, halb belustigt an. Dann zuckte Wronski mit den Schultern und tat dem kleinen Mann den Gefallen.

»Danke. Kommen Sie bitte mit rauf.«

Er ging voran, und die beiden folgten. In dem großen Raum, der zugleich Wohnraum und Büro zu sein schien, nahmen sie in zwei Rattansesseln Platz, auf die Herr Böttcher mit leisem »Bitte!« deutete. Der große Hund stand zwar auf, als sie hereinkamen, benahm sich aber nicht unfreundlich oder gar bedrohlich und legte sich bald wieder auf seiner Decke nieder.

Herr Böttcher setzte sich in den dritten Sessel und sagte lächelnd: »Herr – Magnus, nicht wahr?«

»Richtig.«

»Herr Magnus, wenn mich mein Ohr nicht täuscht, haben wir vor einer guten Stunde miteinander telefoniert.«

»Ihr Ohr täuscht Sie nicht, Herr Böttcher. Ich bitte um Nachsicht, dass ich mich nicht mit Namen vorgestellt habe. Aber dafür bin ich ja jetzt persönlich da.«

Herr Böttcher sah sich um. Wronski hatte den Eindruck, er suche etwas. Da er aber dabei sitzen blieb, war es wohl nichts Wichtiges. Da hinten war nur ein großes Bücherregal, und daneben stand die Tür zur Küche offen.

»Herr Böttcher, welche Beziehung haben Sie zu dieser christlichen Lebensgemeinschaft, die sich ›Überwinder‹ nennt?«

Der kleine Mann überlegte, nickte leicht und erwiderte: »Ja, eine klare, kurze Frage. Ich würde sie gerne ebenso kurz und präzise beantworten, aber das ist leider nicht möglich. Ich brauche etwas länger dazu. Aber können Sie mir vorher vielleicht sagen, was der Grund Ihres Besuches ist?«

»Ja«, sagte Magnus höflich, aber mit merklicher Kälte. »Wir ermitteln in einem Mordfall. Außerdem gab es einen Mordversuch.«

»Und Sie verdächtigen mich?«

»Ja.«

»Sie tun gut daran. Denn ich war es.«

Für einige Augenblicke herrschte Stille im Raum. Damit hatten die Beamten nicht gerechnet.

»Heißt das, Sie wollen ein Geständnis ablegen?«

»Das heißt es. Ich will Ihnen erzählen, wie und vor allem warum ich Matthias Bloch erschlagen habe. Und wie und warum ich versucht habe, den Fahrer von Herrn Thiedemann zu töten.«

Die Beherrschtheit des kleinen Mannes verblüffte die Polizisten. Nur ein ganz leichtes Vibrieren seiner Stimme verriet gelegentlich, dass dies kein gemütlicher Plausch war.

»Herr Böttcher«, – Magnus bemühte sich, in dem kühl-sachlichen Ton zu bleiben – »wenn Sie ein Geständnis ablegen möchten – übrigens das Beste, was Sie tun können, auch für Sie!-, dann wäre es sinnvoll, wir fahren zu einer Polizeidienststelle, am besten in Kassel, und machen eine Tonbandaufnahme.«

»Das ist nicht nötig, meine Herren. Ein entsprechendes Gerät kann ich Ihnen zur Verfügung stellen. Möchten Sie ein richtiges Spulentonband oder eine Kassette?«

Er stand auf.

»Das ist gleich. Äh – ist Ihr Gerät zuverlässig?«

»Natürlich! Mit der kleinen Einschränkung, dass es hundertprozentige Sicherheit bei der Technik nie gibt. Aber ich kann ja beide Geräte installieren. Das erhöht die Wahrscheinlichkeit, eine brauchbare Aufnahme zu bekommen, um ein Vielfaches ...«

Böttcher stellte einen Kassettenrecorder auf das Tischchen und stöpselte das Kabel in eine Mehrfachsteckdose. Dann ging er in die entfernteste Ecke des Raumes, um das zweite Gerät zu holen.

Wronski flüsterte seinem Chef zu: »Der hat doch ’nen Sprung in der Schüssel!« Magnus konnte nicht antworten, weil der kleine Mann eben zurückkam. Beim Einfädeln des Tonbands zitterten seine Finger ein wenig. Nach einer Minute liefen beide Geräte. Um die automatische Aussteuerung zu prüfen, sagte Herr Böttcher in Zimmerlautstärke: »Hosea, Joel, Amos, Obadja, Jona, Micha, Nahum, Habakuk, Zefania ... gut so?«

»Äh – war das ein Geheimcode? Oder böhmische Dörfer?« fragte Wronski.

»Die kleinen Propheten.«

»Die verheißen ja noch Interessantes.«

»Ich habe es schon immer für den Gipfel des Stumpfsinns gehalten, bei einer Sprechprobe bis drei zu zählen und dann wieder von vorne anzufangen.«

Magnus sagte: »Tonbandprotokoll der Vernehmung von Herrn Achim Böttcher. Heute ist der neunte Juli 1997. Herr Böttcher, möchten Sie einfach berichten oder wollen Sie lieber unsere Fragen beantworten?«

»Ich berichte – und bemühe mich, es kurz zu machen – und Sie können gern dazwischenfragen, wenn Sie etwas genauer wissen wollen.«

»Bitte.«

»Betrachten Sie es bitte nicht als unnötig ausschweifend, wenn ich in meiner Kindheit beginne. Denn da hat alles angefangen. Ich war ein Einzelgänger, obwohl ich mich immer nach Freundschaften sehnte. Dafür gab es zwei Gründe. Der erste war meine geringe Körpergröße. Als ich im Alter von acht, neun, zehn Jahren im Wachstum hinter den anderen zurückblieb, wurde ich gehänselt und verspottet. Andere Kinder können so etwas wegstecken. Ich nicht. Ich war sehr sensibel; spürte ich Ablehnung, drängte ich mich nicht auf. Ich zog mich zurück.

Der zweite Grund waren meine besonderen Interessen und Begabungen. Schon im Grundschulalter habe ich einfache chemische und physikalische Experimente gemacht. Später habe ich ganze Bibliotheken von populärwissenschaftlichen Büchern gelesen, unzählige Geräte auseinander genommen, untersucht und meistens erfolgreich wieder zusammengebaut. Ich muss wohl die Neigung gehabt haben, mit meinem umfangreichen Wissen nicht hinterm Berg zu halten, was die Alterskameraden als Angeberei verstanden. Sie wollten noch weniger mit mir zu tun haben. Vielleicht wollte ich auch mit meinem Wissen glänzen, um das weniger Imponierende meiner äußeren Erscheinung zu kompensieren. Aber verfolgen wir diese Gedanken nicht weiter. Psychologie gehört zu den wenigen Wissensgebieten, die mich nie interessierten, wohl, weil es da nicht so exakt und messbar zugeht.

Die Vereinsamung – für die übrigens meine allein erziehende Mutter kein Verständnis aufbrachte – die Vereinsamung hat mich in den Jahren der Pubertät manches Mal davon träumen lassen, dieses sinnlose Leben zu beenden. Aber es fehlte mir der Mut.

Eines Tages wurde ich in einen christlichen Jugendkreis eingeladen. Da nahmen sie mich freundlich auf. Niemand hänselte mich wegen meiner Gestalt. Meine Zurückhaltung taute langsam auf. Ich war bald einer von ihnen, voll akzeptiert, geachtet, sogar wegen meines Wissens geschätzt. Natürlich war mir klar, dass die Zusammengehörigkeit, in die sie mich mit hineinnahmen, auch mit dem Glauben zusammenhing. Das störte mich aber keineswegs, sondern machte mir die biblische Lehre sympathisch. Wenn der christliche Glaube eine Atmosphäre schaffen konnte, in der ein Außenseiter wie ich geachtet, ja, sogar geliebt wurde, dann wollte ich mich dem anschließen. Das war aber weniger ein logisch begründeter Entschluss, sondern wohl eher ein gefühlsmäßiger Vorgang. Ich ...«

»Verzeihung, wenn ich unterbreche, Herr Böttcher«, sagte Magnus, »aber so ausführlich brauchen wir es nicht.«

»Ich aber«, antwortete Böttcher ungerührt. »Wie gesagt, ich taute auf in dieser Gruppe« – er stockte ein wenig und schaute beim Stichwort »auftauen« kurz zur Küchentür, was die Beamten zwar bemerkten, aber nicht erklären konnten. »Ich wuchs auch in die christlichen Anschauungen mehr und mehr hinein. Dies alles wurde meine Welt – neben der Welt der Technik und der Wissenschaft. Der kleine Zachäus – Sie wissen doch, wer das war?«

Wronski zuckte die Achseln, Magnus nickte ein wenig.

»Der kleine Zachäus, der auf den Maulbeerbaum kletterte, war mir sympathisch. Ich identifizierte mich nicht nur mit ihm, weil er klein war, sondern weil er angenommen war von dem Einen, allen anderen zum Trotz.

Es kam die Zeit, wo ich mich für einen Beruf entscheiden musste. Eine schwere Entscheidung zwischen Theologie und Technik. Ich wählte die Theologie. Das Technische hätte mir vielleicht mehr Spaß gemacht, aber irgendein Gefühl war in mir, das das andere von mir forderte. Vielleicht glaubte ich, Gott wolle es. Oder ich sei es ihm schuldig. Oder er werde es mir schon lohnen, wenn ich dieses Opfer brachte.

Meine theologische Laufbahn endete in einer Katastrophe. Ich lernte völlig andere Ansichten kennen, die mich irritierten. Ich verlor die Freundschaften in meinem Jugendkreis und gewann keine neuen. In Griechisch und Hebräisch, Dogmatik und Kirchengeschichte war ich brillant. Aber das war nun etwas anderes als die Gefühle, die mich damals für geistliche Dinge geöffnet hatten. Das Herz spricht nicht Griechisch. Man kann mit Wissen vollgestopft sein und sich doch leer fühlen.«

Er machte eine Pause. Magnus hatte schon eine Mahnung zur Kürze auf der Zunge, aber er hielt sie zurück.

»Ich machte ein Vikariat. Es war schlimm. Ich wusste nicht, was ich in meinen Predigten sagen sollte. Ich wusste nicht, wie ich Schwerkranke trösten sollte. Die Kirche schickte mich auf meine erste Pfarrstelle. Aber die Leute wollten mich nicht. Sie schrieben Briefe über Briefe an die Kirchenleitung. Die Gründe waren fadenscheinig. Ich bin sicher, sie wollten mich nicht, weil ich mich so mickrig vor dem Altar ausmachte. Wer lässt sich auch schon von jemandem einen Rat geben oder gar eine Ermahnung, auf den er hinunterguckt wie auf einen Schuljungen? Dabei wussten Sie wahrscheinlich gar nicht, ahnten es höchstens, dass sie einen viel besseren Grund gehabt hätten, mich abzulehnen: Ich hatte nichts zu sagen. Nichts, was vom Herzen kommt und darum zu Herzen geht. Nur, was aus dem Kopf kam, und das ging über ihre Köpfe hinweg. Ich war nicht überzeugend, denn ich war nicht überzeugt.«

Ich hätte ihn auch nicht als Pfarrer haben mögen, dachte Wronski. Magnus fragte: »Sie haben aufgegeben?«

»Ja. Verzeihen Sie – aber dieser lange Anmarschweg musste sein. Sie hätten sonst das Weitere nicht verstanden. Ich verdiene meinen Lebensunterhalt – oder mein ›täglich Brot‹ – seit gut fünfzehn Jahren auf andere Weise.«

»Wie?«

»Ich schreibe populärwissenschaftliche Artikel für verschiedene Zeitschriften. Ich lese Fachliteratur und übersetze das, was ich da lerne, ins Allgemeinverständliche. Eine Zeitschrift redigiere ich ebenfalls mit zwei Kollegen zusammen. Nicht ungeduldig werden! Jetzt kommt's!

Eines Tages besuchte mich ein Psychologe names Matthias Bloch. Er schrieb an einer Doktorarbeit über die psychische Beeinflussung von Sektenmitgliedern. Überhaupt: Was geht da vor? Warum sind die Mitglieder so leicht bereit, sich unterzuordnen? Wie kommen die Sektenführer zu ihrer Macht über die Psyche der Leute? Warum funktioniert das besonders mit jungen Leuten? Solche Fragen eben.

Er wollte Experimente machen. Er hatte einen Schauspieler aufgetrieben, begabt, eine beeindruckende Erscheinung, aber eine verkrachte Existenz. In Zürich hatte er ein Engagement gehabt, und da hatte er sich einiges zuschulden kommen lassen. Man wollte kein großes Aufsehen und schickte ihn weg. Aber an den Bühnen in

Deutschland sprach sich das natürlich rum. Er saß auf der Straße. Ich weiß gar nicht, wie Bloch auf ihn gestoßen ist. Wahrscheinlich so ähnlich, wie er dann auch auf mich kam: herumgefragt in Fachkreisen, bis er die passende Person fand.

Bloch wollte Witmann – so hieß der Schauspieler, aber ich vermute, das wissen Sie schon – als Prediger auftreten lassen und dann die Wirkung untersuchen. Das ging natürlich mit einem ›echten‹ Prediger nicht, allein schon deshalb, weil der das nicht mitgemacht hätte. Auch wollte Bloch die Wirkung ganz unterschiedlicher Predigtinhalte und Stilmittel untersuchen, von Endzeitdrohung bis zu fröhlicher Halleluja-Predigt, vom argumentativen Stil bis zu Gefühlsausbrüchen, vom temperamentvollen Redefeuer bis zu warmherzig gewinnender Rede. Auch bei unterschiedlichem Publikum. Und nun suchte er jemanden, der ihm die Reden ausarbeitete. Das konnte Witmann natürlich nicht. Bloch selbst wollte den Tenor vorgeben, aber jemand mit theologischer Kenntnis sollte ihm helfen. Durch irgendwelche Empfehlungen kam er auf mich. Wahrscheinlich hätte er sich auch bei einem Theologen in Amt und Würden nur eine Abfuhr geholt.

Der Gedanke faszinierte mich. Ich erbat eine Bedenkzeit, aber als wir uns nach zwei Tagen wieder trafen, sagte ich zu.

Hier hatte ich auf einmal die Möglichkeit, meine Kenntnisse und meine sprachlichen Fähigkeiten in Rede zu verwandeln, ohne dass ich selbst auftrat mit meiner wenig imponierenden Erscheinung. Ich konnte einen anderen für mich reden lassen. Endlich einmal war das Äußere nicht mehr Hemmnis für meine Gedanken. Welch eine Chance, meine Argumente, Formulierungen, intelligenten Gedankengänge mit der Überzeugungskraft eines stattlichen und beeindruckenden jungen Mannes und seiner natürlichen Ausstrahlung zu verbinden!

Und noch ein anderer Gedanke faszinierte mich: Ich war als Vikar fast verzweifelt, weil ich nicht wusste, was ich predigen sollte. Aber warum? Nicht, weil ich nicht genügend Material gehabt hätte, sondern weil sich das, was ich wusste, nicht mit meiner Überzeugung deckte. Man kann vielleicht auch als Prediger gelegentlich heucheln. Aber ständig Dinge reden, die man selbst nicht glaubt, immer nur lügen – das geht nicht, wenn man nicht daran kaputtgehen will. Man verachtet sich schließlich selber. Hier aber war das völlig anders. Es war ja alles nur vorgetäuscht. Alles gelogen im Dienst der Wissenschaft. Ich musste nicht eigene Überzeugung heucheln, sondern konnte meine Phantasie frei spielen lassen, konnte die biblischen Aussagen als Steinbruch verwenden und die Blöcke beliebig nach eigener Vorstellung zusammensetzen.

Es klappte alles hervorragend und machte uns allen dreien Spaß. Besonders Witmann und mir. Wir studierten Predigten ein, oft bis in die Nacht, feilten gemeinsam an Inhalt und Formulierungen und an der Darbietung. Er hat zweifellos ein großartiges rednerisches Talent. Das heißt – ich weiß gar nicht, ob er auch ein Demagoge sein könnte, wenn er seine eigene Meinung verträte oder ob er nur ein ausgezeichneter Schauspieler ist.

Wir waren so begeistert, dass wir auch mit einer sehr geringen Bezahlung durch Bloch einverstanden waren. Und diese Begeisterung bekam noch mal einen Schub bei den ersten öffentlichen Auftritten. Ich war öfter dabei. Witmann hatte Macht über Menschen, das spürte man. Und das wurde immer besser, je mehr Übung er bekam.

Nur eines enttäuschte Bloch: Obwohl die Zuhörer oft beeindruckt waren, entstand nichts, was man eine Sekte nennen könnte. Ich sagte ihm: Wir müssen Nägel mit Köpfen machen. Eine Sekte gründen und den Leuten sagen, sie sollten beitreten. Aber das ging Bloch zu weit; er hatte da eine merkwürdige Scheu. Schließlich kam er mit der Idee, Witmann in eine schon bestehende Gruppe einzuschleusen.

Ich fand den Plan gut und konnte ihm auch eine Gruppe von jungen Christen empfehlen. Und nun stellte sich der Erfolg ein. Witmann wurde – von mir mit dem passenden Gedankengut ausgerüstet – schnell akzeptiert und gewann durch sein Redetalent nun sogar noch andere dazu. Die Gruppe wuchs von vielleicht dreißig oder vierzig Leuten schnell auf über zweihundert, jetzt sind es fast dreihundert. Witmann wurde zur entscheidenden Figur. Ich merkte: Diese Reden vor den ergriffen lauschenden jungen Leuten waren wie eine Sucht für ihn, wie ein Rauschmittel. Er hat mich oft bedrängt, ihm mehr neue Predigten zu schreiben. Nächtelang hat er sie auswendig gelernt. Natürlich auch am Tage. Er erklärte dann seinen ›Brüdern und Schwestern‹, er brauche die Stille für geistliche Besinnung. Im Vortrag wurde er freier, was mir nur recht war, denn er musste ja auch oft Rede und Antwort stehen, wenn ich ihm keinen Text vorgeben konnte. Und je freier er wurde, desto stärker wurde die Rauschwirkung für ihn: Er beherrschte Menschen. Mit wenigen Sätzen konnte er sie in Tränen ausbrechen lassen, wenn die Atmosphäre auf dem Höhepunkt war, mit einer kleinen Bemerkung konnte er einen Schock auslösen, mit einem Lächeln ein befreiendes Lachen bewirken. Es machte ihm nichts aus, zwei oder drei Tage intensiv zu pauken, dazu das ganze fromme Leben heuchlerisch mitzumachen, nur für diese halbe Stunde in der Versammlung, vielleicht drei oder vier Mal in der Woche.

Je begeisterter Witmann und ich waren, desto mehr zog Bloch sich zurück. Er fand, wir handelten unmoralisch. Was waren denn die ersten Experimente gewesen? Es gab oft Streit zwischen uns. Schließlich sprach er davon, er wolle nun seine Arbeit fertig schreiben.

Das hätte natürlich bedeutet, alles wäre aufgeflogen. Das durfte nicht sein!

Nun muss ich noch das andere Motiv erklären. Es war nicht nur so, dass Witmann und ich dieses Theaterspiel genossen – wir verdienten inzwischen auch sehr gut daran. Die neu eintretenden jungen Leute gaben ihren Besitz ab und arbeiteten für ein winziges Taschengeld. Da kommt dann schon einiges zusammen. Witmann konnte das nicht organisieren, dafür war er nicht geeignet. Also stellte ich einen Mann, den ich von früher kannte, als Geschäftsführer ein. Das heißt, genau genommen stellte die Sekte ihn an. Aber er war mein Vertrauensmann.«

»Rübsamen.«

»Richtig. Witmann saß immer fester im Sattel, unsere Bankkonten wuchsen. Verstehen Sie, wir waren unsere eigene geheime Organisation innerhalb der christlichen Gruppe. Sie arbeitete für uns, ohne es zu wissen. Wir waren das Kuckucksei in ihrem frommen Nest, das sie ausbrüteten, ohne zu merken, dass es ein Fremdkörper war.

Eines Tages kam Bloch und sagte, es sei nun endgültig Schluss. Er habe seine Arbeit fast fertig und werde sie jetzt veröffentlichen.

Darin würde auch deutlich, bis wohin er das Experiment mitgemacht und von wo an es sich gegen seinen Willen verselbständigt habe. Was das für uns für Folgen mit sich brächte, sei ihm egal, er habe uns oft genug gewarnt. Ich flehte ihn an, nichts zu veröffentlichen. Er könne auch an dem großen finanziellen Gewinn beteiligt werden, der nun bald in Aussicht stand. Dass schon viel Geld floss, sagte ich nicht; es hätte ihn noch wütender gemacht. Er ließ aber überhaupt nicht mit sich reden. Na ja, da blieb mir nichts anderes übrig, als ihn zu töten.«

Beide Beamte waren entsetzt, wie selbstverständlich ihrem Gegenüber das schien. In die Pause hinein sagte Wronski mit vor Ironie triefender Stimme: »Ja, wenn das so war, dann mussten Sie ihn natürlich umbringen!«

Magnus antwortete sachlicher: »Was ist konkret geschehen?«

»Nachdem ich alles versucht hatte, ihn zu überreden, und er entschlossen wegging, überfiel mich Panik. Ich rief ihm nach, als er schon auf der Treppe war, als wollte ich noch etwas ganz anderes besprechen. Hätte ich im selben Ton weitergeredet, hätte er nicht mehr gehört. Ich war auf einmal entschlossen, ihn umzubringen. Leider hatte ich keine geeignete Waffe zur Hand. Ich bat ihn, in mein Labor zu kommen, im Erdgeschoss. Ich wolle ihm etwas zeigen. Dabei tat ich so, als wollte ich seinen Rat als Wissenschaftler erbitten. Wenn wir bei der Sekte aufhören müssten, würde ich mich wieder vermehrt meiner schriftstellerischen Arbeit widmen. Als er sich über mein Mikroskop beugte, erschlug ich ihn mit einem Hammer.«

»Und dann?«

»Dann schleppte ich die Leiche in meine Garage – ich habe da einen Zugang vom Haus aus – und packte sie mit ziemlicher Mühe in den Kofferraum meines Autos. Ich fuhr dann weit weg, um der Polizei die Nachforschungen zusätzlich zu erschweren und legte den Toten auf einen Autobahnparkplatz. Mit seinem Schlüssel verschaffte ich mir Zugang zu seiner Wohnung – nachdem ich einen geeigneten Zeitpunkt abgewartet hatte, wo niemand in der Nähe war, und durchsuchte gründlich seine Unterlagen. Alles, was auch nur entfernt auf unsere Zusammenarbeit hinweisen konnte, nahm ich mit und vernichtete es später.«

»Haben Sie Witmann von Ihrem Mord erzählt?«

»Nein. Aber er ist von selbst darauf gekommen. Ich hab es trotzdem bisher abgestritten.«

»Wo wir einmal dabei sind ...« Magnus fiel es schwer, den kühlen Ton beizubehalten. Die Gelassenheit, mit der dieser Mann einen Mord gestand, erschütterte ihn. »Wo wir einmal dabei sind – was war mit Thiedemann oder seinem Fahrer? Waren die Ihnen auf die Schliche gekommen?«

»Ich musste es befürchten. Witmann hatte herausgekriegt, dass der Fahrer in Thiedemanns Mercedes ihn verfolgt hatte, wahrscheinlich bis hierher.«

»Und was haben Sie mit ihm getan?«, fragte Wronski.

»Da muss ich auch ein bisschen weiter ausholen, wenn Sie gestatten. Ich wusste, daß Thiedemann ...«

Ein Seufzer kam aus der Ecke, wo der Hund lag. Alle drei sahen hin. Das Tier bewegte den Kopf, riss das Maul auf und fiel dann zusammen. Tot?

»Was ...?«

Magnus dachte: Was ist passiert? Warum springt Böttcher nicht hin und hilft seinem Hund? Warum sitzt er nur da und lächelt geistesabwesend? Jetzt fing er sogar wieder an zu erzählen:

»Ich bereitete also einen Anschlag auf den Fahrer vor. Dazu müssen Sie wissen, dass ich früher Studien und Experimente ...«

Wronski sprang auf. »Raus hier! Das Gas! Wie bei dem Fahrer!«

Magnus hatte schon begriffen. Er sprang hoch und riss die Fenster auf. Wronski packte den kleinen Mann, zerrte ihn vom Sessel hoch und schob ihn zur Tür. Bis dahin konnte Böttcher, weil er körperlich unterlegen war, nicht viel dagegen tun. An der Tür aber stemmte er sich gegen den Pfosten. Erst, als Magnus kam und ihm die Beine wegtrat, bekamen sie ihn durch die Tür. Sie stürzten mehr, als dass sie gingen, die Treppe hinunter und ins Freie.

»Lassen Sie mich!«, winselte Böttcher. »Bitte! Bedenken Sie, wie viel Geld Sie dem Steuerzahler sparen, wenn Sie mich nicht jahrelang ...« Er stockte. »Hannibal! Mein Hund! Retten Sie ihn, bitte!«

»Zu spät, Böttcher«, keuchte Magnus. »Der ist so tot wie Bloch!«

»Ich habe einen Fehler gemacht!«, schrie Böttcher. »Es ist

schwerer als Luft! Unten musste es zuerst wirken! Ich habe nicht dran gedacht, Hannibal! Verzeih mir meine Dummheit! Wir wollten doch zusammen weggehen ...«

Während der kleine Mann weiter jammerte, nickte Magnus seinem Kollegen zu. »Gut, Michael! Für den da Handschellen.«

Dann ging er zu seinem Wagen, um über Funk den ganzen Polizeiapparat in Bewegung zu setzen – Giftexperten, Spurensicherung, die Ortspolizei, um Fremde fernzuhalten ...

Er merkte erst nach einer Weile, dass er ziemlich aufgeregt ins Mikrofon sprach, so wie er es von sich selbst gar nicht gewöhnt war. »Heuwägelchen«, sagte er ganz langsam, ein altes Hausrezept gegen Nervosität, atmete tief durch und lehnte sich zurück in den Autositz.

54

Sie saßen in einer verschwiegenen Nische einer Pizzeria an einem kleinen Tisch über Eck und warteten auf das bestellte Essen.

»Wenn du nicht mehr bei Thiedemann bist – kannst du dir denn das hier leisten?«, fragte Christina. Sie hatte die Ellenbogen auf den Tisch gestützt und drehte ihre blonde Haarsträhne auf den rechten Zeigefinger wie auf einen Lockenwickler.

»Da sprichst du ein heikles Thema an«, antwortete Uwe säuerlich lächelnd. »Aber dafür reicht es noch, und ich muss auch in den nächsten Wochen nicht verhungern. Aber dann werde ich mir neue Geldquellen erschließen müssen. Weißt du nicht ein paar Klavierschüler in Friedberg oder Umgebung? Notfalls können sie auch total unmusikalisch sein. Hauptsache, die Eltern wollen das nicht wahrhaben.«

»Dahin habe ich leider keine Beziehungen. Aber dann hätten wir doch nicht hierher ...«

»Aber Christina! Meinst du, ich lasse mir wegen der paar lumpigen Mark die Chance entgehen, mit dir zu Abend zu essen?«

Sie sah ihn mit schelmischem Blick an, und er meinte, Verliebtheit darin zu lesen.

»Erzähl! Warum hast du den Job bei Thiedemann nicht mehr?«

»Das ist eine längere Geschichte. Fang du an! Du wolltest etwas mit mir besprechen.«

Sie legte die Unterarme auf den Tisch und beugte sich noch weiter vor, um noch leiser sprechen zu können.

»Du hattest Recht.«

»Natürlich, wie immer. Womit?«

»Ich meine es ernst, Uwe.«

»Entschuldige!«

»Bruder Tobias ist ein Schauspieler.«

Sie sahen sich einige Augenblicke schweigend an. Als Christina nichts weiter sagte, antwortete Uwe: »Du siehst mich an, als würdest du darauf warten, dass ich ›Ätsch‹ sage. Aber da kannst du lange warten.« Als er das Schimmern in ihren Augen sah, fragte er: »Was ist passiert?«

»Er hat mir einen Heiratsantrag gemacht.«

»Tobias?«

Sie nickte. Er erschrak. »Und?«

»Was heißt ›Und‹? Meinst du etwa, ich hätte Ja gesagt?«

Ihm fiel ein Stein vom Herzen.

»Das ist nun eigentlich nichts Erstaunliches, dass jemand dir einen Heiratsantrag macht. Ich stehe ja auch kurz davor.«

Sie blickte schweigend auf die Plastikblume in der Mitte des Tisches, sah sie aber nicht. Sie lauschte seinen letzten Worten nach und vergaß darüber fast ihr Thema. Bis er sie daran erinnerte:

»Ich vermute mal, was dich irritiert hat, war nicht das Dass, sondern das Wie seines Antrags?«

»Ja. Genau. So war's.« Sie war dankbar für den Anstoß. »Ich habe ihn abgelehnt. Den Antrag meine ich. Ich liebe ihn nicht.«

»Jetzt meinst du Tobias.«

»Ja. So weit war ja noch alles ... na ja, das kommt eben vor, nicht wahr, dass jemand einen Heiratsantrag ablehnt ...«

»Stelle ich mir schrecklich vor!«

»Aber wie er dann reagiert hat! Er wollte mich mit frommen Argumenten unter Druck setzen. Als wenn es Gottes Wille wäre, und da könnte ich ja nichts gegen machen.«

»Gemein!«

»Und er hat mir vage Versprechungen auf Reichtum gemacht, ohne mir genau zu sagen, was das bedeutet. Da ist etwas faul, Uwe! Ich meine, das ist doch schon ein Widerspruch: Er lockt mich einerseits mit Wohlstand und andererseits mit Argumenten aus dem geistlichen Leben, von dem er sonst immer gesagt hat, dass es durch Wohlstand gehindert wird. Was gilt denn nun?«

Uwe legte die Hand auf ihren Unterarm. Es war eine ähnliche Geste wie die von Tobias, aber jetzt zog sie den Arm nicht zurück. Uwe sagte sanft: »Dass dich das immer noch so mitnimmt, was ist der Grund dafür?«

Sie sah ihn an. »Verstehst du nicht, was das für meinen Glauben bedeutet? Sicher, ich habe von Bruder Volkmar am meisten gelernt, und er hat mich zum Glauben geführt. Aber trotzdem, auch Bruder Tobias spielt eine wichtige Rolle für mein inneres Leben. Bei uns allen ist das so. Er hat mehrmals in der Woche gepredigt, und wir haben alle Gewinn davon gehabt. Und nun zeigt sich, es stimmt alles nicht mit ihm. Sein Glaube ist vielleicht nicht echt. Ich weiß, das ist ein harter Vorwurf. Aber den Eindruck habe ich.«

»Ich verstehe«, sagte er leise. Dann schwiegen sie eine Weile.

Der Kellner brachte zwei große Teller. Der Augenblick war ungünstig, denn beiden war der Appetit etwas vergangen. Als die Pizza sie aber anlächelte und der Duft ihnen in die Nase stieg, kam der Hunger langsam wieder.

Uwe beobachtete etwas verlegen, wie Christina den Kopf für ein Tischgebet senkte. Geduldig wartete er, bis sie ihn wieder hob, sagte: »Guten Appetit!«, und begann zu essen.

»Danke, gleichfalls!«

»Du, Christina ... wie soll ich sagen ... ich weiß nicht, ob du so einen Rat von mir annehmen willst ...«

»Warum nicht? Sag nur! Wozu rede ich denn sonst mit dir darüber!«

»Ich meine, weil ich mich in Glaubensdingen ja nun nicht durch besondere Kompetenz auszeichne. Wenn Tobias ein Blender ist, ein Heuchler oder was immer – lass dich dadurch nicht irre machen! Dein Glaube ist ja nicht von ihm abhängig. Wenn er das wäre, dann wäre er nicht viel wert. Aber ich glaube, er ist wertvoll. Wirf nicht alles über Bord, hörst du?«

»Es freut mich sehr, dass du das sagst.« Sie zog spielerisch einen langen Käsefaden von ihrer Pizza und wickelte ihn auf die Gabel. »Nein, Uwe. Nein, ich werfe nicht alles über Bord.« Sie sah ihn an. »So, jetzt haben wir genug von mir geredet. Was ist dir inzwischen passiert?«

Uwe erzählte alles. Dass er eigentlich wegen detektivischer Aufgaben den Job als Fahrer angenommen hatte, wie es dazu gekommen war, dass er Tobias Witmann verfolgt hatte, von dessen Haus erzählte er und schließlich von dem Anschlag auf ihn und dass er deswegen bei Thiedemann aufgehört hatte.

Eigentlich hatte er ihr nicht alles erzählen wollen. Er hatte gefürchtet, wenn sie wusste, dass er die Gruppe beobachten sollte, würde sie ihn als Feind betrachten. Auch von dem als Unfall getarnten Anschlag hatte er höchstens etwas andeuten wollen. Aber Christina sah ihn immer nur mit großen Augen an, die neugierig blickten wie die eines Kindes. Ihr Blick saugte einfach alles aus ihm heraus.

Als er fertig war, hatten sie kaum etwas gegessen, und die Pizzen waren kalt.

»Du nimmst es mir nicht übel, oder?«

»Was?«

»Dass ich als Schnüffler bei euch aufgetaucht bin.«

»Nein. Du nimmst es mir ja auch nicht übel, dass ich deine Warnung in den Wind geschlagen habe. Außerdem hat sich ja nun rausgestellt, dass es Grund gab, uns zu beobachten.«

»Es ist noch lange nicht alles klar. Aber den Rest soll die Polizei erledigen.«

»Hoffentlich klärt sich bald alles. Ich bin ganz unsicher, wie das bei uns weitergeht.«

»Mich würde sehr interessieren, wie es mit uns weitergeht.«

»Mit wem?«

»Mit uns beiden, dir und mir.«

Sie lächelte. »Zunächst essen wir mal endlich unsere Pizza auf.«

»Gute Idee. Es wird auch höchste Zeit.«

»Wo sie schon die Hälfte deines Vermögens gekostet hat.«

»Kein Wort mehr, bis beide Teller leer sind!«

Sie aßen schweigend. Der Genuss, der durch die Abkühlung ihrer

Speise verloren gegangen war, wurde ersetzt durch das Glück der gegenseitigen Nähe.

»Möchtest du ...«, begann Uwe.

»Psst!« Sie deutete auf den Rest auf seinem Teller und legte den Finger auf den Mund. Er machte die Bewegung des Trinkens und zeigte auf ihr leeres Glas. Sie schüttelte den Kopf.

Endlich waren die Teller leer. »Puh«, stöhnte Christina, »erst durfte ich nicht reden, jetzt kann ich nicht. Weil ich so vollgefressen bin. Wir hätten nicht diese Wagenräder bestellen sollen.«

»Übrigens«, sagte Uwe und wischte sich den Mund mit der Papierserviette ab, »ich war bei deinen Eltern.«

»Was?«

»Ich war bei deinen Eltern. Zufällig.«

»Zufällig? Das glaubst du doch selbst nicht! Wie kommt man denn zufällig da hin?«

»Ich war mit Thiedemann in Stuttgart. Da ich ihn erst Stunden später wieder abholen sollte, bin ich ein bisschen rumgefahren, ganz ziellos, und kam nach Esslingen. Da fiel mir ein, ich könnte mal gucken, wo du deine Kindheit verbracht hast. Vielleicht lag ja das Geheimnis deiner Schönheit und Liebenswürdigkeit in einer schönen und lieblichen Landschaft. Aber es war eine Enttäuschung. Da muss wohl doch eine Rose in der Wüste gewachsen sein.«

»Die Landschaft ist aber schön.«

»Mag sein. Ich meinte die unmittelbare Umgebung eures Hauses.«

»Ach so, du hast nur das Haus gesehen!«

»Ich habe auch mit deinen Eltern gesprochen, obwohl ich es eigentlich nicht wollte. Es ergab sich so. Dein Vater kam zufällig vorbei, als ein Wachmann mich verdächtigte, weil ich so lange da rumstand. Ich sagte, dass ich dich kenne. Na ja, eins ergab das andere, schließlich hab ich mit deinen Eltern Kaffee getrunken, und dein Vater hat mir sein Getriebe erklärt.«

»Ich werd verrückt! Du bei meinen Eltern!«

»Sie haben sich beklagt, dass du so wenig von dir hören lässt.«

»Ja. Sie haben Recht.« Christina sah verlegen aus. »Inzwischen habe ich ihnen geschrieben. Weißt du, es wurde bei den Überwindern immer betont, dass man für das neue Leben die Verbindung zum alten abschneiden soll. Besonders Bruder Tobias hat das gesagt. Ich habe das auch geglaubt. Aber als dieses Gespräch war und ich ihn ganz anders kennen lernte, habe ich aus einer Art Trotz an meine Eltern geschrieben. Na ja, auch, weil ich schon länger ein ungutes Gefühl deswegen hatte. Ich habe unter anderem geschrieben, dass es mir Leid tut und dass ich jetzt öfter von mir hören lasse.«

»Das ist ein guter Entschluss, wenn du mir den Kommentar gestattest. Deine Eltern sind ganz nette Leute.«

Sie nickte. Nach einer Weile sah sie wieder auf.

»Du musst meinem Vater sympathisch gewesen sein!«

»Woraus schließt du das?«

»Weil er dir sein Spielzeug gezeigt hat. Das tut er nicht bei jedem. Hast du es auch gehörig bewundert?«

»Nicht nur gehörig, sondern auch ehrlich. Und ich durfte dran drehen.«

»Wirklich – er mag dich! Das ist der Beweis!«

»Wenn du Recht hast, würde mich das freuen.«

»Hast du ... äh ... habt ihr ... Ich meine, war von der Beziehung die Rede, in der wir zueinander stehen?«

Er ließ sich Zeit mit der Antwort. »Die Beziehung zwischen uns beiden war zu dem Zeitpunkt in einem Schwebezustand, den man nicht gut hätte in Worte fassen können. Ich habe also nur gesagt, dass wir uns kennen. Aber ...«

»Aber?«

»Sagen wir mal so: Es lag wohl irgendwie in der Luft.«

Sie lächelte dünn.

Er fuhr fort: »Der Schwebezustand besteht ja eigentlich immer noch. Aber ich habe das Gefühl, wir setzen zur Landung an.«

»Hat es geschmeckt?«, fragte plötzlich der Kellner und räumte die Teller weg. Beide bestätigten das eifrig, und Uwe zahlte.

Christina sagte: »Ich bedanke mich fürs Essen.«

»Musst du schon wieder zurück?«

»So eilig hab ich's nicht. Die Abendversammlung habe ich sowieso verpasst!«

Er flüsterte – und kam ihr dabei ganz nahe, damit sie ihn verstehen konnte: »Zieh doch mal die blonde Gardine beiseite!«

»Warum?«

»Sie ist mir im Weg, wenn ich dich küssen will.«

»Ach, Uwe ... ich weiß nicht ...«

»Ich aber.«

Er fuhr mit der Linken über ihre rechte Wange und nahm mit dem Zeigefinger die Strähne mit. »Alles muss man selber machen!«, seufzte er dabei leise. Dann brachte er noch die Rechte ins Spiel, nahm ihr Gesicht in beide Hände und tat wie angekündigt.

Waren seine Gefühle schon seit längerem von einer Art Dauer-Erdbeben erschüttert gewesen, glichen sie jetzt einem Vulkanausbruch. Ihre übrigens auch.

55

Am folgenden Morgen war sowohl im wörtlichen wie im übertragenen Sinn die Welt voller Sonnenschein. Beides erleichterte Uwe die schwierige Aufgabe, die er sich vorgenommen hatte.

Um sieben Uhr sechsunddreißig klingelte er bei Thiedemanns. Es war sieben Uhr achtunddreißig, als Bogdan öffnete. Die vollen zwei Minuten hatte Uwe es sich versagt, ein zweites Mal auf den Knopf zu drücken.

»Sie wünschen?«, fragte Bogdan, als hätte er Uwe noch nie zuvor gesehen.

»Guten Morgen, Herr Bogdan. Ich würde gern Herrn Thiedemann sprechen.«

»Die Herrschaften speisen gerade.«

»Ich weiß. Könnte ich vielleicht trotzdem ...?«

»Ich werde sehen, was sich machen lässt. Wenn Sie bitte solange hier warten wollen!«

Früher hätte er mich wenigstens in den Eingang gebeten, dachte Uwe. Aber, was soll's! Es ist ein wunderschöner Morgen.

»Die Herrschaften lassen bitten.«

Bogdan ging voraus, obwohl Uwe wusste, wo das Ehepaar Thiedemann frühstückte.

»Guten Morgen, Herr Zehntfennig!«, sagten beide, als hätte ein unsichtbarer Dirigent den Einsatz gegeben. Herr Thiedemann stand sogar auf, was Herr Bogdan mit Unwillen registrierte.

»Guten Morgen. Entschuldigen Sie bitte, dass ich Sie beim Frühstück störe. Ich wusste ja Ihre Zeiten. Aber ich wollte Sie gerne kurz sprechen. Und zwar lieber hier als in der Firma.«

»Nehmen Sie doch Platz!«, sagte Herr Thiedemann, und seine Frau ergänzte: »Möchten Sie eine Tasse Kaffee mittrinken? Sie können auch gern etwas essen, es ist von allem reichlich da.«

»Nein, danke, das ist sehr freundlich. Aber ich habe schon gefrühstückt.«

»Also – was führt Sie zu mir, Herr Zehntfennig?«

»Ich muss Ihnen etwas bekennen. Und ich möchte Sie um Entschuldigung bitten.«

Herr Thiedemann sah ihn eine Weile an, auf seinem Bissen kauend.

Als er ihn heruntergeschluckt hatte, meinte er: »Ich habe auch den Eindruck, dass ein paar Dinge geklärt werden sollten, die unausgesprochen im Raum stehen. Bitte, legen Sie los!«

»Dass ich bei Ihnen als Fahrer angefangen habe, war nicht – oder nicht nur –, weil ich einen Job suchte. Ich sollte Sie beobachten.«

»Beobachten?«

»Ja, eine Detektei hat mich angeheuert.«

Thiedemann stellte seine Tasse, aus der er eben trinken wollte, wieder zurück. »Interessant. Und warum?«

»Es bestand der Verdacht, dass bei dieser christlichen Gruppe etwas nicht mit rechten Dingen zuging. Der Verdacht hat sich auch bestätigt, wie ich gestern Abend noch telefonisch erfahren habe. Aber das hat nichts mit Ihnen zu tun.«

»Und warum sollte ich beobachtet werden?«

»Weil Sie die Person im Umfeld der Gruppe waren, die am meisten Verdacht erregte. Sie wirkten unter den jungen Gläubigen wie ein Fremdkörper.«

»Hm«, knurrte Thiedemann und rührte völlig grundlos in seiner Tasse. »Ich muss meine Rolle nicht sehr überzeugend gespielt haben.«

»Aber Sie!«, sagte Frau Thiedemann.

»Das ist es, wofür ich mich entschuldigen will. Sie sind die ganze

Zeit über so freundlich zu mir gewesen. Auch wenn wir uns jetzt wahrscheinlich nie mehr sehen – mir wäre es unangenehm, wenn das zwischen uns stände. Ich hätte das leichter hingenommen, wenn Sie ein fieser Despot gewesen wären.«

»Gut«, sagte Direktor Thiedemann, »wo wir einmal beim Aufräumen sind: Auch ich habe nicht mit offenen Karten gespielt.«

Uwe nickte leicht. »Ich weiß.«

»Was wissen Sie?«

»Na ja, die Einzelheiten weiß ich nicht alle genau. Aber dass es mit Christina Schwab zusammenhing und mit dem stufenlosen Getriebe, das ihr Vater erfunden hat, habe ich inzwischen doch herausgekriegt.«

Thiedemann knurrte: »Sie sind schon der Zweite, der es mir ins Gesicht sagt. Dabei dachte ich, es wäre das bestgehütete Geheimnis Deutschlands.«

»Das muss Sie nicht überraschen, die Polizei weiß es ja erst von mir.«

»Ach so.«

»Nehmen Sie's mir nicht übel. Aber ohne dieses Wissen hätte die Polizei bei Ihnen nichts ausrichten können, Sie hätten nichts verraten, man hätte Witmann nicht unter Druck setzen können und den Geschäftsführer, und man hätte nicht das eigentliche Verbrechen aufklären können, einschließlich des Mordanschlags auf mich.«

»Ich bin komplizierte Gedankengänge gewöhnt, aber das alles ist für mich noch etwas verwirrend.«

»Die Polizei wird Sie sicher noch über alles informieren. Ich weiß es nur schon wegen meiner besonderen Beziehungen. Über die Detektei, die mich angestellt hatte.«

»Ach ja, halten wir uns also erst mal daran. Sie sind also Detektiv?«

»Nein, nein! Ich bin der Pianist, als der ich mich Ihnen vorgestellt habe. Die Detektei suchte nur einen, der Klavier spielen kann, damit er bei Ihnen besser und schneller akzeptiert ist.«

»Raffiniert!«

»Und da ich dringend einen Job suchte ...«

Bogdan klopfte und trat ein. »Verzeihung, Herr Direktor, Ihr Wagen ist draußen.«

»Ach ja«, nickte Thiedemann, und als Bogdan gegangen war, fragte er: »Sehe ich das richtig, dass Sie auch gar nicht Umbachs Großneffe sind?«

»Richtig. Ich habe nur die herzliche Bitte, Herr Thiedemann, nehmen Sie es Herrn Umbach nicht übel, dass er da mitgespielt hat. Mein Chef, ich meine den von der Detektei, hat ihn unter Druck gesetzt. Er konnte fast nicht anders.«

»Das war ein Vertrauensbruch! Ich kann nicht einfach ...«

Frau Thiedemann mischte sich ein: »Er ist schon so lange bei uns, Ernst! Vielleicht sollten wir einfach so tun, als wüssten wir nichts.«

»Nein, das mache ich nicht! Zur Rede stellen werde ich ihn. Aber da ich kein – wie sagten Sie? – fieser Despot bin, werde ich ihn nicht entlassen. Es muss nur klar sein, dass ich mich nicht einfach so hinters Licht führen lasse!«

Er schob den letzten Teil seines Marmeladenbrötchens in den Mund. Als er fertig war mit Kauen und auch seinen letzten Kaffee getrunken hatte, sagte er:

»Also – wo stehen wir? Was ist das Fazit aus diesem interessanten Gespräch? Erstens: Ich bin Ihnen nicht böse wegen Ihrer Schnüffelei, zumal Sie sich freiwillig herbemüht und entschuldigt haben.«

»Das findet man heute selten«, ergänzte Frau Thiedemann.

»Zweitens: Sie nehmen mir auch nicht übel, dass ich Ihnen einiges vorgeheuchelt habe. Drittens: Auch mit Umbach werde ich gnädig umgehen. Viertens: Ich warte noch auf Informationen, was nun eigentlich am Fuße des Meißners passiert ist.«

»Fünftens«, ergänzte noch einmal seine Gattin, »wenn nun keine Feindschaft mehr zwischen uns besteht, spricht ja eigentlich nichts dagegen, dass Sie gelegentlich bei uns musizieren, oder?«

»Gern«, nickte Thiedemann, »gegen Bezahlung, versteht sich.«

»Das käme mir sehr gelegen«, meinte Uwe.

»Fünf Punkte. Wir hätten ein Protokoll schreiben sollen. So, ich muss.«

Er ging in sein Büro, um den Inhalt seines Aktenkoffers zusammenzustellen.

»Herr Zehntfennig«, sagte Frau Thiedemann, »verzeihen Sie meine Neugier, aber ich hatte den Eindruck, dass sich zwischen

Ihnen und Christina Schwab etwas anbahnt. Habe ich das richtig beobachtet?«

»War das so auffällig? Ja, das haben Sie richtig beobachtet.«

»Und?«

Uwe zögerte. Sie merkte es und sagte: »Verzeihung! Meine Neugier ist wirklich schon fast krankhaft. Lassen wir das Thema.«

»Es ist kein Geheimnis. Also kann ich Ihnen ruhig sagen, dass – na ja, dass sich die Sache gut entwickelt.«

»Christina ist ein nettes Mädchen.«

»Das stimmt!«

»Das stimmt!« sagte auch Thiedemann, der gerade wieder hereinkam. »Es würde auch stimmen, wenn ihr Vater nicht ein neues Getriebe erfunden hätte. Da fällt mir noch ein Punkt ein. Der wievielte?«

»Der sechste«, wusste seine Frau.

»Herr Zehntfennig, da nun unser Verhältnis wieder ins Lot gekommen ist – kann man doch so sagen, nicht?«

»Von mir aus – ja.«

»Könnten Sie nicht bei Schwab für mich gut Wetter machen? Nachdem meine hinterlistigen Pläne gescheitert sind, möchte ich mit ihm direkt und offen verhandeln. Er wird erfahren, was ich geplant hatte, und das wird ihn ärgern und gegen mich einnehmen. Da könnte ich einen Fürsprecher gebrauchen.«

»Oh, Herr Thiedemann, ich fürchte, da überschätzen Sie meinen Einfluss aber gewaltig!«

»So, meinen Sie? Na, behalten Sie's im Hinterkopf, und falls sich eine Gelegenheit ergibt, schildern Sie meine Redlichkeit und Tüchtigkeit und meine Möglichkeiten in rosigen Farben. Ich werde in den nächsten Tagen einen Termin mit ihm ausmachen, aber erfahrungsgemäß zieht sich so etwas in die Länge.«

Er küsste seine Frau zum Abschied und reichte Uwe die Hand. Als er schon in der Tür war, rief seine Frau ihm noch nach: »Und sei barmherzig mit Umbach. Neulich hab ich mal gehört: Wer ohne Sünde ist, der werfe den ersten Stein. War das Tobias oder Volkmar?«

Thiedemann kam noch einnmal zurück: »Jesus war das.« Dann verschwand er.

»Na, siehst du!«, rief sie ihm nach.

Uwe verabschiedete sich auch.

56

Schwester Anette setzte sich neben Christina. Unmittelbar nach dem gemeinsamen Tischgebet, noch bevor sie nach dem Brot griff, fragte sie: »Weißt du, wen Bruder Tobias zu Besuch hat? Das Auto steht schon eine Stunde da. Warum kommt er nicht zum Essen und bringt seine Gäste mit, wie sonst?«

»Das sind keine Gäste. Das ist die Polizei.«

»Die Polizei? Was wollen die denn?«

Christina zuckte mit den Schultern. »Wir werden's noch erfahren.«

Anette wandte sich zu Bruder Norbert auf der anderen Seite. »Die Polizei ist bei Bruder Tobias.«

»Ach, was ist denn los?«

»Keine Ahnung. Aber sicher was Wichtiges.«

»Warum?«

»Erstens sind sie in Zivil, da geht es also sicher nicht um ein Verkehrsdelikt oder so was. Und zweitens sind sie schon über eine Stunde da.«

Gegenüber an dem schmalen Tisch griffen einige auf, was sie mitgehört hatten und erzählten es weiter. Die Botschaft schwirrte durch den Saal, veränderte sich bei ihrem Lauf immer mehr. Sie passte gut zu Gerüchten, Beobachtungen, Ahnungen, die sich in den letzten Tagen angesammelt hatten. Keiner wollte aber Bruder Volkmar fragen, und das Getratsche machte einen Bogen von etwa zwei Meter Radius um den Platz, auf dem er saß.

Gegen Ende des Abendessens wurde Bruder Volkmar ans Telefon gerufen. Er kam lange nicht wieder, so dass schließlich ein anderer die Tafel aufhob.

Es waren nur noch gut zehn Minuten bis zum Beginn der Abendveranstaltung. Einige blieben stehen und redeten weiter, andere gingen nach draußen und schlenderten in kleinen Gruppen über den Hof. Das fremde Auto stand jetzt nicht mehr da.

Die Gewohnheit, fünf Minuten vor Beginn der Veranstaltung im Saal zu sitzen, geriet in Vergessenheit. Die Letzten kamen einige Minuten zu spät, und andächtige Stille herrschte auch nicht.

Bruder Volkmar kam herein und trat ans Mikrofon.

»Liebe Brüder und Schwestern, eigentlich sollte Bruder Tobias ja heute unsere Versammlung leiten, aber das geht leider nicht. Ich sage dazu gleich mehr. Aber lasst uns zunächst ein Lied singen. Ich schlage vor: ›Wir preisen dich, du großer Gott‹.«

Das hätte er sich sparen können, dachte Christina. Es braucht schon sehr viel geistige und geistliche Disziplin, sich jetzt auf das Gotteslob im Gesang zu konzentrieren. Die meisten werden in Gedanken mit Raten beschäftigt sein. Und tatsächlich – wenn sie sich nicht täuschte, bestätigte die mangelnde Intensität des Singens ihre Vermutung.

Nach dem Lied und einem kurzen Gebet erklärte Bruder Volkmar: »Ich habe bis eben noch mit Bruder Tobias gesprochen. Er ... er lässt durch mich ausrichten, dass er nicht kommt. Das heißt, dass er überhaupt nicht mehr kommt. Er legt sein Amt nieder, sozusagen. Sein Amt als Leiter der Überwinder.«

Totenstille herrschte.

Fast eine halbe Minute dauerte sie an. Bruder Volkmar stand nur da und sah schräg nach unten. Da begann hinten ein allgemeines Gemurmel. »Warum?«, hörte man. »Das kann er doch nicht machen?« – »Was ist los?« – »Sag doch was!« Es wurde immer lauter.

»Er hat gesagt ...«, begann Bruder Volkmar, und an der brüchigen Stimme erkannten die Zuhörer erst jetzt, warum er so lange geschwiegen hatte: Er wollte erst seine Fassung wiedergewinnen. Das war ihm aber nur unvollständig gelungen.

»Er hat gesagt, er hätte sich schuldig gemacht, und darum könne er nicht mehr euer Hirte sein. Das ... das soll ich euch weitergeben.«

Wieder war allgemeines Gemurmel zu hören.

»Brüder und Schwestern, wenn er sich etwas zuschulden kommen ließ, so muss er das mit Gott ausmachen. Wir haben kein Recht, seine Verfehlungen hier breitzutreten. Erinnert euch, dass wir oft sagten, dass wir mit den Sünden anderer behutsam umgehen müssen. Statt sie genüsslich weiterzuerzählen, sollen wir sie der Vergebung Gottes anheim stellen. Auf keinen Fall dürfen sie Gegenstand unserer Neugier sein.«

Das Murmeln wurde leiser.

Ziemlich weit hinten stand jemand auf und rief mit heller Stimme: »Bruder Volkmar!«

Alle drehten sich um.

»Was ist, Schwester Christina?«

»Ich möchte dazu etwas sagen.«

Immer, wenn einer ohne Mikrofon sprechen wollte, fiel erst auf, wie gut die Beschallungsanlage war. Die vom Lautsprecherklang verwöhnten Ohren verstanden Christina kaum.

»Komm nach vorne ans Mikrofon, Schwester Christina!«, sagte Volkmar. »Aber ich bitte euch sehr: Lasst das jetzt nicht in eine allgemeine Debatte ausufern!«

Christina bahnte sich einen Weg nach vorn. Volkmar bog das Mikrofon etwas auf ihre Größe herunter. Als sie davor stand, war alles im Saal still.

»Brüder und Schwestern«, sagte sie, und sie wirkte dabei sicherer, als die meisten ihr zugetraut hätten, »Bruder Tobias hat viele Monate unter uns gelebt und unzählige Male zu uns gepredigt. Er hat beansprucht, unser Leiter zu sein und uns auf dem richtigen geistlichen Weg zu führen. So jemand kann nicht einfach durch einen anderen bestellen, er käme von jetzt an nicht mehr!«

Zustimmendes Murmeln.

»Wir haben ihm vertraut! Wir haben darauf vertraut, dass seine Worte Gottes Worte für uns waren. Wir haben darauf vertraut, dass sein seelsorgerlicher Rat vom Heiligen Geist gelenkt war. Wir haben uns mit unseren Gaben, mit unserer Zeit, mit unserer Zukunftsplanung vertrauensvoll in seine Hände gegeben. Ja, sogar unser Geld haben wir ihm anvertraut. Und so jemand will sich einfach verdrücken? Als wäre nichts gewesen? Ohne ein Wort der Erklärung, ohne ein Wort der Entschuldigung? Das geht nicht!«

Zustimmende Rufe kamen laut von überall im Saal. Einige saßen aber nur schweigend da und wussten nicht, was sie denken, geschweige denn sagen sollten.

»Ich fordere Bruder Tobias auf, dass er hierher kommt und Rede und Antwort steht!«

»Jawohl!«

»Das wollen wir!«

»Er soll kommen!«

»Ich schlage vor, dass Bruder Volkmar geht und ihn holt!«

Bruder Volkmar, der die ganze Zeit neben Christina stehen geblieben war, sagte: »Euer Wunsch ist sicher berechtigt. Ich gehe rüber und bitte ihn herzukommen. Singt ihr inzwischen ein Lied! Ich hoffe, dass ich ihn überreden kann und dass wir in wenigen Minuten da sind.«

Er trat von dem niedrigen Podest. Als er im Mittelgang zwischen den vorderen Sitzreihen war, sprach Christina weiter ins Mikrofon:

»Nimm's mir nicht übel, Bruder Volkmar, aber ich möchte dich an zwei Punkten korrigieren. Erstens bitte ich, kein Lied zu singen. Es würde doch keiner an den Text denken, und unsere geistlichen Lieder sollen kein Füllspachtel für unbeabsichtigte Zeitlöcher sein. Und zweitens: Bitte Bruder Tobias nicht her, sondern fordere ihn auf zu kommen! Wir haben ein Recht darauf!«

Volkmar sagte nichts dazu, drehte sich nur wieder um und ging zum Ausgang. Manche riefen ihre Zustimmung, manche hielten die Luft an. Solche Worte waren hier noch nie zu hören gewesen.

Christina ging wieder zu ihrem Platz zurück.

Es dauerte ziemlich lange, aber endlich kamen sie beide. Bruder Tobias ging mit schleppenden Schritten ans Mikrofon.

»Was wollt ihr?«, fragte er ohne Einleitung und ohne Anrede. »Reicht es euch nicht, wenn ich sage, es tut mir Leid, dass ich euch enttäuscht habe? Wollt ihr euch weiden an meiner Niederlage?«

»Was ist passiert?«, rief jemand mit lauter Stimme. Ein anderer: »Was wollte die Polizei bei dir?«

»Ich ... es gab da Verwicklungen ... ein anderer Mann, der nicht zu euch gehört, hat ... ihr könnt es morgen in der Zeitung lesen!«

»Uns interessiert nicht ein anderer Mann! Du interessierst uns!«

»Dieser Mann hat einen Mord begangen. Damit habe ich natürlich nichts zu tun. Aber da ich ihn kannte ... und es geht auch um euer Geld. Aber ihr bekommt alles wieder.«

Er wandt sich sichtbar.

Bruder Volkmar tat er Leid. Er trat ans Mikrofon. »Da handelt es sich um Dinge, an denen die Polizei arbeitet. Wenn sie alles geklärt hat, werden wir es erfahren. Bis dahin sollten wir unsere Neugier zurückhalten. Meint ihr nicht?«

»Nein!«, rief es von hinten.

»Aber Schwester Christina!«, sagte Bruder Volkmar sanft. »So kenne ich dich gar nicht!«

»Ich habe ...«

»Ans Mikrofon!«, wurde sie unterbrochen. Zunächst wollte sie nicht, aber als sie von allen Seiten in ihrer unmittelbaren Umgebung aufgefordert wurde, ging sie zum zweiten Mal nach vorn. Wieder trat gespannte Stille ein, als sie am Mikrofon stand. Tobias Witmann drückte sich etwas zur Seite. Es war wohl mehr ein unbewusster Reflex, als dass er tatsächlich die Absicht hatte zu verschwinden.

»Bleib noch da, Bruder Tobias! Wir sind noch nicht fertig!« Der Angeredete kam einen Schritt zurück.

»So kennt Bruder Volkmar mich gar nicht, sagt er. Das ist wohl war. Ich kannte mich so auch noch nicht. Aber ich musste mich neu kennen lernen und neue Erfahrungen machen. Bisher habe ich mich gerne in unsere Gemeinschaft eingegliedert und unseren gemeinsamen Zielen gedient. Aber jetzt weiß ich nicht mehr, was diese Ziele sind! Bisher habe ich gern und ohne Widerspruch getan, was die Leitung sagte, weil ich Vertrauen zu ihr hatte. Aber das Vertrauen ist weg! Was denkt ihr denn, Brüder? Ihr zieht uns den Boden unter den Füßen weg und wundert euch, dass wir nicht weiter an der gleichen Stelle schweben!«

Einigen im Saal war nach zustimmenden Rufen zumute, aber sie wagten nicht, das Schweigen zu unterbrechen, das sich ausgebreitet hatte.

Bruder Volkmar wollte die vernichtenden Worte nicht so im Raum stehen lassen. »Na, Schwester Christina – Boden unter den Füßen weggezogen – übertreibst du da nicht etwas?«

»Ich meine nicht dich, Bruder Volkmar. Ich spreche von diesem Mann, der sich unser Bruder nennt, es aber nicht ist.«

Leises Gemurmel erhob sich.

»Doch, er hat mir den Boden unter den Füßen weggezogen. Das war doch der Boden, auf dem wir standen: Gott liebt uns. Wir sind seine Kinder. Er hat unsere Schuld auf sich genommen. Er hat uns ein ewiges Leben versprochen. Er hat uns in der Hand, führt uns, beschenkt uns täglich, redet zu uns und hört, wenn wir mit ihm reden. Und vieles andere. Ist das nicht das Fundament, auf dem wir stehen? Sag mir: Ist es das?«

»Doch, natürlich, das wissen wir doch«, antwortete Bruder Volkmar leise.

»Und das hat Tobias Witmann uns gepredigt. Auf einmal erfahren wir, dass er ein Lügner ist. Ist es so schwer zu verstehen, dass uns das den Boden unter den Füßen wegzieht? Was gilt denn nun? Sollen wir stur weiterglauben, was der Lügner gesagt hat und wie die Lemminge weiterrennen, egal, wohin es führt?«

Bruder Volkmar sagte erregt, aber um Sanftheit bemüht: »Aus dir spricht die Enttäuschung, Schwester Christina, und ...«

»Und unsere Enttäuschung!«, ertönte die laute Stimme von Bruder Holger. »Sie sagt nur, was wir genauso empfinden!«

»Aber ihr solltet«, fuhr Bruder Volkmar fort, »ihn nicht einen Lügner nennen. Das ist ein hartes Wort. Ihr solltet um Jesu willen ...«

»Er ist ein Lügner!«, rief Christina. Ihre Beherrschung war fast am Ende. Tränen liefen ihr über die Wangen. »Er ist ein Schauspieler, der nichts, aber auch gar nichts mit unserem Glauben gemein hat! Er hat alles nur geheuchelt! Alles! Er hat sich die geistlichen Worte aus den Fingern gesogen – oder woher kamen sie sonst – aber aus seinem Herzen kamen sie nicht! Alles war Lüge, und wir haben ihm geglaubt ...«

»Christina!«, sagte Volkmar streng.

»Glaubst du's nicht? Frag ihn doch! Komm her, Tobias Witmann, sag in dieses Mikrofon, was du glaubst, was du in Wirklichkeit bist! Wenn du den Mut hast! Und denk daran, dass wir es bald sowieso wissen! Lange kannst du uns nichts mehr vormachen!«

Sie trat zur Seite, um den Platz direkt am Mikrofon freizumachen. Auch Volkmar trat einen kleinen Schritt nach rechts. Der Platz wirkte wie ein Vakuum. Alle starrten auf Witmann. Der trat tatsächlich langsam nach vorn. Es wirkte, als überlegte er schnell noch eine Verteidigungsstrategie. Niemanden hätte es gewundert, wenn er eine brillante Rede hingekriegt hätte, so wie sie ihn kannten. Aber es kam nichts. Nach einer Weile, in der die Spannung noch stieg, machte er aber nur eine abwinkende Bewegung und sagte halblaut: »Ihr könnt mich alle mal ...«

Dann ging er mit gestelzten Schritten durch den Mittelgang hinaus. Niemand hielt ihn auf. Niemand sagte etwas.

Als er gerade an der Tür war, trat noch einmal Christina ans Mikrofon und sagte bitter: »Vielen Dank für das ehrliche, klärende Wort. Ich vermute, das war dein erster Satz an diesem Mikrofon, den du auch so gemeint hast, wie du ihn sagtest.«

Sie trat vom Podest herunter. Jetzt schluchzte sie. Eins der anderen Mächen, mit dem sie sich immer gut verstanden hatte, nahm sie in den Arm. Dann traten sie beide zur Seite, die Freundin drängte Christina auf den Stuhl in der ersten Reihe, auf dem sie selbst gesessen hatte, und ließ sich auf der Kante des Podestes nieder.

Bruder Volkmar brauchte lange, bis ihm zum Bewusstsein kam, dass er nun die Dinge in die Hand nehmen musste.

»Ich bin ...«, er musste sich räuspern und schlucken. »Ich bin tief erschüttert. Ich ...« Pause. »Wir müssen uns darüber klar werden, was weiter geschehen soll. Aber nicht jetzt. Wir sind alle nicht in der Verfassung, weit reichende Entscheidungen zu fällen. Ich schlage vor, wir singen noch ein ... ach nein, wir singen nicht. Wir gehen jetzt auseinander. Entschuldigt – ich sollte jetzt noch ein Gebet sprechen, aber ich ... betet ihr allein!«

Keiner sprach, keiner stand auf.

»Noch eins!«, fügte Bruder Volkmar an. »Vergesst nicht: Das Fundament ist immer noch da. Nicht nur ein Lügner hat es gegossen. Auch andere haben euch Gottes Wort gesagt. Ihr habt selbst die Bibel gelesen, das eigentliche Fundament. Ja, Gott selbst hat zu euch gesprochen! Habt ihr es nicht gespürt? Und er ist kein Lügner!«

Er kam einfach vom Podest herunter und stand davor. Niemand wusste, ob damit die Veranstaltung beendet war. Einige fingen an, sich leise aber lebhaft zu unterhalten. Andere warteten darauf, dass Bruder Volkmar noch irgendetwas sagte oder tat. Aber der wusste nicht, was. So stand er einfach nur da. Nach einer Weile setzte er sich auf die Kante des Podests.

Christina kam und setzte sich neben ihn. »Du hast Recht, Bruder Volkmar. An dem Punkt habe ich Unsinn geredet. Und wenn alle lügen – Jesus ist die Wahrheit in Person.«

»Vielleicht hat es auch was Gutes«, sagte Volkmar versonnen, so leise, dass Christina es in dem jetzt anschwellenden Lärm kaum verstand, »dass uns diese Vorgänge daran erinnern, was unser Fundament ist. Wir verlassen uns doch auf unsern Herrn selbst, nicht auf Menschen. Vielleicht« – er wurde etwas lauter, weil er ein wenig sicherer wurde – »war das eine schmerzliche, aber wichtige Korrektur.«

57

»Herr Doktor, Ihre Frau ist am Telefon.«

»Danke.«

Doktor Eberhard Schild, Besitzer und leitender Arzt einer renommierten Privatklinik am Bodensee, eilte in sein Büro und übernahm das Gespräch.

»Hertha?«

»Eberhard, entschuldige, dass ich dich mitten am Tag anrufe, aber es wird dich freuen. Georg Werner, du erinnerst dich, unser Nachbar, den du mal umsonst behandelt hast ...«

»Ja.«

»Er hat mir gerade eine Zeitung gebracht. Darin ist eine kurze Meldung, dass bei der Sekte ›Die Überwinder‹ in Nordhessen kriminelle Machenschaften aufgedeckt worden seien.«

»Ach! Was für kriminelle Machenschaften?«

»Es ist auch von einem Mord die Rede, der im weiteren Umfeld der Sekte geschehen sein soll.«

»Großartig!«

»Der Mord?«

»Du weißt schon, wie ich's meine.«

»Mehr Einzelheiten stehen da nicht.«

»Sehr erfreulich! Das lässt mich hoffen. Ich hab doch gewusst, dass da etwas nicht stimmt! Ich hab's gewusst, Hertha!«

»Vielleicht wird ja alles gut.«

»Danke für die gute Nachricht!«

»Bis heute Abend, Eberhard!«

Doktor Schild legte auf und rief seine Sekretärin. »Frau Katz!«

»Ja?« Sie kam herein, einen Briefumschlag leckend. Nachdem er genug angefeuchtet war, klebte sie ihn zu.

»Gehört zu Ihrer Büroausrüstung nicht auch ein Schwamm zum Befeuchten von Briefumschlägen und Marken?«

»Äh – doch. Nur so ’ne Angewohnheit von mir. Die Zunge ist immer schnell zur Verfügung.«

»Lassen Sie das nicht Ihren Hausarzt sehen!«

»Okay, Herr Doktor. War sonst noch was?«

»Ja. Besorgen Sie mir bitte eine Regionalzeitung von Nordhessen. Am besten die Ausgaben von heute, gestern und vorgestern.«

Frau Katz blickte verständnislos. »Wie soll ich denn da drankommen?«

»Strengen Sie mal Ihre Phantasie an!«

»Phantasie?«

»Ja. Fragen Sie am Kiosk, was in Nordhessen gelesen wird, in der Kasseler Gegend. Oder lassen Sie sich die Nummer von irgendeinem Presseverband oder so was geben und fragen Sie da nach. Oder meinetwegen rufen Sie die Sekretärin vom Oberbürgermeister von Kassel an und fragen Sie die, was ihr Chef zum Frühstück liest!«

»Aber die kenne ich doch nicht ... schon gut, Chef, ich weiß Bescheid! Und wenn ich weiß, wie die Zeitung heißt?«

»Dann lassen Sie sich bei der Telefonauskunft die Nummer geben und lassen sich die Exemplare schicken. Irgendwie so. Ach, Frau Katz, muss ich denn alles selber ...«

»Schon gut, Herr Doktor, alles klar, Sie kriegen Ihre Zeitungen!«

»Aber mit dem Regionalteil von da oben!«, rief er ihr noch nach.

Er war schon wieder im Behandlungsraum, als Frau Katz ihm nacheilte.

»Herr Doktor!«

»Frau Katz, das kann doch nicht so schwierig sein ...«

»Nein, Herr Doktor, Ihre Frau ist schon wieder dran.«

»Ach – komisch.«

Er eilte in sein Büro zurück und nahm ab.

»Hertha?«

»Du, Eberhard, halt dich fest! Holger kommt!«

»Wie? Woher weißt du ...?«

»Er hat eben angerufen. Wir hatten gerade aufgelegt, da kam sein Anruf. Er sagte, er müsse es kurz machen, er hatte keine Münzen zum Telefonieren.«

»Ja, und? Was hat er gesagt? Warum kommt er? Wann? Nur zu Besuch oder für länger?«

»Weiß ich doch nicht. ›Morgen wahrscheinlich‹, hat er nur gesagt.«

Pause.

»Bist du noch da, Eberhard?«

»Natürlich bin ich noch da. Wo soll ich denn sonst sein!«

»Weil du nichts sagst.«

»Ich bin einfach platt. Wie 'ne Briefmarke.«

»Ist das nicht schön?«

»Du sagst es, Hertha. Du sagst es.«

Er legte auf und hob gleich wieder ab. Dann blätterte er in seinem Notizbüchlein und wählte eine Frankfurter Nummer.

»Detektei Kranich, Sartorius am Apparat.«

»Doktor Schild. Ich möchte Herrn Kranich sprechen.«

»Einen Moment bitte.«

Schon eine Sekunde später meldete sich der Detektiv. »Herr Doktor Schild? Was kann ich für Sie tun?«

»Mir Auskunft geben, was bei der Sekte passiert ist.«

»Ein schriftlicher Bericht für Sie ist schon diktiert und wird sicher morgen an Sie abgehen.«

»Stimmt es, dass kriminelle Machenschaften aufgedeckt wurden?«

»Das stimmt, ja. Die Gruppe scheint sich aufzulösen. Es ist ziemlich dramatisch. Was Ihren Sohn angeht, so weiß ich noch nicht genau ...«

»Er hat angerufen, dass er kommen will.«

»Besser konnte es ja gar nicht laufen!«

»Bei der Aufdeckung dieser ... dieser Dinge, die ich ja immer geahnt habe – waren Sie daran beteiligt? Sie und Ihre Leute?«

»Diese Frage kann ich bei aller gebotenen Bescheidenheit mit einem klaren Ja beantworten.«

»Gute Arbeit, Kranich! Wirklich gute Arbeit!«

»Wie ich Ihnen versprochen habe.«

»Damit ist also Ihr Auftrag beendet. Schicken Sie mir bitte die Rechnung!«

»Natürlich. Auch in diesem Punkt sind wir wie in allen anderen sehr zuverlässig.«

Als Doktor Schild aufgelegt hatte, lächelte er. Wegen dieser humorigen Bemerkung seines Gesprächspartners. Überhaupt – ihm war nach Lächeln zumute.

58

Das Summen des Telefons mischte sich störend in die Nocturne. Für einige Augenblicke versuchte Uwe, sich mit seinem Spiel zu behaupten, dann gab er es auf.

»Zehntfennig!«

»Tag, Uwe.«

»Christina! Schön, deine Stimme zu hören!«

»Du kannst mich sogar sehen, wenn du willst.«

»Was? Wieso? Wo bist du?«

»Am Bahnhof in Friedberg. Kannst du mich abholen? Hast du Zeit?«

»Ich habe in diesen Tagen sowieso viel Zeit, aber auch wenn ich keine hätte, hätte ich dich abgeholt.«

»Es hätte ja sein können, dass du Besuch hast, oder so ...«

»Frederic Chopin war zu Besuch. Aber dein Anruf hat ihn schon vertrieben. Ich fliege!«

»Fahren reicht.«

»Bis gleich!«

Zehn Minuten später begrüßten sie sich mit Umarmung. Uwe war im siebten Himmel. Sie stiegen ein, und Uwe fragte: »Wie komme ich zu diesem Vergnügen?«

Sie wirkte sehr ernst. »Es löst sich alles auf bei uns. Tobias ist zurückgetreten, viele gehen weg. Die meisten. Bruder Volkmar möchte einen Kern zusammenhalten. Aber es weiß noch keiner so richtig, wie es weitergehen soll.«

»Und du gehst auch weg?«

»Ich weiß es noch nicht sicher. Wahrscheinlich. Es tut mir zwar um Bruder Volkmar Leid. Er ist ein treuer Christ, der nur von Tobias

Witmann an den Rand gedrängt worden war. Es spricht für seine Demut, dass er das so hingenommen hat. Ich hab den Eindruck, in dieser Krisensituation wächst er über sich selbst hinaus und bemüht sich um Schadensbegrenzung. Er hätte es verdient, dass man ihn unterstützt.«

»Das sicher. Aber du kannst nicht deine Lebensplanung von Mitleid oder Sympathie für seine treuen Bemühungen bestimmen lassen.«

»Ich weiß. Das ist eben mein Dilemma.«

»Ich freue mich jedenfalls, dass du mich besuchst.«

»Nur für heute und vielleicht morgen. Dann will ich nach Esslingen fahren. Da wäre ich auch heute nicht mehr hingekommen. Spät in der Nacht wollte ich auch nicht bei meinen Eltern erscheinen. Aber denke nicht, du seist nur die Zwischenstation, die Notlösung!«

»Denke ich nicht!«

»Ich muss mich einfach neu orientieren. Vielleicht kannst du mir sogar helfen. Vielleicht aber auch nicht. Ich meine, vielleicht hindert deine Nähe mich auch an der nötigen nüchternen Überlegung.«

»Ich werde mir Mühe geben, dich in keiner Richtung unter Druck zu setzen.«

Sie waren da.

»Hier wohne ich. Es ist ideal. Mein Vermieter ist schwerhörig.«

»Ist das ein Witz?«

»Nein, echt, er ist schwerhörig und erlaubt mir, jederzeit zu spielen. Deshalb würde ich gerne hier wohnen bleiben, auch wenn es ziemlich teuer ist. Ich nehme dein Köfferchen!«

Sie gingen hinein. Christina sah sich neugierig um. »Schön hast du's!«

Uwe stellte das Gepäck ab, setzte sich ans Klavier und spielte den ›Einzug der Gladiatoren‹.

»Uwe, ehe wir zum gemütlichen Teil übergehen – gibt es hier in der Nähe eine einfache Pension, wo ich übernachten kann? Dann sollten wir uns ein Zimmer sichern ...«

»Du kannst doch hier übernachten! Ich schlafe auf dem Sofa und du kannst in meinem Bett ...«

Sie lächelte und schüttelte den Kopf. »Ich hab noch ein bisschen Geld. Es würde für eine Übernachtung und die Bahnfahrt morgen reichen.«

»Okay. Aber vielleicht kann ich dir ein anderes Quartier besorgen. Bei meiner Schwester zum Beispiel. In Frankfurt; man fährt eine halbe Stunde. Ich selbst habe da gewohnt, bevor ich hierher kam.«

»Meinst du? Ich weiß nicht, sie kennen mich doch gar nicht ...«

»Ich frage sie gleich.«

Uwe wählte, Christina setzte sich.

»Hallo, Sabine. Hier spricht dein kleiner Bruder. Geht's euch gut?«

»Man kann's nicht anders sagen. Dir auch?«

»Gut ist gar kein Ausdruck.«

»Wie schön! Aber ich wette eine Klavierstunde für Lena gegen ein gutes Mittagessen, dass der Austausch über unser beiderseitiges Wohlergehen nicht der Grund deines Anrufes ist.«

»Ich werde mich hüten, jemals so eine Wette mit dir einzugehen. Da kann ich nur verlieren, denn du durchschaust mich immer bis auf den Grund meiner Seele.«

»Also, was ist heute dein Wunsch?«

»Hier ist eine ... eine Bekannte von mir. Die braucht ein Nachtquartier, für eine Nacht nur. Ich weiß nicht, wie ich auf die absurde Idee kommen konnte, aber irgendwie fiel mir da eure Couch ein. Vielleicht, weil ich selbst damit früher so gute Erfahrungen gemacht habe.«

»Eine Bekannte, sagst du?«

»Ja.«

»Eine gute Bekannte?«

»Auch hier gilt: Gut ist gar kein Ausdruck.«

»Die Geigenspielerin?«

»Sie spielt Flöte.«

»Ach so. Hm. Na ja, wenn sie nicht nach zehn kommt, soll sie uns willkommen sein.«

»Danke, Sabine! Du bist ein Schatz! Und grüß mir die liebste Nichte von allen, die ich besitze! Denn um zehn schläft sie ja sicher schon.«

»Will ich hoffen. Du klingst so ...«

»Wie?«

»Irgendwie aufgekratzt.«

»Ich sage doch: Du blickst auf den Grund meiner Seele.«

»Ich verstehe – bei dir hängt der Himmel voller Flöten.«

»Er hängt! Tschüss!« Er legte auf.

»Wer hängt?«, fragte Christina.

Uwe ignorierte die Frage. »Es klappt. Du bist ihnen willkommen. Hat sie wörtlich gesagt.«

»Danke!«

»So, nachdem das Logis gesichert ist, sollten wir uns mal über die Kost Gedanken machen. Mein Kühlschrank ist ziemlich leer. Ehe die Geschäfte schließen ...«

»Ich könnte dich ja mal zur Abwechslung in eine Pizzeria einladen. Nachdem ich nun das Hotel gespart habe.«

»Nein, nein, auch wenn wir beide im Geld schwimmen und nicht wissen, wohin damit – es ist einfach unanständig, es so mit vollen Händen aus dem Fenster zu werfen! Mach dir's gemütlich. Falls du mich suchst: Ich mache Inventur in meinem Kühlschrank.«

Christina setzte sich ans Klavier und klimperte ein bisschen. Sie hatte einmal Unterricht gehabt, aber das meiste vergessen, als sie auf Querflöte umgestiegen war.

Das Faxgerät gab Geräusche von sich, die sie an ihre Büroarbeit erinnerte.

»Uwe! Da kommt ein Fax für dich!«

»Komme gleich. Unterbrich mich nicht beim Zählen der letzten Brosamen. Drei, vier, fünf. Bring doch das Fax mit!«

»Dann könnte ich's aber lesen.«

»Ich habe keine Geheimnisse vor dir.«

Sie stand jetzt neben ihm, das Blatt in der Hand.

»Wirklich nicht?«

»Wirklich nicht. Ich habe dir zwar noch nicht alles von mir erzählt, aber nicht, weil ich dir etwas verheimlichen wollte, sondern weil bisher die Zeit dafür fehlte.«

Sie reichte ihm das Fax, und sie lasen es beide.

Fax von: Johannes Scheidt

an: Uwe Zehntfennig

Lieber Herr Zehntfennig,

wir beide können Noten lesen und uns dabei vorstellen, wie es klingt. Erst recht, wenn wir das Stück schon mal gehört haben, hören wir es im Kopf. Aber reicht uns das? Würden wir deshalb darauf verzichten, in ein Konzert zu gehen oder eine gute CD zu hören?

Man hat das Entscheidende am christlichen Glauben noch nicht erfasst, wenn man es einigermaßen verstanden hat (soweit es sich überhaupt verstehen lässt). Erleben kann man es, eintauchen, sich davon erfüllen lassen.

Bitten Sie Gott, dass er Sie als sein Kind annimmt. Bekennen Sie ihm, was nicht in Ordnung ist, und bitten Sie ihn, dass er vergibt. Er tut es. Sie können ihm danken. Versprechen Sie ihm, dass Sie ihm gehören wollen. (Solche menschlichen Vorsätze und Versprechungen sind zwar oft nicht viel wert, aber ohne Entschluss geht es nun mal nicht. Und irgendwie muss der Glaube ja anfangen.) Sie sollten auf jeden Fall mit Gott ins Gespräch kommen. (Ein Seelsorger kann unter Umständen helfen.)

Wenn Sie verliebt sind, werden Sie sich nicht auf Dauer damit begnügen, ihre Briefe zu lesen. Sie wollen sie selbst bei sich haben. (Das ist übrigens ein Bild, das auch die Bibel gebraucht. Nur ist Jesus da der Bräutigam und der Mensch die Braut. Damals war das nicht anders vorstellbar. Aber da ich Sie als Mann anspreche, darf ich das Bild sicher umdrehen.)

Vom Christentum nur überzeugt zu sein ist, wie ein Mädchen aus der Ferne anzuhimmeln. Da kann man schön träumen, aber mehr auch nicht. Ziel ist die feste Zusammengehörigkeit, ein neuer Rechtszustand sozusagen, die Ehe. Es gibt einen »Rechtszustand« des Christen, die verbindliche Zugehörigkeit zu Gott.

Jesus sagte: ›Bittet, so wird euch gegeben; suchet, so werdet ihr finden; klopfet an, so wird euch aufgetan.‹

Herzliche Grüße, Johannes Scheidt

Christina sah Uwe an. »Wer ist das: Johannes Scheidt? Warum faxt er dir das?«

»Weil ich ihn danach gefragt habe.«

»Du hast ihn gefragt, wie man Christ wird?«

»So ähnlich jedenfalls.«

Sie schwieg, nicht, weil sie nichts mehr zu fragen hatte, sondern weil sie das erst verarbeiten musste.

Uwe erklärte etwas verlegen: »Verstehst du, ich mußte mich ein bisschen sachkundig machen. Ich hatte ja mit all dem früher nichts zu tun. Und als ich nun dich traf ... Herr Scheidt ist ein Kirchenmusiker aus Marburg. Ich hab ihn bei einem Konzert kennen gelernt. Ein netter Kerl.«

Christina legte das Fax auf den Küchenschrank und las es noch einmal. Uwe auch. Als er zu der Stelle kam, wo von Liebe die Rede war, zeigte er darauf und sagte: »Das da finde ich sehr einleuchtend.«

Sie fasste seinen Arm und drückte ihn.

59

Man sollte im August überhaupt keine Konzerte anbieten, dachte Johannes Scheidt, als er in die Kirche sah und bemerkte, dass sie sich nur teilweise füllte, mit vielen Lücken dazwischen.

Er hatte natürlich bedacht, dass Urlaubszeit war. Aber ein weniger aufwendiges Konzert, nur mit seinem Kollegen Rainer Brehm und ihm, sollte doch möglich sein, hatte er gemeint. Insofern war es keine Enttäuschung. Aber heimlich hofft man eben immer auf positive Überraschungen.

Brehm kam mit seiner Oboe. Er hatte sich in der Sakristei eingespielt. »Haben Sie gesehen, Herr Scheidt! Zehntfennig ist da«, flüsterte er.

»Hier in der Kirche? Ich hab nicht mehr so gute Augen. Wenn ich die Brille zum Notenlesen aufsetze, kann ich die Gesichter da unten nicht erkennen.«

»Im rechten Block in der Mitte. Neben ihm sitzt ein blondes Mädchen. Ziemlich dicht neben ihm übrigens.«

»Freut mich, dass er da ist. Wir haben ein paarmal telefoniert seit dem Konzert damals.«

»Ach ja?«

Scheidt nickte nur. Er wollte darüber nichts sagen, wollte jetzt überhaupt nicht mehr reden, sondern sich konzentrieren.

Gespannte Stille breitete sich aus. Brehm stimmte seine Oboe kurz nach. Ein leichtes Kopfnicken.

Jubelnd setzte die Musik ein. Das hohl-hölzern, leicht näselnd klingende Blasinstrument schraubte sich auf verschlungenen Pfaden in die Höhe und kletterte wieder herunter; die silbrigen Stimmen des Cembalos begleiteten es, folgten ihm, eilten voraus, wie eine Meute Hunde um den Wanderer spielt.

Auf geheimnisvolle Weise bewirkten die Schwingungen der Instrumente, die Einfälle des Komponisten, dass Bilder vor dem inneren Auge von Spielern und Zuhörern entstanden. Weite, liebliche Landschaften, auf blauem Himmel segelnde Wolken, über Blütenwiesen tanzende Schmetterlinge, auch Wendeltreppen und filigrane Architektur wie das Kreuzrippengewölbe, das sich über ihnen schloss und die Klänge festhielt, damit sie in ihrer Leichtigkeit nicht entschwebten ins Unendliche.

Uwe Zehntfennig drückte fest die Hand, die sich in seine gelegt hatte. Ganz ohne Absicht; es kam einfach so. Als wollte er, dass sie nicht zurückblieb, während bei diesen Klängen sein Herz sich hob.

Er schloß die Augen und überließ sich den Empfindungen. Das ist sowieso die schönste Art zu genießen, dachte er: sich überlassen, sich einer Sache ausliefern. Die schönsten Dinge sind in ihrer Schönheit, die wesentlichen Dinge in ihrem Wesen nicht zu begreifen, sondern einfach anzunehmen.

Dazu gehört die Musik. Für mich jedenfalls. Und das Leben überhaupt. Ganz sicher auch die Liebe. Und wohl auch der Glaube.

Warum sollte ich diese schönsten Dinge analysieren und sezieren? Ich will sie fassen, mit beiden Händen, wie ein wertvolles Geschenk, mich daran freuen und sie nicht mehr loslassen.

Terri Blackstock

Auf Gnade und Ungnade
Kriminalroman

336 Seiten, ABCteam-Paperback, Bestell-Nr. 111 102

Als Lynda Barret den arroganten Typen im lässigen Designeranzug aus seinem Porsche steigen sieht, ist ihr sofort klar, dass sie ihn nicht leiden kann. Dem soll sie ihr geliebtes Flugzeug *Solitude* verkaufen? Zähneknirschend denkt sie daran, dass sie das Geld dringend braucht und startet mit Jake zum Probeflug. Doch zu dem Handel kommt es nicht, denn die Landung endet in einer Katastrophe. Als klar wird, dass sich jemand an dem Flugzeug zu schaffen gemacht hat, bekommt Lynda es mit der Angst zu tun. Probleme hat die Rechtsanwältin außerdem mit dem Fall einer Mandantin, die gegen ihren gewalttätigen Mann um das Sorgerecht für die gemeinsame Tochter kämpft. Und dann ist da noch Jake, der bei dem Unglück schwer verletzt wurde ...

Terri Blackstock

Wer Unrecht sät
Kriminalroman

312 Seiten, ABCteam-Paperback, Bestell-Nr. 111 125

Es ist offensichtlich: Die zierliche junge Frau, die zitternd in einer Ecke ihrer Wohnung kauert, ist verletzt und gedemütigt – wie viele Vergewaltigungsopfer vor ihr. Doch Melissa kennt den Täter und ist wild entschlossen gegen ihn auszusagen. Der Polizist Larry Millsaps setzt alles daran den Verbrecher hinter Gitter zu bringen, und schon bald fördern erste Ermittlungen die dunkle Vergangenheit des Mannes zu Tage. Aber er ist nicht der Einzige, der etwas zu verbergen hat ...
Nach „Auf Gnade und Ungnade“ garantiert auch dieser zweite Roman von Terri Blackstock packende Krimispannung und bewegende Einblicke in das menschliche Herz.